Stiller und
der Gartenzwerg

Peter Freudenberger, Jahrgang 1960, ist fest in der Main-Spessart-Region verwurzelt. Er arbeitet seit dem Abitur für Zeitungen in Würzburg, Miltenberg und seiner Heimatstadt Aschaffenburg. Sein Credo: Ein Journalist darf die Menschen seines Verbreitungsgebietes durchaus etwas lieben. Der humor- und liebevolle Blick auf die Region spiegelt sich (bei aller Spannung) in den Figuren seiner Kriminalromane. Im Emons Verlag erschienen »Stiller und die Tote im Bus« und »Stiller und die Finsternis«.

PETER FREUDENBERGER

Stiller und der Gartenzwerg

MAIN KRIMI

emons:

Bibliografische Information der Deutschen Nationalbibliothek
Die Deutsche Nationalbibliothek verzeichnet diese Publikation
in der Deutschen Nationalbibliografie; detaillierte bibliografische
Daten sind im Internet über http://dnb.d-nb.de abrufbar.

© Emons Verlag GmbH
Alle Rechte vorbehalten
Umschlagmotiv: photocase.de/zettberlin
Druck und Bindung: Pario Print Sp. z o.o, Kraków
Printed in Poland 2024
Erstausgabe 2012
ISBN 978-3-89705-951-1
Main Krimi
Originalausgabe

Unser Newsletter informiert Sie
regelmäßig über Neues von emons:
Kostenlos bestellen unter
www.emons-verlag.de

Meinem Vater

Prolog

Ihr Gesicht hat schöne Züge. Sonst ist wenig Gefälliges an ihr. Selbst zu dieser frühen Stunde, beim ersten Dämmern des Morgens, sind die Entstellungen ihres Körpers nicht zu übersehen. Das verfilzte, zu früh ergraute Haar, aus dem ganze Büschel ausgerissen sind. Die braunen Wundmale auf der Brust, das Blau der Blutergüsse auf den aufgedunsenen Schenkeln. Die gebrochenen Finger.

Die grüne Gärtnerjacke, das einzige Kleidungsstück, das sie ihr außer einem roten Halstuch und einem schmutzigen Baumwollslip gelassen haben, um ihre Blöße zu bedenken, ist oben weit aufgerissen. Die Taille dagegen ist so fest geschnürt, dass der breite Ledergürtel durch den Stoff hindurch tief in den Leib schneidet. Eine der vielen Misshandlungen, die sie erlitten hat.

Sie haben sie an ein Kreuz aus zwei Stangen gebunden. Holzstangen, die zerbrechlich wirken, kaum stark genug, ihr Gewicht zu tragen. Doch sie hat keine Kraft, das Holz zu brechen. Sie ist die Gebrochene. Ihre Beine hängen schlaff herab, können sie nicht stützen. Ihr Rücken ist unnatürlich gekrümmt, sie ist nicht fähig, sich zu bewegen oder Schmerz zu empfinden.

In ihrem Gesicht ist keine Farbe. Ein fahler Fleck in der Dämmerung. Das matte Weiß betont die schönen Züge. Über den dunklen Augen sind die Lider mit den schwarzen Wimpern halb geschlossen. Unter der feinen Nase schwingt sich ein voller, sinnlicher Mund, der sie, ebenso wie die mandelförmigen Augen, als Asiatin zu erkennen gibt. Trotz ihres Leids scheint sie sanft zu lächeln, demütig auf die Rückkehr ihrer Peiniger zu warten. Doch wie ihrem Gesicht die Farbe, so fehlt ihr selbst jedes Bewusstsein.

Zaghaft hellt sich der Horizont im Osten auf, die Sterne verblassen. Mit dem Morgen erhebt sich ein leichter Lufthauch, lässt das junge Laub der Obstbäume leise rascheln. Ein Windrad beginnt, sich quietschend zu drehen, eine Amsel schreckt auf und schimpft. Vereinzelte Autos rauschen über die nahe Großostheimer Straße, die das Gelände vom Mainufer trennt. Immer mehr Vögel erwachen und trillern Lieder in die kühle Luft. Die Beete in den Gärten ringsum verströmen einen erdigen Geruch, frisch gemähter Rasen duftet feucht. Sie riecht es nicht. Sie hört nicht den anschwellenden Vogelgesang, spürt nicht den Wind, friert nicht, scheint nichts zu sehen.

Plötzlich geschieht etwas Unerwartetes. Eine Gestalt, einem Schatten gleich, tritt in ihr Gesichtsfeld, kommt auf dem Weg, der sich zwischen den Gärten entlangzieht, langsam auf sie zu. Über die Zäune hinweg zeigt sich der Oberkörper, aber im Grau der Dämmerung lässt sich nicht ausmachen, ob es ein Mann oder eine Frau ist. Zudem hat sich der Schatten eine Kapuze über den Kopf gezogen. Der Kies knirscht nicht, die Gestalt bleibt auf der Grasnarbe am Rande des Wegs, vorsichtig bemüht, jedes Geräusch zu vermeiden. Mehrmals hält sie inne, lauscht oder späht in die Gärten hinter den Zäunen.

Am Nachbargarten bleibt der Schatten erneut stehen. Seine Hände greifen prüfend nach dem oberen Holm des niedrigen Türchens, dann packt er zu und schwingt sich hinüber. Dem Schwung nach ist es ein Mann. Kurz verdeckt ihn eine Hecke, dann erscheint er wieder in der Mitte einer kleinen Wiese. Er bückt sich, hebt hier und da etwas auf, wiegt es, legt es zurück. Er ist nicht ihretwegen gekommen. Er sucht etwas am Boden. Im feuchten Gras, das die niedrigen Johannisbeersträucher entlang des Zaunes verdecken.

Ein Hahn kräht. Der Schatten richtet sich jäh auf, sieht sich um. Sekundenlang starrt er zu ihr herüber, bewegt sich nicht. Sie bleibt ebenfalls reglos, erwidert seinen Blick, ein stummes Flehen. Es hat etwas Gespenstisches, wie sie sich so gegenüberstehen. Auf der einen Seite der Schatten, gesichtslose Schwärze unter der Kapuze wie in alten Darstellungen des Todes. Auf der anderen die Geschundene, Gebundene, die wie tot scheint, der leichenblasse Fleck ihres Gesichts.

Noch immer steht er auf der Wiese des Nachbargartens, wartet lauschend, während in Richtung Frankfurt ein frühes Flugzeug über die Stadt grollt. Über ihm bläht sich die Fahne am Ende des Mastes, der aus der Wiese spitz in den grauen Himmel sticht. Schließlich bückt er sich nochmals, packt einen Gegenstand, wiegt ihn wie die vorigen. Doch diesen verbirgt er unter der Jacke. Kurz lässt er ihn dabei über den Sträuchern sehen, es ist eine Art Kegel. Der Schatten wendet sich um und läuft davon – schneller, als er gekommen ist. Diesmal stützt er sich nur mit einer Hand ab, als er über das Türchen flankt. Eilig schreitet er am Rande des Wegs von ihr weg – wieder hinterlässt sein Tritt kein Knirschen – und verschwindet im Dunkel. Sie kann ihm nicht nachrufen. Es ist vorbei. Ihr entstellter Körper verrät keine Enttäuschung, keine Trauer, keinen Schmerz. Spiegelt sich nicht sogar Erleichterung in den schönen Zügen ihres Gesichts? Der Schatten – er hat keine Erlösung gebracht. Was immer er vorhat, es ist nichts Gutes. Niemand darf sich um diese Uhrzeit hier aufhalten. Nur lichtscheue Wesen missachten das Verbot. Oder der Tod. Sie ist dem Tod begegnet, doch er hat sie verschont. Es ist jemand anderes, nach dem er sucht.

Eine Elster setzt sich auf ihre Schulter, plustert sich auf und schlägt dann ruckartig den Schnabel in die weiße Brust unter dem roten Halstuch. Geschickt pickt sie einen Käfer aus dem Stroh unter dem zerschlissenen Leinen und schwingt sich davon. Ihr Keckern klingt wie hämisches Gelächter. Ein neuer Riss klafft in der Stoffhaut, ein paar braune Halme hängen heraus. Ihre Peiniger sind zurück, die Maske, die man ihr neuerdings umgebunden hat, hilft nichts. Bald würden es auch ihre Besitzer wissen: Die alte Vogelscheuche ist nutzlos geworden.

1

Das Scheusal!

Gerti Blum wandte den Blick von der Vogelscheuche ab, tat so, als ob sie die Gärten auf der anderen Seite des Wegs betrachtete. Sie verabscheute dieses hässliche Monstrum. Verboten gehörte das. Grundsätzlich war es schon einmal nicht richtig, die Vögel von ihren Futterplätzen zu vertreiben. Erst recht nicht, um die Saat vor ihnen zu schützen oder die eigene Ernte zu mehren. Eitler Wahn, den Jesu Lehren als sinnloses Streben entlarven. Nachzulesen bei Matthäus 6,26. Auswendig wusste sie den Satz: »Sehet die Vögel unter dem Himmel an, sie säen nicht, sie ernten nicht, sie sammeln nicht in die Scheunen; und euer himmlischer Vater nähret sie doch.«

Sie erschrak. Sie hatte die Worte laut gesprochen, fast gerufen. Wenn jemand sie gehört hatte, würde es gleich wieder die Runde machen, dass sie mit dem Alter immer wunderlicher wurde. Sie hielt einen Augenblick inne. Nichts. Kein Gelächter. Keine Schritte, die eilig herbeiliefen. Nur das rauschhafte Gezwitscher ihrer gefiederten Freunde, die mit dem Verkehrslärm auf der Großostheimer konkurrieren mussten. Der erreichte gerade seinen morgendlichen Höhepunkt. Es war kurz vor sieben, und wie immer schien sie um diese Uhrzeit allein im »Radieschenparadies« zu sein. Sie setzte ihren Weg fort.

Weil der Mensch das Ebenbild des himmlischen Vaters ist, gehört es zu seinen Christenpflichten, die Vögel zu nähren. Jedenfalls ihnen das Futter nicht zu verwehren. Aber einige Kleingärtner bewiesen unbegrenzten Einfallsreichtum, um sie abzuschrecken. Sie flochten Aluminiumbänder in Hecken, Stauden und an kurze Stäbe. Neuerdings nahmen sie sogar CD-Rohlinge. Sie pfählten Raubvogelimitationen aus Ton in die Beete. Vor einem Jahr hatte ein Pächter eine tote Amsel im Kirschbaum aufgehängt; aber der war seinen Garten gleich losgeworden.

Dafür hatte Josef Strunke gesorgt, der Vorsitzende der Kleingartenanlage. Auch bei den Alustreifen und den CDs stand er immer gleich auf der Matte. Nur die Vogelscheuche, die durfte bleiben. Verrat am guten Geschmack. Verrat an der Natur. Und Blasphemie!

Gerti Blum ließ sich da nichts vormachen. Sie war Oberstudienrätin. Lehrerin für Biologie und Religion. Die ideale Fächerkombination. Sie kannte die Schöpfung – und verstand sie. Sie wusste um Gottes Plan ebenso wie um die Evolution. Das war kein Widerspruch. Hinter jeglicher Fügung waltete die Hand des himmlischen Vaters.

Sie stand kurz vor der Pension, und noch immer fiel es ihr schwer zu glauben, dass der Mensch vom Affen abstammte. Erst der neue Schulleiter hatte es ihr etwas leichter gemacht. Ein Evangelischer. Und ein Sozi. Mit dem konnte ja etwas nicht stimmen, sonst hätte er es in Bayern nie so weit gebracht. Gut, leichte Zweifel an ihrem Schöpfungsideal keimten schon in ihr auf, als Strunke die Kleingartenanlage übernommen hatte. Auch dieser Mann ließ sich kaum mit dem Ebenbild des himmlischen Vaters vereinbaren, die Wurzeln seines Stammbaums lagen eher im Bereich des Affen, wobei in seinem Fall die Evolution zu einem frühen Stadium unterbrochen worden sein musste.

Strunke schien nur dazu geboren, seine Mitmenschen zu piesacken. Wehe, so einer erreicht eine Position, in der er Macht ausüben kann – ob als Schulleiter oder Anlagenvorsitzender. Strunke jedenfalls war rigoros. Die Paragrafen des Deutschen Kleingartengesetzes und der städtischen Kleingartenverordnung genügten ihm nicht. Stets erfand er neue Regeln dazu, von denen außer ihm selbst niemand etwas wusste. Bis er auftauchte und Scherereien machte. Mal wuchsen die Stauden zu hoch, dann wieder zu niedrig. Mal waren die Beete zu breit, die Wege zu schmal, die Griffe am Gartentürchen zu kurz oder die Gardinen hinter dem Laubenfenster zu lang. Hier gab es zu viele Blumen von nur einer Farbe, dort quietschte verbotswidrig eine Schubkarre, obwohl kein Gesetz der Welt, auch nicht der Kleingartenwelt, die Blütenfarben vorschrieb oder quietschende Schubkarren verbot. Quietschende Schaukeln schon, jedenfalls in der Mittagsruhe zwischen zwölf und drei.

Elf Laubenkolonien gab es im Stadtgebiet. Aber keine war so streng, unerbittlich und diktatorisch geführt wie diese. Hinter vorgehaltener Hand bezeichneten manche Pächter das Radieschenparadies als »Colonia Dignidad« von Aschaffenburg. Niemand war sicher vor Strunke, dem uneingeschränkten Herrscher. Nur die Vogelscheuche, die vielleicht nicht gegen Kleingartenparagrafen, aber gegen Gottes Gesetz verstieß.

Sicher lag es daran, dass sich Strunke selbst als Herrgott verstand. Vor ein paar Tagen hatte er sogar seine eigenen zehn Gebote an die schwarzen Bretter in der Kolonie angeschlagen. »Die zehn Gebote (und Verbote) des Kleingärtners«. Blasphemie! Eine Zumutung für jeden naturliebenden und gottesfürchtigen Gartenfreund. Wenn sich Strunke wenigstens selbst danach richten würde. Da stand es nämlich schwarz auf weiß, Gebot Nummer neun: »Du sollst die Bienen und Vögel achten!« Bienen – und Vögel. Die Vogelscheuche verstieß also gegen Strunkes Gebote, ohne dass er etwas dagegen unternahm, obwohl sie ihn schon zweimal darum gebeten hatte.

Natürlich hatte sie auch die Eigentümer des betreffenden Kleingartens angesprochen. Die Froeses. Sie hatten ihr freundlich zugehört, gelächelt und genickt. Und hinterher? Sie banden der Vogelscheuche eine japanische Geisha-Maske um. Damit sei sie ein Element des asiatischen Gartens, den das Paar entwickeln wollte.

Seit ein paar Jahren sprossen die Konzeptgärten wie Unkraut aus dem Boden. Der mediterrane Garten, in dem das meiste in Kübeln wucherte. Der romantische Garten mit seinem Überfluss an Rosen, bevorzugt blaue. Der formale Garten, bei dem es wohl vor allem auf kunstvoll geschnittene Hecken ankam. Der moderne Garten, in dem sich sogar die Pflanzen der Geometrie von Kreis, Dreieck und Quadrat unterwerfen mussten. Der naturnahe Garten – die Standardausrede für alle, die zu faul waren, ihre Parzelle zu pflegen.

Gerti Blum verstand genug von Biologie und Gärtnerei, um anzuerkennen: Der Garten der Froeses entsprach dem asiatischen Konzept. Zwei Eiben, ein Ahorn, über Jahrzehnte in Form geschnitten. Kies aus der Natur, dazwischen Inseln von Buchs-Azaleen und einige Enkianthus campanulatus – japanische Prachtglocken. Im Nutzgarten sprossen Mizuna und Blattsenf, die bereits im Frühjahr gediehen. Ebenso Perilla mit ihren rostroten Shisoblättern und Shungika. Etwas später folgten Cilantro und Thaibasilikum, dann Chinakohl und Pak-Choi. In besonders warmen und sonnigen Jahren gesellte sich sogar noch Zitronengras dazu.

Dabei verzichtete das Ehepaar Froese auf den kitschigen Klimbim, der sich in den zwei, drei anderen asiatischen Gärten fand – und in manchen Parzellen, die völlig ohne Konzept gestaltet waren: dicke Buddha-Skulpturen; vierarmige Göttinnen, die auf einem Bein tanzten; chinesische Drachen aus Ytong.

Dafür hing hier die scheußliche Vogelscheuche, die den harmonischen Gesamteindruck zerstörte. Die Geisha-Maske verbesserte nichts, sie entlarvte vielmehr das Elend und die Hässlichkeit der Puppe. Gerti Blum nahm sich vor, Strunke noch einmal darauf anzusprechen. Auch wenn es ihr schwerfiel. Lange hatte sie kein Wort mehr mit ihm gewechselt. Seit er Ende des Jahres an ihr herumgemäkelt hatte. Er trug immer ein Vokabelheft bei sich, wie es auch die Schüler benutzen. Nur dass Strunke darin die vermeintlichen Sünden seiner Gartengemeinde eintrug. Nach einem unfreundlichen Gruß hatte er das Heftchen aus der Gesäßtasche gezogen und losgelegt: Sie habe es im zurückliegenden Jahr an Gemeinsinn fehlen lassen. Sich an den Putzaktionen im Frühjahr überhaupt nicht und im Herbst nur – Moment – siebenundachtzig Minuten lang beteiligt. Das musste man sich mal vorstellen. Er hatte die Zeit notiert, wahrscheinlich von allen. Er hatte auch genau festgehalten, wie oft sie hinter der Theke im Vereinsheim Dienst getan hatte: nie.

Hatte der eine Ahnung, was Unterrichtsvorbereitung und Korrekturen bedeuteten? Gerti Blum war eine gottesfürchtige Frau, sie achtete die Schöpfung und wünschte niemandem etwas Böses, schon gar nicht den Tod. Aber bei Strunke – da kam sie fast in Versuchung.

Trotzdem würde sie mit ihm über die Vogelscheuche reden, und zwar gleich beim nächsten Treffen. Sie fasste den Vorsatz in dem Augenblick, in dem sie das Vereinsheim passiert hatte und auf Strunkes Garten zusteuerte. Vielleicht hatte sie gleich Gelegenheit, ihren Entschluss umzusetzen: Strunke schien da zu sein. Die Tür zu seiner Laube stand offen.

Neugierig näherte sie sich dem Zaun. Strunke war Rentner. Rentner gehörten um diese Uhrzeit ins Bett und nicht in den Garten; jedenfalls hatte sie sich das für ihren Ruhestand vorgenommen. Wollte er sie am Ende wieder überwachen? Sie war zu früher Stunde gewöhnlich die Einzige in der Anlage.

Sie blieb an einem Busch stehen, einer abgeblühten Forsythie, die Strunkes Zaun und ihren Kopf überragte, und lugte durch die Zweige zur Laube. Nichts war zu sehen oder zu hören. Nicht das geringste Geräusch, nur die Vögel und die Straße. Sie räusperte sich. Keine Reaktion. Irgendwo musste er doch stecken.

Sie wartete. Vielleicht hatte er am Vorabend vergessen, die Laubentür abzuschließen, und der Morgenwind hatte sie aufgedrückt. Vielleicht hatten Einbrecher das Gartenhäuschen aufgebrochen, das kam ab und an vor. Aber die zogen hinterher die Tür zu, damit es nicht gleich auffiel.

Sollte sie nachsehen? Sie wollte nichts übereilen. Am Ende trieb er sich doch in der Anlage herum, war vielleicht auf dem Klo im Vereinsheim. Nicht auszudenken, wie er sich aufführen würde, wenn er sie in seinem Garten, ja in seiner Laube ertappte.

»Herr Strunke?«, rief sie und ärgerte sich, dass ihre Stimme leicht zitterte. Nach einer Weile wiederholte sie etwas lauter und fester: »Herr Strunke!«

Immer noch nichts. Sie stellte sich auf die Zehenspitzen, schob die obersten Zweige der Forsythie beiseite. Eine Elster segelte über den Garten, etwas ungeschickt landete sie auf der Terrasse vor der Laube. Da entdeckte Gerti Blum etwas Menschliches: Füße.

Es waren die Füße eines Mannes. Aber sie konnte sich auch täuschen, schließlich war sie darauf eingestellt, auf Strunke zu treffen. In jedem Fall waren es die Füße einer liegenden Person. Außer den Füßen sah sie nur noch ein Stück einer Jogginghose. Blau. Der Rest des Körpers war von Johannisbeersträuchern verdeckt. Gerti Blum verließ ihren Beobachtungsposten, lief am Zaun entlang bis zur Gartentür. Von dort aus war der Körper in seiner ganzen Länge zu sehen.

Es war Strunke, kein Zweifel. Aber warum lag er auf der Terrasse? Hielt er ein Nickerchen? Das wollte sie doch nicht hoffen. Verstieß Strunke etwa gegen sein eigenes Gebot Nummer zwei: »Du sollst nicht faul herumliegen den ganzen Tag!« Er hatte das Wort »nicht« unterstrichen und handschriftlich ergänzt: »Maßvolle Erholungsnutzung«.

»Herr Strunke!«, rief sie ein drittes Mal, merkte jedoch im gleichen Atemzug, dass es sinnlos war. Strunke schien auf eine unnatürliche Weise reglos. Das Gesicht war ihr zugewandt, die Augen standen offen, kein Lid zuckte. Sie verstand genug von Biologie. Der Mann war tot.

Gerti Blum schlug die Hand vor den Mund. Sie spürte ihr Blut rauschen. Jetzt nur ruhig bleiben, mahnte sie sich. Sie wollte nicht auch noch von einem Infarkt dahingerafft werden, wie sie es bei Strunke vermutete. Sie musste nachsehen. Vielleicht war es noch nicht zu spät, konnte sie noch helfen.

Die Gartentür war verschlossen. Warum in aller Welt hatte er abgeschlossen, wenn er doch da war? Sie verdrängte die Frage, kletterte über den niedrigen Zaun und hastete zur Laube. Als sie sich Strunke näherte, entdeckte sie auf dem Plattenbelag der Terrasse den dunklen Fleck um seinen Kopf. Abrupt blieb sie stehen. Das war doch nicht etwa Blut? Wieder schlug sie die Hand vor den Mund. Doch, es sah aus wie …

***

»Geschnetzeltes!«, rief der wabbelige Blattmacher der Politik und sah stolz in die Runde.

Paul Stiller betrachtete aus halb geschlossenen Augen die Leibesfülle und die dicken Backen des Kollegen, der ihm gegenübersaß. Er liebäugelte schon seit Jahren mit einem Wechsel ins Ressort Essen & Trinken. Vielleicht war er deshalb heute mit Eifer dabei. Er hatte Geschmack an der Sache gefunden, Appetit bekommen. Auf seinen Lippen glänzte Speichel.

»Sehr gut.« Dr. Frauke Heiner-Döberlin schrieb mit ihrem Edding »Geschnetzeltes« auf eine Wolke aus weißem Pappkarton und zog eine Nadel aus dem Schneiderkissen, das sie sich ums Handgelenk gebunden hatte. Die Diplom-Psychologin war als Creative-Innovative-Thinking-Trainerin, kurz: CITT, überregional gefragt. Das Redaktionscoaching war nicht ihr erster Einsatz, das zeigte der geübte Schwung, mit dem sie die Wolke an die Stellwand pinnte, die hinter ihr aufgebaut war. Über den blassblauen Stoff zog sich bereits eine Reihe bunter Wolken. Die meisten hatte der Blattmacher hinterlassen: »Schnitzel« stand darauf, »Kalbsbraten«, »Tilsiter« und »Presssack«.

Dr. Frauke Heiner-Döberlin wandte sich wieder dem Sitzkreis zu.

Für Stiller war es an diesem Montagmorgen die Hauptüberraschung gewesen, dass alle Tische des Konferenzzimmers an die Wand geschoben und die Stühle im Kreis angeordnet worden waren. Am Freitag hatten die Tische noch das übliche Oval in der Mitte des Raumes gebildet und darüber hinaus eine tragende Rolle gespielt. Die Redaktionsmitglieder sollten lernen, neue Perspektiven zu finden, und mussten für alle Redebeiträge auf die Tische steigen. Es handele sich um eine Unterart der Kopfstandmethode, hatte die CITT erläutert. Stiller war ihr dankbar gewesen, dass sie es nicht mit der Hauptvariante versucht hatte. Als Mittvierziger würde er keinen Kopfstand mehr wagen – und wenn sich Dr. Frauke Heiner-Döberlin selbst auf den Kopf stellte.

Ihm war schon der Wunsch von Chefredakteur Rex Bausback bedenklich weit gegangen, alle Diskussionsteilnehmer sollten vor dem Betreten der Tische die Schuhe ausziehen. Bausback hatte seinen Wunsch jedoch spontan zurückgezogen, nachdem die Wollsocken des bulligen Landchefs feuchte Flecken auf der Tischplatte und eine Duftnote von reifem Tilsiter in der Luft hinterlassen hatten. Mit zusammengekniffenen Nasenflügeln erklärte er, die Frage der Schuhe sei nicht kreativitätsrelevant.

Sofort hatte Stiller das Wort »kreativitätsrelevant« auf seinem Stenoblock notiert, was ihm das Vorhandensein der Tische noch problemlos ermöglich hatte. Am heutigen Morgen dagegen lag der Stenoblock unter seinem Stuhl, und es würde unangenehm auffallen, wenn er ihn aufhob, um erinnerungsrelevante Bemerkungen seines Chefredakteurs aufzuschreiben.

Trotz des Stuhlkreises, der ihn an seine Kindergartenzeit erinnerte, fand Stiller das Reizworttraining höchst interessant. Jeder sollte Begriffe in die Runde rufen, die ihm spontan in den Sinn kamen. Stiller rätselte noch über das Ziel dieses Work-outs (ein Wort, das die CITT anstelle der veralteten »Übung« benutzte), er entdeckte jedoch viel Aufschlussreiches in den Wolken, die sich an der Stellwand ballten.

»Migränetabletten«, rief die Kulturredakteurin.

»Sehr gut!« Die CITT griff nach dem Stapel roter Wolken, die offensichtlich medizinischen Reizwörtern vorbehalten waren.

Sie hat chronische Kopfschmerzen, dachte Stiller und ließ seinen Blick zur Stellwand schweifen, auf der schon eine rote Wolke schwebte. »Aspirin« stand darauf. Schlimme chronische Kopfschmerzen. Wahrscheinlich der Grund, warum die Kulturredakteurin an den meisten Tagen zickig wirkte. Stiller nahm sich vor, künftig etwas nachsichtiger mit ihr zu sein.

Heiner-Döberlin hatte das Wort »Migräne-Tabletten« trennen müssen, damit es auf die Wolke passte. Das inspirierte den Fotografen Peter Kleinschnitz zu einem Beitrag.

»Dampfschifffahrtsgesellschaftskapitänsmütze«, rief er feixend.

Bausback schnaufte erbost, doch die CITT beruhigte ihn mit einem sanften »Sehr gut!«, bevor sie auf einer blauen Wolke zu schreiben begann.

»Bullshit!«, platzte Kerstin Polke heraus. Ein gereizter Ton lag in ihrer ohnedies rauen Stimme. Zwei giftgrüne Wolken hatte die Online-Redakteurin bereits beigesteuert, zwei wenig trostreiche Botschaften: »Kalaschnikow« und »Blutrausch«.

Das Redaktionscoaching war Bausbacks Idee gewesen. Die Zeitungen steckten weltweit in der Krise, das Aschaffenburger Blatt war keine Ausnahme. Die Verlage verkleinerten die Belegschaften. Nachwuchs gab es nur, wenn eines der Fossile in Ruhestand ging – und selbst dann musste mit der Geschäftsleitung um jede Neubesetzung gerungen werden.

»Wir brauchen im Arbeitsalltag junge und spritzige Ideen«, hatte Bausback in einer Rundmail an die Redaktion verkündet. »Sicher haben Sie es schon oft gehört: Kreativität kann trainiert werden. Wir werden unsere Redaktion daher in ein Fitnessstudio für kreatives Work-out verwandeln.«

In der Folge hatte er Dr. Frauke Heiner-Döberlin engagiert, eine Expertin für chaotisch-intuitive Innovationsmethoden. Drei Wochen lang sollte sie die Redaktion in fünfzehnminütigen Workshops vor den Morgenkonferenzen mit den unterschiedlichen Techniken und Quellen der Kreativität vertraut machen: die Reizwortanalyse zur Provokation unkonventioneller Ideen, den Perspektivwechsel am Beispiel der Walt-Disney-Strategie oder die Denkhütevariante von De Bono, Brainwriting, Konzeptextraktion, Visuelle Synektik, Value Curve, Mindmapping, Morphologische Matrix, Semantische Intuition, Tai Chi, Alpha-Tiefschlaf: Am Ende sollte für jeden die passende Methode dabei sein.

»Schweinshaxe!«, rief der Blattmacher der Politik.

»Oh Gott«, seufzte Stiller.

»Sehr gut!« Heiner-Döberlin angelte sich eine gelbe Wolke und schrieb »Gott« darauf.

Die Teilnahme am Training war freiwillig, damit war das größte Problem bereits beschrieben. Die meisten Redaktionsmitglieder hielten sich dem kreativen Work-out fern. Aus zwei Gründen, wie sie ihren Entschuldigungen anfügten: Erstens weil ihnen angesichts der engen Besetzung die Zeit fehlte, zweitens weil sie den bestmöglichen

Weg für Kreativität und Innovation bereits gefunden hätten. Es sei genau der, den sie schon immer beschritten.

»Die erste Phase ist um«, sagte die CITT sanft. »Lassen Sie uns nun an die Analyse gehen.« Sie wandte sich zur Stellwand und betrachtete sie, den Zeigefinger denkerisch ans Kinn gelegt. »Wir beginnen mit dem umfassendsten Begriff: Gott.« Sie pflückte die gelbe Wolke vom blauen Stoffhimmel und hielt sie über sich, während sie sich auf die Vorderkante ihres Stuhles setzte. »Sie müssen das jetzt nur erläutern, wenn Sie es wirklich wollen.« Ihr Ton glich dem einer Mutter, die einem Kleinkind mit Keuchhusten Mut zuspricht. »Was haben Sie uns mit diesem Wort sagen wollen, Herr Stiller?«

***

Allmählich begann Stiller, sich von seinem Schock zu erholen. Er hatte nach der Reizwortanalyse eine schnelle Konferenz mit der Stadtredaktion gehalten, die er leitete. Die Themen und Aufgaben waren verteilt, die Arbeit lief.

Sonja Wagner, die gute Seele des Redaktionssekretariats, hatte eine Kanne Kaffee für alle gebrüht. Stiller hatte der Kulturredakteurin, die hinter ihm in die kleine Kaffeeküche geschlurft kam, großzügig den Vortritt überlassen, die Geste aber sofort wieder bereut, als er den kärglichen Rest betrachtete, den sie ihm übrig gelassen hatte. Egal, nichts konnte diesen Tag schlimmer machen, als er schon war. Ein aufbauender Gedanke.

In seinem Büro ließ er die Tür offen, schloss aber das Fenster – der Mai war ungewöhnlich kühl. Stiller hatte gehofft, nach den Eisheiligen würde es besser werden, aber Deutschland lag unter einem beharrlichen Tief. Und Aschaffenburg mittendrin. Er ließ sich auf seinen Sessel sinken und breitete auf dem Schreibtisch die Unterlagen für den Beitrag aus, den er schreiben wollte.

Ein leiser Gong signalisierte den Eingang einer E-Mail. Er öffnete die Nachricht, die von der Pressestelle der Polizei kam. Für den täglichen Bullenreport war es viel zu früh, der kam erst gegen Abend. Es musste etwas passiert sein.

Eben wollte er zu lesen beginnen, da fühlte er, dass ihn jemand beobachtete. Er blickte über die Schulter. Dr. Frauke Heiner-Döberlin lehnte lässig am Türrahmen, einen Pott Kaffee in der Hand.

»Störe ich?«, fragte sie.

»Ähm, also …«

Sie trat ein und zog die Tür hinter sich zu. »Ich würde gerne ein paar Takte mit Ihnen reden, Herr Stiller. Paul. Ich darf doch Paul zu Ihnen sagen? Sie dürfen mich auch Frauke nennen.«

Stiller nickte überrumpelt. Die Nähe der CITT machte ihn verlegen. Das hatte nichts mit ihrer etwas ungewöhnlichen Erscheinung zu tun. Dr. Frauke Heiner-Döberlin war groß und dünn, fast mager. Stillers Freund Kleinschnitz hatte ihr den Spitznamen Bohnenstange verpasst. Ihr schlanker Hals war auffällig lang, und wie um ihn zu betonen, stand ihr das kastanienbraune Haar in widerborstigen Locken vom Kopf ab. Sie trug ein enges Business-Kostüm mit einem kurzen Rock, der ihre ebenfalls auffällig langen Beine sehen ließ. Beine, die genauso spindeldürr waren wie ihre Arme.

Stillers Verlegenheit hatte einen anderen Grund. Wenn ihn die CITT mit ihrem diplomierten Psychologenblick fixierte, hatte er das Gefühl, als schaue sie tief in sein Innerstes. Als könne sie mit ihren leicht stechenden Augen sein Hirn sezieren, zumindest aber seine Gedanken lesen.

Hilfesuchend schaute er auf den Bildschirm. »Ich habe gerade eine wichtige Mail bekommen.«

»Es dauert nur ein paar Minuten.« Sie stakste auf ihren Storchenbeinen zum Schreibtisch, balancierte dabei vorsichtig die Tasse, setzte sich Stiller gegenüber auf den Stuhl und knöpfte mit der freien Hand die Kostümjacke auf.

Überrascht sah Stiller, dass sie ein enges T-Shirt mit Dinosaurier-Aufdruck trug.

Sie bemerkte seinen Blick. »Das ist ein T-Shirt meiner Tochter«, erklärte sie lächelnd. »Ich habe mir heute Morgen Kaffee über die Bluse geschüttet und auf die Schnelle nichts anderes gefunden. Ich komme kaum zum Bügeln. Sie glauben gar nicht, wie mich das Kind und der Beruf auf Trab halten.«

Doch, dachte Stiller, sagte aber nichts. Er ahnte: Sie würde sofort wissen, dass er das Bügeln seiner Frau Ruth überließ.

Sie lächelte noch immer. »Ich weiß, Sie haben auch Kinder und arbeiten viel. Aber Sie haben bestimmt eine Frau, die Ihnen das Bügeln abnimmt.«

Er hatte es geahnt. Stiller hüstelte. »Und Ihr Mann?«

»Gott bewahre! Ich habe keinen Mann mehr. Noch eine Person mehr im Haushalt, um die ich mich kümmern müsste, liebe Güte. Ich habe mich seiner beizeiten entledigt und nur den Doppelnamen behalten. Macht sich besser.« Sie kleidete dieses raue Geständnis in einen Ton aus Samt.

Von wegen Bohnenstange, dachte Stiller. Sie hat etwas Spinnenartiges. Etwas von dieser Gattung, die nach dem Zeugungsakt das Männchen auffrisst. Sein Unwohlsein wuchs, er beschloss, das Gespräch zu beschleunigen.

»Frau Dr. Heiner-Döberlin ...«

»Frauke!«

»Frauke. Sie wollten doch sicher nicht über die Rollenverteilung im Haushalt mit mir reden?«

»Sie haben recht.« Sie rutschte auf die Vorderkante des Stuhls. »Paul, es liegt mir sehr viel an einem Klima der Offenheit. Nur in einem solchen Klima ist es uns allen möglich, unsere Fähigkeiten frei zu entfalten und die inneren Ressourcen voll auszuschöpfen. Denken Sie sich unsere Zusammenarbeit als eine Pflanze, die Sonne genauso braucht wie Regen und daher unter dem offenen Himmel besser gedeiht als in einer geschlossenen Kammer.«

»Hm.« Stiller versuchte, aus den Augenwinkeln die Polizei-Mail zu lesen. Er erkannte das Wort *Staatsanwaltschaft.*

»Ich weiß, Sie reden nicht viel. Sie sind eher ein guter Zuhörer.« Ihre Stimme hatte wieder die Kleinkind-Beruhigungsmelodie.

Drei weitere Worte sprang ihm ins Auge: *Vorabinformation* und *noch vertraulich.*

»Dennoch habe ich das Gefühl, Ihr Schweigen heute Morgen hatte andere Gründe.«

Stand da wirklich *auf Ihre Mithilfe angewiesen?*

»Mag sein, dass es sich um ein unbewusstes Verhaltensmuster handelt. Immerhin haben Sie sich freiwillig zum kreativen Work-out angemeldet und bisher noch keine Sitzung ausgelassen. Ich will Ihnen daher keinesfalls eine bewusste Verweigerungshaltung unterstellen.«

Es ging offensichtlich um einen Zeugenaufruf. Das Wort *Zeugen* war fett gedruckt.

»Dennoch: Kann es sein, dass Sie sich meinen Methoden des Kreativitätstrainings verschließen, weil ...« Sie legte eine Pause ein, und

Stiller hatte das Gefühl, ihr Blick sei noch ein Tick stechender geworden. »… weil ich eine Frau bin?«

»Wie bitte?« Stillers Protest wäre um einiges schärfer ausgefallen, hätte ihn die Mail nicht abgelenkt. Er übersprang ein paar Zeilen und hakte am Wortpaar *frühen Morgen* wieder ein.

»Mag sein, dass ich mich täusche. Ich kann schließlich keine Gedanken lesen. Aber Sie verschließen sich.«

Stiller tat, als sei er empört, und wandte sich vollends seinem Bildschirm zu. *Vorsitzender der Kleingartenanlage Nilkheimer Bahnhof,* las er.

»Sie verschließen sich nicht nur. Sie haben eine Mauer um sich errichtet.«

Einwirkung stumpfer Gewalt.

»In Ihrem eigenen Interesse: Ich muss wissen, was diese Mauer durchbrechen kann!«

Abrupt wandte sich Stiller ihr zu. »Ein Mord!«

Sie fuhr erschrocken zurück, hätte sich um ein Haar ihren Kaffee über das Dinosaurier-T-Shirt geschüttet. »Aber Herr Stiller!«

»Paul.« Jetzt war er es, der lächelte. Er war in seinem Element. »Wir haben einen Mord. Es war schön, mit Ihnen zu plaudern, aber ich muss handeln.«

Er griff zum Telefon. Als er den Hörer abheben wollte, schoss ihre Hand vor wie ein Stachel, legte sich auf seine und drückte sie herab.

»Ist das keine übereilte Hast?«, fragte sie sanft. »Meinen Sie nicht, es könnte effektiver sein, für Ihr weiteres Vorgehen eine der bewährten Kreativitätstechniken zu wählen?«

Stiller nickte. »Ich habe mich bereits für die chaotisch-intuitive Methode entschieden«, sagte er und wählte Kleinschnitz an. »Ihr Spezialgebiet, oder? Sie können mich gerne unterstützen!«

Zum zweiten Mal an diesem Morgen war er großzügig – und während er dem Freizeichen lauschte, ahnte er bereits, dass er es auch diesmal bereuen würde.

2

Es beginnt zu tagen über der Kleingartenkolonie. Das Licht wischt das Grau von den Stauden und Büschen, den Blumenbeeten und den schmucken Lauben, es lässt die Farben leuchten. Vögel zwitschern. Die Blätter der Obstbäume rascheln im Wind, Fahnen flattern. Da öffnet sich eine Gartenhaustür. Vielleicht knarrt sie, das muss noch geprüft werden. Ein paar Amseln im Kirschbaum vor der Hütte flattern auf. Ihr schrilles Tschilpen warnt die Umwelt: Hier lebt ein Feind. Ein Mann tritt auf die grauen Waschbetonplatten des Vorplatzes. Er ist nur spärlich bekleidet, das fast weiße, aber volle Haar klebt ihm am Kopf. Offensichtlich hat er in der Laube übernachtet. Warum steht er zu dieser frühen Stunde auf, was hat ihn geweckt? Treibt ihn Harndrang auf die Toilette im Vereinsheim nebenan, zu dem er einen Schlüssel besitzt? Hat ihn ein verdächtiges Geräusch herausgelockt, ein Rufen, das Knirschen von Kies? Er ist kaum zwei Schritte von der Tür entfernt, als er seinem Mörder gegenübersteht. Vielleicht sind es auch mehrere. Kennen sie sich oder sehen sie sich zum ersten Mal? Ist es eine zufällige Begegnung oder ein geplantes Treffen? Sprechen sie miteinander, streiten sie? Oder verliert die unbekannte Person keine Zeit? Der erste Schlag kommt unvermutet, das Opfer wehrt sich nicht, kämpft nicht ...

Die Armbanduhr piepste. Hauptkommissar Johannes Strobel liebte Pünktlichkeit. Er öffnete die Augen und sah zur Tür, durch die schwatzend der Pulk der Soko-Mitglieder drängte. Nur widerwillig schüttelte er seine Gedanken ab. Er hatte schon jetzt, in diesem frühen Stadium der Ermittlungen, das Gefühl, etwas Wesentliches übersehen zu haben. Nein, anders: Er hatte es gesehen, aber nicht die richtigen Schlüsse daraus gezogen. Das Gefühl machte ihn nervös. Er kannte es nicht. Der Ruf, nichts zu übersehen, hatte ihn weit gebracht, hatte ihm mit nur achtunddreißig Jahren die Leitung des Kommissariats 1 eingetragen.

Möglicherweise würde die Besprechung mehr Klarheit bringen. Außer Strobel war nur ein kleiner Kreis in alle bisher bekannten Fakten eingeweiht. Jetzt sollten die Erkenntnisse ausgetauscht und das weitere Vorgehen festgelegt werden. Strobel hatte die Mitgliederzahl der Sonderkommission »Gartenzwerg« vorerst auf acht begrenzt. Er wusste jedoch bereits, dass er mehr Leute brauchte. Allein die nötigen Befragungen, die sich abzeichneten, waren zu zahlreich. Strobel sah zu, wie sich die Soko um den Tisch versammelte. Nach außen blieb er gelassen. Doch innerlich war er voller Unruhe, während die Ankömmlinge ihre Kaffeetassen vor sich abstellten oder noch einmal darin rührten.

»Ist die Mitteilung an die Medien schon raus?«, fragte er, als Stille eingekehrt war. Er saß wie üblich an der Stirnseite des Besprechungstischs. Auch im Sitzen überragte er die übrigen Mitglieder der Sonderkommission um Kopfeslänge. Er sah sich um, legte die Finger aneinander, unterdrückte aber den Impuls, sie knacken zu lassen.

Martin Baumeister nickte. »Vor einer Viertelstunde.«

»Gut.« Strobel hatte den Pressesprecher der Polizeidienststelle gebeten, an der Besprechung teilzunehmen. Er wollte ihn für die Pressekonferenz am Nachmittag auf dem Laufenden halten.

Gerhard Bühler räusperte sich. »Ich weiß nach wie vor nicht, ob das wirklich gut war.« Der Chef der Spurensicherung saß nicht bei den anderen Beamten am Tisch. Er lehnte an einem Fenster, hielt die Fernsteuerung für den Laptop in der Hand. »Ich hoffe, die Journalistenherde hält sich an die Absperrungen.«

»Wir hätten vielleicht Elektrozaun nehmen sollen«, witzelte Mike Staab, der einzige Uniformierte in der Runde. Strobel schätzte ihn als Fachmann bei der Tatortarbeit.

»Ich kann's nicht ändern«, erwiderte er. »Es war ein Wunsch der Staatsanwaltschaft. Sie hofft, dass sich Zeugen melden, je früher, desto besser. Außerdem kennst du ja die Medien … Wenn sie über ein Kapitalverbrechen zu spät informiert werden, ist schlechte Presse programmiert.« Er sah Bühler an und wies mit dem Kinn auf die Leinwand. »Lass uns lieber Gas geben. Zeig uns bitte, was wir haben.«

Bühler streckte die Hand mit der Fernbedienung aus und drückte eine Taste. Der Beamer warf das Passbild eines Mannes an die Leinwand. »Das Opfer«, sagte er. »Josef Strunke, sechzig, ehemaliger Eisenbahner im Vorruhestand. Er kam durch die Einwirkung stumpfer Gewalt ums Leben.«

Der Beamer wechselte das Bild. Es zeigte einen Mann in blauer Jogginghose und weißem Unterhemd, der ausgestreckt auf einem

Plattenboden lag, das Gesicht seitwärts gewandt. Um seinen Kopf hatte sich eine dunkle Blutlache ausgebreitet.

»Genau genommen waren es zwei Schläge«, fuhr Bühler fort. »Der erste traf das Opfer an der Schläfe. Der zweite Schlag wurde Strunke versetzt, als er bereits am Boden lag. Auf den Hinterkopf.«
Das Bild zeigte die blutverkrustete Wunde.

»Die Folge: schwerer Schädelbasisbruch. Austritt von Gehirnflüssigkeit und Blut durch Mund, Nase und Ohren. Tatzeit zwischen halb fünf und halb sieben heute Morgen. Genaueres wird uns die Gerichtsmedizin sagen.«

Auf der Leinwand erschien eine Luftaufnahme. »Tatort ist die Kleingartenanlage am Nilkheimer Bahnhof. Das Radieschenparadies.«

Die Laubenkolonie im Grünen am Rande des Stadtteils Nilkheim hatte einen quadratischen Grundriss. Im Osten schnitt sie der Schienenstrang der Hafenbahn vom eigentlichen Siedlungsgebiet ab, im Süden trennte sie die Großostheimer Straße, eine Zufahrtsader zur Stadt, vom Nilkheimer Park und dem Mainufer. Im Westen ließ das Luftbild die Gehege der Kleintierzüchter erkennen und die Parkplätze im Winkel der beiden Anlagen. Dahinter schloss der Park Schönbusch an. Im Norden lag der alte Nilkheimer Bahnhof. Vom Haupteingang am Parkplatz und vom Seiteneingang am alten Bahnhof aus zog sich ein schachbrettartiges Muster von Wegen durch die Kleingartenanlage.

»Strunke wurde in Parzelle 68 erschlagen, die direkt am Vereinsheim im Zentrum der Anlage liegt.«

Bühler zoomte die Parzelle heran, zeigte dann Bilder vom Garten und der Laube. Spalierobstbäumchen säumten das Grundstück entlang eines niedrigen Maschendrahtzaunes. Die Beete waren sauber mit Rabattensteinen von einer kleinen Wiese abgetrennt, in deren Mitte ein sorgfältig geschnittener Kirschbaum stand; Fassade und Fensterläden des Gartenhäuschens waren frisch gestrichen. Die Regenrinne endete in einem Wassertank, der ebenso verschlossen war wie die Kompostbehälter an der Rückseite der Laube. Es folgten Fotos vom Vorplatz aus Waschbetonplatten mit der Leiche darauf.

»Tatort und Fundort sind identisch. Der Körper wurde nicht bewegt.«

»Gefunden hat ihn ein anderes Mitglied der Kleingartenkolonie«, ergänzte Strobel. »Die Nachricht kam um sieben über Notruf von einer Frau Gertraud Blum. Sie wollte vor der Arbeit noch die Salatbeete gießen und kam auf dem Weg zu ihrer Parzelle am Tatort vorbei. Sie wunderte sich über Strunkes offene Laubentür. Dachte an einen Einbruch, was häufiger vorkommt, wie wir wissen.«

Claudia Junk meldete sich zu Wort. Die stellvertretende Leiterin des Kommissariats hatte die wenig erfreuliche Aufgabe gehabt, Strunkes Witwe die Todesnachricht zu überbringen. »Tatsächlich dürfte Strunke in der Laube gewohnt haben. Seine Frau hat ihn vor drei Wochen rausgeschmissen, wegen eines anderen. Wollte sich scheiden lassen.«

»Sie hat ihn wegen 'nem anderen rausgeschmissen – mit sechzig?«, fragte Baumeister nach.

»Sie ist zehn Jahre jünger. Das ist durchaus nicht zu alt für eine neue Beziehung.« Claudia Junk sah Strobel an und errötete leicht. »Jedenfalls ist Strunke vorübergehend in seine Laube gezogen. Das ist offiziell nicht erlaubt. Als Vorsitzender der Kleingartenanlage konnte er es daher nicht sonderlich rumerzählen.«

Bühler übernahm wieder und ließ das Bild wechseln. »Die Tatwaffe.«

»Verrückt!«, rief Staab. »Ich kann's immer noch nicht glauben.«

»Ein Gartenzwerg. Das hatten wir tatsächlich noch nie«, bestätigte Strobel.

Bühler zeigte ein weiteres Bild des Gartenzwergs, den die Schläge zerbrochen hatten. Ein Metermaß war an die Scherben angelegt. »Vierzig Zentimeter«, sagte er. »Der Zwerg stammt nicht aus dem Garten des Opfers. Wir versuchen noch herauszufinden, wem er gehört.« In schneller Folge zeigte er Bilder verschiedener Parzellen. »Einfach wird es nicht. Es stehen Hunderte davon herum.«

»Wir geben ein Bild an die Medien«, entschied Strobel. »Was haben wir über den Täter?«

»Wenig bis nichts«, sagte Bühler mit bedauerndem Unterton. »Die Tatwaffe ist hart, aber nicht allzu schwer, eine Frau kann sie ebenso gut wie ein Mann geführt haben. Der erste Schlag traf das Opfer an der linken Schläfe, das deutet auf einen Rechtshänder hin. Muss aber nichts heißen.«

Diesmal zeigte der Beamer eine Skizze geometrischer Figuren, an deren Seite einige Berechnungen notiert waren. »Aus der Größe des

Zwergs und dem Winkel der Wunde können wir auf die ungefähre Größe des Täters schließen. Schätzungsweise ein Meter sechzig bis ein Meter achtzig. Das ist jetzt nur mal auf die Schnelle. Wir arbeiten dran, das noch zu präzisieren.«

»Gute Arbeit in der kurzen Zeit«, lobte Strobel. »Fingerabdrücke?«

Bühler schüttelte den Kopf. »Der Täter dürfte Handschuhe getragen haben.«

»Fasern?«

»Fehlanzeige.«

»Schuhspuren?«

»Null.«

»Sonst irgendwas?«

»Das war's vorerst. Leider.«

»Also suchen wir einen Mann oder eine Frau, hundertsechzig bis hundertachtzig Zentimeter groß, vermutlich rechtshändig«, fasste Staab zusammen. »Das schränkt den Täterkreis ja wahnsinnig ein.«

Strobel sah Bühler an. »Du bist sicher, dass es keine Kampfspuren gibt?«

Bühler zog einen Schmollmund. »Ich bitte dich!«

»Und die Laube ist nicht durchsucht worden?«

»Das ist schwer zu sagen. Alles ist ordentlich aufgeräumt, nur das Bett war nicht gemacht. Es gibt derzeit keine Erkenntnisse, ob etwas fehlt.«

Strobel ließ die Finger knacken. »Wir kämmen die gesamte Gartenkolonie noch einmal durch«, sagte er zu Bühler. »Nimm dir so viele Leute, wie du kriegen kannst. Vielleicht gibt uns der Herkunftsort der Tatwaffe noch Hinweise. Mag sein, dass der Täter dort weniger vorsichtig war.«

Bühler nickte und schaltete mit der Fernbedienung den Beamer aus.

»Baumeister soll die Journaille abwimmeln.« Strobel wandte sich dem Pressesprecher zu. »Vertröste sie auf die Konferenz um drei. Die Staatsanwaltschaft soll jemanden dazuschicken. Wahrscheinlich will Possmann selbst dabei sein.« Strobel kannte das Misstrauen des leitenden Oberstaatsanwalts, wenn es um Presseauskünfte in laufenden Ermittlungen ging. »Claudia, besorg uns bitte eine Liste der Kleingärtner dieser Kolonie, wir müssen mit allen reden. Mike und ich knöpfen uns noch mal die Witwe vor.«

»Denkst du an eine Beziehungstat?«, fragte Claudia Junk.

»Ich denke nie«, sagte Strobel und stemmte seinen athletischen Körper vom Stuhl. »Das weißt du doch.«

★★★

Der rote Buick bog von der Großostheimer Straße zum alten Nilkheimer Bahnhof ab. Langsam überquerte er den weiten, von Büschen gesäumten Parkplatz der Kleingartenanlage Radieschenparadies und hielt schließlich am Haupteingang direkt neben einem Streifenwagen; dem einzigen Fahrzeug, das hier parkte.

Kleinschnitz stellte den Motor ab und seufzte: »Damit eines klar ist: Ich mache hier nur meinen Job.«

Stiller nickte.

»Und du auch«, fuhr Kleinschnitz fort. »Versprich mir das!«

»Warum sollten wir sonst hier sein?«, wich Stiller aus.

»Warum ich hier bin, weiß ich.« Kleinschnitz stützte sich am Lenkrad ab. »Bei dir bin ich mir nicht ganz sicher. Du hast genug am Schreibtisch zu tun. Du hättest auch jemand anderen schicken können, oder?«

»Wenn du die Wahl hättest zwischen einem Mord und alltäglicher Routine – wofür würdest du dich entscheiden?«, fragte Stiller zurück.

»Ich bitte dich nur um eines: keine Extratouren diesmal. Ich hab keine Lust, wieder in einem Bach zu landen. Oder in einem Teich. Ich mag es nicht, wenn irgendwelche finsteren Typen hinter mir herjagen, schon gar nicht, wenn sie aussehen wie Kleiderschränke und ihre Ballermänner auf mich richten. Der Buick ist gerade erst aus der Werkstatt zurück. Ich will meinen Job machen, sonst nichts.«

»Verstehe«, sagte Stiller.

»Versprochen?«

»Versprochen.« Stiller hob die Hand wie zum Schwur und klopfte Kleinschnitz dann auf die Schulter. »Lass uns hier keine Wurzeln schlagen.«

Sie stemmten sich aus dem flachen Wagen. Gleichzeitig öffneten sich die Türen des Streifenwagens, und zwei Beamte stiegen aus. Stiller kannte sie nicht.

»Personenkontrolle«, sagte der eine.

»Sagen Sie bloß, Sie haben noch keine Halterabfrage gestartet?«
Stiller spielte den Überraschten, während er in der Tasche nach dem
Presseausweis wühlte.

»Selbstverständlich haben wir das.« Der Beamte zwinkerte seinem Kollegen zu. »Man nennt Sie die Zeitungsapostel, Sankt Peter und Paul. Trotzdem: Ohne Ausweis kommt hier vorläufig niemand rein.«

Er betrachtete die Presseausweise, die ihm Stiller und Kleinschnitz vor die Nase hielten, und nickte. »Bleiben Sie außerhalb der Absperrungen.« Er gab seinem Kollegen einen Wink und wollte wieder einsteigen.

Stiller hielt ihn zurück. »Wohin?«

»Sie können es gar nicht verfehlen«, sagte er. »Den Hauptweg geradeaus, bis Sie auf das Vereinsheim stoßen. Der nächste Garten links daneben ist es.«

Das Radieschenparadies war am Morgen so verlassen wie der Parkplatz. Stiller und Kleinschnitz folgten dem gekiesten Weg, warfen neugierige Blicke in die verwaisten Parzellen links und rechts. Alles wirkte liebevoll gepflegt, zeugte von der Leidenschaft der Kleingärtner für Natur und Gartenbau. Dennoch glichen die Gärten einander wie geklont. Größe, Einteilung, selbst der Gartenhaustyp, alles war einheitlich. Farbe und Abwechslung brachte nur die Vielfalt an Pflanzen und Blüten ins Bild – Stiller fragte sich, wie es hier im Sommer aussehen würde.

Auch die Dekoration sollte den Gärten eine eigene Note verleihen. Allerdings wiederholte sie sich ebenfalls: Fahnenmasten, Hollywoodschaukeln, Kamingrills aus Waschbetonplatten, bäuerlicher Zierrat wie Wagenräder und Holzrechen an Veranden und Lauben, Hecken, die wie Tore geschnitten waren, nachgebildete Ziehbrunnen und ein Querschnitt durch das nationale Angebot an Gartenzwergen, die Spitzhacken und Schaufeln trugen, Schubkarren schoben und Gießkannen schwangen.

Kleinschnitz schoss im Gehen eine Serie von Bildern. »Unglaublich«, sagte er. »Könntest du es hier länger als ein Wochenende aushalten?«

Stiller schüttelte den Kopf. »Sehe ich aus, als fahre ich im Urlaub ins Allgäu? Aber bitte, wer's mag.«

»Da, schau!« Kleinschnitz lenkte das Objektiv auf eine Vogelscheuche, die an ein Kreuz aus Bohnenstangen gebunden war. Eine japanische Theatermaske gab ihr ein Gesicht. Sie war in eine zerschlissene grüne Jacke gehüllt. Auf ihrer Schulter saß eine Elster und beäugte argwöhnisch die beiden Eindringlinge.

»Wie ein Denkmal: das Kreuz der Gärtnerin«, sagte Stiller. »Hat was Makabres – und scheint zumindest gegen Elstern nicht viel auszurichten.«

»Ganz ehrlich: Wenn hier kein Mord passiert, wo sonst?«

»In unserer Redaktion.«

»Einverstanden«, stimmte Kleinschnitz zu. »Aber dann kannst du nicht mehr darüber berichten.«

»Wir sind da.«

Vor ihnen lag das Vereinsheim. Über dem Eingang hing das Emblem der Schwind-Brauerei, eine Leuchtreklame, die schon einige Lichtjahre hinter sich haben musste. Daneben, ebenfalls in Leuchtschrift, der Name des Kleingärtner-Domizils: »Radieschenheim«. Die Fenster waren dunkel und vergittert, glotzten wie tote Augen auf den Weg.

Stiller deutete auf den Garten daneben. Rot-weißes Absperrband war durch einen hüfthohen Maschendrahtzaun geflochten. Zusätzlich ging ein Polizeibeamter vor dem Gartentürchen auf und ab. Er nickte ihnen zu, offensichtlich war er bereits per Funk über ihr Kommen verständigt worden.

»Haben Sie schon etwas Neues?«, erkundigte sich Stiller.

Der Beamte sah misstrauisch zu, wie Kleinschnitz an den Zaun trat und das Objektiv auf die Gartenlaube richtete. »Nichts, was ich Ihnen erzählen könnte«, sagte er dann. »Soweit ich weiß, gibt es am Nachmittag eine Pressekonferenz.«

Stiller gesellte sich zu Kleinschnitz. Johannisbeersträucher und Spalierobstbäumchen entlang der Maschendrahtzäune fassten den Garten ein. Vom Türchen führte ein schmaler Weg aus Betonplatten zur Laube. Rabattensteine trennten ihn scharf vom Nutzgarten zur Rechten und einer kleinen Wiese zur Linken. In der Wiese erhob sich ein Kirschbaum. Stiller nahm das alles nur unbewusst wahr. Es war die Terrasse zwischen der Wiese und der Laube, die seinen Blick anzog. Nur vage waren die Kreidestriche auszumachen, die die Lage des Toten markierten. »Bringt dir das etwas?«, fragte er.

»Wenig. Besser wär's, ich könnte rein.«

»Vergessen Sie's«, ließ sich der Beamte hören. »Seien Sie froh, dass Sie überhaupt schon so nah randürfen.«

Kleinschnitz sah sich um. »Ich versuch's mal vom Vereinsheim-Grundstück aus. Da ist der Abstand nicht ganz so groß.« Er wandte sich nach rechts. »Am liebsten wär's mir, wenn ich irgendwie nach oben käme.«

»Ich grase solange die Gegend ab. Gibt's doch gar nicht, dass hier niemand ist.« Stiller folgte dem Hauptweg bis zur nächsten Kreuzung. Dort blieb er an einem Schaukasten stehen und überflog die Aushänge. »Die zehn Gebote (und Verbote) des Kleingärtners« war ein Blatt überschrieben. Ein Ausriss aus der Schrebergarten-Verbandszeitung »Die Harke« informierte über die biologisch korrekte Schneckenbekämpfung. Als besonders wirkungsvoll galt die Nematode Phasmarhabditis hermaphrodita. Der winzige Fadenwurm dringe in den Organismus ein und sondere ein Bakterium ab, das die Schnecke erkranken und sterben lasse. Am freundlichsten erschien Stiller die Bierfalle, wenngleich die berauschten Schnecken anschließend in der Biotonne entsorgt werden sollten.

Eine Liste verriet die Telefonnummern der drei Kleingartenobleute – zwei Männer und eine Frau. Stiller zog den Stenoblock aus der Tasche und notierte Namen und Nummern. Sicher hatten sie das Opfer gut gekannt, sie gehörten immerhin zum Vorstand der Kleingartenanlage, die Strunke geleitet hatte.

Daneben klebte ein Flugblatt in Form einer Annonce: »Betreuer gesucht«. Eine Parzelle war zu pachten, befristet auf ein Jahr. Eine Stecknadel mit grünem Kopf markierte ihre Lage im Plan der Laubenkolonie. Die Parzelle lag nur wenige Grundstücke vom Garten des Ermordeten entfernt auf der anderen Seite des Vereinsheims Richtung Haupteingang. Sie mussten gerade daran vorbeigekommen sein.

»Darf ich fragen, was Sie da treiben?«, rief eine Stimme direkt hinter ihm.

Stiller zuckte zusammen. Der Weg war gekiest, doch er hatte niemanden kommen hören. Jemand musste sich ihm auf der Grasnarbe entlang des Wegs genähert haben. Er wandte sich um und musterte den Mann. »Wenn Sie mir verraten, mit wem ich es zu tun habe ...«

»Sorry.« Der Unbekannte reichte Stiller ein Kärtchen, das er schon in der Hand hielt. »Mein Name ist Dorn. Ich bin der Vorsitzende des Kleingärtner-Stadtverbands.«

Stiller war sich sicher, dass er ihm nie zuvor begegnet war. Trotzdem erinnerte Dorn ihn an jemanden. Der Mann war anderthalb Köpfe kleiner als er, aber deutlich breiter. Sein Gesicht war von einer weißen Mähne eingerahmt: Haupthaar über der hohen Stirn, buschige Koteletten, stattlicher Kinnbart. Er trug eine Brille, die er weit nach vorne auf die Nasenspitze geschoben hatte. Gekleidet war er wie ein Wanderer aus dem Bilderbuch: rot kariertes Hemd, krachlederne Kniebundhose; die Füße steckten in klobigen Wanderstiefeln.

Er fixierte Stiller erwartungsvoll. »Und Sie? Presse?«

Intuitiv schüttelte Stiller den Kopf.

»Ach so.« Dorn schwankte zwischen Aufatmen und Enttäuschung. »Ich dachte schon, Sie wären auch so einer, der sich nur für den Vorfall interessiert.«

»Vorfall?« Stiller hob die Brauen. »Nein, ich, ähm, interessiere mich für …«, er tippte mit dem Finger auf das Flugblatt mit der Annonce, »… dafür.«

»Ach so«, wiederholte Dorn. »Wer sind Sie denn?«

Die Frage traf Stiller unvorbereitet, obwohl er sie hätte erwarten müssen. »Ich bin – ich heiße …«, wieder folgte er einer Eingebung, »… Döberlin. Äh, Heiner.« Er tat, als suche er in seiner Tasche. »Leider habe ich keine Karte dabei. Trotzdem: Heiner Döberlin«, bekräftigte er mit fester Stimme.

»Döberlin.« Dorn runzelte die Stirn. »Das ist kein Name aus dieser Gegend!«

»Ich bin auch erst zugezogen.« Während er sprach, versuchte Stiller, sich in Gedanken eilig eine Legende zusammenzubasteln.

»Gut«, sagte Dorn. »Das ist Voraussetzung. Sie müssen in der Stadt wohnen, wenn Sie einen Garten pachten wollen. Familie?«

»Drei Kinder«, antwortete Stiller wahrheitsgemäß.

»Wie alt?«

»Na ja«, Stiller ließ die Hand unbestimmt in Hüfthöhe kreisen. »Ungefähr so.«

»Noch besser.« Dorn klopfte mit den Fingerknöcheln auf einen vergilbten Aushang im Schaukasten, einen Auszug aus der städtischen Kleingartenverordnung. »Familien werden bei der Vergabe der Gartenplätze bevorzugt. Ist 'ne Sozialklausel. Sie haben schon einen Hausgarten?«

»Lieber Herr Dorn!« Stiller bemühte sich um einen verbindlichen Ton, während er der ehrlichen Antwort auswich. »Dann würde ich mich doch kaum für dieses Angebot interessieren.«

»Das wäre auch gegen die Statuten.« Dorn rückte die Brille zurecht, die ihm von der Nasenspitze zu rutschen drohte. »Trotzdem: Sie können sich gar nicht ausmalen, was wir schon alles erlebt haben. Superreiche, die sich am Godelsberg eine Villa mit zweitausend Quadratmeter Park halten. Aber damit das Kind nichts kaputt macht, wenn es sich Freunde einlädt, muss ein Kleingarten her, in den es am Wochenende verfrachtet wird.«

»Nein!«

»Doch. Das Schlimmste ist, die kennen alle den Oberbürgermeister Fürst persönlich. Kennen Sie den OB Fürst?«

Stiller nickte.

»Das würde Ihnen nichts nützen. Der mischt sich da nicht ein. Kümmert sich um seinen eigenen Garten, wenn Sie wissen, was ich meine.«

»Wie angedeutet: Ich kenne ihn.«

»Sehr gut«, sagte Dorn. Er zog einen Schlüssel aus der Hosentasche, schloss den Schaukasten auf und löste die Reißnägel, mit denen das Flugblatt festgepinnt war. Dann zupfte er die Stecknadel aus dem Lageplan der Kolonie.

Vom Vereinsheim her war das Knirschen von Kies zu hören. Stiller befürchtete, Kleinschnitz könnte ihn holen kommen und seine Schwindelei auffliegen lassen. Er schaute über die Schulter. Nein, das Fernsehteam des Lokalsenders rückte an. Kleinschnitz war nicht zu entdecken.

»Sie haben Glück«, nahm Dorn den Faden auf. »Wir haben bestimmt fünfzig Familien auf der Warteliste. Aus Aschaffenburg und ohne eigenen Grundbesitz. Aber alle interessieren sich nur für einen dauerhaften Pachtvertrag.« Er schloss den Schaukasten ab. »Den Garten hier biete ich schon seit drei Monaten erfolglos an. Der Besitzer ist für ein Jahr im Ausland. Nach der Satzung muss schnellstmöglich ein Betreuer bestellt werden, sonst verwildert der Garten. Der Pächter hat eine genaue Pflegeliste erstellt, die Sie befolgen müssen. Das stört Sie doch nicht?«

»Kein Problem«, behauptete Stiller.

»Bitte kommen Sie am Nachmittag in mein Büro, die Adresse steht auf der Karte, die ich Ihnen gegeben habe. Sie können dann den Pachtvertrag unterschreiben. Bringen Sie unbedingt Ihren Ausweis mit, Herr Döberlin.«

Stiller erschrak. »Geht es auch gegen Abend?« Er versuchte, sich nichts anmerken zu lassen.

»Ich bin bis achtzehn Uhr im Büro. Sie bekommen von mir«, Dorn ließ den Schlüssel in der Hosentasche verschwinden, »ein Exemplar der städtischen Kleingartenverordnung, die Sie bitte genau beachten, einen Satz Schlüssel und eine Inventarliste, was sich alles in der Laube befindet. Der Pächter legt großen Wert darauf, dass nichts wegkommt. Überprüfen Sie alles anhand der Liste und sagen Sie mir bis übermorgen Bescheid, wenn etwas nicht stimmt.«

»Wird gemacht.«

»Ich muss los«, schnaufte Dorn. »Ich sollte eigentlich gar nicht hier sein.«

»Ach richtig«, sagte Stiller. »Der Vorfall …«

Dorn schwieg.

»Was ist eigentlich passiert? Ich habe Polizei gesehen.«

»Sie erfahren es ja doch.« Dorn ließ sich nicht ungern zum Erzählen verlocken. »Eine unangenehme Geschichte. Es ist jemand erschlagen worden. Heute Nacht.«

»Heute Nacht erschlagen!« Stiller riss die Augen auf. »Hier?«

»Sie haben recht. Es ist verboten, sich nachts im Kleingartengelände aufzuhalten. Die Lauben sind keine Wohnungen. Das ist ein grober Verstoß gegen die Verordnung, denken Sie daran. Ein Kündigungsgrund.«

»Aber doch kein Grund, jemanden zu erschlagen.« Stiller versuchte, Dorn zum Thema zurückzubringen.

»Eben. Vermutlich waren es Einbrecher. Hatten wohl nicht damit gerechnet, hier jemanden anzutreffen. Das ist natürlich keine Entschuldigung.«

»Das Opfer … war ein Pächter?«

»Ja. Leider.«

»Vielleicht wusste er nicht, dass er hier nicht übernachten darf. Ich meine, ich habe die Verordnung bisher auch noch nicht gelesen.«

Dorn winkte ab und ging in Richtung Vereinsheim davon. »Der schon, glauben Sie mir das. Er war sogar akkurat dahinter her, dass die Verordnung eingehalten wurde. Er war der Vorsitzende dieser Kleingartenanlage.«

»Ach was!« Stiller tat, als könne er es nicht glauben. »Doch nicht Herr Strunke.«

Dorn warf ihm einen überraschten Blick zu.

»Ich habe seinen Namen im Schaukasten gelesen«, erklärte Stiller. »Und dann hat er hier übernachtet? Wohl in der Hollywoodschaukel eingeschlafen.«

»Nein.« Dorn bückte sich, zupfte ein paar Unkrauthalme aus dem Kies auf und warf sie auf den Grasstreifen entlang des Wegs. »Nach dem, was ich gehört habe, hat er genau gewusst, was er tat. War ganz unverhohlen in seine Laube eingezogen. Wahrscheinlich hat es in der Kolonie jeder gewusst. Aber niemand hat sich getraut, etwas zu sagen.«

»Wenn es alle gewusst haben, kann der Täter wirklich nicht aus der Kolonie sein«, tröstete Stiller. »Jedenfalls nach Ihrer Theorie.«

Dorn blieb stehen. »Wie meinen Sie das?«

»Wenn es ein Einbrecher war, der nicht damit gerechnet hat, dass sich hier jemand aufhält, kann er nicht aus dem Kreis der Leute stammen, die davon wussten.« *Wenn* es ein Einbrecher war, wiederholte Stiller in Gedanken.

»So hab ich das noch gar nicht gesehen.« Dorn stiefelte weiter.

Stiller folgte ihm. »Außerdem muss er in der Anlage doch ziemlich beliebt gewesen sein. Er ist schließlich zum Vorsitzenden gewählt worden.«

»Das muss nichts heißen. Es gibt nicht viele, die das Amt haben wollen. Die meisten scheuen die Arbeit und den Ärger. Sie werden das miterleben, es muss ja ein Nachfolger her.«

»Ärger?«

»Der Vorsitzende ist dafür verantwortlich, dass die Statuten eingehalten werden. Sonst muss er einschreiten.«

»Hatte Strunke denn Ärger?«

»Was sollen die Fragen?« Dorn kniff misstrauisch die Augen zusammen. »Sie sind doch nicht etwa von der Polizei?«

»Gott bewahre«, lachte Stiller.

Dorn blieb misstrauisch. »Was arbeiten Sie denn? Das haben Sie mir noch gar nicht verraten.«

»Ich, ähm …«, Stiller hatte seine Legende schon wieder vergessen, »bin – na –«, er lachte verlegen, »ich sag's nicht gerne, wissen Sie, Psychologe. Spezialisiert auf Kreativitätstraining.«

»Liebe Güte«, sagte Dorn. »Ein Seelenklempner. Verstehen Sie überhaupt etwas von Gartenarbeit?«

»Ich stamme von einem Bauernhof.« Stiller beschleunigte den Schritt. Sie kamen am Vereinsheim vorbei. Von Kleinschnitz war nichts zu sehen. Das TV-Team stand mit der Kamera am Zaun zu Strunkes Garten, drehte dem Weg den Rücken zu.

»Fernsehen.« Dorn seufzte. »Diese Art von Reklame hat uns Kleingärtnern noch gefehlt.«

»Hm.« Stiller schaute vorsichtshalber in die andere Richtung, tat, als studiere er die Gärten rechts des Wegs. Wie von seinem Blick aufgescheucht, stob eine Handvoll Spatzen aus einem Beet in die Luft und flog tschilpend davon.

»Von einem Bauernhof, sagen Sie?« Dorn wandte sich wieder Stiller zu. »Aus dem Spessart?«

»Odenwald. Aus Breitendiel. Kennen Sie das? Liegt bei Miltenberg.«

Dorn schüttelte den Kopf. Wenige Schritte weiter blieb er stehen und wies auf eine Parzelle. »Das ist Ihr Garten. Nummer 47.«

Das Grundstück glich der Parzelle des Ermordeten wie ein Spiegelbild – aber eines, das auf gespenstische Weise die Kehrseite zeigt. Wie eine wüste Insel lag es im Meer der gepflegten Streber-Schrebergärten. Unkraut wucherte aus den Fugen der Betonplatten, die den Weg vom Türchen zur Laube bedeckten, und auf den Beeten, die unbestellt zur Rechten des Wegs lagen. Maulwurfshügel häuften sich im wild gewachsenen Rasen zur Linken. Der unvermeidliche Kirschbaum vor der Terrasse ließ die Äste hängen, als trauere er um seinen abwesenden Gärtner. Die Johannisbeerbüsche an den Zäunen zu den Nachbarparzellen streckten dürre Zweige von sich. Von der Laube blätterte der Putz, neben der Tür lehnte eine rostige Schubkarre an der Wand.

Unter dem Kirschbaum und auf der ungepflegten Wiese davor standen mehrere Grüppchen blasser Gartenzwerge beisammen. Sie erschienen ebenfalls wie ein Zerrbild der lustigen Gesellen, die sich in den anderen Gärten tummelten. Nicht nur wegen der verblichenen Farbe. Sie schwangen auch keine Harken oder ähnliche Gartengeräte, sondern verkörperten eher den Müßiggang, schmauchten

Pfeife, hatten die Hände hinter dem Kopf verschränkt oder in die Hosentaschen gesteckt. Das Lächeln ihrer bärtigen oder pausbäckigen Gesichter wirkte wenig freundlich, fast bösartig. Zudem gafften sie alle in dieselbe Richtung – wie eine seltsame Versammlung, die ein besonderes Schauspiel betrachtet. Unwillkürlich folgte Stiller ihrem Blick: Er war auf die Vogelscheuche im Nachbargarten gerichtet. Grinsend starrten die Zwerge hinüber zu der Strohpuppe, wie Schaulustige, die auf eine Hinrichtung warten.

»Sehr komisch«, sagte Stiller.

Außer den Zwergen gab es in diesem Garten nur noch einen Schmuck: Mitten in der Wiese stak ein dünner Fahnenmast, an dem eine ausgebleichte Deutschlandfahne hing.

»Wie lange, sagten Sie, ist der Pächter schon weg?«

»Drei Monate.« Dorn wich Stillers Blick aus. »Aber das holen Sie schon wieder auf. Sie sind ja vom Land. Wenn ein Bauernsohn keinen grünen Daumen hat, wer dann?«

Jedenfalls kein Journalist, dachte Stiller.

3

Kleinschnitz wartete bereits hinter dem Steuer des Buicks.

Stiller stieg ein und sah ihn erschrocken an. »Was ist denn mit dir passiert?«

Kleinschnitz hatte die Hemdsärmel hochgekrempelt, seine Unterarme waren voller Kratzer. Flecken sprenkelten sein Hemd, über das rechte Hosenbein zog sich eine klebrige Harzspur. Er wandte Stiller das Gesicht zu. Eine Schramme zierte die Stirn über dem linken Auge. »Ich bin auf einen Baum geklettert.«

»Du bist was? Warum das denn? Waren die Mädels vom Lokalfernsehen hinter dir her?«

»Ha, ha!« Kleinschnitz ließ den Buick vom Parkplatz rollen.

»Na, vor den Jungs wärst du sicher nicht geflohen.«

»Damit das klar ist: Ich habe eine Freundin!«

»Wow!« Stiller war platt. »Lerne ich sie mal kennen?«

»Wir wollten am Wochenende mit dir und Ruth grillen. Wenn das Wetter mitspielt.«

»Grillen ist gut. Aber nicht bei dir. Ich weiß was Besseres.«

»Was meinst du?«

»Erzähle ich dir später«, murmelte Stiller. »Verrate du mir erst einmal, was dich auf Bäume treibt.«

»Mein Berufsethos.« Kleinschnitz bleckte seine großen Zähne. »Ich bin auf den Baum neben dem Vereinsheim gestiegen. Von dort aus gibt es einen super Blick auf die Terrasse des Verblichenen. Das sollen mir die Amateurfunker mit ihrer Kamera erst mal nachmachen.«

»Sehr gut«, lobte Stiller.

Sie fuhren unter der Hafenbahnbrücke durch. Unmittelbar dahinter standen die ersten Häuser Nilkheims.

»Und du?«, erkundigte sich Kleinschnitz.

»Wie, ich?«

»Was hast du getrieben, während ich unter Einsatz von Leib und Leben meinen beruflichen Pflichten nachgegangen bin? Erbsen gezählt?«

»Och, ich …« Stiller blickte aus dem Fenster. Sie hatten Nilkheim auf der schnurgeraden Großostheimer Straße fast schon wieder durchquert. Er bemühte sich um einen beiläufigen Ton. »Ich habe einen Kleingarten gepachtet.«

Kleinschnitz trat abrupt auf die Bremse. Um ein Haar hätte er einen Auffahrunfall verursacht. »Du hast was? Warum das denn?«

»Ich hab schon immer einen körperlichen Ausgleich zur Arbeit im Büro gesucht. Das Radfahren allein …«

»Bullshit!«, brauste Kleinschnitz auf. »Ich weiß genau, was du vorhast.«

»Warum fragst du mich dann?«

»Du hast es mir versprochen: keine Extratouren diesmal.«

»Da ist doch jetzt nichts Schlimmes dran.«

Kleinschnitz schnaubte. »Pachtet einen Kleingarten, unser Schnüffler. Demnächst macht er noch Urlaub im Allgäu.«

Den Rest der Fahrt schwiegen sie.

***

»Sie haben was? Warum das denn?« Chefredakteur Rex Bausback fuhr sich verzweifelt mit beiden Händen durch das struppige blonde Haar.

»Heute Abend unterschreibe ich den Pachtvertrag«, bestätigte Stiller.

»Und der Verlag soll für die Kosten aufkommen, sagen Sie. Ja, sind Sie denn noch bei Trost?« Bausback löste die Hände vom Kopf und streckte sie gegen die Decke. »Das ist ja – das ist ja – psychiatrierelevant.«

Als habe sie auf das Stichwort gewartet, löste sich Dr. Frauke Heiner-Döberlin von der Wand neben dem Schreibtisch des Chefredakteurs. Stiller hatte sie in den letzten Minuten dort ebenso reglos lehnen gesehen wie die Bohnenstangen an den Kleingartenlauben, die noch darauf warteten, in irgendwelche Beete gesteckt zu werden.

»Eine geniale Idee.« Sie lächelte. »Richtig kreativ. Ich möchte sagen, mein Coaching zahlt sich schon aus.«

»Genau das möchte ich auch sagen!« Bausback sah sie an, als bereute er es zutiefst, die CITT engagiert zu haben, wisse aber noch nicht, auf wen er die Verantwortung dafür schieben könnte.

Sie ignorierte den Blick. »Herr Stiller … Paul recherchiert undercover. Direkt dran an den Menschen. Ich wollte, ich könnte dabei sein.«

»Das können Sie!« Bausbacks Laune hob sich. Er lehnte sich zurück und beschrieb mit der Hand einen großzügigen Bogen über dem Schreibtisch. »Ich gebe Sie Stiller als persönliche Beraterin mit.«

Stiller erschrak. »Und das Coaching?«, stieß er rasch hervor. »Sie dürfen die anderen nicht vergessen, Herr Bausback.«

»Das Coaching geht weiter«, entschied Bausback. »Eingeschränkt halt.« Er drückte die Sprechtaste zum Vorzimmer. Sonja Wagner meldete sich. »Ich brauche die Spesenformulare«, knurrte er.

»Sie liegen schon auf Ihrem Schreibtisch«, flötete es zurück. »Ich habe sie gleich mit hineingenommen, als ich Herrn Stiller zu Ihnen gebracht habe.«

★★★

»Sie haben was? Warum das denn?« Frauke blieb stehen, fuhr ihren Stachelarm aus und stützte sich an der Flurwand ab. Für einen Moment war der übliche sanfte Ton aus ihrer Stimme verschwunden.

Stiller lächelte. »Wenn ich undercover recherchieren will, kann ich ja wohl schlecht meinen eigenen Namen angeben.«

Sie nickte. Dann schüttelte sie den Kopf. »Aber warum haben Sie ausgerechnet meinen Namen genannt?«

»Mir ist auf die Schnelle nichts Besseres eingefallen.« Stiller zeigte auf seine Bürotür. »Lassen Sie uns vom Gang verschwinden. Es müssen ja nicht gleich alle mitbekommen.«

Sie stieß sich von der Wand ab und folgte ihm.

»Übrigens war das keine schlechte Eingebung, so im Nachhinein betrachtet«, sagte er im Weitergehen, ohne sich nach ihr umzusehen.

»Ach?« Ihr Ton ließ erkennen, dass sie diese Einschätzung nicht teilte.

»Ich brauche einen Perso. Sie müssen mich heute Abend begleiten, wenn ich den Vertrag unterzeichne. Als meine Frau. Und Ihren Ausweis vorlegen.«

»Ich muss mich auch noch als Ihre Frau ausgeben? Was soll ich dazu sagen?«

»Chaotisch intuitiv.« Stiller ließ ihr den Vortritt und zog die Bürotür hinter sich zu. »Ihr Fachgebiet.«

Wie am Vormittag setzte sie sich dem Schreibtisch gegenüber auf einen Stuhl, knöpfte die Kostümjacke auf und ließ den Dinosaurier frei.

»Paul …« Sie atmete tief durch. »Seien Sie froh, dass ich Kreativitätstrainerin geworden bin und keine Therapeutin.« Plötzlich erwiderte sie Stillers Lächeln. »Schon interessant, dass Ihnen auf die Schnelle gerade mein Name eingefallen ist.«

»Ziehen Sie bloß keine falschen Schlüsse!« Stillers Lächeln gefror. »Würde mich wirklich sehr interessieren, was Ihre Frau dazu sagt.«

★★★

»Du hast was? Warum das denn?« Ruth war dabei, den Küchentisch abzuräumen. Am Vormittag, als sie einer Gruppe älterer Damen Töpferunterricht gegeben hatte, hatte er als Arbeitsfläche gedient. »Du kümmerst dich doch nicht einmal um unseren eigenen Garten.«

Stiller stand zerknirscht an der Küchentür und sah ihr zu. »Ich weiß«, sagte er. »Sorry.«

»Du hättest gescheiter eine Werkstatt pachten sollen. Das würde zur Abwechslung mal mir das Leben vereinfachen. Aber dafür haben wir natürlich kein Geld.«

»Für den Kleingarten kommt der Verlag auf. Das ist beruflich.«

Ruth fasste ihr rotes Haar zusammen und streifte ein schwarzes Band über. Dabei sah sie Stiller ernst an. »Du sagst, du arbeitest an einem Mord. Für mich sieht das eher aus wie eine Reportage über das Schrebergartenwesen.«

»Nein, das siehst du falsch«, sagte Stiller. »Wenn ich mich in der Kolonie aufhalte, kann ich vielleicht etwas herausbekommen, was die Polizei nicht weiß.«

Ruth begann, Tonklumpen in Plastikfolie zu wickeln. »Wenn ich das schon höre: was die Polizei nicht weiß. Geht das jetzt wieder los?«

»Ob ich bei der Recherche im Büro sitze oder auf der Terrasse einer Gartenlaube, das macht doch keinen Unterschied.«

»Ach? Auf der Terrasse recherchieren – und wer erledigt die Gartenarbeit? Macht die sich von alleine? Glaub bloß nicht, dass ich auch nur einen Finger dafür krümme.«

»Das brauchst du auch nicht.« Stiller räusperte sich. Er fühlte, wie ihm Schweiß auf die Stirn trat. »Offiziell ist es gar nicht mein Garten. Die CITT wird ihn pachten.«

»Die wer?«

»Unsere Kreativitätstrainerin. Ich hab dir von ihr erzählt. Dr. Frauke Heiner-Döberlin.«

»Die Bohnenstange?« Ruth hielt inne und sah ihn an.

»Genau die. Sie wird sich …«, er räusperte sich erneut, »als meine Frau ausgeben.«

Ruth knallte den Tonklumpen, den sie in der Hand hielt, so fest auf den Tisch, dass ein paar Spachtel vor Schreck von der Platte sprangen und über den Fliesenboden klapperten. »Sie wird was? Warum das denn?«

»Ich will – ich muss anonym bleiben, wenn ich möchte, dass die Leute mit mir reden.«

»Na, herzlichen Glückwunsch zur Vermählung.« Ruth zog sich einen Stuhl heran und setzte sich. »Oben im Bad liegt deine Schmutzwäsche.« Sie wies zur Decke. »Die bring ihr mal schön mit, deiner neuen Frau Stiller.«

Er setzte sich ihr gegenüber. »Ruth, versteh doch: Ich bin nicht Stiller!«

»Schön, dass ich das auch mal erfahre.«

»In der Kleingartenkolonie heiße ich Döberlin. Heiner Döberlin. Außerdem ist es nur für ein paar Tage.«

»Ein Tag, eine Woche … Ich überlege gerade, ob du nicht gleich für den Rest deines Lebens in diesen Schrebergarten ziehen solltest.«

»Es ist verboten, dort zu wohnen.«

»Erzähl mir nicht, dass du bei diesem Mordfall ausnahmsweise deine Nächte zu Hause verbringen willst. Bin gespannt, was deine neue Ehefrau dazu sagt.«

Stiller nahm erfreut wahr, dass ihre Stimme versöhnlicher klang.

Sie seufzte. »Paul, das geht doch niemals gut. Du bleibst keinen Tag lang anonym. Dein Porträt ist ständig in der Zeitung.«

»Ich verlasse mich einfach darauf, dass ich in Kleingartenkreisen nicht so bekannt bin. Der Vorsitzende des Stadtverbands hat jedenfalls nichts gemerkt.« Wieder räusperte er sich.

»War das noch nicht alles? Was kommt als Nächstes – habt ihr schon Kinder?«

»Ich brauche dringend ein paar Arbeitsklamotten. Keine Ahnung, was ein Kleingärtner trägt. Ich komme angeblich vom Land, alles muss möglichst stimmen.«

Ruth stützte die Ellbogen auf den Tisch, ballte die Hände zu Fäusten und legte ihr Kinn darauf. Um ihre Mundwinkel schien ein Lächeln zu spielen. »Schau im Keller nach, im Raum hinter dem Brennofen. Da hängen noch ein paar alte Hosen und Jacken von dir.« Sie musterte ihn. »Ich hoffe, du passt noch rein. Deine Bohnenstange steht offensichtlich auf Männer mit Bauchansatz.«

Stiller ging nicht darauf ein. »Ruth«, sagte er stattdessen, »ich habe bei dieser Geschichte auch an dich gedacht. Ich habe mich in der Laubenkolonie schon flüchtig umgesehen. Es gibt da jede Menge Gartenzwerge – aber nichts Ordentliches. Die übliche Massenware, vermutlich aus China. Du verstehst? Ein toller Absatzmarkt für deine Gnome und Rosenfeen. Du könntest mir eine Kiste davon zusammenpacken.«

Ruth lehnte sich zurück und verschränkte die Arme. »Du meinst, du willst dort meine Gartenfiguren verkaufen?«

Stiller nickte. »Ich staffiere die gesamte Parzelle mit ihnen aus. So, dass sie jeder sehen muss. Glaub mir, in diesem Garten fallen sie ganz bestimmt auf. Wenn dann jemand fragt …«

Sie schwieg eine Weile und betrachtete ihn ernst. Dann stand sie auf. »Komm, hilf mir aufräumen. Der Abfluss der Spüle ist verstopft. Kümmer dich drum, ich pack dir derweil eine Kiste.«

Stiller atmete auf. »Lass dir Zeit, ich kann sie erst morgen mitnehmen.«

Ruth schüttelte den Kopf. »Paul, du bist manchmal echt blöd.« Jetzt lächelte sie wirklich. »Aber ganz so blöd dann auch wieder nicht.«

***

Stiller trat kräftig in die Pedale, als er von der Polizeidienststelle in die Redaktion zurückradelte. Es war kurz vor vier, spätestens um sechs musste er im Büro des Kleingärtner-Stadtverbands sein. Den Bericht hatte er zum größten Teil im Kasten, die Pressekonferenz hatte wenig Neues gebracht. Mit Ausnahme der Tatwaffe. Ein Gartenzwerg! Dieses Symbol der Idylle, der Friedlichkeit, des braven Bürgertums war Tatwaffe in einem Gewaltverbrechen geworden.

Das Corpus Delicti war beim zweiten Schlag in die Brüche gegangen. Sicher kein Produkt deutscher Wertarbeit. Nicht vergleichbar mit Ruths skurrilen Gartenfiguren. Sie überlebten Stürze vom Küchentisch, verbrachten Jahre im Freien, ohne Risse oder Sprünge zu bekommen. Mit ihnen hätte Alexander der Große allein die gesamte persische Armee niederstrecken können. Nein, der tödliche Gartenzwerg stammte eher aus einer fernöstlichen Massenproduktion. Billigware. Andererseits war diese Art von Gartenschmuck auch nicht dazu gedacht, Leben auszulöschen.

Strobels Team hatte die Scherben zusammengesetzt und die Figur rekonstruiert. Es handelte sich um die übliche Variante mit weißem Rauschebart, die rote Zipfelmütze steil aufgerichtet. Hier hatte der Täter zugepackt, nach der Spurenlage zu schließen. Fingerabdrücke gab es allerdings nicht. Das rotbackige Gesicht war weitgehend unbeschädigt geblieben. Der Gartenzwerg grinste so zufrieden wie ein Anlageberater, der gerade eine reiche Witwe über den Tisch gezogen hat, und doch so freundlich, als könne er niemandem etwas zuleide tun – schon gar nicht dem Vorsitzenden einer Kleingartenkolonie. Vom Hals abwärts zogen sich geklebte Sprünge über seinen Leib. Der lustige Geselle trug eine kurze Lederhose und feste Wanderstiefel – Stiller dachte augenblicklich an Dorn, den Vorsitzenden des Kleingärtner-Stadtverbands.

Laut Strobel stammte der Gartenzwerg nicht aus der Parzelle des Toten. Strunke hatte für kitschigen Zierrat nichts übrig gehabt, er hatte sich bei der Dekoration auf die Basics der Gartendekoration beschränkt: alte Schubkarren, morsche Rechen mit Holzzinken – in dieser Art. Bisher gab es noch keine Hinweise, wem der Zwerg gehörte, falls ihn der Täter nicht selbst mitgebracht hatte. Die Kripo hatte an alle Pächter Bilder verteilen lassen und sie aufgefordert, möglichst noch am selben Abend in ihren Gärten nachzusehen.

Der Presse hatte Strobel die Bilder per Mail zukommen lassen. Vielleicht würde ein Zeitungsleser den unbekannten Gartenzwerg vermissen oder identifizieren.

Jetzt, beim Radeln, glaubte Stiller nicht mehr, dass sich diese Hoffnung der Kripo erfüllen würde. Die Zwerge sahen im Grunde alle gleich aus. Er stutzte. Ein Detail fiel ihm ein: Die Farbe des Gartenzwergs war auffällig verblichen. Ruths Figuren behielten ihre Farbe jahrelang, so fest war sie ihnen in den Ton gebrannt. Auch die anderen Gartenzwerge, die er in der Kolonie gesehen hatte, leuchteten noch wie neu, sicher waren etliche ohnedies aus Kunststoff. Er kannte nur eine Parzelle, in die der etwas verlebte Gnom passte: diejenige, die er selbst pachten wollte. Er nahm sich vor, das zu überprüfen. Schließlich galt der Appell der Kripo auch ihm.

Den anderen Fakten, die Stiller bereits grob kannte, hatte Strobel nicht viel hinzuzufügen gehabt: Das Opfer, Strunke, war Vorsitzender des Radieschenparadieses. Er war verheiratet, lebte aber aus »familiären Gründen« in der Kleingartenanlage.

Ob die »familiären Gründe« ein Mordmotiv hergäben? Es sei zu früh für solche Spekulationen. Es sei ebenfalls zu früh, von Mord zu sprechen. Es könne sich auch um Totschlag im Affekt handeln. Oder um eine Körperverletzung mit Todesfolge.

Was unter den »familiären Gründen« genau zu verstehen sei? Strobel bat um Rücksicht auf die Hinterbliebenen. Er ließ aber anklingen, dass die Ehe Strunkes gerade in die Trennungsphase gesteuert war. Strunke habe vorübergehend in seiner Laube gewohnt, aber schon eine Wohnung in Aussicht gehabt.

Ob einer der anderen Kleingartenpächter als Täter in Frage komme? Das werde derzeit geprüft.

Ein Einbrecher? »Wir ermitteln in alle Richtungen.«

Mit anderen Worten: Die Kripo hatte nichts. Außer vielleicht die Spur der »familiären Gründe«. Plötzlich war Stiller froh über die spontane Idee, den Kleingarten zu pachten. Nirgendwo sonst würde er mehr über Strunke erfahren, über dessen Ehe und die Gründe für die Trennung, das war sicher. Strunke hatte nicht im Licht der Öffentlichkeit gestanden, seine Frau erst recht nicht. Die Recherchen im Zeitungsarchiv und im Internet würden daher wenig bringen.

Vielleicht gab die Nachbarschaft noch etwas her. Strunke hatte in Damm gewohnt. Brückenstraße. Stiller liebte das kleine Viertel, das sich unterhalb der lauten Schillerstraße zur Aschaff hinzog. In den engen Gassen zwischen den schmalen, mehrstöckigen Häusern war es ungewöhnlich ruhig. Sicher war der Vergleich nicht frei von lokalpatriotischer Übertreibung, doch für Stiller hatte das Quartier den Charme des Montmartrebezirks in Paris – in verkleinertem Maßstab natürlich. Kurioserweise hieß das bekannteste Lokal im Herzen des Dämmer-Viertels »Maxim«. Er würde sich auch dort ein wenig umhören.

Noch etwas nahm er sich vor: Er musste sofort die Online-Redakteurin über die Pressekonferenz informieren. Es konnte nicht schaden, Kerstin Polke mit im Boot zu haben. Außerdem sollte sie ihm die Laube so verkabeln, dass er dort störungsfrei arbeiten konnte. Recherchieren und schreiben. Zufrieden legte Stiller noch ein Zahnrad zu. Die Gartenarbeit würde er der CITT überlassen. Sie war der Faktor, der sich mit »störungsfrei« nicht decken wollte.

***

Strobel klappte die offenen Mappen auf seinem Schreibtisch zu und stapelte sie in der Ecke. Zufrieden lehnte er sich zurück. Die Pressekonferenz war gut verlaufen. Keine Boulevardpresse dabei, die den Fall unnötig aufbauschen und die Polizei unter Druck setzen würde.

Stiller und die Tante vom Bayerischen Rundfunk hatten ihn wegen der Familie Strunkes gelöchert. Er hatte die Klippen gut umschifft. Kein Wort davon, dass sich die Ermittlungen vor allem in diese Richtung erstreckten. Wenn überhaupt so etwas wie ein Motiv erkennbar war, dann irgendwo in Strunkes gescheiterter Ehe. Der Vorsitzende des Radieschenparadieses war keineswegs freiwillig ausgezogen. Seine Frau Ursula hatte ihn hochkant rausgeworfen, lebte mit einem anderen zusammen, drängte auf die Scheidung.

Claudia Junk hatte in der kurzen Zeit vorbildlich ermittelt. Die Befragungen im Umfeld des Ehepaares ließen erkennen, dass sich Strunke mit allen Mitteln gegen eine Scheidung zur Wehr setzte. So wie es aussah, hätte die lebenslustige Gattin drei Jahre auf ein Urteil warten müssen.

Etwas anderes kam dazu: Ursula Strunke und ihr Neuer, ein gewisser Thomas Nadele, hatten ein äußerst dürftiges Alibi.

Strobel beugte sich wieder vor, zog sich die oberste Mappe heran, schlug sie auf und las die Fakten noch einmal durch.

Das Paar hatte das Haus in der Dämmer Brückenstraße gegen fünf Uhr morgens gemeinsam verlassen. Eine Nachbarin hatte das bestätigt. Angeblich waren sie vor der Arbeit an der Aschaff joggen gegangen, wie sie beide in einer ersten kurzen Befragung unabhängig voneinander angaben. Das deckte sich aber nicht mit der Richtung, in die sie nach Aussage der Nachbarin losgelaufen waren. Das Flüsschen lag nördlich der Brückenstraße. Die beiden Jogger hätten sich jedoch in die entgegengesetzte Richtung gewandt, zur Michaelskirche hin. Dort pflegte Nadele seinen Wagen zu parken. Nach den bisherigen Befragungen hatte niemand das Paar zurückkommen sehen. Zur Arbeit waren beide pünktlich erschienen. Ursula Strunke traf um fünf vor halb acht in der Firma Letron ein, wo sie als Sekretärin arbeitete. Das Unternehmen lag gleich um die Ecke, der Fußweg war kaum länger als zehn Minuten. Also dürfte sie gegen Viertel nach sieben aufgebrochen sein. Thomas Nadele begann zwar erst um acht zu arbeiten, hatte aber eine Anfahrt von fünfundzwanzig Minuten und wollte sich daher zeitgleich mit Ursula Strunke auf den Weg gemacht haben.

Wie auch immer: Die Zeit zwischen fünf und Viertel nach sieben hätte vollständig ausgereicht, um nach Nilkheim zu fahren, den Mord zu verüben, zurückzukehren, zu duschen und sogar noch gemütlich miteinander zu frühstücken. Von der Dämmer Michaelskirche zum Radieschenparadies hinter Nilkheim dauerte es zwanzig Minuten. Morgens um fünf, vor dem Berufsverkehr, dürfte es sogar noch schneller gehen, Mike Staab würde das morgen überprüfen. Jedenfalls passte es zur mutmaßlichen Tatzeit.

Wieder klappte Strobel die Mappe zu, ließ die Finger knacken und gähnte. Natürlich durfte er die Kleingärtner und das sonstige Umfeld des Toten nicht außer Acht lassen, er wollte die Ermittlungen in alle Richtungen offenhalten. Trotzdem, was Ursula Strunke und Thomas Nadele betraf, waren die Weichen gestellt.

Erstens: Claudia Junk sollte die Befragung der Nachbarn fortsetzen. Vielleicht gab es doch weitere Augenzeugen für das Kommen und Gehen der beiden angeblichen Jogger.

Zweitens: Die Anwohner des kleinen Parkplatzes an der Michaelskirche mussten befragt werden. Wenn das Paar wirklich ins Auto gestiegen war, statt zu joggen, war es vielleicht dabei beobachtet worden.

Drittens: Ein Team hatte am kommenden Morgen Termin an der Aschaff, um die Jogger abzufangen. Wenn das Paar tatsächlich in den Aschaffauen unterwegs gewesen war, musste es zwangsläufig anderen Frühsportlern begegnet sein. Strobel wusste aus eigener Erfahrung, dass viele Jogger zwar regelmäßig und zu den gewohnten Zeiten ihre Strecke liefen, aber nicht täglich. Er hatte daher angeordnet, die Befragung an der Aschaff mindestens eine Woche lang fortzusetzen, falls sich nicht vorher jemand fand, der die beiden gesehen hatte.

Das Aschaff-Team war vorerst nur mit älteren Fotos ausgestattet, die sich die Kripo von Ursula Strunke und Thomas Nadele hatte aushändigen lassen. Das würde sich bald ändern. Denn viertens wollte Strobel die beiden offiziell vorladen, vernehmen und, wenn nötig, erkennungsdienstlich behandeln lassen. Damit hätte die Soko neues Bildmaterial. Die Staatsanwaltschaft hatte bereits zugestimmt: Die bisherigen flüchtigen Befragungen lieferten genug Anhaltspunkte dafür.

Strobel griff zum Telefon und bat die Dienststellenleitung, die Termine zu vereinbaren: für den nächsten Tag um neun Uhr, nach der Einsatzbesprechung der Soko. Bis dahin gab es eventuell erste Ergebnisse aus der Befragung der Jogger. Er legte auf und blickte auf die Armbanduhr. Halb sieben. Er konnte Feierabend machen. Sabine würde sich freuen, trotz des neuen Falls würde er pünktlich zu Hause sein.

In diesem Augenblick klingelte das Telefon. Als er zum Hörer griff, wusste er: Es würde anders kommen.

4

Der R4 war schon immer sein Lieblingsauto gewesen. Klein, aber praktisch. Mit umgeklappter Rückbank ergab sich eine Ladefläche, die den Besitzer eines R4 in Studentenkreisen zum beliebten Freund machte. Da ließ sich mit einer, höchstens zwei Fahrten so ziemlich alles transportieren, was in eine Bude passte.

Andere standen auf die Ente. Den Fiat 500. Oder auf den Käfer, wenn sie nicht auf den Spritverbrauch achten mussten. Alles schöne Autos, keine Frage. Aber keines hatte das, was Stiller an seinem Packesel liebte. Nachdem Renault den Kleinwagen vom Markt genommen hatte, war er lange auf der Suche nach einem geeigneten Ersatz gewesen: ein Auto, in das nach und nach eine fünfköpfige Familie passen musste sowie eine komplette Campingausrüstung und das trotzdem nicht wie einer dieser panzerartigen Vans daherkam. Schließlich war er am Kangoo hängen geblieben, wenngleich ihm dieser Franzose wie ein etwas missgestalteter Nachkomme des R4 erschien.

Kurz: Stiller war ein Freund von Kleinwagen. Er hatte auch keine Abneigung gegen französische Fabrikate. Doch der Peugeot 107, in dem er in diesem Augenblick klemmte, verwandelte die Fahrt vom Büro des Kleingärtner-Stadtverbands zum Radieschenparadies in einen Höllentrip.

Es war Fraukes Peugeot. Sie hatte darauf bestanden, Stiller in ihrem Wagen mitzunehmen. Dorn würde vielleicht Zweifel am Stand ihrer »Ehe« bekommen, wenn sie getrennt erschienen und schieden. Die Sache mit dem Doppelnamen Heiner-Döberlin müsste ihm schon dubios genug vorkommen.

Die Sorge war unbegründet. Dorn hatte sich den Personalausweis, den sie ihm hinschob, nicht einmal angesehen. Er war sichtlich froh, einen Betreuer für den Garten gefunden zu haben. Der Vertrag war vorbereitet. Dorn heftete eines der Exemplare fein säuberlich in eine Mappe, die bereits einen Ausdruck des Bundeskleingartengesetzes (Dorn nannte es stets »B Klein GG«) und der städtischen Kleingartenverordnung enthielt. Außerdem die To-do-Liste des eigentlichen Pächters. Mit einem »Wenn Sie Fragen haben: jederzeit« schob er die Mappe Stiller hin.

In einem hatte Frauke recht gehabt: Dorn sah ihnen vom Bürofenster aus zu, wie sie in den winzigen Peugeot einstiegen. Vermutlich grinste er dabei.

Frauke hatte in den Kleinwagen alles hineingepackt, was ihr für die spontan-innovative Recherche im Radieschenparadies nützlich erschien. Mehrere Alukoffer enthielten Pappwolken, Pappblumen, Pappquadrate und Pappkreise in allen Farben des Regenbogens; Notizblöcke mit selbstklebenden Zettelchen, Klarsichtfolien, bunte Filzmarker in jeder Länge und Breite, Stecknadeln und Reißnägel, Klebstofftuben und -stifte, Heftklammern und Magneten – die Grundausstattung an Kreativmaterial bis hin zum Laminiergerät. Dazu kamen zwei Flipcharts und, falls das Papier nicht reichen sollte, zwei Rollen Ersatzbogen.

Die Krönung war eine mit Stoff bezogene Stellwand, ein Utensil, auf das sie nicht verzichten wollte. Stiller schätzte ihr Maß auf anderthalb mal anderthalb Meter. Er hatte bezweifelt, dass sie sich überhaupt in der Kabine des Peugeot unterbringen ließ. Doch dank langjähriger Erfahrung war es Frauke gelungen, die Tafel schräg von vorne oben nach hinten unten so zu verstauen, dass Stiller mit eingezogenem Kopf auf dem Beifahrersitz Platz fand. Allerdings stachen ihm die Stative der Flipcharts durch die Rückenlehne ins Kreuz. Ein Alukoffer hatte nur noch im Fußraum des Beifahrers Platz gefunden; Stiller musste die Knie weit spreizen, das rechte klemmte schmerzhaft zwischen der Kiste und der Tür, das linke kollidierte ständig mit dem Schaltknüppel.

»Hoffentlich verwechsele ich da nichts«, hatte Frauke beim Losfahren gescherzt.

Beim Fahren folgte sie offenbar der chaotisch-intuitiven Methode. Stiller erkannte das Muster nicht, nach dem sie überraschend bremste, wenn die Straße frei war, oder vor einem Hindernis noch einmal kräftig Gas gab. Unvermutet wurde Stiller nach vorne geschleudert oder in den Sitz gepresst, was jedes Mal einen stechenden Schmerz zur Folge hatte. Er fragte sich, ob sich die spitzen Stativbeine bereits durch die Lehne gearbeitet hatten.

»Ist die Pinnwand wirklich nötig?«, erkundigte er sich, als der Peugeot über den notdürftig geflickten Pflasterbelag der Dämmer Ottostraße ratterte und ihm die wippende Tafel auf den Kopf schlug. Es schien ihm, als habe die CITT absichtlich eine Route gewählt, die ausschließlich über Kopfsteinpflaster oder löchrige Asphaltdecken führte. Andererseits: Es gab von beidem genug in Aschaffenburg. »Ich weiß ja nicht, wie Sie die letzten Jahre gearbeitet haben. Aber glauben Sie mir: Mit ein bisschen Mindmapping geht es doppelt so schnell.« Vor ihnen bog ein Wagen ab. Die Straße war frei, Frauke bremste. »Die Tafel wird uns helfen, das Wesentliche vom Unwesentlichen zu trennen. So bekommen wir unsere grauen Zellen frei von störendem Ballast.«

Die Ampel an der Bahnunterführung schaltete auf Rot, Frauke beschleunigte. Die Tafel trommelte auf Stillers Kopf, als wolle sie schon beginnen, den Ballast aus seinen grauen Zellen zu klopfen. Er warf einen Seitenblick auf Frauke und wunderte sich, wie die Bohnenstange überhaupt hinters Steuer passte.

»*Unsere* grauen Zellen?«, fragte er.

Grün. Sie bog mit Schwung nach links in die Unterführung ab. Stiller zog das rechte Knie an, um zu verhindern, dass es zwischen der Alukiste und der Tür zerquetscht würde wie eine Saftorange.

»Sie arbeiten am liebsten allein, das habe ich bereits festgestellt. Ich bin ja keine Anfängerin. Aber diesmal werden wir die Last auf zwei Schultern verteilen.«

Sie riss das Steuer nach rechts. Stiller schleuderte gegen ihre Schulter, während der Wagen in die Hanauer Straße schoss.

Diesmal warf sie ihm einen Seitenblick zu. »Ich sehe, Sie fangen schon an«, lächelte sie.

»Vorsicht!« Stiller deutete panisch auf den Wagen, der vor ihnen anhielt.

Frauke bremste scharf, der Gurt fing Stiller gerade noch ab, bevor er mit der Stirn gegen die Windschutzscheibe knallte. Er hatte schon viel erlebt, war im Buick an der Seite von Kleinschnitz einmal quer durch die Stadt gehetzt worden. Aber verglichen mit dem, was er jetzt durchmachte, erschien ihm die damalige Verfolgungsjagd wie eine Spazierfahrt.

»Ich bin auch dafür, dass wir uns die Arbeit teilen«, knurrte er.

»Sehr gut! Sie machen Fortschritte.« Ihre Stimme hatte wieder den sanften Therapieton – ein krasser Gegensatz zur aggressiven Fahrweise, mit der sie den Peugeot durch den dichten Verkehr auf die Ebertbrücke lenkte.

Stiller gab dem Impuls nicht nach, die Augen zu schließen. Er wollte das Ende dieser Fahrt kommen sehen – und wenn es sein eigenes war. »Wir machen es so«, sagte er. »Ich kümmere mich um das Redaktionelle und Sie – um den Garten.« Er stützte sich mit der Hand am Armaturenbrett ab, während der Wagen ungebremst auf das Stauende an der Abfahrt zur Darmstädter Straße zuraste.

»Aus welchem Antiquitätenladen haben Sie denn dieses Weltbild?« Frauke bremste endlich. »Ihre arme Frau kann einem ja leidtun.« Die Ampel schaltete auf Grün, vor ihnen flossen die Autos ab. Sie machte keine Anstalten, den Peugeot in Bewegung zu setzen. Hinter ihnen wurde gehupt. »Ich hoffe, dass ich sie im Zuge unserer Zusammenarbeit kennenlerne. Ich muss mich dringend mit ihr unterhalten.«

Sie ließ den Wagen losschießen. Eine Schmerzwelle lief durch Stillers Rücken.

»Jetzt schauen Sie doch nicht so gequält«, sagte Frauke. »Natürlich halte ich zu meinen Kunden. Aber vielleicht kann ich Ihnen helfen, Ihre Ehe etwas ausgewogener zu gestalten. Da scheint mir doch einiges im Argen zu liegen.«

Stiller klammerte sich an den Haltegriff über der Tür, als der Wagen in die Großostheimer Straße bog. Sie waren auf der Zielgeraden. »Mit meiner Ehe hat das nichts zu tun. Es geht darum, dass jeder das übernimmt, was er am besten beherrscht. Bei mir ist das nun mal die Recherche.«

Er versuchte, sich zu entspannen. Der Verkehr auf der Großostheimer glich nach Feierabend einer Massenflucht aus der Stadt. Frauke hatte kaum noch Spielraum für halsbrecherische Eskapaden.

»Wie kommen Sie darauf, dass ich für die Gartenarbeit besser geeignet bin als Sie? Weil ich eine Frau bin?«

Stiller schloss, dass es sich da um eines der wichtigsten Grundmuster bei der Ausbildung von Psychologinnen handeln musste. Oder um ein frühkindlich-traumatisches Erlebnis in ihrem speziellen Fall. Vielleicht hatte sie als Mädchen immer Hausarbeiten übernehmen müssen, während ihre Brüder Fußball spielten.

»Hatten Sie Brüder?«, fragte er.

Sie ließ sich nicht beirren. »Ich bin Creative-Innovative-Thinking-Trainerin. Ich soll Ihnen helfen, ganz neu an Ihre Arbeit heranzugehen. Genau das werde ich tun – egal wie schwer es wird.«

Stiller resignierte. Vielleicht war es doch an der Zeit, die Recherche in Mordfällen jüngeren Kollegen zu überlassen. Er hatte plötzlich jeden Spaß daran verloren.

Frauke stoppte den Wagen abrupt, nachdem der Kühler bereits die Hecke streifte, die den Parkplatz von der Kleingartenanlage trennte. Anders als am Vormittag gab es kaum noch freie Plätze. Neben dem Haupteingang parkte nach wie vor ein Streifenwagen. Stiller atmete auf. Obwohl es für Ende Mai entschieden zu kühl war, lief ihm Schweiß über die Stirn. Er brannte darauf, endlich in den Garten einzutauchen, und wandte sich dem Eingang zu. Frauke hielt ihn zurück. »Sie werden mich doch hier nicht mit allem sitzen lassen.« Sie begann, den Wagen auszuräumen. »Helfen Sie mal.« Sie reichte Stiller zwei Alukoffer, dann schob sie ihm rechts und links einen Flipchart unter die Arme. »Die Pinnwand können Sie später holen.«

»Wenn ich hier undercover recherchieren will, ist das alles andere als zuträglich«, moserte Stiller.

»I wo«, gab sie zurück. »Wir sind als Psychologenpaar hier. Da kann man Freizeit und Beruf nicht immer sauber trennen. Wenn jemand fragt: Das ist die Ausrüstung für Notfälle.«

Am Eingang hielt ihnen ein Polizeibeamter ein Flugblatt entgegen. Stiller erkannte das Bild des Gartenzwergs.

»Stecken Sie es mir zwischen die Zähne«, sagte er.

Der Beamte betrachtete ihn verdutzt.

»Er macht Spaß«, erklärte Frauke. »Geben Sie mir das Blatt.«

Schwitzend schleppte Stiller seine Last den Hauptweg entlang. Nach Feierabend hatte sich die Kolonie belebt, in den Parzellen herrschte emsiger Betrieb. Zwei, drei Rasenmäher knatterten. Von den knirschenden Schritten auf dem Kiesweg neugierig geworden, reckten hier und da Gärtner ihre Köpfe über die Hecken und Sträucher und starrten herüber. Stiller grüßte freundlich. Wieder sah er die Vogelscheuche. Sie stand in dem Garten neben seinem. Für einen Moment stellte er sich vor, es handele sich um die CITT, die da am Stangenkreuz hing.

Frauke warf einen Blick zurück. »Na also, Sie schmunzeln ja. Ist doch gar nicht so schlimm, gell?«

Stiller fühlte sich ertappt. Schnell schaute er in den Garten auf der anderen Seite des Wegs, in dem es merkwürdig zischte und fauchte. Verblüfft blieb er stehen. Eine Frau bugsierte einen Dampfstrahler über die Terrasse – und es war nicht der Typ Frau, den er sich unter einer Gärtnerin vorstellte.

Lange braune Haare umspielten seidig ihre Schultern – wie in der Shampooreklame. Sie war schlank, aber alles andere als androgyn, wie ein türkisfarbenes Top mit schmalen Trägern und Jeans-Hotpants erkennen ließen. Wasser perlte an ihren langen Beinen entlang. Wie die Arme und die Schultern waren sie unverschämt braun, obwohl es bisher ungewöhnlich wenig Sonne gegeben hatte. Als fühlte sie Stillers Blick, wandte sie ihm ihr Gesicht zu und schenkte ihm ein umwerfendes Lächeln. In der Drehung ließen die Haare einen Ohrring sehen – vom gleichen Türkis wie das Top.

Frauke hatte das eigene Gartentor erreicht. Sie folgte Stillers Blick und schnitt eine Grimasse. »Kommst du dann mal?«, rief sie und schickte weithin vernehmbar hinterher: »Liebling?«

Stiller zuckte zusammen. Es gab nur eine Frau, die so mit ihm sprechen durfte: Ruth. Vermutlich hatte sie recht gehabt. Er hätte sich nie auf diesen Quatsch einlassen dürfen.

Frauke wartete, bis er bei ihr war, zog den Schlüssel aus ihrer Handtasche und schloss auf. Das Türchen schwang quietschend zurück, Stiller hatte das Geräusch erwartet. Während sie über den Plattenweg auf die Laube zugingen, musterte er die Gartenzwerge unter dem Kirschbaum. Die Ähnlichkeit mit der Tatwaffe war verblüffend. Er setzte die Alukoffer ab und ließ die Flipcharts vorsichtig zu Boden gleiten. Auf Zehenspitzen tappte er in den Rasen.

Er entdeckte den Fleck sofort. Eine Stelle, an der kein Gras wuchs. Hier hatte etwas gestanden. Lange. Und bis vor Kurzem. Gut, dass er sich auf den Quatsch eingelassen hatte. Er zog das Handy aus der Tasche.

»Was machen Sie da?«, rief ihm Frauke von der Terrasse aus zu.

Sie hatte ihn wieder gesiezt. Stiller legte den Zeigefinger auf die Lippen. Er wusste, es war nicht gut für seine Tarnung, aber musste als braver Gärtner tun, was das Flugblatt der Polizei von ihm verlangte: »Ich rufe Kommissar Strobel an.«

***

»Sie haben *was*? Warum das denn?«

»Ich kann diesen Satz nicht mehr hören.« Stiller stand auf der Terrasse seiner Laube und beobachtete die Männer in den weißen Overalls. Wie sie über die Wiese liefen, sich bückten und die Köpfe hoben, glichen sie riesigen Kaninchen. Oder Schauspielern eines Kindertheaters, die Kaninchen darstellten. Allerdings in schlechten Kostümen: Es fehlten die Ohren an den Kapuzen.

»Das beantwortet aber nicht meine Frage.«

Stiller nickte. »Was soll ich Ihnen sagen? Dass ich zum Ausgleich für den Schreibtischjob gerne an der frischen Luft arbeite? Dass ich den Lebensmitteln vom Discounter nicht mehr traue und lieber mein eigenes biologisch korrektes Gemüse züchte?«

Strobel lehnte neben Stiller an der Wand der Laube und hielt sein Gesicht in die Abendsonne. »Das würde ich Ihnen nicht abnehmen. Warum sollten Sie den Garten dann unter falschem Namen pachten? Ich glaube, Sie wollen wieder einmal Detektiv spielen. Sie werden verstehen, dass ich das nicht gutheißen kann.«

Hinter ihnen rumpelte es. Frauke war dabei, das Gartenhaus in eine kreative Operationsbasis zu verwandeln. Während Stiller auf Strobel und die Spurensicherung gewartet hatte, hatten sie gemeinsam das Innere der Laube inspiziert, einen einzigen, kleinen Raum. Die Holzwände waren mit Raufaser tapeziert, der Boden mit Fliesenimitaten aus Kunststoff ausgelegt. Die Tür befand sich mittig in der Längsseite. Rechts stand eine rustikale Ecktischgarnitur. Zirbelkiefer. Die Sitzauflagen rochen muffig. Auf dieser Seite gab es, gleich neben der Tür, ein Fenster. Frauke hatte es aufgerissen, den Laden aufgestoßen und tief durchgeatmet.

Links der Tür war eine Garderobe in die Wand geschraubt. Gegenüber der Tür nahm eine Küchenzeile, wiederum Zirbelkiefer, den meisten Platz ein. Die barock geschwungenen Glasscheiben in den Hängeschränken ließen eine bunte Auswahl an Geschirr erkennen. Darunter: eine Spüle, ein Schränkchen für Besteck und Töpfe. Dem Kühlschrank fehlte die Kieferblende, dafür war er mit Aufklebern verziert: »Atomkraft – Nein Danke«, »Stoppt die Startbahn West«, »Jute statt Plastik«. Stiller fühlte sich in seine Jugend zurückversetzt. Auf der Arbeitsplatte stand eine kalkige Kaffeemaschine, die mindestens ebenso alt war wie die Aufkleber auf dem Kühlschrank. Ein Besenschrank links in der Ecke schloss die Zeile ab.

Es gab fließendes Wasser, aber keine Toilette. Die Gartengeräte waren in einem Schuppen hinter der Laube verstaut. Trotz der Beschränkung auf das Nötigste: Viel Platz bot der Raum nicht. Stiller hatte allerdings auch nicht vor, viel Zeit darin zu verbringen. Er plante, durch die Anlage zu streifen, Gärtnerluft zu schnuppern, hier und da wie zufällig ein Gespräch zu beginnen und etwas über den Toten und mögliche Motive zu erfahren.

Dennoch störte es ihn, dass Frauke im Augenblick den wenigen Platz mit den Flipcharts und der Pinnwand zustellte, während er nicht eingreifen konnte. Stiller liebte Teamarbeit – wenn sie sich auf seinen Freund und Kollegen Kleinschnitz beschränkte. Die CITT hingegen war ihm unheimlich. Er fühlte sich von ihr überfahren.

Mit Gewalt riss er sich aus seinen Gedanken und versuchte, sich auf Strobel zu konzentrieren. »Bitte lassen Sie mein Inkognito nicht auffliegen.« Er hatte keine Lust, sein Gärtnerdasein zu beenden, bevor es überhaupt begonnen hatte. Das Aufsehen, das die Polizeiaktion in seinem Garten erregte, war ihm unangenehm genug. Die Pächter der Nachbargärten hatten die Arbeit eingestellt und lugten neugierig über die Büsche am Zaun. Der Weg war auffällig belebt. Zwar blieb niemand stehen, um der Spurensicherung bei der Arbeit zuzusehen. Doch Stiller war sich sicher, dass einige der Kleingärtner mindestens schon drei- oder viermal an der Parzelle vorbeigekommen waren. »Immerhin habe ich Ihnen geholfen, den Herkunftsort Ihres mörderischen Gartenzwergs zu finden.«

»Den möglichen Herkunftsort der mutmaßlichen Tatwaffe.«

Eines der weißen Riesenkaninchen richtete sich auf und schwenkte einen Gartenzwerg in ihre Richtung. »Passt!«

Es war der Gartenzwerg, den Stiller aus der Pressekonferenz kannte. »Na also«, sagte er. »Sie sollten mir dankbar sein. Der Pächter des Gartens ist im Ausland, er kommt erst in neun Monaten zurück. Bis dahin wäre längst Gras über diesen Fleck gewachsen.«

Strobel ignorierte ihn. »Gut, Bühler!«, rief er dem Riesenkaninchen mit dem Gartenzwerg zu. »Du weißt, was ihr zu tun habt. Das ganze Programm. Kämmt den kompletten Garten nach Spuren durch.«

Die laute Anweisung hatte nun doch Schaulustige auf dem Weg zusammengerufen. Sie standen am Zaun und diskutierten. Eine Frau mit einem breitkrempigen Strohhut deutete herüber.

»Es wäre mir angenehm, wenn Sie die Arbeit der Polizei so wenig wie möglich behinderten«, wandte sich Strobel an Stiller. »Ich weiß nicht, ob ich Sie wegen der falschen Personalien drankriegen kann, der Garten läuft ja wohl auf den Namen Ihrer, na ja, Lebensgefährtin. Aber wenn Sie mir in die Quere kommen, werde ich es versuchen.«

»Verstehe«, sagte Stiller.

»Und lassen Sie es mich wissen, wenn Sie etwas erfahren, was für den Fall von Bedeutung sein könnte. Sonst kommt noch Behinderung von Polizeiarbeit dazu.«

Bühler stieß zu ihnen. Den Gartenzwerg hatte er in einer durchsichtigen Plastiktüte verschwinden lassen, die er Strobel reichte. Dann deutete er auf Stillers Füße.

»Sind das die Schuhe, mit denen Sie vorhin auf der Wiese waren?«

Stiller nickte.

»Die muss ich mitnehmen.«

»Ich habe noch kein Ersatzpaar hier«, wandte Stiller ein.

Frauke streckte den Kopf aus dem Fenster der Laube. »Im Geräteschuppen hinter der Hütte steht ein Paar Sandalen. Die sind so ausgetreten, dass sie auf jeden Fall passen müssten.«

Stiller breitete resignierend die Arme aus und zog los. Fast wäre er über eine Zinkwanne gestolpert, die neben der Laube stand. Sie diente als Auffangbecken für einen gusseisernen Pumpbrunnen. Stiller hielt inne, griff nach dem Schwengel und begann vorsichtig zu pumpen. Nichts.

»Ein bisschen mehr Schmackes, junger Mann«, rief eine Stimme jenseits des Zaunes.

Stiller blickte auf. »Meinen Sie mich?«

Zwei Hände teilten die Hecke des Nachbargrundstücks, die an dieser Stelle brusthoch wuchs, und ein Mann trat durch den Spalt an den Zaun. »Das ist kein Spielzeug, da müssen Sie schon ordentlich zupacken.«

»Ich weiß nicht, ob das eine Frage der Kraft ist«, gab Stiller zurück. »Die Pumpe scheint mir völlig eingerostet zu sein.« Er schätzte den Mann um die siebzig. Er war klein, reichte Stiller gerade bis zum Kinn. Dennoch wirkte er sehnig und muskulös.

»Die ist völlig in Ordnung. War halt schon eine Weile nicht mehr in Betrieb.«

Stiller zog den Schwengel ein paarmal kraftvoll durch. Nichts. Er wies mit dem Kinn auf den Brunnen und sah den Nachbarn fragend an.

»Wenn Sie wollen, kann ich ihn mir mal ansehen. Ich bring das in Ordnung. Schließlich hab ich ihn ja gebaut.«

»Ach was?« Stiller hob die Brauen. »Dann nehme ich das Angebot gerne an.«

Der Mann wischte sich die rechte Hand an seinem bunt gemusterten Hemd ab und streckte sie über den Zaun. Stiller trat näher und schüttelte sie.

»Mooser«, sagte der Mann. »Mit zwei o, bitte. Vorname Hans. Eine Laune meiner Eltern, Gott hab sie selig. Aber hier bin ich sowieso für alle nur der Hans. Unter Gärtnern duzt man sich, einverstanden?«

»Döberlin«, sagte Stiller. »Heiner.« Er wunderte sich, wie leicht ihm der Name über die Lippen kam.

»Heiner – das ist mir einer!« Mooser lachte. Es klang wie der Anlasser eines Wagens, der nicht anspringen will.

Stiller lachte mit und musterte Mooser. Aus der Nähe wirkte er weniger kräftig. Bartstoppeln bedeckten Kinn und Backen, das Haar war schütter. Durch die starken Gläser seiner Brille sahen die Augen unnatürlich groß aus. Er trug eine Jerseyhose, die – wie er selbst – schon bessere Tage gesehen hatte: Sie war ihm inzwischen mindestens zwei Nummern zu weit.

»Du bist der Betreuer, nehme ich an.« Hans warf einen Blick in Richtung Wiese, aus der sich die Riesenkaninchen vorsichtig zurückzogen. »Da feierst du ja einen komischen Einstand.«

Stiller folgte seinem Blick. »Na ja, komisch – ich weiß nicht. Es geht um den Mord, der sich hier ereignet hat.«

»Der Sepp, ich weiß. Keine schöne Sache.« Mooser klang betrübt, ließ aber sofort wieder das heisere Lachen hören. »Du wirst doch nichts damit zu tun haben? Oder was will die Polizei von dir?«

»Die Mordwaffe stammt aus diesem Garten.« Stiller blieb ernst.

»Ich hab das Flugblatt gelesen. Ein Gartenzwerg.« Mooser rieb mit der Hand über seine Bartstoppeln. »Den hätte jeder holen können. Haben ja alle gewusst, dass der Garten vorübergehend leer steht.«

»Jeder«, murmelte Stiller und runzelte die Stirn. »Hätte denn jeder einen Grund gehabt, Strunke umzubringen?«

»Wie kommst du denn darauf? So hab ich das nicht gemeint.«

»Hat aber so geklungen.«

»Ich hab nur sagen wollen: Jemand, der es vorgehabt hätte, wär hier problemlos reingekommen. Der Gartenbesitzer ist ja nicht da.«

»Jemand, der das gewusst hat …« Stiller nickte. »Verstehe. Einer der anderen Pächter.«

Hans hob den Zeigefinger und wedelte damit hin und her. »Weiß nicht, was dich das angeht, so neu wie du bist. Aber von uns war das keiner. Wir sind hier wie eine Familie.«

»Mord kommt in den besten Familien vor«, sagte Stiller herausfordernd. »Soviel ich gehört habe, macht man sich als Vorsitzender einer Gartenanlage nicht unbedingt beliebt. Strunke soll nicht viele Freunde gehabt haben.«

»Darum hab ich mich nie gekümmert.« Mooser hob die Schultern. »Ich halte mich an die Regeln und meinen Garten in Ordnung. Da gibt's keinen Ärger mit dem Vorsitzenden.«

»Wenn's danach geht, muss der Pächter hier ja mächtig Ärger gehabt haben.« Stillers Hand beschrieb einen Bogen über die Parzelle. Trotz der Abenddämmerung war der schlechte Zustand der Laube und des Gartens gut erkennbar.

»Das ist was anderes. Der ist ja schon ein paar Monate weg. Das ist entschuldigt. Der hatte keinen Ärger.«

»Sicher?«

»Da bin ich ganz sicher.«

Stiller lächelte. »Obwohl du dich gar nicht darum kümmerst?«

»Hm.« Mooser dachte nach. »Dass ich mich nicht drum kümmere, heißt ja nicht, dass ich nix davon mitkriege, wenn einer Ärger macht. Wozu willst du das überhaupt wissen?«

»Interessiert's dich nicht, wer das war?«, fragte Stiller zurück. »Ich wüsste schon gerne, ob hier ein Mörder rumläuft.«

»Von uns war das keiner«, wiederholte Mooser. Er nickte in Richtung Polizei. »Wenn die das glauben, sind sie auf dem Holzweg. Die sollten lieber mal die Russen fragen.«

»Die Russen?« Stiller runzelte die Stirn.

»Was weiß ich, wo die genau herkommen. Russlanddeutsche halt. Können aber kaum Deutsch. Jedenfalls machen die sich hier im ganzen Ostsektor breit.« Erneut lachte er auf und wies nach Osten. »Wie passend!«

Stiller folgte seinem Blick. »Hier in der Anlage? Dann gehören die doch auch zu ›uns‹ …«

Mooser wurde ernst. »Schon«, sagte er knapp, »aber anders.« Er streckte den Kopf weiter über den Zaun und senkte die Stimme. »Kennst du keine Leute, die dir unheimlich sind?«

»Doch«, sagte Stiller wahrheitsgemäß. »Frauen.«

Mooser stutzte. Dann brach er in ein Gelächter aus, das in einen rauen Husten überging.

»Hans!«, rief eine besorgte Stimme im Nachbargarten.

Stiller blickte suchend über die Hecke, sah aber niemanden.

»Meine Frau«, hustete Mooser. »Muss dir nicht unheimlich sein.«

»Hans!« Die Stimme klang jetzt weniger besorgt als ungeduldig. »Es wird kalt. Wir gehen!«

»Du hörst's ja.« Mooser reichte Stiller die Hand. »Bist du morgen im Lande?«

Stiller nickte. »Denke schon. Ich hab ja wohl einiges zu tun.«

»Dann komm ich mal rüber und seh nach dem Brunnen.« Mooser wandte sich um. »Servus«, rief er über die Schulter zurück.

Stiller sah ihm nach, wie er die Hecke teilte und verschwand. Dann eilte er um die Laube und sammelte im Geräteschuppen das Paar Sandalen ein. Auf dem Rückweg warf er noch einen Blick in den Nachbargarten. Von Mooser war nichts mehr zu sehen. Morgen würde sich zeigen, was so ein Gärtner alles mitkriegte, ohne sich drum zu kümmern.

★★★

Sizilien hatte zweifelsohne sehr eindrucksvolle Sonnenuntergänge zu bieten gehabt, soweit er sich daran erinnerte. Aber keinen davon würde er tauschen wollen gegen diesen Sonnenuntergang in der Großstadt.

Claudio stand in der Mitte seines Büros im achtundzwanzigsten Stock und hatte sich der Glasfront zugewandt. Fast ergriffen betrachtete er die Hochhäuser in seinem Blickfeld, deren Fenster im Licht der untergehenden Sonne funkelten. Zuerst in grellem Orange, das in den Augen schmerzte. Dann schienen die Scheiben wie Feuer zu lodern, bevor die Farbe des Blutes hineinfloss. Die Fenster spiegelten das Sterben des Tages. Ihr Blut würde allmählich erkalten, zu einem Braunrot gerinnen, bis sie nur noch in einem violettstichigen Caput mortuum schimmerten und am Ende bleifarben aus dem Leben schieden, grau wie der Himmel, der schon über der Stadt aufgezogen war.

Gerne hätte er dem Schauspiel, das ihm hier Natur und Baukunst boten, weiter seine Aufmerksamkeit geschenkt. Doch da war der Schneider, der um ihn herumwuselte und für den er ständig neue Posen einnehmen musste; unaufgefordert, denn er kannte die Prozedur, zudem war der Schneider gehörlos. Da lümmelte Giuliano, sein Sohn, im Ledersofa, die Beine gespreizt, den Mund wie immer spöttisch verzogen; er musste nicht hinsehen, um das zu wissen. Und da war die Sache in Aschaffenburg, keine fünfzig Kilometer von diesem Büroturm in Frankfurt entfernt.

Claudio bewegte sich nicht, während der Schneider an Schultern und Armen Maß nahm, schaute aber verstohlen aus den Augenwinkeln in Giulianos Richtung, um sich selbst im Spiegel zu betrachten, der über dem Sofa hing. Ein untersetzter Mann mit kurzen Beinen, zu kurz, um in Anzüge von der Stange zu passen. Er konnte sich mittlerweile Maßgeschneidertes leisten. Er hatte als Fundamentgießer angefangen, als er von Sizilien nach Deutschland gekommen war, und hatte sich beharrlich nach oben gearbeitet. Bis ins achtundzwanzigste Stockwerk. Er wollte noch höher hinaus. Die Pläne mit Aschaffenburg sollten ihm dabei helfen. Bayerisches Nizza nannten sie diese Stadt, er hatte keine Ahnung, warum. Von hier aus war sie völlig unsichtbar, obwohl man, das hatte er schon überprüft, in Aschaffenburg bei klarem Wetter die Frankfurter Skyline sehr wohl erkennen konnte. Und diesen Büroturm mittendrin. Egal, der Plan war gut. Bis auf diese Sache.

Mechanisch spreizte er die Arme vom Körper ab, damit der Schneider das Maßband unter der Achsel ansetzen und bis unter den Hosenbund abwickeln konnte. Er wartete geduldig, bis der Schneider den Stift hinter dem Ohr hervorzog und Zahlen auf ein Blöckchen kritzelte. Erst jetzt ließ er den linken Arm sinken, den rechten aber zu Giuliano hin ausgestreckt, und schnippte zweimal mit den Fingern.

Giuliano sprang auf, ergriff das Handy auf dem Couchtisch und drückte es ihm in die Hand. Rückwärts zog er sich wieder zur Couch zurück.

Er tippte mit dem Daumen eine Nummer ein und nahm das Handy ans Ohr. Gleichzeitig winkelte er den linken Arm ab: Der Schneider musste den Bauchumfang messen.

»Ich bin's«, sagte er, als sein Anruf angenommen wurde, so ruppig wie möglich. Es war ungehörig, dass sich der andere nicht längst selbst gemeldet hatte. »Stimmt das, was hier die Vögel von den Wolkenkratzern zwitschern?« Er ballte die Hand zur Faust. »Tu nicht so blöd! Es gab doch wohl einen Toten ...« Wie aufs Stichwort wechselte die Farbe der Fenster gegenüber in ein leichenblasses Violett. »Ach, du wolltest mich auch schon anrufen.« Claudio senkte seine Stimme. »Es ist mir scheißegal, was du wolltest. Mich interessiert nur, was du gemacht hast.«

Er lauschte. Giuliano beugte sich nach vorne, als wolle er mithören. Der Schneider machte sich an seinen Beinen zu schaffen. Die Fenster erstarben. Aber nicht lange. In vielen Büros wurde noch gearbeitet. Gleich würden die Raumlichter aufflackern, während die Nacht an den Häusern hochkroch.

»Gut. Ich habe nichts damit zu tun, dass das klar ist. Ich habe alles geplant, das lass ich mir jetzt nicht mehr kaputt machen ... Wie bitte? ... Auch nicht von dir, kapiert? Sorg dafür, dass alles läuft.«

Grußlos beendete er das Gespräch und streckte den Arm wieder in Giulianos Richtung aus. Der schlenderte diesmal aufreizend langsam herüber und nahm ihm das Mobiltelefon aus der Hand.

»Soll ich?«, fragte Giuliano.

Er nickte. »Deshalb hab ich dich kommen lassen.« *Madonna mia,* war der dämlich. Aber er war nun mal sein Sohn. »Fahr hin und sieh nach dem Rechten. Einer aus der Familie soll dich begleiten.«

»Gianluca«, schlug Giuliano vor.

»Einverstanden. Aber haltet euch im Hintergrund.«

Giuliano wandte sich zur Tür.

»Warte«, hielt Claudio ihn zurück. »Nimm nicht den Lamborghini. Der fällt in diesem Kaff total auf. Kannst meinen Mercedes haben, der ist diskreter.«

Giuliano drehte sich um und angelte den Wagenschlüssel vom Couchtisch.

»Aber pass bloß drauf auf.« Er liebte diesen Wagen und bereute es bereits, dass er ihn Giuliano überlassen hatte. »Wenn du auch nur einen Kratzer reinmachst, dreh ich dir den Hals um, kapiert?« Er seufzte. »Und wenn du rausgehst, schalt das Licht ein.«

5

Wasser prasselte in eine Gießkanne. Stiller war gerade an seiner Gartentür angekommen, schwang sich vom Rad, hob den Kopf und lauschte. Er wusste, er war nicht allein in der Laubenkolonie, er hatte auf dem Parkplatz einen einsamen Golf älteren Baujahrs stehen sehen. Er folgte dem Geräusch, schob das Fahrrad am Vereinsheim und am Garten des Ermordeten vorbei.

Das Rauschen verklang. Stiller blieb auf dem Hauptweg, spähte in die Gärten. An der Kreuzung mit dem Schaukasten blieb er stehen. Links hatte sich etwas bewegt. Er bog ab und beschleunigte seinen Schritt. Schließlich erreichte er einen gepflegten Garten, in dem eine kleine, stämmige Frau Blumen goss. Er hatte sie am Vorabend flüchtig gesehen – sie war die Frau mit dem breitkrempigen Strohhut. Während er sich näherte, sah sie ihm furchtsam entgegen, hörte aber nicht auf, ihre grüne Plastikkanne zu schwingen.

»Guten Morgen«, rief Stiller und lächelte.

Ihr Blick hellte sich auf. Sie stellte die Gießkanne ab und lief zum Zaun. Stiller musterte sie, während sie näher kam: Ihr graubraunes Haar hatte sie straff zu einem Dutt hochgesteckt. Sie trug eine dunkelgrüne Strickjacke mit Zopfmuster und einen knielangen karierten Rock. Er schätzte sie auf knapp sechzig, wenngleich ihre altmodische Aufmachung sie älter wirken ließ.

»Guten Morgen«, erwiderte sie, als sie ihn erreicht hatte. »Sie sind der Betreuer von 47, stimmt's? Ich hab Sie gestern Abend gesehen, jetzt aber nicht gleich erkannt. Hab schon das Schlimmste befürchtet, Sie müssen entschuldigen.«

»Döberlin«, sagte Stiller. »Ich bin es, der sich entschuldigen muss, ich wollte Sie nicht erschrecken. Ich brauche nur ein paar Tipps, und es ist sonst niemand hier, Frau ...«

»Ich bin die Gerti. Gertraud Blum.« Sie streckte den Arm über den Zaun und gab Stiller einen kräftigen Händedruck. »Man muss ja vorsichtig sein nach dem, was passiert ist, wissen Sie ... Sonst kann mich keiner so leicht erschrecken. Ich bin fast jeden Morgen alleine hier.«

»Oh.« Stiller schlug einen verständnisvollen Ton an. »Am Ende auch gestern?«

Sie nickte.»Ich habe ihn gefunden«, sagte sie leise.»Es war fürchterlich.«

»Das glaub ich Ihnen!« Stiller spürte: Sie wollte gerne davon erzählen. Seine Hoffnung wuchs, ein wenig über Strunke zu erfahren.»Ich war richtig geschockt. Der Arzt wollte mich sogar krankschreiben. Aber ich war dagegen. Es wird nur schlimmer, wenn ich keine Ablenkung hab, wissen Sie?«

»Erlebt habe ich das nie. Aber ich kann es mir vorstellen.«

»Ich muss sonst dauernd drüber nachgrübeln.« Sie wischte sich mit dem Ärmel über die Stirn.»Aber ich will Sie nicht damit belasten. Sie sind neu hier. Sie müssen ja einen schönen Eindruck von unserer Kolonie haben.«

Der Garten lag am Rand der Anlage, nur der Zaun und eine dichte Hecke dahinter trennten ihn von der Hafenbahn. Eine Diesellok rumpelte laut über das Gleis. Während er wartete, bis sie sich in Richtung Hafen entfernt hatte, überlegte Stiller, wie er das Gespräch in Gang halten könnte.

»Ist das hier immer so laut?«, fragte er und deutete der Lok hinterher.

»Nur wenn ein Zug kommt.« Ein Lächeln verwandelte die kleinen Falten um ihre Augenwinkel in tiefe Furchen. Sie schien gerne zu lachen.»Man gewöhnt sich dran. Beschweren ist übrigens zwecklos: Das Gelände gehört der Bahn, und früher musste man sogar Eisenbahner sein, um hier einen Garten zu kriegen. Die meisten sind also vom Fach.«

»Da hab ich offensichtlich Glück gehabt«, sagte Stiller.»Ich bin kein Eisenbahner.«

»Da hätte ich drauf geschworen.« Sie streckte sich über den Zaun und legte ihre Fingerspitzen an Stillers Stirn.»Ihre Schwingungen verraten mir: Sie sind Psychologe.«

Stiller zuckte zurück.

Sie lachte.»Keine Sorge, ich bin keine Hellseherin. Ich gehöre zum Vorstand der Kleingartenanlage. Dorn hat gestern Abend noch eine Mail rumgeschickt, wer Sie sind. Damit sich niemand wundert, wenn Sie hier auftauchen.« Ihre Augen weiteten sich.»Hoffentlich sind Sie keiner von diesen Datenschutzfanatikern. Das läuft alles ganz ordentlich. Wird abgeheftet, das war's. Die Unterlagen bleiben im Vereinsheim. Da guckt keiner mehr rein.«

Stiller speicherte die Information. »Ich bin beruhigt.« Er trat wieder einen Schritt näher. »Obwohl ein wenig Hellseherei im Augenblick nicht schaden könnte.«

»Wie meinen Sie das? Ach, wegen Strunke!« Wie zu Beginn des Gesprächs senkte sie die Stimme. »Ja, das ist wahr. Furchtbar zu wissen, dass sein Mörder frei herumläuft. Ich mache mir solche Vorwürfe.«

»Wieso machen Sie sich denn Vorwürfe?« Stiller betrachtete sie erstaunt.

»Ich war gestern später dran als sonst. Wenn ich früher gekommen wäre, hätte ich ihm vielleicht noch helfen können.«

»Sie haben sich nichts vorzuwerfen. Strunke hat nach dem Schlag nicht mehr lange gelebt, soweit ich weiß.«

Sie nickte. »Aber vielleicht wäre der Mord gar nicht erst passiert. Was wäre, wenn ich den Mörder gestört hätte?«

»Meinen Sie, dass Sie den Anschlag so knapp verpasst haben?«

Sie zuckte die Schultern. »Auszuschließen ist das nicht, oder? Gerade deshalb mache ich mir ja Vorwürfe. Warum war ich nur ausgerechnet gestern später dran? Wenn ich wie immer gekommen wäre, und Strunke wär schon tot gewesen, dann hätt ich's auch nicht ändern können. Aber so ... ach herrje!«

»Haben Sie denn jemanden bemerkt? Sind Ihnen Leute begegnet?«

Sie schüttelte den Kopf. »Nein. Aber theoretisch könnte sich jemand versteckt haben, als ich kam. Hier gibt es tausend Möglichkeiten.«

»Na, ich weiß nicht.« Stiller gab sich entschlossen, sie zu beruhigen. »Dann hätten Sie ja zum Beispiel ein Auto auf dem Parkplatz sehen können. War da eines?«

Wieder schüttelte sie den Kopf. »Das nicht. Aber man muss ja nicht vorne am Haupteingang parken. Es gibt auch noch einen kleinen Parkplatz auf der anderen Seite der Hafenbahn. Gleich wenn Sie vom Bahnübergang aus nach Nilkheim reinlaufen. Der liegt viel näher am Seiteneingang und den Gärten an diesem Ende der Kolonie.«

»Ach?«, sagte Stiller. »Das hab ich gar nicht gewusst.«

»Sie sind ja auch neu hier. Aber von den alten Pächtern weiß das jeder. Strunke hat zum Beispiel immer dort geparkt. Jedenfalls in letzter Zeit, nach allem, was ich gestern gehört habe.«

»Aber sein Garten liegt doch viel näher am Haupteingang.«

»Er wollte nicht, dass sein Wagen über Nacht da vorne steht. Niemand sollte wissen, dass er hier übernachtet. Ich hab's ja auch bis gestern nicht gewusst.«

»Und warum parken Sie vorne, obwohl es für Sie von Nilkheim aus viel kürzer wäre?«

»Die Nilkheimer ärgern sich, wenn die Kleingärtner alles zuparken. Ich will keinen Ärger.«

»Und Strunke?«

»Strunke war der Vorsitzende der Anlage. Er hat gemacht, was er wollte. Hauptsache, alle anderen haben nach seiner Pfeife getanzt.«

»Ich hab schon gehört, dass er mit einigen Pächtern Ärger hatte.«

»Das können Sie laut sagen. Er hat sich manchmal aufgeführt, als würde die Anlage ihm gehören. Jedenfalls war er das wandelnde Kleingartengesetz. Wehe, jemand hielt sich nicht an die Regeln. Also, viele Freunde hatte er nicht.«

Stiller ging zum Angriff über. »Könnte da vielleicht jemand …?«

Sie fiel ihm ins Wort: »Sie meinen doch nicht etwa …?«

Er ruderte zurück. »Natürlich nicht.«

»Obwohl ich selbst schon drüber nachgedacht habe. Einige hat er ganz schön gepiesackt. Fragen Sie mal den Kohl mit seinem Pavillon.«

»Den Kohl?«

»Der heißt so. Oder die Mangolds. So eine liebe Familie. Aber mit Kindern eben. Mit Kindern, da war der Strunke so …« Sie kreuzte die Zeigefinger zu einem X. »Sie wissen, was ich meine?«

»Ich kann's mir denken. Ich hab selber drei.«

»So? Glückwunsch!«

»Danke.«

»Nein, ich meine es ernst. Ich bin nämlich auch nicht von der Eisenbahn. Ich bin Lehrerin. Für Biologie und Religion, wenn Sie's genau wissen wollen.«

»Ach drum.« Stiller hob den Finger, als wolle er sich melden. »Jetzt ist mir klar, warum Sie jeden Tag schon so früh hier im Garten sind.«

»Richtig. Um Viertel nach acht muss ich im Dessauer sein.« Sie zog den Jackenärmel zurück und sah auf ihre Armbanduhr. »Du liebe Zeit, ich muss los! Schon acht Uhr. Ich hab mich völlig verquasselt.«

»Tut mir leid«, sagte Stiller.

»Mir auch. Sie wollten doch Tipps von mir. Worum ging's denn?«

»Ach das – kann warten.«

»Lässt sich jetzt auch nicht mehr ändern. Ich bin nicht mal mit dem Gießen rumgekommen. Schauen Sie doch heute Abend noch einmal vorbei, dann kann ich Ihnen meinen Garten zeigen. Ich habe die Pflanzen nach den fünf Kontinenten geordnet ...«

Stiller ließ den Blick neugierig über die kahlen Beete schweifen und runzelte die Stirn.

»Das muss natürlich alles erst noch wachsen«, erklärte sie. »In einem Monat sehen Sie mehr.« Sie verabschiedete sich lächelnd und verschwand mit der Gießkanne in Richtung Laube.

Stiller kehrte gerade um, als sein Handy klingelte. Er schwang sich schleunigst aufs Rad. Er musste nicht nachsehen, er hatte die Melodie nur einmal vergeben: für Interpol.

Kerstin Polke saß vor seinem Gartentor auf einem Alukoffer. Stiller sah ihr schon von Weitem an, dass sie kochte. Ihre schwarzen Augen wirkten noch einen Tick dunkler, ihr Nasenpiercing schien weiß zu glühen. Wahrscheinlich dachte sie gerade an etwas so Erbauliches wie Kalaschnikow oder Blutbad.

»Gehörst du am Ende auch zu der Sorte von Printredakteuren, die morgens den Hintern nicht hochbekommt?«, begrüßte sie ihn. Ihre raue Stimme hallte durch die Gärten.

Stiller legte rasch einen Finger an die Lippen. »Zum Glück bin ich Psychologe«, antwortete er.

»Wär vielleicht wirklich ein Glück«, schimpfte sie. »Du bestellst mich zu dieser nachtschlafenden Zeit hierher und lässt mich dann blöd herumsitzen. Zehn vor acht war ausgemacht. Andere wollen auch ausschlafen.«

»Tut mir leid, ehrlich«, entschuldigte sich Stiller. »Aber ich hab nicht verschlafen.« Er schloss die Gartentür auf.

»Das sagen sie alle.«

»Ich bin zufällig der Gärtnerin begegnet, die gestern die Leiche gefunden hat. Hätte ich mir diese Gelegenheit entgehen lassen sollen?«

Kerstin schwieg und nahm den Koffer auf. Stiller streckte die Hand aus, um ihr zu helfen, aber sie schüttelte den Kopf. Er hatte den Eindruck, dass sie errötete.

Er schob sein Rad zur Laube und lehnte es an. »War übrigens ganz informativ«, sagte er über die Schulter.

Sie blieb stumm.

Die Tür der Laube war mit einem Riegel mit Vorhängeschloss gesichert. Stiller wählte den passenden Schlüssel aus und zog die Tür auf.

Kerstin folgte ihm nach drinnen – und blieb erstaunt stehen. Während sie sich umblickte, stellte sie vorsichtig den Koffer ab. »Wie sieht es denn hier aus? Ich dachte, ich komm in ein Gartenhaus, aber das scheint mir mehr die Bundeszentrale für politische Bildung zu sein.«

Die Flipcharts und die unvermeidliche Pinnwand füllten den Raum. Auf dem Tisch breitete sich Kreativmaterial aus: Stapel bunter Kärtchen und farbiger Pappwolken; Schachteln mit unterschiedlichen Stiften, Nadeln und Reißzwecken verschiedener Größen. Daneben Scheren, Klebeband und Lineale.

»Ach das …« Stiller seufzte. »Bausback hat mir die CITT mitgegeben.«

»Die CITT?« Kerstins raue Stimme wurde noch einen Ton kratziger. »Willst du am Ende hier mit ihr wohnen?«

»Wir wohnen zu Hause«, entgegnete Stiller. »Ich bin nur tagsüber da, jedenfalls habe ich das vor. Und Frauke soll meine Kreativität anregen.«

»Frauke …«, wiederholte sie. »Verstehe.« Sie warf Stiller einen schwarzen Blick zu. »Ist ja auch eine anregende Person. Und noch dazu eine attraktive.«

»Findest du? Mir scheint sie ein bisschen dünn.«

»Ach, das ist dir also schon aufgefallen.« Wieder sah sie sich um. »Wo willst du den Laptop stehen haben? Gibt es noch einen Nebenraum, ein Schlafzimmer vielleicht?«

»Kerstin, das ist ein Gartenhaus. Wir arbeiten hier. Aber falls wir uns hinlegen wollen – Frauke hat eine sehr bequeme Hängematte mitgebracht.«

»Kannst du dich mal auf den Laptop konzentrieren? Von dem rede ich nämlich.«

Stiller deutete auf den Tisch. »Ich räume einen Platz frei.«

»Na dann viel Spaß.«

Während er begann, Fraukes Kreativmaterial auf die Längsseite der

Eckbank umzuschichten, wuchtete Kerstin den Alukoffer auf einen Stuhl und ließ die Schlösser aufschnappen.

»Keine Ahnung, was du hier nicht auch alleine hingekriegt hättest«, maulte sie. »Wie man ein Notebook aufklappt, weißt du doch wohl.« Sie zog ein Apple-Laptop aus dem Koffer und schob es auf den Tisch.

»Ich dachte, ich tu dir einen Gefallen. Während du mir hier hilfst, ersparst du dir das kreative Work-out mit der CITT.«

»Das willst du dir doch wohl vor allem selbst ersparen, oder? Ich bin hier in zehn Minuten fertig, und das Work-out beginnt erst in einer Dreiviertelstunde.«

»Was ist denn überhaupt dran?«, erkundigte sich Stiller.

»Alpha-Tiefschlaf. Fast alle Politikredakteure haben sich angemeldet.«

»Ausgerechnet! Ich dachte, diese Kreativtechnik beherrschen sie schon.«

»Du brauchst wirklich psychologischen Beistand.« Kerstin stöpselte das Netzteil ein und sah sich suchend um. »Gibt es in diesen Lauben überhaupt Strom?«

Stiller erstarrte. Daran hatte er gar nicht gedacht. Gemeinsam forschten sie nach Steckdosen. Es gab nur eine, die nicht belegt war, unter dem Lichtschalter neben der Laubentür – am entgegengesetzten Ende des Tischs. Das Netzkabel war deutlich zu kurz.

»Ich räume um«, schlug Stiller vor.

Kerstin hielt ihn zurück. »War vielleicht doch kein Fehler, dass du mich hierherbestellt hast.« Sie hob den Kofferdeckel an und kramte ein Verlängerungskabel mit Dreifachsteckdose heraus. »Simsalabim.«

Sie schloss das Notebook an, klappte es auf und schaltete es ein. »Voilà«, sagte sie, als der Lautsprecher artig ein paar Töne ausspuckte und das Display heller wurde. Wieder kramte sie im Koffer und hielt kurz darauf eine Maus am Kabelschwanz in die Höhe. »Brauchst du die?«

Stiller schätzte den wenigen Platz ab, den er sich auf dem Tisch freigeschaufelt hatte, und verneinte.

Kerstin ließ die Maus in den Koffer zurückplumpsen und einen USB-Stick erscheinen. »Einstöpseln!«, befahl sie.

Stiller folgte gehorsam.

»Die PIN steht hier.« Sie pappte einen gelben Klebezettel neben die Tastatur und sah zu, wie Stiller die Kombination eintippte. Auf dem Display öffnete sich ein Fenster. »Auf ›Verbinden‹ klicken«, ordnete Kerstin an. »Na bitte«, fuhr sie fort, als sich das Fenster schloss. »Jetzt bist du weltweit vernetzt.«

»Schön«, sagte Stiller. »War tatsächlich kein Hexenwerk. Und wo ist der Drucker?«

Sie runzelte die gepiercten Brauen. »Wozu brauchst du einen Drucker?«

»Kerstin, ich bin Printredakteur. Papier ist mein Medium. Ich möchte mir vielleicht das eine oder andere ausdrucken.«

Sie stemmte die Fäuste in die Taille und sah ihn verächtlich an. »Aber das Rad haben sie in deiner Welt hoffentlich schon erfunden.« Dann rang sie sich ein Lächeln ab und beugte sich über den Koffer. »Simsalabim«, wiederholte sie, als sie einen flachen Drucker hervorzauberte. Sie schloss ihn an die Dreifachsteckdose und den Laptop an. »Papier?«

Stiller deutete auf einen Stapel auf dem Tisch.

»Mann denkt hin und wieder mit.« Ihre raue Stimme klang freundlicher. »Trotzdem!« Sie fischte ein Bündel Papier aus dem Koffer und schob es in den Drucker. »Fertig.«

»Gut«, sagte Stiller. »Zur Belohnung koch ich uns jetzt einen Kaffee.«

Mit dem Pott in der Hand betrachtete sie die Flipcharts, als handele es sich um moderne Kunst.

»Wir brauchen …«, las sie vor. »Was heißt ›wir‹? Recherchiert ihr jetzt beide? Du bist doch sonst lieber der einsame Wolf.«

»Hm.« Stiller klimperte probeweise auf dem Notebook herum. »Frag jetzt bloß nicht, wer hier das Herrchen ist und wer der Hund.«

»Jedenfalls weiß ich, wer früher der Spürhund war – und jetzt das Schoßhündchen spielt.«

Stiller spürte, dass sie es freundlicher gemeint hatte, als es klang. »Wenn du schon dabei bist, lies doch bitte vor«, forderte er sie auf.

»Was *wir* brauchen?«

Stiller nickte.

»Also: Wir brauchen … Erstens: einen Lageplan der Kleingartenkolonie.«

»Schon erledigt«, sagte Stiller. »Kleinschnitz hat den Plan im Schaukasten abfotografiert und bringt einen vergrößerten Ausdruck mit.«

»Zweitens: eine Liste der Pächter.«

»Das wird schon schwieriger. Ich weiß, wo wir die Liste finden, aber noch nicht, wie wir rankommen.«

»Wo?«

»Im Vereinsheim. Aber das Büro dort ist sicher abgeschlossen.«

Kerstin angelte sich einen Filzstift vom Tisch und notierte »Vereinsheim« hinter Punkt zwei. Dann spazierte sie zum nächsten Flipchart. Dessen oberste Papierbahn war mit einer senkrechten Linie in zwei Hälften geteilt. »Verdächtige« stand unterstrichen über der linken Spalte, »Motive« über der anderen.

»Kann ich schon was notieren?«

Stiller nickte. »Kohl«, diktierte er. »Und Pavillon. Außerdem Mangold und Kinder.« Er erzählte ihr, was er von Gerti Blum erfahren hatte.

Kerstin warf den Stift auf den Tisch zurück, stellte den leeren Alukoffer vom Stuhl auf den Boden und setzte sich. »Paul!« Wieder klang ihr Ton rau, aber freundlich. »Denk bitte mal nach. Das sind doch keine Mordmotive.«

Sie schwiegen einen Moment. Gedämpft drang Vogelgezwitscher in die Laube.

»Ich meine es wirklich gut mit dir. Du machst dich hier lächerlich.«

Stiller schüttelte den Kopf. »Ich hab so ein Gefühl.«

»Gefühle hab ich auch, ob du es glaubst oder nicht. Aber Journalisten leben von Fakten. Und Fakt ist: Kein Familienvater bringt jemanden um, der sich über Kinderlärm beschwert. Da müsste er ja die halbe Menschheit beseitigen.«

»Ich stehe noch am Anfang«, gab Stiller trotzig zurück.

Kerstin schnaufte. »Am Anfang einer Sackgasse. Warum hängst du dich da überhaupt so rein? Das ist doch nicht dein Job!«

»Ich hatte das auch gar nicht vor. Ich bin da zufällig reingeraten. Chaotisch-intuitiv.« Er zwinkerte ihr zu, aber sie verzog keine Miene. »Ich wollte bloß diesem Dorn nicht verraten, dass ich von der Zeitung bin, aus Angst, dass er mir nichts mehr erzählt. Aber jetzt hab ich Blut geleckt. Die Polizei scheint auf Strunkes Frau zu tippen – und ich bin überzeugt: Genau das ist die Sackgasse.«

»Strobel wird wissen, was er tut.«

»Mir ist das zu banal«, verteidigte sich Stiller. »Strunke und seine Frau haben sich getrennt. Na schön. Reicht das für einen Mord?«

»Für einen? Für die Hälfte aller Morde! Und das ist wahrscheinlich noch zu tief gegriffen. Du hast doch jetzt Internet, schau mal in die Statistik.«

»Ich hab vielleicht noch nicht in die Statistik geschaut, aber ins Archiv. Du glaubst gar nicht, was sich in bundesdeutschen Kleingartenkolonien abspielt. Dramen über Dramen. Warte mal …« Er beugte sich über die Eckbank und griff nach einem Stapel Fotokopien. Carsten, der Archivleiter, hatte sie tags zuvor noch vorbeigebracht. Er legte sich den Packen auf die Knie und begann zu blättern.

»Nervenkrieg um Laube mit Plumpsklo««, las er vor. »Am Gartenzaun hört die Freundschaft auf‹.« Er zog wahllos ein weiteres Blatt heraus. »Konflikt um grillende Kleingärtner‹ … Oder hier: ›Schrebergärtner steht nach Dreifachmord vor Gericht. Dreifachmord – langt dir das?«

»Du und dein Papier«, meckerte Kerstin. »Trotzdem halte ich es für falsch, dass du dich so in die Kleingärtner verrennst. Es kann genauso gut ein Einbrecher gewesen sein. Ein schnöder Zufall.«

»Zufällig will jemand in die einzige bewohnte Laube einbrechen? Daran glaube ich am wenigsten.« Stiller legte den Papierstapel wieder weg.

»Wieso nicht?«

Stiller breitete seine Gedanken aus. »Ein ertappter Einbrecher hätte, wenn er nicht geflohen wäre, Strunke doch wohl eher mit dem Werkzeug erschlagen, das er bei sich hatte. Stattdessen hat sich der Mörder vorher eigens einen Gartenzwerg als Tatwaffe besorgt. Er hat sich vorbereitet – weil er wusste, dass Strunke in der Laube wohnte.«

»Das wusste Strunkes Frau besser als die meisten Kleingärtner.« Kerstin ließ nicht locker. »Du hast mir gerade erzählt, dass Gerti Blum angeblich keine Ahnung davon hatte.«

»Das mag sein. Aber der Mörder hat sich den Zwerg im einzigen Garten besorgt, der keinen Pächter hatte. Und den dürften am ehesten die Gärtner gekannt haben.«

»Wie auch immer.« Kerstin schnappte den Alukoffer und öffnete die Tür. »Ich muss los.« Auf der Terrasse blieb sie kurz stehen und seufzte. Dann kehrte sie um, wählte einen Filzstift und kritzelte etwas auf den Flipchart mit dem Titel »Wir brauchen …«.

Stiller stand auf und sah ihr über die Schulter. »Etwas gegen Maulwürfe«, entzifferte er.

Sie drückte ihm den Stift in die Hand und stürmte davon. »Wie lustig!« Stiller lief ihr hinterher. »Und was bitte? Du könntest ja mal im Internet …« Um ein Haar wäre er vor der Hütte mit jemandem zusammengestoßen. Er verstummte. Es war Mooser.

»Der Heiner«, sagte Mooser und drohte scherzhaft mit dem Zeigefinger. »Damenbesuch?«

»Das war eine Patientin«, log Stiller. »Ich bin Psychologe.«

»Weiß ich längst.« Mooser stellte sich auf die Zehenspitzen. »Hast du da drin am Ende eine Couch?«

Rasch gab Stiller der Tür mit dem Fuß einen Stoß, und sie fiel zu. »Gar kein Platz«, sagte er.

»Berufsausübung ist hier auch verboten.« Wieder drohte Mooser mit dem Zeigefinger, es wirkte aber weniger scherzhaft als zuvor. »Kleingärtnergebot Nummer eins: Du sollst nutzen deinen Garten für Obst und Gemüse.«

»Hab's gelesen.«

»Und damit sind keine verbotenen Früchte gemeint«, fuhr Mooser fort. »Du weißt ja, wie schnell das geht mit der Vertreibung aus dem Paradies.«

Stiller sah an Mooser herab. Der Nachbar hatte zu seinen Füßen einen Werkzeugkasten und einen Plastikeimer voll Wasser abgestellt. »Was führt dich eigentlich zu mir?«

»Ich will was pumpen.«

Stiller runzelte die Stirn.

»Ich will deinen Brunnen reparieren. Die Pumpe – du erinnerst dich?«

»Ach so.« Mooser war offensichtlich ein Freund von Humor. »Nur zu. Sag mir Bescheid, wenn du meine Hilfe brauchst.«

»Danke.« Mooser musterte Stiller abschätzend. »Ich glaube, ich komm alleine klar. Was hast du denn vor?«

Stiller dachte kurz nach. »Gibt es was gegen Maulwürfe?«

»Maulwürfe?« Mooser zog die Mundwinkel nach unten. »Du bist gut! Du bist doch erst einen Tag da …«

Stiller spürte, wie er errötete. Hielt Mooser ihn für einen Maulwurf, wusste er von seinem Inkognito?«»Was hat das denn damit zu tun?«

»Nichts hilft besser gegen Maulwürfe als häufige Anwesenheit. Das mögen die Viecher nicht. Die wühlen lieber ungestört herum. Noch nie davon gehört?«

»Ich dachte, dass es ein Mittel gibt. Kann man sie vielleicht ausräuchern?«

»Du sollst nicht gebrauchen giftige Mittel. Gebot Nummer sieben.« Zum dritten Mal hob Mooser den Zeigefinger.»Ist auch gar nicht nötig. Schau dir meinen Garten an: Da gibt es keine Maulwürfe. Und in jedem anderen, in dem was gearbeitet wird, auch nicht. Nur wo man ruht, da lassen sie sich nieder.«

»Na, dann weiß ich ja Bescheid.« Stiller überlegte, wie er das Thema wechseln konnte.

»Das will ich hoffen. Denn eines kann ich dir sagen«, Mooser senkte die Stimme,»wir mögen hier keine Maulwürfe.«

Diesmal wurde Stiller blass.

Mooser bückte sich, nahm mit der einen Hand den Werkzeugkasten und mit der anderen den Wassereimer auf. Grußlos zog er die paar Meter zum Brunnen weiter. Dort angekommen, drehte er sich noch einmal zu Stiller um.

»Weil wir es gerade von Maulwürfen hatten: Pass an dieser Stelle gut auf.« Er wies mit dem Werkzeugkasten auf einen braunen Fleck am Boden.

Stiller kniff die Augen zusammen. Es war eine Art Deckel, kreisrund, aus Brettern zusammengezimmert.

»Hier gibt es einen alten Brunnenschacht«, rief Mooser.»Genau zwischen dem Pumpbrunnen und deiner Hütte. Geht bestimmt vier, fünf Meter runter. Ist zwar abgedeckt, aber so verlottert, wie hier alles ist … Man weiß ja nie.« Rumpelnd setzte er die Werkzeugkiste auf dem Holzdeckel ab.»Scheint zu halten.«

»Ich werd's mir merken.«

Stiller wartete, bis sich Mooser mit dem Brunnen beschäftigte, und kehrte in die Hütte zurück. Eine Weile stand er grübelnd vor den Flipcharts, dann wandte er sich der Pinnwand zu. In der Mitte war ein einzelnes Blatt aus Pappkarton festgepinnt.»Strunke« stand auf dem roten Rechteck.

»Also gut«, sagte Stiller zu sich selbst, fischte zwei weitere Papprechtecke vom Tisch, ein gelbes und ein giftgrünes, suchte einen Filzstift und begann zu schreiben. Als er fertig war, heftete er die Pappen auf den Stoff. »Die Gärtner« hatte er auf dem gelben Rechteck notiert und auf dem grünen »Die Ehefrau«.

6

Strunkes Frau sah verdammt gut aus: Das war das Erste, was Strobel registrierte, als er das Verhörzimmer betrat. Kaum zu glauben, dass sie gut zehn Jahre älter sein sollte als er. Noch weniger verstand er, was sie je an Strunke gefunden haben mochte. Auch wenn er ihn nur als Toten gesehen hatte, er war ihm doch eher alt und ungepflegt erschienen mit dem schütteren weißen Haar, dem Feinrippunterhemd und der Jogginghose. Ursula Strunke dagegen sah nicht nur gut aus, sie legte offensichtlich auch Wert auf eine gepflegte Erscheinung.

Ein Beamter hatte sie hierherbegleitet, jetzt stand er, Rücken zur Wand, neben der Tür. Als Strobel ihm zunickte, legte er die Hand an die Dienstmütze und ging.

Ursula Strunkes Blick folgte Strobel, während er zum Tisch schritt. Er musterte sie ebenso unverhohlen. Bis auf dezenten Lippenstift war ihr Gesicht ungeschminkt und fast faltenlos. Ihr nackenlanges Haar war dunkelblond gefärbt, wie die leicht grauen Ansätze verrieten. Sie war schlank. Eine ärmellose Bluse gab sportliche, etwas sehnige Arme frei.

Strobel registrierte auch das. Diese Frau hätte durchaus die tödlichen Schläge führen können.

Er legte den Aktenordner, den er bei sich trug, auf den Tisch neben das digitale Aufnahmegerät und reichte ihr die Hand. »Danke, dass Sie sich die Zeit genommen haben«, sagte er, setzte sich ihr gegenüber, klappte den Ordner auf und ließ den Blick zur Decke schweifen.

Die beiden Kameras, die in gegenüberliegenden Ecken angebracht waren, liefen, das war an den roten Lichtpunkten zu erkennen. Jedes Soko-Mitglied konnte das Gespräch von seinem PC aus mitverfolgen. Drei hatte er darum gebeten: Claudia Junk, die Ursula Strunke bereits zweimal befragt hatte, Bühler, der jedes Detail vom Tatort abrufbereit in seinem Kopf gespeichert hatte, und einen Mitarbeiter des kleinen Teams, das dem Alibi von Ursula Strunke und ihrem Lebensgefährten Thomas Nadele nachging. Zusätzlich würde er das Gespräch aufzeichnen.

Er schaltete das Aufnahmegerät ein.

Ursula Strunke beugte sich nach vorn. »Sagen Sie mir bitte zuerst, weshalb ich hier bin. Als Zeugin?«

»Haben Sie den Mord an Ihrem Mann beobachtet?«, fragte Strobel zurück.

»Natürlich nicht.« Sie seufzte. »Demnach bin ich als Verdächtige hier, nicht wahr?«

»So würde ich das nicht ausdrücken.« Strobel überlegte, wie viel er preisgeben sollte. »Betrachten Sie das hier als eine Befragung. Es gibt in Ihren bisherigen Aussagen noch Lücken und Ungereimtheiten, die ich gerne ausräumen möchte. Vorher kann und darf ich Sie nicht von der Liste der Verdächtigen streichen.« Er lächelte sie aufmunternd an. »In einem anderen Punkt sind Sie Zeugin: Ich hätte gerne ein wenig mehr über Ihren Mann gewusst.«

»Ex-Mann.«

Strobel sah sie erstaunt an. »Nach unseren Erkenntnissen stand die rechtskräftige Scheidung noch aus.« Sofort ärgerte er sich über die hölzerne Formulierung – eine Unart, die er ebenso wenig ablegen konnte wie das Knacken mit den Fingern.

»Er ist tot.« Ursula Strunke drückte sich umso klarer aus.

»Das ist wahr.« Strobel räusperte sich. »Fangen wir mit den Personalien an. Sie sind Ursula Strunke, fünfzig Jahre alt, wohnhaft Brückenstraße 3 in Aschaffenburg-Damm?«

Sie bejahte.

»Würden Sie mir bitte schildern, wo Sie sich am gestrigen Montag zwischen halb fünf und halb sieben aufgehalten haben?«

Geduldig wiederholte sie, was sie Claudia Junk bereits angegeben hatte.

»Zwischen fünf und sechs Uhr waren Sie demnach an der Aschaff joggen«, fasste Strobel zusammen. »Sie sind wie immer von Ihrem Haus direkt dorthin gelaufen?«

Es entging ihm nicht, dass sie kurz zögerte. »Ja«, sagte sie dann. »Warum fragen Sie?«

»Vielleicht haben Sie an diesem Morgen einen kleinen Umweg gemacht?«

»Nein«, antwortete sie fest. »Alles war wie immer.«

Strobel dachte an die Aussage der Nachbarin, nach der Ursula Strunke und ihr Partner in die entgegengesetzte Richtung losgelaufen waren. Es erschien ihm zu früh, sie damit zu konfrontieren. »Gibt es jemand, der das bestätigen kann?«, fragte er stattdessen.

»Thomas Nadele, mein Lebensgefährte.«

Strobel nickte. »Davon abgesehen: Sind Ihnen andere Jogger begegnet? Spaziergänger? Nachbarn?«

»Ich glaube schon.« Ihr Ton klang eine Nuance reservierter.

»Sie sind sich nicht sicher?«

»Beim Joggen begegnen uns ständig irgendwelche Leute. Ich hab nicht drauf geachtet. Das tu ich nie. Ich kenn sie auch gar nicht näher.«

»Bitte denken Sie nach. Ein Einziger würde mir genügen.«

Sie schwieg eine Weile, dann schüttelte sie den Kopf.

Strobel deutete auf das Aufnahmegerät.

Sie verstand. »Nein. Ich kann mich an niemand Bestimmten erinnern, leider.« Sie sah Strobel herausfordernd an: »Aber ich war joggen, ob Sie mir das jetzt glauben oder nicht. Ich habe meinen Mann nicht umgebracht.«

»Es geht nicht darum, ob ich Ihnen glaube. Schlimmstenfalls müssen Sie den Haftrichter davon überzeugen. Aber so weit sind wir noch nicht. Vielleicht fällt Ihnen doch noch jemand ein.«

Die Soko hatte am frühen Morgen die Suche nach Zeugen in den Aschauauen fortgesetzt – erfolglos. Die Beamten hatten fast zwei Dutzend Jogger befragt. Nur drei von ihnen waren am Morgen des Vortags ebenfalls unterwegs gewesen, aber sie hatten Ursula Strunke und Thomas Nadele nicht gesehen oder erinnerten sich zumindest nicht daran. Strobel entschied sich, sie auch darauf nicht anzusprechen. Er durfte diesen Punkt nicht überbewerten, noch nicht. Jogger, die nur ungefähr zur selben Zeit unterwegs waren, mussten sich nicht zwangsläufig begegnen. Schon gar nicht, wenn sie in dieselbe Richtung liefen, also hintereinander, und ihr Tempo nicht zu stark differierte.

Andere Punkte waren belastender.

»Sie wollten sich also von Josef Strunke trennen«, schlug er eine neue Richtung ein.

»Ich wollte die Scheidung«, bestätigte sie. »Aber keinen Mord.«

»Und warum?«

Sie lehnte sich zurück. »Wie lange haben Sie Zeit?«

»So lange Sie möchten.«

Sie seufzte. »Ich kann es ganz kurz machen. Das Radieschenparadies war sein Ein und Alles. Für mich war es die Hölle.«

»Erzählen Sie.«

»Genau genommen war mein Mann mit seinem Garten verheiratet.« Sie massierte ihren Nacken, während sie weitersprach. »Mit ihm hat er jedenfalls mehr Zeit verbracht als mit mir. Am Anfang hat er sich noch um mich gekümmert, am Ende ausschließlich um sein Gemüse. Ich war ihm völlig egal geworden. Hauptsache, den Karotten ging's gut. Sie haben ja keine Ahnung …«

»Sie teilten seine Vorliebe für die Gartenarbeit also nicht?« Insgeheim verstand Strobel sie sehr gut. Er hielt sich eine Apartmentwohnung in der Innenstadt, da gab es keine Gärten, und das war gut so. Sein Beruf füllte ihn aus. Wenn er nach Hause kam, war er froh um die Zeit, die er Sabine widmen konnte. Sie beschwerte sich auch ohne Garten oft genug, dass er zu selten mit ihr ausging. Die Leitung des wichtigsten Kommissariats brachte es nun einmal mit sich, dass er meist keinen geregelten Feierabend hatte. Er ahnte bereits, dass es bei diesem Fall nicht anders werden würde.

Ursula Strunke riss ihn aus seinen Gedanken. »Vorliebe. Das klingt so, als wenn es sein Hobby gewesen wäre. Damit hätte ich leben können. Aber für ihn war der Garten der einzige Lebensinhalt, und er zog mich ständig mit rein. Es ging schon damit los, dass ich eine Allergie gegen eine Reihe von Früchten habe. Beeren zum Beispiel, die kann ich nicht einmal anfassen, ohne Pusteln zu bekommen. Trotzdem brachte er das Zeug ständig mit nach Hause und wollte, dass ich Gelee daraus koche. Oder Saft.«

»Haben Sie ihm das nicht einfach sagen können?«

»Was sind Sie? Ein Eheberater? Zuerst hatte ich es mit Gummihandschuhen probiert. Als das nichts nützte, habe ich es ihm natürlich gesagt. Sie hätten hören sollen, was da los war.«

»Er wurde gewalttätig?« Strobel blätterte im Aktenordner. »Sie haben ins Scheidungsverfahren eingebracht, dass Ihr Mann Sie wiederholt geschlagen hat.«

Sie zögerte erneut, bevor sie antwortete. »Das ist richtig.«

»Ihre Weigerung, ich sag mal: Produkte aus dem Garten weiterzuverarbeiten, war das der Anlass?«

»Nicht der einzige. Ich hatte auch keine Lust mehr, überhaupt noch in den Garten mitzukommen. Wenn ich mich dort wenigstens hätte entspannen können. In der Hängematte die Seele baumeln lassen. Aber das hat er als Vorsitzender der Anlage ja höchstpersönlich verboten. Hat sich im Radieschenparadies aufgespielt wie der liebe Gott. Wer sich nicht abrackerte, flog raus.«

»Verstehe«, sagte Strobel.

»Ich weiß nicht, ob Sie das wirklich verstehen.« Sie atmete tief aus. »Das war einfach nicht meine Welt. Alles war so eng. Ich meine nicht nur den Garten, sondern auch den Geist. Es gab da niemanden, mit dem ich mich hätte unterhalten können. Worüber auch? Es waren immer die gleichen Themen. Dass die Pfingstrosen im Vorjahr später geblüht haben, die Tomaten heuer früher reif sind, die Schnecken noch nie so zahlreich waren. Im April ging es los, jedes Jahr das gleiche Lied: Der Maikäfer steht schon vor Alzenau ... Man hatte den Eindruck, eine feindliche Armee rücke auf Aschaffenburg vor. Und wenn die Pflanzen und Schädlinge keinen Stoff mehr hergaben, blieb immer noch das Wetter. Zu trocken, zu nass, zu warm, zu kalt. Richtig war es sowieso nie.«

»Er hat es Ihnen also verübelt, dass Sie sich nicht mehr an der Gartenarbeit beteiligen oder in den Garten mitkommen wollten?«

Sie legte die Hände in den Schoß und verschränkte die Finger. »Vielleicht rede ich mich hier um Kopf und Kragen. Aber ich will offen sein: Verübelt ist ein zu schwaches Wort. Er ist regelrecht ausgerastet.«

»Deshalb wollten Sie die Scheidung?«

»Nicht nur deshalb. Unsere Ehe war schlichtweg am Ende. In all den Jahren haben wir kein einziges Mal Urlaub gemacht, wie andere Paare das tun. Wenn er überhaupt mit mir weggefahren ist, dann zu irgendeiner Bundes- oder Landesgartenschau. Von den Städten hab ich da wenig mitgekriegt. Wieder ging es nur um Beete, Beeren und Botanik ...«

»Sie haben auch darüber mit ihm gesprochen?«

»Ich habe alles versucht. Ich habe ihm vorgeschlagen, wir könnten mal nach England reisen, die englischen Landschaftsgärten besichtigen. Aber die interessierten ihn nicht, weil er keinen Nutzen für den eigenen Garten daraus ziehen konnte. Außerdem hätten wir doch den Park Schönbusch vor der Haustür, den schönsten englischen Landschaftsgarten Deutschlands. Das müssen Sie sich vorstellen, es war ein Witz! Wenn es um die Kultivierung von Salatköpfen ging, musste ich mir weiß Gott wo anschauen, was wir auch vor der Haustür hatten.«

Sie wirkte erschöpft, stützte die Ellbogen auf die Tischplatte und legte die Stirn auf die Handballen. Strobel gab ihr Zeit, wartete, bis sie den Kopf wieder hob und ihn über die Hände hinweg ansah. Sie hatte Tränen in den Augen. Strobel fragte sich, ob das gespielt war.

»Kann ich einen Kaffee haben?«

Er nickte erst ihr zu, dann in die Kamera. »Möchten Sie rauchen?«, fragte er freundlich.

Sie lehnte ab. Er erhob sich und öffnete die Tür. Der Beamte trat ein und stellte sich wie zuvor auf seinen Platz an der Wand.

»Lassen Sie ruhig offen«, sagte Strobel und schlug den Weg zur Kaffeeküche ein.

Claudia Junk erwartete ihn bereits.

»Und?«, fragte Strobel, während er die Kanne aus der Kaffeemaschine zog und zwei Tassen füllte. »Was meinst du?«

»Klingt aufrichtig.«

»Ich weiß nicht. Mir waren die Tränen zu dick. Außerdem sind wir noch nicht beim Motiv.« Er stellte die Tassen sowie einen Zuckerstreuer auf das Tablett und suchte im Kühlschrank nach Milch. »Was macht Nadele?«

Strobel hatte Ursula Strunkes Lebensgefährten zur selben Zeit in die Polizeidienststelle bestellt. Die beiden sollten keine Möglichkeit bekommen, zwischen den Befragungen Kontakt miteinander aufzunehmen.

»Er wird langsam nervös. Hat schon ein paarmal gefragt, wie lange er noch herumsitzen soll. Droht mit dem Anwalt.«

»Bring ihm bitte auch einen Kaffee«, sagte Strobel. »Wenn es weiter so läuft, bin ich spätestens in einer Dreiviertelstunde bei ihm.« Er dachte nach. »Nimm ihm was zu lesen mit. Auf meinem Schreibtisch liegt die Zeitung.«

Claudia Junk errötete, ein untrügliches Zeichen dafür, dass sie ihm widersprechen wollte. »Ist das dein Ernst? Der Mord an Strunke ist der Aufmacher im Lokalteil.«

Strobel machte eine wegwerfende Handbewegung, bevor er das Tablett nahm und sich zur Tür wandte. »Nadele hat den Beitrag doch längst gelesen. Da steht nichts drin, was er nicht wissen sollte. Dieser Stiller hat sich völlig in die Kleingärtner verbissen.«

Strobel stellte das Tablett auf dem Tisch im Verhörzimmer ab und reichte Ursula Strunke eine Tasse, bevor er sich setzte. Sie bediente sich bei Milch und Zucker. Er wartete, bis sie umgerührt und einen Schluck genommen hatte. Sie wirkte wieder gelassen. Er entschloss sich, erneut die Richtung zu wechseln. »Warum haben Sie Josef Strunke überhaupt geheiratet?«

Sie schwieg.

»Ich höre?«

»Ich war noch so jung …«

»Vierundzwanzig«, präzisierte Strobel. »Er war vierunddreißig. Und Gartenliebhaber. Haben Sie das damals nicht gewusst?«

»Ich habe ihn sogar auf einer Gartenparty kennengelernt. Beim Radieschenfest. Das feiern sie jeden Mai. Ich hatte gerade eine gescheiterte Beziehung hinter mir, und eine Freundin hatte mich überredet, mit ihr auf das Fest zu gehen, damit ich auf andere Gedanken komme. Da bin ich ihm zum ersten Mal begegnet.«

»Und?«

»Wie gesagt, ich war jung.« Sie schloss die Augen, als wollte sie sich die Bilder von damals in Erinnerung zu rufen. »Er war stattlich, lebensfroh. Stand während des ganzen Festes im Mittelpunkt, führte das große Wort. Ich hab gleich gespürt, dass er bei mir Eindruck schinden wollte. Und er hat mich auch beeindruckt, keine Frage. Er forderte mich zu einem Walzer auf. Die Freunde, die ich bis dahin gehabt hatte, wollten nie auch nur einen Fuß auf eine Tanzfläche setzen. Nein, er war anders …«

»Und wohlhabend«, warf Strobel ein.

Schlagartig war es mit ihrer Gelassenheit vorbei. »Was wollen Sie damit sagen?«, rief sie erregt. »Dass es mir ums Geld ging? Dass ich so eine bin?«

Strobel versuchte sie zu beschwichtigen. »Ich wollte nichts dergleichen unterstellen, Frau Strunke. Andererseits ist das Vermögen Ihres Mannes kein unwesentliches Detail.«

Sie nahm die Kaffeetasse, stellte sie aber wieder ab, weil ihre Hand zitterte. »Davon habe ich zuerst gar nichts gewusst. Ich hatte zwar schon beim Radieschenfest ein bisschen rumgefragt, es hieß aber nur, dass er bei der Bahn war. Irgendein hohes Tier, das die Arbeitsplätze von anderen wegrationalisiert. Schlecht angesehen, aber gut bezahlt. Dass er neben den Einkünften noch was im Hintergrund hatte, hab ich erst viel später erfahren, da waren wir längst zusammen.«

»Das Vermögen hat also keine Rolle gespielt?«

»Nicht so, wie Sie das meinen. Es ging mir nicht um Geld. Aber er hat es natürlich benutzt, um mich zu kriegen. Er hat mir teure Geschenke gemacht, das ist richtig. Oder er hat mich in schöne Lokale ausgeführt. Ich durfte mir schicke Sachen kaufen, er wollte sie immer bezahlen. Das war aber schon alles. Keine Luxusklamotten, keine Traumreisen, kein Sportwagen – nichts, worauf die Frauen abfahren, die Sie vielleicht kennen.«

»Und der Garten?«

»Natürlich war da schon der Garten. Ich hab's Ihnen aber schon gesagt: Am Anfang hat er sich noch mehr um mich gekümmert. Richtig verwöhnt hat er mich. Das andere kam später.«

»Nach der Hochzeit?«

»Noch nicht sofort, aber bald danach ging es los. Ich hab mich wahrscheinlich auch verändert. Aber er ganz sicher. Er verlor nach und nach jeden Humor, gleichzeitig wurde er total kniefieselig. Ein richtiger Giftzwerg. Nicht mal mehr unter seinen Kleingärtnern war er beliebt. Wissen Sie, wie sie ihn nannten? E 605. Das sagt doch alles.«

Sie legte eine Pause ein, bevor sie fortfuhr: »Ich hatte oft darüber nachgedacht, ihn zu verlassen. Aber da war zum einen die Hoffnung, dass alles werden könnte wie früher, vielleicht sogar mit meiner Hilfe. Und dann – ich hatte Angst davor, plötzlich wieder ganz allein zu sein. Erst durch Thomas ...«

Strobel überging den Hinweis auf ihren neuen Partner und blätterte in seinen Unterlagen. »Frau Strunke«, sagte er, als er das gesuchte Blatt gefunden hatte, »ihr Mann besaß gut eine Million Euro, hübsch verteilt auf diverse Banken, Depots und Konten. Woher kam das Geld eigentlich?«

Wieder nahm sie die Tasse. Ihre Hand zitterte nicht mehr. Sie trank einen Schluck, bevor sie antwortete. »Er war an einer Firma beteiligt, die Lenkräder und Airbags produzierte. Sie lief wohl sehr gut. Irgendwann sind die Japaner eingestiegen, und er hat seine Anteile ziemlich teuer verkauft.«

»Irgendwann?« Strobel blätterte erneut im Aktenordner. »War das vor oder nach Ihrer Hochzeit?«

Zitternd stellte sie die Tasse ab. »Nach«, sagte sie scharf. »Ich nehme an, das wissen Sie längst.«

Strobel nickte. »Demnach fällt das Vermögen unter Zugewinn. Das ist eine der Geschichten, die wir klären müssen, verstehen Sie? Haben Sie ihn überredet, die Anteile zu verkaufen?«

»Quatsch!« Ihr Ton behielt die Schärfe. »In Geldsachen hat er mich nie gefragt. Es war allein seine Entscheidung. Erstens hatte er Angst, dass die Japaner den Laden in Aschaffenburg dichtmachen. Zweitens hat ihn genau zu diesem Zeitpunkt die Bahn vor die Tür gesetzt. Nachdem er alle anderen unter sich wegrationalisiert hatte, war er selbst an der Reihe.«

»War er kein Beamter?«

»Doch. Sie haben ihn in Vorruhestand geschickt. Mit einundfünfzig. Und mit voller Pension. Das war damals die übliche Praxis.«

»War das ein Schock für ihn?«

»Was weiß ich. Er ist ja nicht schlecht damit gefahren. Aber für mich war's ein Schock! Bis dahin war der Garten auf den Feierabend und die Wochenenden beschränkt gewesen. Und plötzlich hatte ich ihn rund um die Uhr. Ab da ging es richtig bergab.«

»Verstehen Sie mich bitte nicht falsch«, sagte Strobel. »Aber nach meinen Informationen sind Sie die einzige Erbin Ihres Mannes.«

Er bemerkte die Veränderung sofort: Ursula Strunke wurde wieder völlig ruhig.

»Ihre Informationen sind richtig.« Sie imitierte seinen Ton. »Aber ein Detail dürfen Sie bitte nicht übersehen: Ich wollte mich scheiden lassen. Die Hälfte des Vermögens stand mir sowieso zu, fragen Sie meine Anwältin. Bis dahin hätte ich ohne Probleme warten können. Ich habe einen guten Job und nicht vor, ihn aufzugeben.«

Strobel hatte dieses Detail keineswegs übersehen. Es bewies aber nichts, im Gegenteil, es gehörte zum üblichen Muster. Er kannte einige Fälle, in denen ein Ehepartner die Scheidung eingereicht und den anderen dennoch umgebracht hatte, bevor sie durch war. Das Scheidungsverfahren war jeweils nur Tarnung, die Argumentation stets dieselbe gewesen: Ich hätte die Hälfte haben können. Weshalb sollte ich einen Mord auf mich nehmen, um alles zu bekommen? Die Antwort war einfach: Habgier. »Alles« war das Doppelte der Hälfte.

Schweigend betrachtete er Ursula Strunke. Bis auf den Widerspruch beim Alibi hatte er nur Mutmaßungen. Was er brauchte, waren Beweise, vorher hatte es keinen Sinn, an den Haftrichter überhaupt nur zu denken. Und es hatte keinen Sinn, die Befragung zu verlängern.

Strobel klappte den Aktenordner zu, legte das Aufnahmegerät darauf und erhob sich. »Ich lass das rasch abtippen, Sie können es dann gleich unterschreiben«, sagte er und verabschiedete sich höflich.

Er würde sich Thomas Nadele vorknöpfen, vielleicht brachte ihn das weiter.

7

»Gar kein Zweifel: Der war's!« Frauke stand vor dem Flipchart, tippte mit einem roten Edding auf den Namen Kohl und unterstrich ihn dreimal. »Mein Favorit. Die Pavillon-Geschichte – ein echter Hammer. Fast so was wie ein Politthriller.«

Stiller hatte die Gunst der Stunde genutzt und Mooser, während er am Brunnen hantierte, über die Sache mit dem Pavillon ausgefragt. Mooser hatte bereitwillig davon erzählt. »Die Sache« war eine Art von Stadtgespräch unter den Kleingärtnern, die weit über das Radieschenparadies hinaus Aufsehen erregt hatte. Schließlich ging es ums Prinzip. Genau genommen sogar um mehrere Prinzipien.

Kohl hatte drei Jahre zuvor eine Parzelle in der Nilkheimer Anlage erworben. Kurz darauf hatte er in der Wiese vor seiner Laube ein Fundament legen und einen schmiedeeisernen Pavillon daraufsetzen lassen. Laut Mooser ein geschmackvolles Exemplar, kein Billigkram. Es passte gut in die Kleingartenanlage – aber nicht in die städtische Kleingartenverordnung. Die erlaubt außer der Laube und dem kleinen Geräteschuppen nur noch bewegliche Partyzelte, zeitlich begrenzt, oder feste Gewächshäuser mit einer Grundfläche von höchstens zwölf Quadratmetern und einer Höhe von bis zu zweieinhalb Metern.

Kaum stand der Pavillon, erschien Strunke – mit Zollstock und dem unvermeidlichen Notizheftchen, das er immer bei sich trug. Mooser hatte es »die Sünderkartei« genannt.

Kohl hatte auf den ersten Blick schlechte Karten. Als temporäres Partyzelt ging das eiserne Ding nicht durch, er hatte es sorgfältig in das Fundament einbetoniert. Für einen festen Bau hätte er aber in jedem Fall die Genehmigung des Kleingartenvorstands einholen müssen. Das hatte er versäumt – und es war klar, dass Strunke eine solche Missachtung seiner Autorität und der Vorschriften niemals dulden würde.

Es kam noch schlimmer. Der Pavillon hatte eine Grundfläche von zwölfeinviertel Quadratmetern. Die Höhe erreichte an der geschwungenen Spitze zwei Meter sechzig, zu allem Überfluss saß noch ein geschmiedeter Pinienzapfen obendrauf. Den sägte Kohl im Laufe der folgenden Auseinandersetzungen zwar ab, doch das half ihm nichts. Der Pavillon überschritt alle zulässigen Maße, er ließ sich also auch nachträglich nicht sanktionieren.

Strunke verlangte die Beseitigung des Pavillons innerhalb eines Monats, wie es die städtische Verordnung vorschreibt. Er drohte,»den Schwarzbau« andernfalls auf Kohls Kosten entfernen zu lassen. Kohl, der ziemlich viel Geld in das Verschönerungsprojekt gesteckt hatte, wehrte sich mit allen Mitteln. Er schaltete den Stadtvorstand der Kleingärtner ein und, als das nichts half, einen Anwalt. Er berief sich auf einen uralten Bebauungsplan, den es für das Kleingartengelände einmal gegeben haben sollte und der sogar Hausbauten erlaubt hätte. Er schrieb Briefe an die Presse und Petitionen an den Bundesverband Deutscher Gartenfreunde. In der Mitgliederversammlung des Radieschenparadieses forderte er zur Abwahl Strunkes auf, in der Vollversammlung des Stadtverbands verteilte er Unterschriftenlisten. Damit machte er sich immer unbeliebter, nicht nur bei Strunke, sondern auch bei den anderen. Zu den Verstößen gegen die Kleingartenverordnung und das Baugesetzbuch kamen jetzt noch Querulantentum, Aufruhr und, das Schlimmste, Nestbeschmutzung. Kohl entwickelte sich zum gemeinen Gartenschädling, das passende Opfer für einen Anlagenvorsitzenden, der den Spitznamen E 605 trug.

Und Kohl setzte dem Ganzen noch eine Krone auf: Als Strunke mit dem Abbruchunternehmen anrückte, kettete er sich an seinen Pavillon. Nackt. Kein schöner Anblick, wie Mooser unterstrich. Nicht zuletzt deshalb leitete der Anlagenvorstand ein Ausschlussverfahren gegen ihn ein wegen Erregung öffentlichen Ärgernisses. Es zog sich bis heute hin, weil Kohl wiederum jedes Rechtsmittel ausschöpfte und sich unter anderem auf das verfassungsmäßig verbriefte Demonstrationsrecht berief. Er habe mit seiner Entblößung nur zeigen wollen, dass ihn der Streit völlig ruiniert habe. Niemand könne einem nackten Mann in die Tasche greifen.

Kurz: Wann immer Strunke und Kohl einander begegneten, gingen sie aufeinander los. Allerdings beließen sie es bei Geschrei und Beschimpfungen. Von Handgreiflichkeiten wollte Mooser nie etwas gesehen haben.

Frauke strahlte.»Er war's, wenn du mich fragst.« Am Vorabend hatten sie und Stiller beschlossen, sich zu duzen. In der Öffentlichkeit konnten sie als angebliches Ehepaar gar nicht anders.»Ich kenne solche Fälle von der Uni. Und aus meiner Praxis natürlich«, fügte sie schnell hinzu. »Am Anfang hätte sich die Sache mit dem Pavillon noch vernünftig regeln lassen. Aber hier sind zwei Personen mit latent pathologischen Zügen aneinandergeraten. Sie haben sich so lange in den Streit hineingesteigert, bis keiner mehr zurückrudern konnte. Nachgeben hätte für jeden der beiden Niederlage bedeutet. Unterlegenheit. Da kann sich eine wahnsinnige Wut aufstauen. Hass. Du musst dir das wie bei einem Vulkan vorstellen: Wenn der Druck zu groß wird, bricht er aus. Oder wie bei einem Damm. Wenn …«

»Ich hab's verstanden«, murmelte Stiller. »Ich nehm den Kohl mal unter die Lupe.«

»Aber ich will dabei sein!«, rief Frauke.

Stiller ging nicht darauf ein. Stattdessen packte er ein blaues Kartonrechteck, schrieb »Sünderkartei« darauf, erhob sich und heftete es an die Pinnwand. »Was hältst du von dem anderen, dem Mangold?«

»Der Familienvater, der immer Ärger wegen der Kinder hatte?« Frauke betrachtete die Flipchart und runzelte die Stirn. »Der könnte es natürlich auch gewesen sein.« Sie unterstrich den Namen einmal. »Schutzinstinkt. Weißt du Näheres über ihn?«

»Nein. Als ich Mooser nach ihm fragen wollte, war er mit dem Brunnen fertig, und du bist aufgetaucht.«

»Och, das tut mir leid. Wir nehmen uns Mangold zusammen vor, okay?«

Stillers Handy spielte die ersten Töne von »New York, New York« und enthob ihn einer Antwort. »Kleinschnitz«, rief er Frauke zu und hielt das Handy ans Ohr. »Ich höre?«

»Du schaust zu viel ›Tatort‹«, gab Kleinschnitz zurück. »Komm mal ins wirkliche Leben zurück. Bausback hat mich nach Damm geschickt, ich soll Bilder schießen von Strunkes Haus und so. Wie wär's, wenn wir uns im Maxim zum Essen treffen? Sagen wir, um zwölf.«

Stiller sah auf die Armbanduhr. Er hatte eine Stunde Zeit, nach Damm brauchte er mit dem Rad höchstens eine halbe. Aber er wollte sich ohnehin noch auf dem Parkplatz, von dem Gerti Blum gesprochen hatte, nach Strunkes Auto umsehen. »Einverstanden«, sagte er, klappte das Handy zu und setzte eine bedauernde Miene auf. »Ich muss los, Kleinschnitz braucht mich.«

Frauke sah ihm verdutzt nach, als er die Hütte verließ, dann rannte sie hinterher. »Du wirst mich doch wohl nicht allein mit dem Garten sitzen lassen?«, rief sie und bremste abrupt. Um ein Haar wäre sie mit Mooser zusammengeprallt.

»Selbstschussanlagen«, sagte er.

»Wie bitte?« Resigniert beobachtete Frauke über Moosers Schulter, wie Stiller das Fahrrad durch die Gartentür schob.

»Selbstschussanlagen«, wiederholte Mooser. »Ein todsicheres Mittel gegen Maulwürfe. Gibt es im Versandhandel. Nicht ganz legal – aber jetzt, wo unser Oberaufpasser tot ist …«

Stiller hatte Mooser im Vorbeiflitzen einen kurzen Gruß zugerufen, jetzt stand er auf dem Hauptweg und atmete auf. Aus dem Garten schräg gegenüber kam ein leises Brummen. Neugierig sah er über den Zaun. Die braunhaarige Schöne, die ihm schon am Vorabend aufgefallen war, schob einen topmodernen Elektrorasenmäher über die Wiese. Dieses technische Detail nahm er nur beiläufig wahr, die Gärtnerin lenkte ihn ab. Sie trug ein kariertes Minikleidchen in Rosétönen mit einem schmalen Hüftgürtel und einer durchgehenden Knopfleiste, die oben und unten aufreizend weit aufgeknöpft war. Ihre braunen Beine steckten in grünen Gummistiefeln. Das lange Haar hatte sie zu einem Zopf geflochten, auf dem Kopf trug sie einen Schlapphut aus Bast. Sie hatte eindeutig etwas von einem Fotomodell.

Während er sie musterte, löste sie eine Hand vom Griff des Rasenmähers und winkte. Stiller blickte sich unwillkürlich um. Als er merkte, dass er gemeint war, winkte er zurück. Dann schob er eilig sein Rad in die andere Richtung davon.

Er verließ die Kleingartenanlage durch den Seiteneingang am alten Bahnhof, überquerte die Gleise der Hafenbahn und radelte auf einem kurzen Fußweg nach Nilkheim hinein. Hinter der ersten Häuserzeile lag der Parkplatz. Wie es sich Stiller erhofft hatte, standen hier in der Stunde vor Mittag nur wenige Autos.

Sein Blick schweifte prüfend über die Fahrzeuge und blieb an einem nagelneuen Range Rover hängen. Es war das Spitzenmodell. Stiller hatte erst wenige Wochen zuvor den Testbericht auf der Autoseite seiner Zeitung gelesen und sich gefragt, an welche Zielgruppe sich ein Geländewagen richtete, dessen billigste Ausführung bereits das Doppelte eines durchschnittlichen Jahresgehalts kostete. Passte eine solche Luxuskarosse zu Strunke? Er näherte sich dem Range Rover und entdeckte einige Details, die für Strunke sprachen. Ein Aufkleber auf dem Heck warb für den BDG, ein anderer gab den Besitzer des Wagens als Mitglied des Radieschenparadieses zu erkennen. Das allein musste nichts bedeuten, Stiller wusste, dass sich bereits einige Gärtner in der Anlage tummelten. Auch sie konnten ihren Wagen hier abgestellt haben. Mehr Sicherheit gab ihm die Buchstabenkombination »JS« auf dem Nummernschild. Josef Strunke? Dazu die Zahl 68 – Strunkes Gartennummer.

Stiller beugte sich vor, beschirmte die Augen mit der Hand und spähte durch die getönte Scheibe der Fahrertür. Das Wageninnere war fein säuberlich aufgeräumt, nichts lag herum, was auf den Fahrzeughalter schließen ließ. Er richtete sich wieder auf und umrundete den Rover. Nichts. Keine Kratzer, keine sichtbaren Aufbruchspuren. Wenn das Strunkes Wagen war, dann hatte sich der Mörder jedenfalls nicht dafür interessiert. Musste er Strobel über den Rover informieren? Er konnte sich ja zunächst einmal ganz harmlos danach erkundigen, ob die Polizei Strunkes Auto schon gefunden hatte.

Stiller zog das Handy aus seiner Umhängetasche, steckte es aber sofort wieder weg, als ein silberfarbener Mercedesbus in den Parkplatz einbog. Auch dieser Wagen hatte getönte Scheiben. Das war nichts Ungewöhnliches. Ungewöhnlicher an diesem etwas abgelegenen Ort Aschaffenburgs erschien Stiller das Frankfurter Kennzeichen.

Er kehrte zu seinem Fahrrad zurück, tat so, als prüfe er den Reifendruck, und löste die Luftpumpe aus der Klemme am Rahmen. Als sich die Wagentüren öffneten, begann er zu pumpen.

Aus dem Vito stiegen zwei Männer, die ihn sofort an ein Komikerduo erinnerten. Wie hieß das noch? Pat und Patachon. Der Fahrer war eher klein, was vor allem an seinen kurzen Beinen lag, der Beifahrer dagegen ein ziemlich langer Lulatsch. Ihre übrige Erscheinung glich sich auf merkwürdige Weise: schwarze Haare, nach hinten gegelt. Schwarze Sonnenbrillen, der Form nach klassische Ray Ban, vermutlich echt. Dunkler Teint, Stiller tippte auf Italiener. Anthrazitfarbene Anzüge, weiße Hemden, am Kragen aufgeknöpft.

Goldkettchen. Kaum standen sie auf der Straße, stülpten sie sich graue Hüte auf den Kopf.

Das musste ein Scherz sein! Die beiden sahen aus wie nachgemachte Mafiosi, wie brave Bankangestellte, die an Fasching die Bösen spielen. Fehlte nur noch, dass sie hier jemanden abpassten, um ihm einen Sack über den Kopf zu ziehen, ihn in den Bus zu stoßen und mit quietschenden Reifen davonzujagen. Wie sich Menschen mit schlichter Phantasie eine Entführung eben so vorstellen. Die beiden taten Stiller den Gefallen nicht. Sie näherten sich vielmehr dem Range Rover, sahen aber nur kurz hinein – wie Liebhaber, die sich für das Innenleben teurer Autos interessieren. Dann bogen sie in den Fußweg ein. An dessen Ende lagen nur der alte Bahnhof, das Radieschenparadies und der Park Schönbusch. Der aber bot Besuchern aus Frankfurt einen wunderbar erschlossenen Parkplatz am Haupteingang Darmstädter Straße. Stiller sah auf die Uhr: noch fast eine Dreiviertelstunde bis zur Verabredung mit Kleinschnitz. Er entschloss sich, den komischen Vögeln zu folgen.

Er klemmte die Pumpe wieder an und schob das Fahrrad in den Fußweg. Bis sie die Bahngleise erreichten, hatte er die beiden fast eingeholt. Er würde den Teufel tun und weiter hinter ihnen herschieben! Er stieg auf, klingelte kurz und radelte an ihnen vorbei in die Kleingartenanlage. Er war hier schließlich zu Hause. Am Schaukasten hinter dem Seiteneingang schloss er das Fahrrad an – und ließ sich viel Zeit dabei.

Die beiden schlugen ebenfalls den Weg ins Radieschenparadies ein. Stiller fummelte an seinem Rad herum, bis sie an ihm vorbei waren. Sie waren offensichtlich nicht zum ersten Mal hier: Zielstrebig steuerten sie auf das Vereinsheim zu, rüttelten an der Tür, streckten die Hände durch die Fenstergitter und klopften gegen die Scheiben. Der Lange wies mit dem Kinn auf Stiller. Der andere zuckte die Achseln.

Nachdem sich im Vereinsheim nichts rührte, schien das rot-weiße Absperrband an Strunkes Parzelle ihre Aufmerksamkeit zu fesseln. Sie traten heran und spähten über die Forsythiensträucher am Zaun. Im Hauptweg knirschte Kies, ein Gärtner näherte sich und wechselte ein paar Worte mit den beiden Männern. Sie schienen kein Problem damit zu haben, in der Anlage gesehen zu werden. Als sich der Gärtner abwandte, drehten sie sich ebenfalls um und gingen zum Seiteneingang zurück.

Stiller ging ihnen entgegen. »Kann ich Ihnen helfen?«, fragte er.

»Danke«, erwiderte der Lange.

»Danke ja oder Danke nein?«

»Danke«, sagte der Kurze. »Wir finden schon allein raus.«

Zwei Spaßvögel! Stiller sah ihnen nach, bis sie den Ausgang erreicht hatten und abbogen. Dann klappte er sein Handy auf und wählte Mike Staabs Nummer. Er war mit dem Polizeibeamten per Du, jahrelang hatten sie sich mittags in der Schachecke des Café Fischer getroffen und sich spannende Partien geliefert.

»Grüß dich, Mike«, sagte er, nachdem Staab abgehoben hatte. »Kannst du für mich mal eine Halterabfrage starten? Die Autonummer ist AB-JS 68.«

»Eine Halterabfrage? Für dich?« Staab lachte laut. »Dir scheint die Gartenluft nicht zu bekommen. Oder hast du getrocknete Salatblätter geraucht?« Er stutzte. »Wie war das Kennzeichen?«

Stiller wiederholte die Autonummer.

Staab zögerte. »Wo steht der Wagen?« Es hörte sich beiläufig an. Zu beiläufig.

Stiller sagte es ihm. Ebenfalls beiläufig. »Keine drei Minuten von eurer Dienststelle entfernt.«

»Wir sind sofort da.« Diesmal klang Staab beunruhigt. »Rühr bloß nichts an, verstanden?«

»Okay«, sagte Stiller und klappte das Handy zu. Zum ersten Mal, seit er an dieser Geschichte dran war, musste er grinsen.

★★★

»Soll ich dir sagen, wer die waren?« Kleinschnitz klatschte die Speisekarte auf den Tisch. »Hier gibt's zwanzig verschiedene Sorten Toasts und Schnitzel, aber keinen einzigen Burger!«

»Sag's mir.« Stiller blätterte noch in der Karte. »Und übrigens war es deine Idee, dass wir uns hier treffen, du Gourmeckle.«

»Die waren vom Beerdigungsinstitut. Bestatter.« Kleinschnitz reckte stolz das Kinn. »Denk doch mal nach: silbergrauer Mercedesbus, getönte Scheiben, gedeckte Anzüge. Und das hier ist ein beliebtes Speiselokal, nebenbei. Ich nehm ein Zwiebelsteak mit Pommes. Hoffentlich sind die Steaks wenigstens ordentlich groß.«

»Bestatter?« Stiller klappte die Karte zu und hob die Finger, um mitzuzählen. »Erstens kommen sie in einem Wagen mit Frankfurter Kennzeichen. Zweitens laufen sie rum wie Clowns. Drittens tauchen sie genau da auf, wo die Leiche garantiert nicht mehr ist. Was für eine Art von Bestatter soll das sein? Ich schließ mich dir an.«

»Wie jetzt?«

»Zwiebelsteak.«

»Ach so.« Kleinschnitz winkte der Bedienung. »Warum hast du deinem Freund Staab nicht einfach die Autonummer durchgegeben?«

»Mike darf keine Halter für Außenstehende abfragen, da gibt es auch keine Ausnahme für mich. Außerdem: Was hätte ich ihm sagen sollen? Die beiden sahen verboten aus, gut. Aber sie haben nicht den Eindruck gemacht, als hätten sie was Verbotenes vor. Genau genommen haben sie völlig harmlos auf mich gewirkt. Wie zwei Schauspieler, die der Mörder hinbestellt hat, damit sie den Verdacht auf sich ziehen.«

»Und den Verdacht gleichzeitig von ihm ablenken«, griff Kleinschnitz den Faden auf. »Gute Theorie, aber tu mir den Gefallen und erzähl bloß niemandem davon. Sag mir lieber, was du jetzt vorhast.«

»Bestellen.« Stiller ließ den Blick durchs Lokal wandern. Der große Speisesaal hatte eine Stuckdecke mit einem kuppelartigen Oberlicht, das aber mit Gardinen abgehängt war. Er saß mit Kleinschnitz in einer der Nischen, die den Saal umgaben. Diesen Separees verdankte das Maxim vermutlich seinen Namen, sonst beschränkte sich das französische Flair auf zwei Wandgemälde im Stil der Belle Époque im Windfang, auf die große Bistrotheke, die zwischen dem Windfang und dem Speisesaal lag, und auf die Zwiebelsuppe in der Karte. Die Dekoration glich einer Kreuzung aus Café und Weinstube. Auf den Tischen Kerzen, Tiffany-Lampen und einzelne Rosen in schlanken Vasen. An den Wänden künstliches Weinlaub und bemalte Fassböden neben Spiegeln mit aufgedampfter Doornkaat-Werbung und alten Fotografien, die von der bäuerlichen Vergangenheit Damms zeugten. Eine davon wies das Maxim als ehemalige Dorfschmiede aus.

Stiller hatte eine Bedienung in der Uniform einer Kaltmamsell erwartet: schwarzes Kleid, weiße Spitzenschürze. Doch sie trug Jeans und ein blaues T-Shirt.

»Sie haben gewählt?«, fragte sie.

Stiller und Kleinschnitz bestellten zunächst die Getränke; für Stiller ein Wasser, für Kleinschnitz eine Cola.

»Wir haben eine ausgezeichnete Weinkarte«, sagte die Bedienung. Stiller vertröstete sie auf später.

»Wie Sie möchten. Und was darf's zu essen sein?«

»Zwei Zwiebelsteaks«, orderte Stiller.

Sie sah ihn mit großen Augen an. »Das sind ordentliche Steaks, das kann ich Ihnen versichern. Wollen Sie nicht lieber erst mit einem anfangen?«

»Sie haben recht.« Stiller gab sich versöhnlich. »Zwei Steaks also. Für jeden eines.«

Offensichtlich waren alle Fragen geklärt. Sie verschwand in Richtung Küche, die hinter der Theke lag.

Kleinschnitz deutete ihr hinterher. »Die musst du fragen. Die kennt hier bestimmt jeden.«

»Was fragen?«

»Nach Strunke, was sonst? Ich denke, du bist hier, weil du Informationen sammeln willst.«

»Ich bin hier, weil du mich herbestellt hast.«

»Ich mein's doch nur gut. Strunke hat quasi um die Ecke gewohnt.«

»Nicht um die Ecke«, korrigierte Stiller. »Schräg gegenüber.«

»Genau. Also frag sie.«

»Ich kann sie doch nicht einfach fragen, ob sie Strunke gekannt hat. Du weißt, wie das ist bei frisch Verstorbenen. Die macht doch sofort dicht.«

»Du sollst ja auch nicht gleich mit der Tür ins Haus fallen. Was ist los mit dir? Du musst natürlich subtil vorgehen. Pass auf, ich mach's dir vor.«

Die Kellnerin kam an den Tisch und stellte die Gläser ab.

»Einen Moment«, hielt Kleinschnitz sie auf, als sie sich umdrehen wollte. »Josef Strunke – haben Sie ihn gekannt?«

Sie bedachte ihn mit einem vernichtenden Blick. »Was soll das werden? Ein Quiz?«

»Wir sind von der Zeitung«, sprang Stiller ein.

»Schön«, sagte sie. »Und das ist eine Gaststätte, und zwar eine anständige. Wir tratschen nicht über unsere Gäste.« Ohne ein weiteres Wort ließ sie die beiden sitzen.

Stiller schnaufte. Die Falte über seiner Nasenwurzel verwandelte sich in eine Furche, wie immer, wenn er sich ärgerte. »Das war wirklich sehr subtil. Da kann ich ja richtig was lernen.«

»Na ja«, gab Kleinschnitz zurück. »Wenn ich auch deine Arbeit machen muss ...«

In der Nachbarnische erklang ein Räuspern. »Wenn ich emol was saache derf«, rief eine Männerstimme.

Stiller verdrehte die Augen. »Bitte schön.«

Ein Männerkopf blickte um die Trennwand zwischen den Nischen. Ein enormer kahler Schädel, dicke Brille, blaurote Backen – und ein listig lächelnder Mund mit diversen Lücken zwischen gelben Zähnen. »Was ich saache wollt: Des hätt ich eich glei saache könne, dass die nix sacht.«

»Wir haben's gemerkt.« Stillers Ärger verflog, er witterte Erfolg. »Was hat sie denn?«

»Nit wasse hat. Wasse ghabt hat. Äichä.« Er sah ihre fragenden Gesichter und präzisierte: »Är-ger. Nix als Äichä hat se ghabt mit dem Strunke.«

»Wollen Sie sich nicht zu uns setzen?«, fragte Stiller. »Ist bestimmt bequemer.«

»Du, des du ich fei glatt.« Der Kopf verschwand, stattdessen erschien der komplette Mann. Stiller schätzte ihn auf achtzig. Im Gegensatz zum großen Schädel war der restliche Körper eher mager, die Kleider wirkten ein, zwei Nummern zu groß. »Ich bin de Schneider-Alfons«, stellte sich der Alte vor. »Ihr derft Alfons saache.«

»Dann bin ich Paul.« Stiller reichte ihm die Hand. »Und das ist Peter, mein Kollege.«

»Peter un Paul.« Alfons sah ungläubig vom einen zum anderen. »Ihr wollt mich wohl verkohle? Ich hab geheert, dass ihr von de Zeitung seid. Bestimmt ander... wie sacht mer glei – ander... äh ...«

»Undercover?«, unterbrach Stiller. »Nein.«

»Jedenfalls nicht hier.« Kleinschnitz zwinkerte Stiller zu.

»Gud. Peter un Paul dann halt ewwe. Nit dasser denkt, ich du lausche. Ich mach grad moin Frihschoppe. Un wenn mer da so sitzt, kriecht mer ewwe ebbes mit.« Alfons schwenkte seinen Bierkrug. »Prost.«

»Prost.« Stiller hob sein Glas und wollte anstoßen.

Ruckartig zog Alfons den Krug zurück. »Ich stoß doch mit kaam aa, der wo Wasser säuft. Wie's Vieh ...«

»Kein Problem.« Stiller trank, setzte sein Glas ab und sah Alfons erwartungsvoll an. »Was war das jetzt mit dem Strunke?«

»Wenn ihr von de Zeitung seid, gibt's da ach e Infomorationshorrar, quatsch, e, na, ach gäi hääm, e Geld halt?«

Stiller hob abwehrend die Hände. »Wir sind doch nicht von der Bild.«

»Subtil«, zischte Kleinschnitz. An Alfons gewandt fuhr er fort: »Wie wär's, wenn mein Kollege Ihre Zeche übernimmt?«

»Schee wär's.« Alfons entblößte seine Zahnlücken und winkte der Kellnerin, die ihnen misstrauisch von der Theke aus zugesehen hatte.

Sie zapfte ein Bier und brachte es an den Tisch. »Hast du wieder ein Opfer gefunden, Alfons?« Sie seufzte. »Dem dürfen Sie nicht alles glauben«, sagte sie zu Stiller und Kleinschnitz. »Der erzählt viel, wenn der Tag lang ist.«

Alfons schnupperte. »Es riecht e bissje brennzlich, Rosmarie. Ich glaab, die brauche dich in de Küch.«

Er wartete, bis sie wieder an der Theke stand, dann trank er und lehnte sich zurück. Sein Kopf war einen Ton röter geworden. »Also vom Strunke wollter was wisse. De Strunke, des wor en echte Giftzwerch, wenner mich fraacht. Un ihr fraacht mich ja. Der wor im ganze Vertel verschrien. Nix als Äichä hatter gemacht. Un des Maxim, des hatter besonners uffm Kieker gehabt. Er hatt ja gecheiwwer gewohnt. Ich saach eich, der hat nur uff ebbes gwatt.«

Stiller runzelte die Stirn.

»Ge-war-tet«, verhochdeutschte Alfons.

»Worauf hat er denn gewartet?«

»Dasser denne ebbes ans Zeuch fligge kann. Wenn er dehääm war un nit grad in seim Gadde … Gar-ten …, dann is der jeden Owend mit de Stobbuhr dogesesse und hatt gwatt. Un wehe, nach zehne is noch ääns drauße gsesse im Hof. Sofort hatter die Polizei gerufe. Nur so zum Beispiel, dasser wisst, was ich mään. Jahrelang hatter die Wertsleit hier nix wie gepiesackt.« Alfons legte eine ausgedehnte Trinkpause ein.

Was er erzählte, passte in Stillers Bild von Strunke. Ein unangenehmer Zeitgenosse, der allen anderen das Leben schwer gemacht hatte – nicht nur den Kleingärtnern, das war das einzig Neue. Er sprach aus, was er dachte: »Strunke wurde erschlagen. Meinen Sie, dass jemand von hier ein Motiv gehabt hätte?«

Alfons nahm ihm die Frage keineswegs krumm. »Wenn ich mer's

genau iwwerleeche du – es däd mich nit wunnern, wenn ääns vom Maxim … Uff de anner Seid, nää, des glaab ich nit. Da gäb's noch genuuch annern Leit, die wo ach en Grund gehabt hätte.«

»Zum Beispiel?«, fragte Stiller.

»Ich wääß gor nit, wo ich da aafange sollt. Mit de Nachbern zum Beispiel. Da gibt's kän ääne, dem wo de Strunke nit scho de Anwalt uffn Hals gehetzt hätt. Des war iwwerhaupt des Dollste, dass der immer glei mim Anwalt aagekomme is. Der konnt sich's halt leiste.«

Alfons legte wieder eine kurze Trinkpause ein, dann beugte er sich vor und senkte die Stimme: »Ääns kann ich eich saache: Der hatt Geld wie Heu. Desweeche hatter ach gemäänt, er könnt sich alles erlauwe.«

»Strunke war wohlhabend?« Stiller zog seinen Stenoblock aus der Tasche und begann zu notieren.

»Wohlhabend?«, äffte ihn Alfons nach. »Wohlhabend is ääns wie unsern Owwerbürchermeister, de Nikolaus Fürst. Übrichens ach en Dämmer. Awwer de Strunke, der is im Zaster geschwomme. Wohlhabend is da gar kän Ausdruck.«

»Ich dachte, Strunke hat gegenüber gewohnt. Im Mietshaus.«

»Freilich. Im Mietshaus.« Alfons lachte. »Awwer des wor soins. Seines.«

»Das Haus gehörte Strunke?« Stiller sah auf.

»Des un noch e zwottes, im Strietwald. Awwer des da driwwe, des hatter verkaafe gewollt.«

Stiller dachte kurz nach. »Wissen Sie, warum?«

Alfons zuckte die Schultern. »Vielleicht weil er nimmer drin gewohnt hatt. Sei Ursel hatten ja nausgeschmisse un sich den Neie ins Bett geholt. Ich kannsre iwwerichens nit verdenke.«

Stiller auch nicht, nach allem was er über Strunke gehört hatte. Trotzdem fragte er nach: »Sind Sie sicher, dass sie ihn rausgeworfen hat? Wenn ihm das Haus gehört, warum hat er ihr nicht einfach gekündigt?«

»Was seid'n ihr zwo fer Schornaliste? Wenn die Wohnung uff ihn lääft, wie willer ihr dann kündiche? Wenner verkaaft, kann de neue Eichentümer ihm selbst kündiche. Habters kapiert? Des kapier doch sogoor ich.«

»Also hat vielleicht seine Frau auch ein Motiv gehabt …«

»Die Ursel? Nää, des könnter glei vergesse. Die Ursel wollt die

Scheidung. Die wär mit de Hälfte gut gefahrn – un wääß mer's? Des Häusje wär am End ach noch dabei gewese.«

»Kennen Sie seine Frau?«

»Ob ich die kenn? Was fere Fraach! Sie is ausm Vertel, ich bin ausm Vertel. Ich hab scho ihr Eltern gekannt. Von ihr ganz zu schweiche.«

»Würden Sie ihr zutrauen …«

»Quatschkopp«, schnitt ihm Alfons ernst das Wort ab. »Die Ursel, des is e gudes Ding. Des Dümmste, was die gemacht hatt, war, dasse den Giftzwerch geheiert hat. Fer die du ich mei Hand ins Feuer leeche. Die Polizei is ach hinnerer her. Awwer die sinn uffm Holzweech, des kann ich eich saache.«

Stiller warf Kleinschnitz einen triumphierenden Blick zu. »Wenn sie es nicht war, wer dann? Ihr neuer Lebensgefährte vielleicht?«

»De Nadele?« Alfons machte eine wegwerfende Handbewegung. »Gäi hääm, des glaabste ja selber nit. Des is en echte Wäächbaach, Weich-bauch, der könnt känner Flieche e Haar krümme, wennse ääns hätt. Des ist ääner von der Sort, dem wo alle uff de Nas rumdanze. Der hat sich noch nie gewehrt. De Nadele un ään erschlaache. Dass ich nit lach.«

Stiller fasste geduldig zusammen. »Tatsache ist: Jemand hat Strunke erschlagen. Nach Ihrer Meinung war es weder seine Frau Ursel noch ihr neuer Lebensgefährte Nadele noch jemand aus dem Maxim. Kollegen hatte er keine mehr. Wer bleibt denn dann noch übrig?«

Alfons trank schweigend sein Glas aus.

»Nachbarn?«

Alfons hob die Schultern.

»Einer von den Gärtnern?«, bohrte Stiller nach.

Alfons betrachtete ihn mit glasigen Augen und schwieg.

»Noch ein Bier vielleicht?« Kleinschnitz brachte mit seiner Frage wieder etwas Bewegung in den Alten.

»Schee wär's.«

»Gar nicht schön wär's«, funkte die Kellnerin dazwischen. Klappernd setzte sie die Teller mit den Zwiebelsteaks auf dem Tisch ab. »Der arme Alfons hat genug. Eine Schande, so was auszunutzen.« Sie zupfte ihn am Ärmel. »Du gehst jetzt nach Hause, verstanden?«

Alfons erhob sich schwerfällig. »Ihr habt's ja geheert. Wann ich nit folch, gibt's Äichä.« Er sah die Kellnerin an. »Vier Bier worn des, Rosmarie.«

»Ich weiß.«

»Die Herrn bezahle.«

»Wie üblich.«

Stiller war überzeugt, dass Alfons kicherte, während er zum Ausgang schlurfte.

8

Claudio liebte die Stunde nach Mittag. Die angenehme Trägheit, die er dem vollen Magen verdankte – und einer halben Flasche sizilianischen Weißweins, ordentlich gekühlt. Er hatte bei Gino eine Pizza gegessen. Er wechselte täglich zwischen Da Gino und Da Fabio. Nirgendwo sonst in dieser Stadt gab es noch Pizza, wie er sie aus seiner Kindheit kannte. Nicht einfach das geschnippelte Gemüse und die Pilzscheiben auf den Teig geworfen, sondern zuvor in Öl angebraten. Das gab der Pizza die besondere Note. Noch ein paar Sardellen dazu und gut. Aber was verstanden diese Nordeuropäer schon davon.

Er wusste, dass ihn viele wegen seiner Vorliebe für Pizza belächelten. Geschäftsfreunde, Kunden, sogar Mitglieder seiner eigenen Familie. Doch erstens beschränkte sich die Vorliebe auf die Pizza bei Gino und Fabio. Und zweitens konnte er sich auch alles andere leisten, die Speisekarte rauf und runter. Es zu können genügte ihm. Er musste es nicht haben. Natürlich hatte er schon das eine oder andere probiert, Scaloppine alla Taormina beispielsweise. Aber im Gegensatz zur üppigen Pizza waren die sonstigen Portionen bei Gino und Fabio höchst übersichtlich. Sie verloren sich auf den großen Tellern, da halfen auch die Balsamicospritzer nichts, die sich wie ein dunkles Gitter über das weiße Porzellan zogen. Sich etwas leisten zu können hieß ja nicht, Geld verschwenden zu müssen. Was soll's, die Pizza war gut, und der Wein duftete nach der Landschaft seiner Kindheit.

Jetzt saß er wieder in seinem Büro. Er lag fast in seinem Sessel, den er zur Fensterwand gedreht und dessen Lehne er so weit heruntergelassen hatte, bis sie auf der Schreibtischkante auflag. Er fühlte, wie sich die Trägheit ausbreitete, und überlegte, ob er sich ein Nickerchen erlauben durfte, als das Telefon klingelte. Ein interner Anruf. Er legte den Kopf zur Seite und schielte auf das Display. Das Vorzimmer. Seine Sekretärin hatte Anweisung, ihn in der Stunde nach Mittag nicht zu stören. Mit einer Ausnahme. Er seufzte, streckte den Arm aus und angelte sich das Telefon vom Schreibtisch.

»Ja?«

»Sie müssen entschuldigen, aber Ihr Sohn ...«

»Stellen Sie durch. – Giuliano«, blaffte er. »Um diese Stunde? Ist was mit dem Mercedes? Nein?« Sofort entspannte er sich wieder. »Was dann?«

Er lauschte und sog die Informationen in sich auf. Sie hatten den Wagen des Toten gefunden, aber nicht genauer nachsehen können, weil ein Radler auf dem Parkplatz herumgelungert war. Und als sie zurückkamen, war plötzlich jede Menge Polizei auf dem Parkplatz gewesen.

»Vergiss den Wagen«, unterbrach er. »Wenn da was war, ist es jetzt zu spät, da hilft nur noch warten und hoffen. Wie ist es mit unserem Gewährsmann gelaufen?«

Was er hörte, ließ seine Trägheit mit einem Mal verschwinden. Giuliano und Gianluca waren zur vereinbarten Zeit am Vereinsheim gewesen, hatten aber niemanden angetroffen. Dieser Hohlkopf hatte die Verabredung platzen lassen. Was für ein Geschäftsgebaren war das? Claudio hasste Unzuverlässigkeit. Schon immer, aber erst recht seit er sich in dieses Stockwerk hochgearbeitet hatte. Man ließ ihn und seine Leute nicht warten oder womöglich sitzen. Ein Wort war ein Wort. Er richtete die Lehne auf und drehte den Sessel zum Schreibtisch.

»Probiert es weiter. Ruft ihn an, macht ihm notfalls etwas Druck. Und sagt ihm, dass ich wütend bin. Er hat mir die Stunde nach Mittag verdorben, so was trag ich nach. Sonst noch was?«

Der Radler war auch in der Kleingartenanlage aufgetaucht. Giuliano war sich nicht sicher, ob er ihnen gefolgt war.

»Na und? Ihr habt jedes Recht, euch dort aufzuhalten, das ist kein Verbrechen. Bewegt euch ganz normal. Aber Giuliano ...«, er drehte den Sessel wieder zum Fenster und betrachtete die Hochhäuser, »... ich will, dass ihr alles verschwinden lasst, was auf uns hindeutet.«

Er dachte an den Wagen. »Wenn es nicht schon zu spät ist. Beeilt euch ein bisschen. Macht Dampf.«

Wieder lauschte er. »Giuliano, was ist los mit dir? Gebrauch deinen Verstand, lass dir was einfallen. Die Sache ist heiß, aber wenn sie hinhaut, haben wir ausgesorgt. Das gilt auch für dich, kapiert?«

Er drückte seine Schultern gegen die Sessellehne, bis sie wieder auf die Schreibtischkante gesunken war. »Heute Nacht? Meinetwegen, aber seid vorsichtig. Und Giuliano: Ruf mich erst wieder an, wenn du etwas Neues hast. Etwas wirklich Neues.« Er schloss die Augen, die Trägheit kehrte zurück. Ein angenehmes Gefühl der Schwere und Leichtigkeit zugleich.»Ja, ciao, ciao.«

Mit geschlossenen Augen streckte er den Arm aus und stellte das Telefon so auf dem Schreibtisch ab, dass er das Display sehen würde, wenn er den Kopf zur Seite legte. Keine Minute später schlummerte er bereits.

***

Strobel unterdrückte ein Gähnen – und erschrak. Er hatte die Müdigkeit nach dem Mittagessen stets für eine Alterserscheinung gehalten. Etwas für Männer über vierzig oder, nachdem er sich dieser Zahl allmählich näherte und die Grenze für Alterserscheinungen parallel dazu nach oben verschoben hatte, ab fünfundvierzig. Dieser Stiller zum Beispiel lag jetzt bestimmt in seinem Garten und döste.

Strobel dagegen war die Müdigkeit nach Mittag unbekannt. Schon als Kind hatte er es gehasst, sich nach dem Essen hinlegen zu müssen. Mit der Schule endete die Zeit der Mittagsschläfchen, und er hatte sie nie wieder aufleben lassen. Der Polizeidienst hielt ihn wach. Ungelöste Fälle versetzten ihn in eine innere Spannung, auch wenn er nach außen gelassen erschien. Eine Spannung, die ihn nicht ruhen ließ, bis er die Lösung vor sich sah – und den mutmaßlichen Täter.

So weit war er im Fall des ermordeten Josef Strunke noch lange nicht. Und genau das hatte er soeben dem Leitenden Oberstaatsanwalt Rudolf Possmann gestanden.»Wir haben einige Spuren. Aber keine ist heiß.«

Possmann hatte ihn ins Mandora eingeladen, einen Obstgroßhandel mit angeschlossenem Restaurant im Nilkheimer Gewerbegebiet und damit unweit der Polizeidienststelle. Eigentlich hatte sich Sabine mit ihm in der Wohlfühlerei in der Altstadt treffen wollen. Doch irgendwann musste er schließlich mit Possmann reden, und so hatte es Strobel vorgezogen, das Nützliche mit einem halbwegs angenehmen Ambiente zu verbinden. Sie hatten sich an einen der einfachen Holztische auf der Terrasse gesetzt, um den ersten warmen Tag des Monats auszukosten. Die Eisheiligen waren vorüber, endlich schien sich der Frühling durchzusetzen.

Possmann gähnte unverhohlen. In seinem Alter durfte er sich das erlauben, dachte Strobel. Possmann stand kurz vor der Pension, die Falten in seinem Gesicht ließen sich unter der Sonnenbankbräune nicht mehr verbergen, und das weiße Haar, das er sich in einer schwungvollen Welle nach hinten geföhnt hatte, lichtete sich.

»Kann es sein, dass Sie sich zu frühzeitig auf die Witwe und ihren Liebhaber eingeschossen haben?« Possmann deutete mit der Gabel auf Strobel. Auf der Gabel steckte noch ein letzter Kartoffelschnitz, den er anschließend im Mund verschwinden ließ.

Strobel mochte solche Fragen nicht. »Ich schieße mich niemals frühzeitig ein. Mein Team hat alle Spuren im Auge und sucht unablässig nach neuen.«

Der Mord lag keine zwei Tage zurück. Die Soko hatte längst nicht alle Akten aus Strunkes Besitz ausgewertet. Er hatte sie in Umzugskisten verstaut und im Keller seines Hauses in Damm untergestellt. Wer wusste schon, was sich da noch finden würde? Die Befragungen der Gärtner und der Nachbarn liefen, auch sie konnten noch einiges zutage fördern. Obendrein suchte ein Team nach Entlastungszeugen für das Paar, das zugegebenermaßen weit oben auf Strobels Liste stand.

»Es ist eine Binsenweisheit.« Strobel sprach mehr zu sich selbst. »In den meisten Mordfällen stammt der Täter aus dem familiären Umfeld des Opfers.« Dieses Umfeld war bei Strunke sehr überschaubar: Außer seiner Frau gab es keines. Das Paar war kinderlos, Strunkes Eltern längst tot. Sein einziger Bruder war ebenfalls schon vor Jahren ums Leben gekommen – bei einem Unfall. Auch er hatte keine Nachkommen. Es sah so aus, als wäre diese Strunke-Linie am Morgen des Vortags erloschen. Das Ende einer insgesamt eher traurigen Familiengeschichte.

Possmann legte geziert sein Besteck auf den Teller – Position sechzehn Uhr. »Leider zählen bei einem Mordfall nicht Binsenweisheiten, sondern Motive und Beweise.«

Strobel war sich nicht sicher, ob ihn Possmann absichtlich provozieren wollte. »Das ist mir klar«, sagte er schroff. »Aber gerade Motive sehe ich im Moment nur bei der Witwe und ihrem Liebhaber, wie Sie ihn nennen.« Er war es selbst im Geiste immer wieder durchgegangen, jetzt wiederholte er es für Possmann. »Sie ist die einzige Erbin. Sicher hätte sie bei einer Scheidung mit der Hälfte rechnen können, aber frühestens in drei Jahren, nachdem Strunke nicht einwilligen wollte.«

Strunke hatte angegeben, noch eine Chance für seine Ehe zu sehen. In solchen Fällen galt vor Gericht erst nach drei Jahren die Annahme, dass eine Ehe unrettbar zerrüttet war. Ursula Strunke hätte so lange warten müssen – plus das halbe Jahr, das es dann noch gedauert hätte, bis die Scheidung durch gewesen wäre.

»Noch dazu kann sie jetzt mit einer beträchtlichen Witwenrente rechnen«, fuhr Strobel fort. »Die Bahn hat Strunke mit vollen Bezügen in den Ruhestand geschickt, das war im Zuge der Privatisierung so üblich. Josef und Ursula Strunke waren fünfundzwanzig Jahre verheiratet – da sind zwei Drittel für die Witwe drin. Im Falle einer Scheidung, wenn sie inzwischen mit einem anderen lebt: null.«

»Leuchtet ein.« Possmann zeigte sich interessiert, seine Skepsis verflog. »Und Nadele? Nach allem, was Sie mir von ihm erzählt haben, hat seine erneute Vernehmung nicht viel Neues gebracht.«

»Die Vernehmung nicht, das stimmt. Er bleibt bei seiner ersten Aussage. Aber mit den Ermittlungen sind wir ein Stück weitergekommen. Die Firma, bei der Nadele beschäftigt ist, steckt in ernsten Schwierigkeiten. Nadele hat die Kündigung schon auf dem Tisch – als Erster übrigens. Seine Ersparnisse sind auch futsch: Er hatte unmittelbar vor der jüngsten Wirtschaftskrise auf Aktien gesetzt und sich auf einen grottenschlechten Anlageberater verlassen. Alles ist nicht sonderlich gut für ihn gelaufen. Überhaupt wirkt er auf mich wie der geborene Verlierer. Er ist der Typ, mit dem man alles machen kann – und der alles macht, was man ihm sagt.«

»Auch jemanden zu erschlagen? Würde er so weit gehen?«

Strobel zuckte schweigend die Schultern.

Possmann hakte nach. »Mit anderen Worten: Dieser Nadele steht finanziell keineswegs so gut da, wie er behauptet hat.«

Strobel nickte. »Er ist pleite. Es kann leicht sein, dass er bald auf das Finanzpolster angewiesen ist, das Ursula Strunke in die Beziehung mitbringt.«

Possmann sah sich um und winkte der Bedienung. »Sie haben also Motive, aber ...«

»... keine Beweise«, führte Strobel den Satz zu Ende.

»Es gibt doch diesen Widerspruch, was das Joggen betrifft. Die Aussage der Nachbarin, wonach das Pärchen am Morgen des Tattags gar nicht zur Aschaff gelaufen ist. Warum haben Sie die beiden noch nicht damit konfrontiert?«

»Die Nachbarin könnte sich geirrt haben. Es war um fünf noch ziemlich dunkel. Vielleicht hat sie ein anderes Paar mit den beiden verwechselt. Das ist mir zu dünn, damit kommen wir beim Haftrichter niemals durch. Wir brauchen dafür eine zweite Bestätigung. Wir arbeiten dran.«

»Ich sehe, Sie haben alles im Griff«, sagte Possmann mit leichter Ironie. Dann sah er zur Bedienung auf: »Getrennte Rechnungen, bitte.«

Strobel räusperte sich. »Ich will nicht unhöflich sein, nur sichergehen. Sagten Sie nicht etwas von einer Einladung?«

»Gewiss.« Possmann reckte sein breites Kinn vor und lächelte. »Ich hab Sie eingeladen, mit mir essen zu gehen. Aber das heißt nicht, dass ich bezahle. Früher hab ich so was auf Spesen machen können. Aber Sie kennen ja den neuen Justizminister. Wir müssen sparen.«

Strobel tastete zerknirscht seine Taschen nach dem Geldbeutel ab. Er war sicher, dass Possmann das Essen als Arbeitstreffen absetzen würde. Und er selbst hatte das verlockende Angebot abgelehnt, den Mittag mit Sabine zu verbringen – der Frau, mit der er seine persönliche Strobel-Linie begründen wollte.

***

Stiller trat aus dem Maxim ins grelle Mittagslicht und blinzelte.

Kleinschnitz folgte ihm und deutete auf das Haus schräg gegenüber. »Reicht's dir, wenn ich dir die Bilder in einer Stunde ins System stelle? Ich hab vorher noch einen Termin.«

»Kein Problem.« Stiller flocht das Kettenschloss aus dem Rad.

»Eh ich's vergesse ...«, Kleinschnitz reichte ihm einen zusammengefalteten Papierbogen, »... der Lageplan der Kleingartenkolonie. Ich hab ihn dir auf Posterformat vergrößert. Farbkopie.«

Stiller steckte den Plan in seine Tasche. »Danke«, sagte er, »bis später dann«, und schwang sich auf sein Rad.

Die Redaktion lag im Industriegebiet am östlichen Rand von Damm. Unbewusst wählte Stiller nicht die kürzeste Strecke durch die Schillerstraße, sondern den gemütlichen Umweg, der sich durch die Aschaffauen schlängelte.

Er hatte sich erst am Vortag in der Kleingartenkolonie eingemietet. Alles wirkte auf ihn noch völlig improvisiert und ungeordnet. Jeder Rhythmus fehlte. Er kannte diese Stimmung sonst nur von den ersten Urlaubstagen an fremden Ferienorten. Der ungewohnte Tagesablauf, dazu das sonnige Maiwetter und der Freizeitradweg entlang der Aschaff – all das verstärkte Stillers Gefühl, gar nicht zu arbeiten, sondern einen freien Tag zu genießen. Er fragte sich, ob er überhaupt das Recht hatte, die Kollegen gleich zu einer Konferenz zusammenzutrommeln, deren Zeitpunkt ebenfalls von den eingespielten Regeln abwich.

Unsicher, als gehöre er nicht hierher, schlich er sich wenig später am Pförtner des Verlagshauses vorbei. Er vermied den gläsernen Aufzug und nahm die Treppe in den zweiten Stock. Dort stieß er prompt mit Sonja Wagner zusammen.

»Ja, der Herr Stiller«, rief sie belustigt. »Was führt Sie denn hierher? Ich denke, Sie brüten im Radieschenparadies Salatköpfe aus?«

Stillers schlechtes Gewissen wuchs. »Der Salat kommt auch ohne mich klar. Bei der Redaktion hab ich dagegen so meine Bedenken. Gibt's noch Kaffee?«

»Eben erst aufgesetzt.« Sie deutete mit dem Kinn zur Kaffeeküche. »Sie müssen sich noch ein paar Minütchen gedulden.«

Stiller nutzte die paar Minütchen, um von Zimmer zu Zimmer zu gehen und mit den Kollegen zu reden. Das erschien ihm sinnvoller, als sie mit einer Konferenz aus der Arbeit zu reißen. Doch schon beim zweiten Besuch bereute er seinen Entschluss. Wohin er auch kam, als Erstes musste er ironische Bemerkungen über seine Recherchen in der Kleingartenkolonie über sich ergehen lassen: »Gibt's was Neues von den Radieschen?« – »Na, hörst du schon das Gras wachsen?« – »Reden die Gartenzwerge nicht mehr mit dir, oder was treibt dich hierher?«

Er beschloss, die Spitzen einfach zu übergehen. Immerhin hielten die Kollegen den Laden auch ohne ihn am Laufen. Die Aufgaben waren verteilt, die Termine besetzt, die Lokalseiten geplant. Sie hatten ihm ausreichend Platz für seinen Artikel freigeschlagen.

Zufrieden steuerte er die Kaffeeküche an. Als er sah, dass sich vom anderen Ende des Gangs die Kulturchefin näherte, legte er noch einen Zahn zu – überflüssigerweise. Der Kaffee reichte diesmal für beide. Großzügig schenkte er ihr ein, was sie mit einem »Hallo, Maulwurf« quittierte.

Der Begriff irritierte Stiller. Er zog sich in sein Büro zurück, checkte die Mails und erkundigte sich bei den Pressestellen von Polizei und Staatsanwaltschaft, ob es Neues im Fall Strunke gab.

Gab es nicht. Stiller fasste daher seine eigenen Recherchen über Strunkes Ruf in der Kleingartenanlage und in seinem früheren Wohnviertel zusammen und erinnerte an die bereits bekannten Details des Mordfalls. Etwas dürftig, aber üblich. Mehr gab es eben nicht. Als Kleinschnitz' Fotos im System auftauchten, wählte er zwei davon aus. Eines zeigte Strunkes Wohnhaus, von dem sich der Ermordete »Gerüchten zufolge« hatte trennen wollen. Auf dem anderen war ein Abschnitt der Aschaffauen zu sehen, in dem Ursula Strunke und Thomas Nadele zum Zeitpunkt des Mordes angeblich unterwegs gewesen waren.

Schließlich fuhr Stiller den Computer herunter und gab im Sekretariat Bescheid, dass er sich wieder den Salatköpfen zuwenden würde.

Sonja Wagner erwiderte, sie drücke ihm den grünen Daumen.

***

Der Legatplatz lag verschlafen in der Nachmittagssonne. Stiller stieß die Haustür auf. »Ich bin's«, kündigte er sich an.

Ruth saß mit Charlotte und Jan am Tisch in der Essküche. Er blieb stehen und genoss das Bild. Seine selbstbewusste, schöne Frau. Die aufgeweckten Kinder, liebenswert, egal wie sehr sie ihn oft nervten. Er vermisste den größten, den Aussteiger, der durch die Welt tourte. Und er machte sich Vorwürfe, dass er dieses Bild nicht häufiger sah. Oft hatte er das Gefühl, sich wegen seines Berufs nicht genug um seine Familie zu kümmern.

Ruth begrüßte ihn, als könne sie Gedanken lesen: »Deine Idee mit dem Kleingarten gefällt mir immer besser. Wenn du dafür schon so früh nach Hause kommst … Du hast Glück, es gibt noch Kaffee.«

»Ich muss leider gleich wieder los«, erwiderte Stiller mit entschuldigendem Unterton. »Ich wollte nur deine Gartenfiguren und ein paar Klamotten mitnehmen. Brauchst du den Wagen?«

Ruth schüttelte ihre roten Locken.

»Was für ein Kleingarten?«, erkundigte sich Charlotte.

Stiller bedachte seine Tochter mit einem schiefen Blick. Hatte sie wirklich noch nichts davon mitbekommen? Er klärte sie rasch auf. Als die befürchteten Spitzen ausblieben, fügte er hinzu: »Hast du Lust, mitzukommen?«

Charlotte lachte. »Was soll ich denn in einem Kleingarten? Mir reichen die Campingurlaube, in die du mich immer mitschleifst. Die decken meinen Bedarf an Klappstühlen, unbequemen Liegen, Plumpsklos und Gartenduschen vollauf.«

»Ich wusste gar nicht, dass du unsere Campingurlaube nicht magst.« Stiller war getroffen. »Wie sieht's mit dir aus, Jan?«, wandte er sich an seinen Sohn. »Willst du mitkommen?«

Jan warf demonstrativ einen Blick auf seine Armbanduhr und riss theatralisch die Augen auf. »Oh, schon so spät!« Er deutete auf den Bücherstapel, der auf dem Tisch lag. »Ich muss noch Hausaufgaben machen, meinen Fahrradschlauch flicken, den Keller aufräumen, die Welt retten … Diese Woche wird das nichts mehr. Aber sonst: Gerne.« Er schnappte den Bücherstapel und floh aus der Küche.

»Ich geh dann mal in die Stadt zum Shoppen.« Charlotte verschwand ebenfalls.

Stiller gab die Hoffnung nicht auf. »Und du?«, fragte er Ruth.

»Mein lieber Paul«, entgegnete sie. »Wie würdest du meine Anwesenheit dort denn erklären wollen? Außerdem: Während du dich mit deiner Scheinfrau in deinem Scheingarten vergnügst, muss ich mich um unsere real existierende Wiese kümmern. Die braucht einen Frühjahrsschnitt, falls dir das noch nicht aufgefallen ist.«

»Ich verstehe. Tut mir leid.« Stiller wanderte zum Küchenschrank und nahm eine Tasse heraus.

Ruth seufzte. »Die Gartenfiguren hab ich dir in eine Umzugskiste gepackt, die alten Klamotten in eine andere. Stehen beide im Flur.«

Stiller nickte, schenkte sich einen Kaffee ein und setzte sich.

»Wird's spät?«

»Keine Ahnung. Ich wollte mich ein wenig unter den Kleingärtnern umhören.«

»Genau darüber hab ich nachgedacht.« Ruth schob die Unterlippe vor und versuchte, sich eine Locke aus der Stirn zu blasen. Eine vertraute Geste, aber wie üblich erfolglos. »Es gibt doch eine lange Warteliste für diese Kleingärten, stimmt's?«

»Stimmt.« Er betrachtete sie über den Rand seiner Tasse, neugierig, was sie ihm sagen wollte.

»Das heißt: Wer einmal draußen ist, kommt wahrscheinlich nie mehr rein?«

»Vermutlich. Verbrannte Erde sozusagen.«

»Dann solltest du dich weniger um die Gärtner kümmern, die noch drin sind. Nimm dir lieber die vor, die Strunke hinausbefördert hat. Die müssten eigentlich viel mehr Grund haben, auf ihn sauer zu sein. Wenn sauer sein als Motiv für einen Mord ausreicht, woran ich stark zweifele, mein Lieber.«

Stiller trank seinen Kaffee aus. »Danke für den Tipp. Aber das macht es mir nicht gerade leichter. Schon unter den Gärtnern, die noch drin sind, hat Strunke wenig Freunde gehabt.« Er stand auf. »Ich muss sehen, dass ich an eine Pächterliste komme. Vielleicht geht daraus auch hervor, wem Strunke kürzlich gekündigt hat.« Er umrundete den Tisch und gab Ruth einen Kuss. »Bis gleich«, sagte er.

»Ich will's hoffen.« Sie lächelte schelmisch. »Und grüß deine Frau von mir.«

Stiller setzte die Umzugskisten vor dem Kangoo ab. In der einen klapperte es verdächtig.

»Pol!«

Er erstarrte: Cathérine. Die französische Nachbarin ließ keine Gelegenheit aus, ihm ihr großes Herz zu öffnen – und dafür hatte er im Augenblick gar keinen Nerv. Rasch öffnete er die Heckklappe des Kangoos.

»Pol«, wiederholte sie. Sie eilte über den Platz auf ihn zu.

Es war zu spät, um zu fliehen. »Cathérine«, rief Stiller.

»Was 'ast du vor, Pol? Du wirst doch niischt etwa auszie'en?« Sie beugte sich über die Umzugskisten – ohne Rücksicht auf ihr tiefes Dekolleté.

Stiller sah schnell weg. »Wie kommst du denn darauf?«

Sie klappte eine Kiste auf. »Und das 'ier? Ist das niischt Garderob? Und isch 'abe es klappern ge'ört. Geschirr, niischt wahr?«

»Nein, das sind Sachen, die ich, äh, wegbringe.« Stiller hatte keine Lust, sich mit Details aufzuhalten.

»Pol.« Sie drohte ihm mit dem Zeigefinger. »Sei ehrliisch zu mir. Du 'ast doch niischt vor, deine Rüth zu verlassen?«

»Hab ich nicht vor«, antwortete Stiller.

»Ah.« Ein Anflug von Enttäuschung huschte über Cathérines Gesicht. »Abäär du weißt, dass isch immäär für diisch da bin, wenn du 'ilfe brauchst.«

Stiller nickte. »Du kannst mir beim Einladen helfen.«

Gemeinsam hievten sie die Kisten in den Wagen.

»Danke«, sagte Stiller und setzte sich hinters Steuer.

»Denk an miisch!«, rief Cathérine.

»Mach ich«, versprach Stiller. »Und schöne Grüße an Volker.«

»Oh, meine Mann kommt erst in eine Woch zurück.« Sie beugte sich zu Stiller herunter.

Mit rotem Kopf zog er die Tür zu und startete den Wagen. Im Rückspiegel sah er, dass sie ihm hinterherwinkte. Er bog ab und atmete auf.

9

Frauke erwartete ihn vor der Laubentür. Sie sah verschwitzt aus, ihre Locken standen zerzaust vom Kopf ab. »Es wird Zeit, dass du kommst«, begrüßte sie ihn. Er setzte die Kisten auf der Terrasse ab und sah sich um. Frauke war fleißig gewesen. Sie hatte die Maulwurfshügel plattgetreten, die Beete gejätet und frisch geharkt, die verblichene Deutschlandfahne eingeholt und stattdessen die Hängematte zwischen dem Kirschbaum und der Laube aufgespannt.

»Keine Sorge, der Haken war schon da«, sagte sie, während Stiller misstrauisch die Konstruktion betrachtete. Sie wies mit dem Kinn auf einen Haken an der Seite der Laube zum Pumpbrunnen hin, in den sie das eine Spannseil der Hängematte eingehängt hatte. »Das hält, ich hab's ausprobiert. Aber leider konnte ich nicht so lange liegen bleiben, wie ich wollte. Komm mit, ich zeig dir was.«

Sie packte Stiller am Arm und zog ihn in die Hütte. »Wenn du mich fragst: Die war's!« Sie klopfte mit ihrem dünnen Zeigefinger auf den Namen Gerti Blum, den sie dem Flipchart mit der Verdächtigenliste hinzugefügt hatte.

Stiller sah sie fragend an.

»Kaum hatte ich mich in die Hängematte gelegt, kam sie vorbei, um sich über dich zu beschweren.« Frauke ahmte Gerti Blums leicht singenden Tonfall nach: »Du hättest ihr versprochen, gestern Abend noch bei ihr vorbeizusehen. Sie wollte dir sooo gerne ihren Garten zeigen, sie hatte extra einen Brennnesseltee aufgesetzt, selbstverständlich von eigenen Brennnesseln. Sie ist zutiefst enttäuscht, dass du sie versetzt hast. Kurz und gut: Während du dich erfolgreich vom Acker gemacht hast, schlug sie hier richtig Wurzeln. Ich bin über ihre halbe Lebensgeschichte im Bilde.«

Frauke legte eine Pause ein, um ihren Therapeutinnenblick aufzusetzen. »Die war's.«

»Was macht dich so sicher?« Stiller rief sich die zierliche Frau in Erinnerung.

»Erstens: ihr merkwürdiger religiöser Eifer. Ist er dir nicht aufgefallen?«

»Ich hab nichts davon gemerkt.« Stiller beschloss insgeheim, Gerti Blum von der Verdächtigenliste zu streichen.

»Einer Psychologin bleibt so etwas natürlich nicht verborgen. Gerti Blum hielt Strunke für eine Art Antichrist. Das drang durch jeden dritten Satz. Zweitens hatte sie Ärger mit ihm. Er hatte ihr Druck gemacht, sie war ihm wohl nicht engagiert genug. Drittens, und das ist das Wichtigste: Sie war am Tatort. Wir kennen schließlich nur ihre Version der Geschichte. Sie kann genauso gut schon eine Stunde früher da gewesen sein. Außerdem gehört sie zu den drei Obleuten der Kleingartenanlage. Sie hat mit Sicherheit gewusst, dass Strunke vorübergehend in seiner Laube gewohnt hat, egal was sie behauptet. Na, was sagst du?«

Stiller sagte nichts.

»Ach, hab ich dich etwa in deiner Journalistenehre gekränkt? Ich finde, ich hab ordentlich was rausgefunden.«

»Das stimmt.« Stiller entschied sich für ein kleines Lob. »Sehr ordentlich. Aber eines passt nicht.«

Sie heftete ihren Blick auf seine Stirn, als versuche sie, in seine Gedanken einzudringen. »Und was, wenn ich fragen darf?«

»Du musst die Zeitung lesen«, erwiderte Stiller. »Wie die Polizei schätzt, ist der Täter mindestens einen Meter sechzig groß. Gerti Blum ist kleiner.«

»Die paar Zentimeter, also bitte! Vielleicht hat sie sich auf die Zehenspitzen gestellt. Woher will die Polizei das überhaupt so genau wissen?« Frauke dachte kurz nach, dann winkte sie ab. »Was soll's. Wahrscheinlich war es sowieso dieser Mooser.«

Stiller stöhnte. »Warum jetzt der Mooser?«

»Erstens: Er schleicht ständig in der Kolonie herum. Sein Garten sieht zwar aus wie geleckt, aber er kümmert sich gar nicht selbst um die Gartenarbeit.« Sie fixierte Stiller. »Die überlässt er seiner Frau.«

»Frauke, bitte, das hat sich über Jahrtausende so bewährt. Was ist das für ein Mordmotiv?«

»Das war ja nur die Einleitung. Zweitens: Er hat eine sehr morbide Phantasie. Er schlägt vor, dass wir Selbstschussanlagen gegen die Maulwürfe installieren.«

Gute Idee, dachte Stiller.

»So einer ist doch zu allem fähig, meinst du nicht? Drittens ist er der Einzige, der behauptet, dass er mit Strunke immer gut ausgekommen sei. Nach allem, was wir sonst gehört haben, war das ganz unmöglich. Er sagt also nicht die Wahrheit.« Wieder der Therapeutinnenblick. »Was würdest du tun, wenn du der Mörder wärst? Du würdest doch auch nicht herumlaufen und es jedem auf die Nase binden, dass du mit dem Opfer Stunk hattest, oder?«

Stiller holte tief Luft.

»Egal, du wirst schon sehen. Der Mooser oder die Blum.« »Vergiss nicht den Kohl mit dem Pavillon«, setzte Stiller bissig dazu. »Apropos vergessen«, fuhr Frauke munter fort. »Da gibt es noch etwas.« Sie führte Stiller zum Flipchart mit der Überschrift »Wir brauchen ...«. Auch hier hatte sie einen Stichpunkt ergänzt: »... Pflanzen«.

»Fällt dir dazu was ein?«, fragte sie in dem sanften Ton, den Stiller aus den Kreativsitzungen kannte.

»Ganz ehrlich, Frauke: Von Gartenarbeit habe ich nicht die geringste Ahnung.«

Sie seufzte. »Also werde ich mich darum auch noch kümmern müssen. Aber jetzt«, sie streckte ihren Spinnenarm aus und ließ den Schlüsselbund in die Hand fallen, die Stiller geistesgegenwärtig aufhielt, »bist du dran.«

»Danke für alles«, erwiderte Stiller und suchte nach dem Schlüssel mit dem Anhänger »Toiletten«. »Ich begleite dich noch bis zur Gartentür«, sagte er, als er ihn gefunden hatte. »Ich muss nämlich mal aufs Klo.«

Das Radieschenheim lag im Mittelpunkt der Kleingartenanlage. Der große Vorplatz mit den Spielgeräten in einer Ecke lag verwaist da, obwohl sich die Kolonie am späten Nachmittag zusehends belebte. Stiller steuerte auf den Eingang unter der veralteten Leuchtreklame zu und sah sofort: Den Toilettenschlüssel würde er nicht brauchen, die Tür zum Vereinsheim stand offen.

So schlicht der niedrige Bau mit dem flach geneigten Giebeldach von außen wirkte, so einfach gliederte er sich auch im Innern. Die Tür führte in einen Flur, der sich über die gesamte Breite des Heims erstreckte. Auf der rechten Seite war die Garderobe angebracht, daneben ging es in den großen Schank- und Versammlungsraum. Stiller wollte einen Blick hineinwerfen, aber die Tür war abgeschlossen. Am rechten Ende des Flurs gab es eine weitere Tür mit der Aufschrift

»Küche«. Auf der linken Seite des Flurs gingen drei Türen ab. Schilder verrieten, was sich dahinter verbarg: »WC« gleich am Eingang, »Lager« in der Mitte und am Ende des Gangs gegenüber der Küchentür das »Vorstandsbüro«.

Die Bürotür war nur angelehnt. Stiller klopfte. Als keine Antwort kam, trat er ein.

Anders als der düstere Flur war der Raum überraschend hell. Es gab ein Fenster in jeder der beiden Außenwände. Das Mobiliar beschränkte sich auf das Notwendigste: zwei lange Regale an der fensterlosen Wand, vollgestopft mit Aktenordnern, ein Schreibtisch, der wohl noch aus Zeiten der Deutschen Bundesbahn stammte, in der Mitte des Büros, davor zwei klapprige Holzstühle mit dem Rücken zur Tür, offensichtlich für Besucher gedacht. Nur drei Einrichtungsgegenstände stachen aus dem altertümlichen Ambiente heraus: ein moderner Bürosessel hinter und ein Laptop auf dem Schreibtisch sowie ein Drucker auf einem musealen Schreibmaschinen-Beistelltisch unter dem Aktenregal.

Stiller studierte die Rücken der Ordner, die säuberlich beschriftet waren: Mehrere Kladden bargen die Ausgaben der Verbandszeitschrift »Die Harke«, andere die Mitteilungen des Kleingärtnerbundes oder Rundschreiben des Stadtverbands. Ein Ordner weckte sein Interesse: »Abmahnungen und Kündigungen«.

Im Flur hallten Schritte. Stiller hielt inne und lauschte. Als er die Tür zu den Toiletten zufallen hörte, zog er schnell den Ordner aus dem Regal und klappte ihn auf. Das letzte Ausschlussverfahren lag ein Vierteljahr zurück. Stiller legte den Ordner auf dem Drucker ab und zog seinen Stenoblock aus der Tasche. Der Gekündigte hieß Smirnow, Vorname Anton. Als Beruf war Pfleger angegeben. Grund für den Ausschluss waren zahlreiche Beschwerden über Ruhestörung und nicht näher erläuterte Ordnungsverstöße gewesen.

Stiller blätterte weiter. Etwa ein halbes Jahr zuvor hatte ein Gärtner eine Abmahnung bekommen, die aber nicht zur Kündigung geführt hatte. Es war der Familienvater Ekkehard Mangold, Fernsehtechniker.

Das vorausgegangene Ausschlussverfahren war ein knappes Jahr alt. Graser, Manfred, städtischer Bediensteter. Anlass war eine tote Amsel gewesen, notierte Stiller verwundert. Als er das Datum der nächsten Kündigung las, schlug er den Ordner zu und schob ihn wieder ins Regal: Sie war älter als zwei Jahre. So unangenehm Strunke auch gewesen sein musste, bis zum Äußersten war er offenbar selten gegangen.

Er fragte sich, warum er unter den Ausschlussverfahren nichts von der Sache mit dem Pavillon gefunden hatte, entdeckte aber gleich darauf den Grund: Drei prall gefüllte Aktenordner waren Kohl gewidmet. Zwei weitere enthielten die Pachtverträge des Radieschenparadieses, geordnet nach Parzellen: »1–70« und »71–139«. Stiller biss sich auf die Unterlippe. Er hatte auf eine Liste gehofft. Es würde Stunden dauern, wenn er die Verträge einzeln durchgehen wollte. Zu viel Aufwand, nur um festzustellen, wer welchen Garten gepachtet hatte. Er wandte sich vom Regal ab und dem Schreibtisch zu. Wieder hörte er Schritte im Flur. Jemand schloss die Lagertür auf. Stiller ließ den Blick über den Schreibtisch schweifen, der ordentlich aufgeräumt war. Eine grüne Plastikschale mit dem Aufkleber »Eingang« war leer. In einer grauen Schale mit dem Aufkleber »Ausgang« lag ein Stapel Handzettel: Aufrufe für eine Kleingärtnerversammlung in zwei Wochen – mit Neuwahl des Anlagenvorsitzenden. Er runzelte die Stirn. Strunke war noch nicht einmal unter der Erde.

Klappern und Stimmen im Flur ließen ihn erneut verharren. Den Geräuschen nach räumten zwei oder drei Männer Getränkekisten mit leeren Flaschen aus dem Lager und transportierten sie mit Sackkarren nach draußen. Schritte näherten sich der Bürotür. Es klopfte.

Stiller fuhr herum.

Ein Mann in kurzen Lederhosen spähte ins Büro. »Grüß Gott«, sagte er. »Wir sind vom Getränke-Gustav. Ist Herr Scherer hier?«

Stiller räusperte sich. »Muss irgendwo draußen sein«, sagte er ins Blaue und kramte in seinem Gedächtnis. Scherer war einer der Obmänner der Kleingartenanlage.

Der Mann verschwand grußlos.

Stiller schob die Tür wieder bis auf einen Spalt zu, ging um den Schreibtisch herum und untersuchte den Laptop. Er war eingeschaltet. Stiller tippte auf die Leertaste und lächelte triumphierend, als auf dem Bildschirm erschien: »Wahl des Anlagenvorsitzenden – Wahlberechtigte«. Unter dieser Überschrift fand er, was er gesucht hatte: eine Liste der Pächter, nach Parzellennummern sortiert. Sie umfasste drei Seiten.

Wieder klapperte es im Flur. Das Team vom Getränke-Gustav

rückte mit frischen Getränkekästen an. Stiller warf einen Blick auf den Drucker. Auch er war eingeschaltet. Vermutlich sollte die Liste gerade ausgedruckt werden. Er lauschte kurz: Die Männer auf dem Flur waren damit beschäftigt, die Kisten ins Lager zu schaffen. Er ließ den Finger über das Mousepad gleiten und fuhr mit dem Cursor auf das Druckersymbol.

»Moment mal«, rief eine Stimme im Flur.

Stiller zuckte zusammen.

»Die Kästen hier gehören in die Küche«, kommandierte die Stimme. »Die Kühlschränke dort müssen als Erstes gefüllt werden.« Wieder kamen Schritte auf das Büro zu, steuerten dann aber die Küchentür gegenüber an. Der Unbekannte schloss auf. »Hier rein.«

Die Kistenschlepper murmelten etwas Unverständliches. »Ich schau's mir an«, antwortete der Unbekannte. Seine Schritte entfernten sich in Richtung Ausgang.

Stiller überschlug: drei Seiten, höchstens dreißig Sekunden. Er klickte auf das Druckersymbol. Auf dem Bildschirm des Laptops öffnete sich ein Fenster und informierte ihn, dass kein Papier eingelegt war.

»Verdammt«, zischte Stiller und sah sich um. Schweiß sammelte sich auf seiner Stirn. Er huschte zum Drucker und zog die Schubladen des altmodischen Beistelltischs auf. In der zweiten fand er die Papierbögen. Er nahm drei Blätter vom Stapel und steckte sie ins Druckerfach. Mit einem Satz war er wieder am Laptop und gab Okay.

Nach ein paar Sekunden Pause begann der Drucker schwerfällig mit seiner Arbeit: langsam und vor allem laut. Stiller lief zur Tür und drückte sie ins Schloss, als er hörte, dass sich von draußen erneut Schritte näherten. Eine Schweißperle löste sich von seiner Stirn und kullerte ihm kitzelnd über den Nasenrücken. Er wischte sie mit dem Unterarm weg und eilte zum Drucker. Das erste Blatt war durch. Er faltete es einmal und steckte es in die Umhängetasche.

»Zwei Fässer dürften genügen«, hörte er die Stimme des Unbekannten gedämpft durch die Tür. Es folgte ein Wortwechsel, den der Drucker übertönte, während er ratternd das zweite Blatt ausspuckte. Sofort ließ Stiller es in der Tasche verschwinden. Mit dem Ärmel trocknete er sich die Schläfen, ohne die Tür aus den Augen zu lassen. Der Griff bewegte sich nach unten. Rasch stellte er sich so vor den Drucker, dass er ihn verdeckte.

Er saß in der Falle. Die Fenster waren vergittert, es gab keinen Ausweg, er brauchte eine Ausrede. Die Tür ging einen Spalt weit auf. Gleichzeitig kündigte das Rattern des Druckers an, dass die dritte Seite durch war. Stiller packte sie hinter seinem Rücken, knüllte sie zusammen und stopfte sie in die Gesäßtasche.

Die Tür öffnete sich ganz, ein Mann tauchte im Rahmen auf, noch halb dem Flur zugewandt. Stiller machte einen Schritt auf ihn zu. Der Mann drehte sich um und erschrak, als er Stiller gegenüberstand. »Ja bitte?«, sagte er und hob seine dünnen grauen Augenbrauen.

»Döberlin«, sagte Stiller. »Sie sind sicher Herr Scherer?«

Der Mann sah sich misstrauisch im Büro um. »Um was geht es?«

»Ich wollte mich nur kurz vorstellen. Ich bin der neue Betreuer von Nummer 47.«

»Ich weiß, wer Sie sind.« Scherer fasste Stiller ins Auge. »Es ist ja ganz nett, dass Sie vorbeischauen. Ich mag's aber nicht, wenn sich Leute im Büro aufhalten, ohne dass jemand vom Vorstand dabei ist.«

»Tut mir leid.« Stiller gab sich zerknirscht. »Es war niemand da. Ich dachte, ich warte einfach ein bisschen.«

»Schön.« Scherer drückte die Hand, die ihm Stiller entgegenstreckte. »Sie schwitzen ja«, sagte er. »Darf ich Ihnen etwas Kühles anbieten? Gerade werden die Getränke fürs Radieschenfest geliefert.« Er zeigte mit dem Daumen zur Tür. Der Geräuschkulisse nach schüttelten die Lieferanten die Getränkekisten ordentlich durch.

»Nein, vielen Dank.« Stiller entspannte sich. »Ich wollte Sie nicht lange aufhalten. Sie haben bestimmt einiges zu tun mit … allem.«

Scherer nickte. Er bemerkte, dass Stiller ihn musterte, und deutete mit der Hand an sich hinunter. »Bitte entschuldigen Sie meinen Aufzug. Aber der plötzliche Wetterumschwung macht mir ein wenig zu schaffen.« Er trug weite grüne Bermuda-Shorts, aber kein Hemd. Sein Oberkörper war sonnenverbrannt, die trockene Haut erinnerte Stiller an die Oberfläche von Elisenlebkuchen. Er schwitzte nicht und erschien Stiller äußerst sportlich.

»Wann soll das Fest denn steigen?«, erkundigte sich Stiller.

»Samstag. Haben Sie den Aushang nicht gelesen?« Scherer strich sich nachdenklich mit dem Daumen über den blonden Schnauzbart, der sich ebenso wie das kurz geschnittene Haar leicht grau färbte. »Vielleicht hätte ich es besser absagen sollen, jetzt nachdem … nach dem Todesfall. Andererseits: Das Fest ist eine wichtige Einnahmequelle für die Kolonie, und die Vorbereitungen laufen bereits auf Hochtouren. Außerdem bin ich mir sicher, dass es Strunke nicht anders gewollt hätte.«

»Ich hab ihn ja leider nicht gekannt«, sagte Stiller. »Aber ich hab viel von ihm gehört.«

»Sicher nichts Gutes.« Scherer winkte ab. »Ich hoffe, Sie glauben nicht alles, was man Ihnen erzählt.«

»Er soll recht schwierig gewesen sein.«

»Das war halt sein Job«, erwiderte Scherer. »Einer muss nun mal den Hut aufhaben. Schwierig war er nur für Leute, die sich nicht an die Regeln hielten. Ich würde ihn als korrekt bezeichnen.«

Stiller unternahm einen neuen Anlauf. »Es wird gemunkelt, dass ihn jemand von hier …«

»Wer munkelt so etwas?«, unterbrach ihn Scherer barsch und gab der Tür einen Tritt, um sie zu schließen. »Hören Sie, das ist übelste Nachrede! Mir ist klar, dass einige Leute ihre Probleme mit Strunke hatten. Aber das sind keine Gründe, ihn umzubringen. Und es hätte auch gar nichts gebracht. Strunke war nur der Repräsentant, verstehen Sie? Der Vorsitzende. Er hat alle Entscheidungen einvernehmlich mit uns Obmännern getroffen, das kann ich Ihnen versichern. Er hat nie etwas Persönliches gegen irgendjemanden gehabt.«

»Man macht sich halt so seine Gedanken, wenn man neu hier ist. Ich hab da von dieser komischen Sache mit dem Pavillon gehört …«

Wieder fiel ihm Scherer ins Wort. »Was ist komisch an dieser Sache? Genau darum geht's doch. Es gibt ein Gesetz, also muss man sich auch daran halten. In welcher Gesellschaft leben wir denn?« Er ließ die Frage eine Weile in der Luft hängen, dann fuhr er fort: »Ich hab es der Polizei schon gesagt, ich sag es gerne auch Ihnen, und ich werde es in meiner Grabrede noch mal allen ins Stammbuch schreiben: Strunke war korrekt. Ich hatte nie Probleme mit ihm – weil ich auch korrekt bin. Und ich lasse auf uns Kleingärtner nichts kommen. Von uns hat niemand Strunke erschlagen. Wir sind friedliche Leute.«

»Da stellt sich natürlich die Frage, wer …«

»Wem?«, rief Scherer. »Wem stellt sich die Frage?«

Stiller schürzte die Lippen und hob vage die Hände.

»Das ist nicht meine Sorge.« Scherers Ton blieb streng. »Und auch nicht Ihre. Sie haben ihn doch gar nicht gekannt, sagten Sie das nicht gerade?« Seine Augen verengten sich zu Schlitzen. »Um das ›Wer‹

kümmert sich die Polizei, und die ist, glaub ich, mit Strunkes Frau schon auf der richtigen Spur.«

Es klopfte. Der Flaschenträger in Lederhosen öffnete die Tür und reichte Scherer den Lieferschein. »Wir sind fertig.« Scherer überflog das Blatt, unterschrieb es am Türrahmen und gab es zurück.

»Tja dann«, sagte Stiller, »zieh ich auch mal wieder los.«

»Einen Moment noch.« Scherer wandte sich dem Regal zu. »Ich habe vorhin Ihren Pachtvertrag abgeheftet, und da ist mir aufgefallen ...«, er zog den Ordner heraus, »... dass Dorn gestern vergessen hat, die Nummer Ihres Personalausweises zu notieren. Das könnten wir gleich nachholen.«

»Oh.« Stiller fühlte, dass er rot wurde. »Ich hab den Ausweis blöderweise nicht dabei.«

Scherer sah ungläubig auf Stillers Umhängetasche. Dann stellte er den Ordner zurück. »Wenn Sie freundlicherweise morgen damit vorbeischauen.« Er lächelte. »Ich hab Ihnen ja schon gesagt, ich bin korrekt. Ich war Beamter bei der Bundesbahn, über zwanzig Jahre lang. Das legen Sie nicht so leicht ab.« Er deutete auf den Schreibtisch und fügte bitter hinzu: »Auch wenn sie mich ausgemustert haben mitsamt dem alten Mobiliar.«

Er ging um den Schreibtisch herum, warf einen Blick auf den Laptop und stutzte. Vermutlich vermisste er den Bildschirmschoner, der sich nach dem Drucken noch nicht wieder eingeschaltet hatte.

Stiller biss sich auf die Unterlippe und schielte auf die Armbanduhr. »Jetzt muss ich aber wirklich los.« Als er die Tür zuzog, drehte er sich noch einmal um.

Scherer schaute ihm mit gerunzelter Stirn hinterher.

Die Abendluft brachte kaum Abkühlung. Die Wärme und das monotone Dröhnen von Rasenmähern machten Stiller schläfrig. Als er in den Garten zurückkehrte, schaute er sehnsüchtig zur Hängematte. Am liebsten hätte er sich hineingeworfen und eine kleine Auszeit genommen. Aber er hatte noch zu tun.

Er kam sich wie ein Riesenkaninchen vor, während er über den Rasen hoppelte, die verblichenen Gartenzwerge einsammelte, in den Geräteschuppen stopfte und Ruths Tonfiguren verteilte. Üppige Feen mit rosiger Glasur und Blumenkränzen im Haar, leichtfüßige Elfen, die mit wehenden Kleidchen auf Blüten tanzten, Gnome mit Knollennasen und spitzen Ohren, Trolle mit Haaren wie Wurzelbüschel und mit Bärten, die ihnen bis zu den Schuhspitzen reichten, Faune mit Hörnern und Ringelschwänzchen, die barbusige Nymphen umgarnten. Für jede Figur suchte Stiller den passenden Platz hinter Büschen, unter Sträuchern und zwischen den Wurzeln des Kirschbaums. Eine Blütenfee platzierte er in einer Insel aus Blumen, deren Namen er nicht kannte. Lediglich die drallen Nixen und die bauchigen Wassermänner mit Blätterschurz warfen Probleme auf – Stiller überlegte spontan, ob er in dem Garten einen Teich anlegen sollte.

Ein Ruf riss ihn aus den Gedanken: »Herr Nachbar?«

Stiller richtete sich auf und sah suchend in Moosers Grundstück hinüber.

»Herr Nachbar!« Die Stimme kam von der anderen Seite.

Langsam drehte sich Stiller um. Sein Bedarf an Gesprächen war heute eigentlich gedeckt.

Am Zaun zum Nachbargarten stand ein schlanker Mann, den Stiller auf sein eigenes Alter schätzte. Die kurz rasierten Haare bestärkten ihn darin: ein beliebtes Mittel der Mittvierziger, den beginnenden Haarausfall zu kaschieren. Wohlwollend registrierte Stiller, dass der Nachbar keine schlabberige Bermuda-Shorts trug, sondern eine enge Hose aus schwarzem Jeansstoff und ein schwarzes T-Shirt.

Er winkte Stiller freundlich zu sich. »Froese«, sagte er. »Wolfgang, wenn du einverstanden bist.«

»Döberlin«, antwortete Stiller, »Heiner.«

»Das ist aber kein Gartenzwerg, was du da hast.« Froese deutete auf den Wassermann, den Stiller noch in der Hand hielt.

»Das ist wahr.« Stiller schwenkte den Wassermann in die Richtung der anderen Gartenfiguren. »Das sind Tonskulpturen meiner … von einer Bekannten. Ich hoffe, das stört dich nicht.«

»Im Gegenteil.« Froese lachte spöttisch. »Ich kann Gartenzwerge nicht ausstehen. Schon gar nicht die hässlichen Dinger, die dein Vorgänger hier aufgestellt hat. Er hat sie extra so gedreht, dass sie zu mir rüberschauen.«

Das war Stiller auch schon aufgefallen. Er warf einen Blick auf die Vogelscheuche mit der asiatischen Gesichtsmaske.

»Ehrlich gesagt bin ich dir richtig dankbar«, fuhr Froese fort. »Aber es gibt noch ein paar andere Sachen, die du ändern könntest.« Er zeigte auf den Boden zu Stillers Füßen. »Weißt du, was das ist?«

Stiller betrachtete ein paar weiß blühende Ranken, die sich durch den Zaun auf das Nachbargrundstück schlangen. Er zuckte die Schultern. »Das sind – äh – Pflanzen?«

»Wicken.« Froese klang, als müsse sich Stiller der Bedeutung dieses Wortes bewusst sein. »Das sind Wicken.«

»Richtig. Wicken.« Stiller sah sie zum ersten Mal.

»Wicken sind Unkraut«, half ihm Froese auf die Sprünge. »Und sie wachsen zu mir herüber.«

»Oh«, sagte Stiller. »Kein Problem! Du kannst sie abschneiden, wenn du willst.«

Froese zog die Brauen zusammen. »Nicht ich. Sie wurzeln bei dir, und Unkraut muss man bei den Wurzeln packen.«

Stiller hatte verstanden. »Geht klar. Wir kümmern uns morgen darum.« Er nahm sich vor, Frauke eine Nachricht zu hinterlassen. »Tut mir leid«, setzte er entschuldigend hinzu. »Wir haben den Garten erst seit gestern.«

»Ich bin sonst nicht so«, erklärte Froese. »Aber meine Frau und ich, wir machen uns viel Arbeit mit dem asiatischen Garten. Da passen keine Wicken rein. Wir haben genug zu tun mit den Pollen und Unkrautsamen, die sich im Frühjahr mit dem Wind auf den Beeten breitmachen.«

Unwillkürlich sah Stiller zur Vogelscheuche hinüber. Eine Elster setzte sich auf ihre Schulter.

Froese stand mit dem Rücken dazu. Trotzdem musste er die Elster bemerkt haben. Er wirbelte herum, klatschte in die Hände und zischte »Ksch, ksch!«. Die Elster schien sich zu ducken, dann schwang sie sich meckernd davon. Froese drehte sich zu Stiller zurück. »Das Ding taugt keinen Schuss Pulver.« Wieder das spöttische Lachen. »Aber meine Frau hängt dran.«

Stiller bekam eine Gänsehaut.

»Dann noch etwas.« Froese wurde wieder ernst. »Aber das ist dir bestimmt schon aufgefallen.«

Stiller grübelte kurz. »Was meinst du?«

»Ich meine den Rasen. Der muss dringend gemäht werden, oder? Kannst von Glück sagen, dass ihn dir die Polizei gestern Abend nicht komplett zertrampelt hat. War ja ein Mordsauftrieb.«

»Stimmt.« Stiller witterte die Chance, das Thema zu wechseln. »Stell dir vor: Der Gartenzwerg, mit dem Strunke erschlagen wurde, stammt aus diesem Garten.«

»Josef«, warf Froese ein. »Für mich war das der Josef.«

»Ach«, sagte Stiller teilnahmsvoll. »Du hast ihn wohl näher gekannt?«

»Das kann man sagen. Genau genommen hat er mich sogar in die Laubenkolonie reingebracht.«

»Bist du auch Eisenbahner?«

»Eben nicht. Meine Frau und ich, wir arbeiten für den Verein ›Damm global‹. Er hat sich auf Integration spezialisiert. Anerkannte Asylbewerber, Langzeitarbeitslose, benachteiligte Jugendliche und natürlich Spätaussiedler und andere Zugezogene mit Migrationshintergrund. Global halt.«

»Verstehe«, sagte Stiller. »Strunke … Josef, er hat euch in Damm kennengelernt.«

In einem der Nachbargärten sprang ein Rasenmäher an. Froese hob den Arm, schaute auf die Uhr und ließ ihn wieder sinken. »Ja. Er war begeistert von unserer Arbeit. Er hat mir angeboten, uns den nächsten freien Garten im Radieschenparadies zu verschaffen, wenn wir ihn unterstützen. Das ist jetzt fast zehn Jahre her, unsere Kinder waren noch klein, da hab ich sofort zugesagt.«

»Ihn unterstützen – wobei?«, erkundigte sich Stiller.

Froese seufzte. »Die Immigranten zu integrieren, das ist ein Dauerbrenner in den Kleingartenanlagen. Sie stellen inzwischen ein gutes Drittel der Pächter. Josef war damals ziemlich verzweifelt. Es gab Vorurteile auf allen Seiten. Nicht nur zwischen Ausländern und Deutschen, sondern auch zwischen Franken und Bayern, Schwaben und Hessen, Ost- und Westdeutschen. Schau mich an: Ich stamme aus Augsburg.« Er sprach es wie Augschpurrg aus. »Meine Frau kommt aus Bremen. Es gibt einige Kleinbürger in dieser Stadt, denen schon unsere Dialekte Probleme machen. Da brauchst du dich nicht zu wundern, dass es auch in einer Kleingartenanlage Vorbehalte gibt, wenn jemand nicht nur anders spricht, sondern auch noch eine völlig andere Kultur hat.«

Stiller schwieg. Er kannte die Probleme, sie waren oft genug Thema in der Zeitung.

»Manchmal genügt es, wenn die Leute jemand für anders halten, er muss es nicht einmal sein.« Froese klang nachdenklich, schien mit sich selbst zu sprechen. »Als die Zahl der Immigranten in der Kolonie wuchs, hatten viele Eingesessene Angst, die Ausländer könnten zu laut sein, würden sich nicht an Regeln halten oder die ganze Anlage in Knoblauchdunst hüllen. Natürlich fühlten sie sich sofort bestätigt, wenn sich in den Immigrantengärten mal mehr als drei Leute tummelten oder Grillfeste gefeiert wurden. Oder wenn dort nach neunzehn Uhr ein Rasenmäher lief.« Wieder sah er auf die Armbanduhr. »Dabei kommt das bei denen genauso oft oder selten vor wie bei allen anderen. Das sind genauso engagierte Kleingärtner wie die Deutschen. Im Gegenteil, sie schaffen oft viel mehr. Sie sind halt auch, ich sag mal: geselliger.« Er ließ sein spöttisches Lachen erklingen. »Aber was red ich. Du weißt ja selbst am besten, wie die Leute so sind. Du bist doch Psychologe, hab ich gehört.«

Stiller hustete. Das sprach sich ja schnell herum. Offensichtlich hörten Kleingärtner das Gras wachsen. »Ich hab den Eindruck, dass hier alle ganz gut miteinander auskommen«, sagte er rasch.

»Das ist auch so«, bekräftigte Froese. »Im Grunde ist eine Laubenkolonie der ideale Hort für Integration. Menschen aus unterschiedlichen Altersgruppen, Ständen und Kulturen, die dennoch ein gemeinsames Ziel eint.« Er klang, als zitiere er eine Werbebroschüre. »Die trotz aller Verschiedenheit viel gemeinsam haben: die Liebe zur Natur, das Bedürfnis nach Ruhe, den Wunsch, etwas zu gestalten, zu säen, zu ernten. Eine große Familie, wenn du so willst.«

»Wobei gestern auch jemand die Spätaussiedler mit dem Tod von Strunke – Josef – in Verbindung gebracht hat«, warf Stiller ein.

Froese wedelte mit der Hand, als wollte er eine aufdringliche Fliege verscheuchen. »Da hast du es wieder. Du kriegst das aus manchen Köpfen einfach nicht raus. Lass mich raten: Bestimmt hieß es ›die Russen‹. Hab ich recht?«

»Du hast recht«, bestätigte Stiller. »Mit denen hätte Strunke besonderen Ärger gehabt. Einen soll er sogar aus der Anlage ausgeschlossen haben. Smirnow oder so ähnlich. Weißt du da was Näheres?«

Spöttisches Lachen. »Bei aller Rücksicht auf frisch Verstorbene: Frag mich mal, mit wem Josef keinen Ärger gehabt hat. Da könntest du hier jeden verdächtigen. Selbst mir ist er auf die Pelle gerückt. Wegen der da.« Er wies mit dem Kinn auf die Vogelscheuche. »Da hat ihn wahrscheinlich die Bio-Blum aufgestachelt.«

»Und Smirnow?«, beharrte Stiller.

»Über solche Sachen hat Josef nicht mit mir geredet. Ich kenne den Fall nur vom Hörensagen, es ging wohl um ständige Streitigkeiten mit einem seiner Nachbarn, einem gewissen Wagner. Wenn du mich fragst, hätte Josef lieber den Smirnow drinlassen und den Wagner rauswerfen sollen. Das ist ein unangenehmer Typ. Der hat nicht nur dauernd mit den Immigranten Krach, sogar auf den Josef ist der mal losgegangen.«

»Ach was! Und worum ging's?«

»Warum willst du das eigentlich alles wissen?«, fragte Froese zurück.

»Och …« Stiller hob die Hände zu einer Unschuldsgeste. »Ich will mich halt integrieren.«

»Schöne Pfingstrosen übrigens«, wechselte Froese abrupt das Thema.

Stiller blickte sich suchend um. »Nicht wahr?«, sagte er unbestimmt.

Froese zog eine Miene, als habe er das erwartet. Er deutete in Stillers Garten. »Da drüben.« Es war die Blumeninsel, aus der die Blütenfee herauslugte. »Ein großer Botaniker scheinst du mir ja nicht zu sein.«

In der Ferne erklang die Turmuhr der Nilkheimer Kilianskirche. Stiller zählte unbewusst mit. Sieben Schläge. Mit dem letzten erstarb das Röhren des Rasenmähers.

»Wolfgang!«, rief jemand in Froeses Garten. Eine kleine blonde Frau zwängte sich durch die Büsche an den Zaun.

»Das ist Beate, meine Frau«, stellte Froese sie vor. Dann deutete er auf Stiller und klärte sie auf: »Das ist Heiner, unser neuer Nachbar.«

»Vorübergehend«, fügte Stiller hinzu. »Ich bin nur der Betreuer.«

»Angenehm.« Sie bedachte Froese mit einem vorwurfsvollen Blick. »Warum hast du ihn denn nicht auf einen Willkommenstrunk zu uns herübergebeten?« Stiller schenkte sie ein Lächeln. »Jetzt ist es leider zu spät, wir müssen los. Bist du morgen Abend hier? Dann schau doch mal vorbei. Wir haben einen sagenhaften Gyokuro. Eigener Anbau, ehrlich.«

Froese quittierte Stillers fragende Miene mit dem ihm eigenen Lachen. »Japanischer Schattentee. Etwas für Grüntee-Puristen.«

Sie trennten sich, nachdem Stiller hoch und heilig versprochen hatte, die Einladung anzunehmen – und seine Frau gleich mitzubringen. Endlich allein im Garten, setzte er den Wassermann am Pump-brunnen ab. Dann schlüpfte er in die Laube und schrieb mit einem fetten Marker »Wicken« und »Grüntee« auf ein gelbes Papprechteck sowie »Smirnow« und »Wagner« auf ein rotes. Beide hatte er auf gut Glück gegriffen, beide heftete er aufs Geratewohl an die Pinnwand. Er schloss die Laube ab und steuerte auf die Gartentür zu, als sein Blick auf die Hängematte fiel.

Wenigstens einmal wollte er ausprobieren, wie es sich darin lag. Er war den ganzen Tag auf den Beinen gewesen. In seinem Kopf schwirrten die Stimmen all der Leute, mit denen er gesprochen hatte. Er setzte sich in die Hängematte, ließ den Oberkörper zurücksinken und legte die Beine hoch. Nicht schlecht. Er stellte das Handy auf stumm, schob sich seine Tasche unter den Kopf, schloss die Augen und lauschte.

Die Vögel sangen. Rufe drangen an sein Ohr. Irgendwo heulte ein Rasenmäher auf – nach neunzehn Uhr, soso, wenn das der Strunke noch erlebt hätte. Auf der Großostheimer Straße rauschte der Abend-verkehr aus der Stadt hinaus. Stiller stellte sich vor, es sei das stetige Brausen einer leichten Meeresbrandung.

Nach drei Minuten war er eingeschlafen.

10

Mit der Nacht senkt sich die Stille über die Gärten.

Wenn die Sonne im Westen hinter den Baumwipfeln des Park Schönbusch untertaucht, wenn aus dem Osten die Dunkelheit gekrochen kommt wie ein gefräßiges Raubtier und die letzten purpurnen Streifen am Himmel verschlingt, wenn sich das Grau des Abends über Bäume, Büsche und Beete legt, wenn die Schwärze die Farben aus Blüten und Blättern saugt, als tanke sie hier die Kraft, die sie braucht, um sich weiter auszubreiten, dann gehen die Menschen und nehmen ihren Lärm mit. Ihr Schwatzen und Lachen verhallt. Das Rumoren von Motoren, das Rumpeln in den Schuppen, alles verstummt. Zuletzt verklingen die Lieder am Grill und das Knirschen im Kies.

Die alte Vogelscheuche kennt das Schauspiel. Ungezählte Abende hat sie aufziehen sehen. Wenn die Menschen gegangen sind, haben die Vögel die Gärten für kurze Zeit wieder für sich allein. Sie jubilieren, als feierten sie ihre Freiheit. Schließlich versiegt auch ihr Singen.

Die Stille, die folgt, ist nicht umfassend. Nachtgetier raschelt im Gras, Grillen zirpen, Kröten quaken an einem der vielen Gartenteiche. Der Wind säuselt in den Blättern. Von St. Kilian weht der Klang der Turmuhr herüber. Waren es elf Schläge? Sie hat nicht mitgezählt.

Noch ein Geräusch ist da, eines, das nicht hierhergehört. Eine Art Sägen, rau und regelmäßig. Ein Mensch ist im Nachbargarten zurückgeblieben. Er liegt in der Hängematte und schläft. Er schnarcht.

Nebelschwaden wabern kniehoch über den Boden, kriechen zwischen die Büsche und Bäume wie Finger, die nach etwas suchen, das sie packen können. Der Mond, der sich eben von den Hügeln auf der anderen Seite des Flusses löst, lässt sie fahl schimmern, taucht die Gärten in ein schummriges, gespenstisches Licht. Doch die Vogelscheuche kennt keine Furcht. Ihr bleiches Gesicht bleibt unbewegt, als ein schauriger Schrei die Stille zerreißt.

Der Waldkauz ruft. Der Todesbote. Wenn sein Heulen dreimal ertönt, stirbt ein Mensch.

Dem ersten Ruf folgt der Tod. Schemenhaft taucht er am Ende des Weges auf. Diesmal ist er nicht allein. Zwei Gestalten schält das Mondlicht aus dem Dunkel, eine große und eine kleine. Sie tragen dunkle Anzüge und Hüte. Sie meiden den Kies, halten sich am Rand des Wegs. Der Nebel verhüllt ihre Beine, als wolle er ihre Schritte dämpfen. Sie scheinen nicht zu schreiten, sondern unwirklich zu schweben, während sie sich lautlos nähern.

Am Nachbargarten halten sie inne. Das Schnarchen lässt sie aufhorchen. Sie lauschen. Der Lange hebt den Arm und zeigt auf die Hängematte. Sie ändern die Richtung, verlassen den Weg. Leise öffnen sie die Gartentür und schleichen sich an den Schlafenden heran. Plötzlich schweigen die Grillen.

Sie flüstern, aber der Wind trägt Wortfetzen durch die Stille zur Vogelscheuche hinüber. »… der Maulwurf«, sagt der Kurze. Der Lange erwidert etwas wie »… loswerden …« und »… erschlagen wie den anderen«. Sie sehen sich um. Die Gartenzwerge sind verschwunden. Der Schlafende hat sie am Abend eingesammelt und weggesperrt. Ohne es zu wissen, hat er womöglich sein Leben gerettet.

Doch so leicht gibt der Tod nicht auf: »Dann … klassisch …«, flüstert der Lange. Der Kurze taucht unter der Hängematte durch, baut sich auf der anderen Seite auf. Zwischen den beiden liegt der Mann. Selbst wenn er aufwachen sollte, gäbe es für ihn kein Entrinnen mehr.

Der Waldkauz ruft ein zweites Mal. Die beiden Schatten verharren, warten reglos, bis sie sicher sind: Das Heulen des Todesboten hat den Mann in der Hängematte nicht geweckt. Doch sein Schlaf ist unstet geworden, sein Schnarchen unregelmäßig. Ahnt er die Gefahr?

Wieder ein Wortfetzen: »… schnell.« Plötzlich hält der Kurze einen Gegenstand in der rechten Hand. Einen Gegenstand, der im Mondlicht metallisch glänzt. Die Vogelscheuche versteht nichts von Pistolen, sonst hätte sie die Glock 31 erkennen können, zielsicher und leicht kontrollierbar auch bei schnellen Schussfolgen. Die Gestalt schraubt mit der linken Hand etwas Stabähnliches auf den Lauf der Waffe und richtet ihn dann auf den Kopf des Schlafenden. Sie setzt die Mündung nicht auf, um das Opfer nicht zu wecken. Ein Schuss wird genügen.

Der Zeigefinger drückt leicht auf den Abzug, klickend klappt die Sicherung ein.

126

Der Schlafende stöhnt.

Der Waldkauz heult.

Es blitzt.

Schreiend fuhr Stiller hoch – und sah direkt in das Objektiv eines Fotoapparats, der sich gerade senkte. Fiepend lud sich das aufgesetzte Blitzlichtgerät wieder auf. Dahinter erschien Kleinschnitz' grinsendes Gesicht. »Hab ich dich geweckt? Das tut mir aber leid.«

»Hast du sie noch alle?« Stiller schnappte nach Luft. »Du hast mich zu Tode erschreckt.«

»Hauptsache, du lebst noch.« Kleinschnitz zog den Blitz von der Kamera. »Man macht sich Sorgen.«

»Was soll das heißen?« Ächzend hob Stiller die Hand und sah auf die Armbanduhr. Es war fast Mitternacht. »Mist«, stöhnte er, »ich muss eingeschlafen sein.«

»Ach was. Ich hab gedacht, das verstehst du unter arbeiten«, spottete Kleinschnitz.

Stiller ließ sich zurücksinken. Noch immer rang er um Atem. Sein Mund war ausgetrocknet.

»Ich hatte einen grässlichen Alptraum. Die beiden Möchtegern-Mafiosi waren hinter mir her. In Wahrheit warst du das. Du hast mich angeblitzt.«

»Der eigentliche Alptraum erwartet dich daheim.« Kleinschnitz versuchte, Stiller aus der Hängematte zu ziehen. »Ruth hat mich angerufen, weil du nicht nach Hause gekommen bist. Sie war zuerst ziemlich verängstigt. Aber als ich auch nicht wusste, wo du steckst, klang sie ziemlich wütend. Kann es sein, dass Ruth etwas gegen die CITT hat? Ich glaub, sie befürchtet, da laufen irgendwelche Spiele mit Dr. Frauke.«

»Oh Mann!« Stiller verdrehte die Augen. »Du hättest ihr doch sagen können, dass da nichts ist. Du bist echt ein toller Freund.«

»Vielleicht hättest du ans Handy gehen sollen, als sie versucht hat, dich anzurufen.«

»Ich hab es auf stumm gestellt. Das kann doch mal vorkommen.«

»Statt ständig an mir rumzumeckern, solltest du froh sein, dass ich dich fotografiert habe. Mit dem Bild kannst du belegen, dass du allein warst. Also von der da mal abgesehen ...« Kleinschnitz bleckte seine Zähne zur Vogelscheuche. Die japanische Maske schaute blass aus dem Nachbargarten herüber. »Und jetzt: Aufstehen bitte. Ich will hier keine Wurzeln schlagen. In meinem Wohnzimmer sitzt meine Freundin und wartet auf mich. Es langt, wenn heute Nacht eine Beziehung in die Brüche geht.«

»Schönen Dank.« Schwerfällig hievte Stiller seine Beine aus der Hängematte.

Irgendwo knackte es.

Stiller packte Kleinschnitz am Ärmel. »Hast du das gehört?«, flüsterte er.

Kleinschnitz nickte. »Klang, wie wenn Holz splittert.« Er flüsterte ebenfalls.

Mit einem Mal war Stiller hellwach. Er sprang auf die Füße und zog Kleinschnitz an der Kamera hinter sich her. »Los«, zischte er.

»Was hast du vor?«, raunte Kleinschnitz.

Stiller legte einen Finger an die Lippen. »Das kam aus Strunkes Richtung.« Er huschte aus dem Garten. Mit langen Schritten lief er auf der Grasnarbe den Hauptweg entlang.

Kleinschnitz fluchte leise und folgte ihm.

Das Vereinsheim tauchte vor ihnen auf. Stiller blieb abrupt stehen, Kleinschnitz' Kamera schlug ihm gegen den Rücken. »Mann, pass doch auf!«

»Was ist denn los?«

»Der Platz. Kies. Zieh die Schuhe aus.« Stiller streifte seine Sandalen ab und schlich barfuß über den Platz. Die Kiesel bohrten sich schmerzhaft in seine Fußsohlen.

Kleinschnitz wisperte etwas wie »Nie wieder!« und machte sich hinter Stiller auf die Socken.

Durch den Zaun um Strunkes Garten wand sich noch immer das rot-weiße Absperrband. Das Tor im Zaun war abgeschlossen. Stiller wies mit dem Kinn auf die Laube. Im Mondlicht war zu erkennen, dass die Tür einen Spalt geöffnet war. Im Innern flackerte das Licht einer Taschenlampe.

»Lass uns verschwinden.« Kleinschnitz keuchte. »Wir rufen die Bullen.«

»Gleich.« Stiller stieg leise über das hüfthohe Gartentor.

»Du bist doch völlig krank.« Kleinschnitz zögerte, dann kletterte er hinterher.

Behutsam näherten sie sich der Laube, wieder hielten sie sich auf dem Gras. Aus der Hütte drang ein dumpfes Rumpeln, jemand durchsuchte das Mobiliar. Kleinschnitz zupfte Stiller am Hemd, um ihn aufzuhalten, doch der reagierte nicht. Als sie die Terrasse erreicht hatten, ließ sich Stiller auf alle viere nieder und kroch zum Fenster. Vorsichtig hob er den Kopf, um hineinzuspähen. Kleinschnitz schob sich sachte bis zur Tür vor und wollte sein Ohr gegen das Holz legen.

In diesem Augenblick heulte der Waldkauz. Das Rumpeln verstummte, das Licht erlosch. Fragend sah Kleinschnitz zu Stiller. Der zuckte mit den Schultern.

Mit einem Schlag flog die Tür auf. Kleinschnitz taumelte zurück. Sie hatte ihn am Kopf getroffen. Eine dunkle Gestalt stürmte aus der Laube. Stiller sprang auf, versuchte, sich ihr entgegenzuwerfen. Doch sie holte mit dem Arm aus und rammte ihm eine Stablampe in den Magen. Pfeifend stieß Stiller die Luft aus und ging zu Boden. Mit einem Satz war die Gestalt über ihn hinweg und rannte zum Gartentor.

Kleinschnitz fing sich als Erster. »Stehen bleiben oder ich schieße!«, brüllte er und jagte der fliehenden Gestalt eine Reihe von Blitzlichtern hinterher. »Ich hab Fotos«, rief er triumphierend, während sie über das Gartentor flankte.

Stiller rappelte sich auf. »Ihm nach!«, japste er und lief torkelnd los. Nach einigen Metern wurde sein Schritt sicherer. Am Gartentor wollte er es ebenfalls mit Flanken versuchen, stürzte aber darüber und rollte auf den Kiesweg. Ein stechender Schmerz fuhr ihm durch den Ellbogen.

»Wenn dich Ruth nicht mit dem Nudelholz vermöbelt, dann mach ich das!« Kleinschnitz hatte ihn eingeholt und zog ihn auf die Beine.

Die Gestalt war am Hauptweg nur noch als Schatten zu erkennen. Sie hatte einen Vorsprung von gut fünfzig Metern.

Sofort setzte Stiller ihr wieder nach. Erneut stach ihm der Kies in die Füße.

»Jetzt bleib hier!«, befahl Kleinschnitz. »Du bist ja völlig verbohrt.«

»Er will zum Parkplatz«, gab Stiller zurück. »Brauchen Autonummer. Ruf Strobel.«

Während er lostrabte, klopfte Kleinschnitz seine Taschen ab. »Mist! Ich hab das Handy im Auto liegen lassen.«

Die Gestalt hatte das Ende des Hauptwegs erreicht und verschwand im Dunkeln.

Stiller beschleunigte. Kleinschnitz ebenfalls, er holte auf. Endlich erreichten sie den Haupteingang der Kleingartenanlage. Stiller versuchte, das Tor aufzudrücken – vergeblich. Es war abgeschlossen.

»Hätte ich dir sagen können«, keuchte Kleinschnitz. »War vorhin schon zu. Bin durch den Seiteneingang rein.«

»Der ist da nicht drüber.« Stiller zeigte auf den Stacheldraht über dem Tor. »Wo ist der hin?«

»Da!« Kleinschnitz deutete in einen schmalen Seitenweg. Er führte zum Verbindungstor zwischen der Kleingartenanlage und den Gehegen der Geflügelzüchter, die im Westen anschlossen. Von dort gab es einen eigenen Ausgang zum Parkplatz.

Das Verbindungstor stand weit offen.

Stiller fluchte. »Er ist da durch und vorne raus. Los, vielleicht schaffen wir's noch.«

Sie rannten nicht mehr. Sie schlichen und lauschten. Der Weg verästelte sich zwischen den Gehegen. Stiller und Kleinschnitz wussten nicht, welcher Zweig zum Ausgang führte. Hier und da flatterte Federvieh auf, während sie an den Zäunen entlangstreiften. Verschrecktes Gackern erklang.

»Hier!« Kleinschnitz hatte den Ausgang gefunden. Doch auch er war verschlossen. Sie sahen nach oben: Stacheldraht. Sie blickten durchs Gitter: Der Parkplatz war leer bis auf Stillers Kangoo und Kleinschnitz' Buick.

»Er parkt hier gar nicht.« Stiller schlug verärgert mit der Faust gegen das Gitter. »Er hat uns reingelegt, er ...«

Ein metallisches Klicken unterbrach ihn. Jemand hatte die Verbindungstür zur Kleingartenanlage zugeworfen.

»Zurück!«, rief Kleinschnitz.

Sie hasteten durch das Labyrinth der Gehege. Das Gackern der Hühner schwoll an. Ein paar Puten stimmten kollernd ein. Vom Schönbusch hallte Hundegebell herüber.

Sie verliefen sich zweimal, bevor sie das Verbindungstor erreichten. Stiller packte den Türknauf, doch er ließ sich nicht drehen. Er langte durch das Gitter und versuchte es mit dem Knauf auf der anderen Seite. Nichts.

»Verdammt!« Stiller resignierte. »Ein Schnappschloss.«

»Mach was«, befahl Kleinschnitz. »Ruf endlich die Bullen.«

»Geht nicht.« Stillers Stimme war im Gezeter der Hühner kaum zu hören. »Meine Tasche liegt in der Hängematte.«

»Ich fass es nicht.« Kleinschnitz schüttelte den Kopf. »Du verfolgst einen Einbrecher – ohne Handy? Du bist mir ja ein Starjournalist!«

»Und du?«

»Ich hab bloß einen Freund und Ehemann auf Abwegen gesucht«, verteidigte sich Kleinschnitz. »Einen Freund übrigens, der schon wieder ein Versprechen gebrochen hat.«

Stiller legte eine Hand auf Kleinschnitz' Arm. »Warte mal«, sagte er. »Ich weiß, wie wir hier rauskommen. Siehst du?«

Kleinschnitz folgte seinem Blick. Die Gehege waren nicht nur eingezäunt, sondern auch mit einem Dach aus Maschendraht gegen Raubvögel geschützt. Die äußere Gehegereihe grenzte an den Zaun zur Kleingartenanlage – und hier war kein Stacheldraht gespannt.

»Da müssen wir rüber.« Stiller kletterte am Zaun hoch. »Worauf wartest du?«

»Du zuerst.«

»Jetzt hab dich nicht so. Lass mich hier nicht hängen.«

»Das war das letzte Mal, Paul«, moserte Kleinschnitz. »Das kann ich dir versichern.« Er begann ebenfalls zu klettern.

Das Federvieh im Gehege schrak auf und schrie schrill. Es waren Gänse.

Oben angekommen, hievten sich Stiller und Kleinschnitz auf das Dach. Vorsichtig blieben sie liegen. Der Maschendraht gab leicht nach, schien aber zu halten.

»Wir sollten besser nur robben«, schlug Kleinschnitz vor.

Sie griffen mit den Fingern in die Maschen und zogen sich bäuchlings vorwärts. Allmählich rückte der Zaun zur Kleingartenanlage in greifbare Nähe. Sie lagen inzwischen vollständig auf dem Drahtdach, das bedrohlich durchhing. Unter ihnen flatterten die Gänse panisch durch das Gehege.

»In der Hängematte war's gemütlicher.«

»Da hätte ich dich auch lassen sollen«, gab Kleinschnitz sauer zurück. Er wollte noch etwas hinzufügen, hielt aber inne.

Mit einem lauten »Plang« sprang eine Krampe aus einem der Zaunpfosten, an denen das Drahtdach angebracht war. Der Maschendraht sank ein Stück tiefer. In rascher Folge wiederholte sich das

»Plang«. Die Krampen schossen über Stiller und Kleinschnitz hinweg, eine traf Stiller an der Stirn.

Er kam nicht mehr dazu, den Schmerz zu spüren.

Das Drahtdach hielt nur noch an der einen Seite zur Kleingartenanlage, an den übrigen drei Seiten stürzte es durch das Gewicht der beiden Körper nach unten. Ein paar Sekunden krallten sich Stiller und Kleinschnitz noch in den Maschen fest, sahen sich mit aufgerissenen Augen an. Doch der Draht schnitt ihnen schmerzhaft in die Finger. Sie ließen los, rutschten auf der schiefen Ebene nach unten und kullerten über den schmierigen, stinkenden Boden.

Die Gänse schrien, als wollte ihnen jemand an die Gurgel. Sie schlugen wild mit den Flügeln und begannen, Stiller und Kleinschnitz zu attackieren. Auf dem Boden liegend, wehrten sich die beiden nach Kräften, hielten sich schützend die Arme vors Gesicht und schlugen die Angreifer mit Fußtritten in die Flucht.

Stiller robbte in eine Ecke des Geheges und zog sich hoch. Er sah sich nach Kleinschnitz um, der versuchte, mit Gebrüll vier oder fünf Gänse zu verscheuchen, die mit ihren Schnäbeln auf ihn einhackten.

»Halte durch, ich komme«, rief Stiller. Er machte zwei Schritte auf Kleinschnitz zu, glitschte aus und landete neben dem Freund im Kot. Sie stießen sich mit den Füßen ab, so gut es ging, und rutschten auf dem Hosenboden nebeneinander in die nächste Ecke des Geheges. Dort kamen sie endlich auf die Füße.

Schwer atmend pressten sie sich gegen den Zaun. Die Gänse zogen sich etwas zurück, dafür gellten ihre Schreie umso schriller. Es krakeelte in allen Gehegen, das Gackern, Schnattern, Gurren, Krähen und Kollern schwoll zu einem ohrenbetäubenden Getöse an.

Stiller warf einen Seitenblick auf Kleinschnitz und prustete. »Du siehst aus wie geteert und gefedert.«

»Schau dich doch mal selbst an«, knurrte Kleinschnitz.

Stiller sah an sich hinab. Auch er war über und über mit Gänsekot und Federn verklebt.

»Und jetzt?«, fragte Kleinschnitz.

»Und jetzt legen Sie mal schön Ihre Hände an den Zaun«, rief eine scharfe Stimme auf der anderen Seite des Zauns. Die Flutlichtanlage am Vereinsheim der Geflügelzüchter sprang an und tauchte das Gelände in grelles Licht.

Kleinschnitz kniff die Augen zusammen. »Was ist los?«

»Mach bloß keinen Unsinn«, flüsterte Stiller.

»Das sagt der Richtige.« Kleinschnitz sah sich um – und hob die Hände.

***

Bühler gähnte. »Es ist kurz vor fünf. Ich leg mich noch mal für zwei Stündchen aufs Ohr. Und du?«

Strobel winkte ab. »Ich bin nicht müde.«

Er war innerlich viel zu unruhig, um müde zu sein. Der Anruf hatte ihn im Bett erreicht. Gegen eins, in der Einsatzzentrale würden sie die genaue Uhrzeit dokumentiert haben. Sanft hatte er Sabines Kopf von seiner Schulter geschoben und aus den Augenwinkeln gesehen, wie sie sich die Decke über die Ohren zog. Sie hasste nächtliche Störungen.

Anfangs war er nicht ganz schlau geworden aus dem, was er am Telefon hörte: Eine Polizeistreife hatte Stiller und Kleinschnitz in einem Gehege des Geflügelzuchtvereins aufgegriffen und zur Dienststelle gebracht. Die beiden hatten etwas von einem Einbruch in Strunkes Gartenhaus gefaselt und behauptet, sie hätten den Täter verfolgt. Eine Überprüfung hatte ergeben, dass die Laube des Ermordeten tatsächlich Einbruchspuren aufwies.

Sofort war Strobel hellwach gewesen. Präzise hatte er der Einsatzzentrale seine Anweisungen erteilt: Die Spurensicherung musste zusammengetrommelt und ins Radieschenparadies geschickt werden. Die Feuerwache sollte sich mit Beleuchtungsgerät bereit halten. In der Zwischenzeit durfte die Laube nicht aus den Augen gelassen werden. Alle Polizeistreifen, die sich um Mitternacht herum in der Nähe der Kleingartenkolonie aufgehalten hatten, sollten Auskunft geben, ob ihnen etwas Verdächtiges aufgefallen war – oder ob sie etwas beobachtet hatten, was ihnen im Licht der neuen Erkenntnisse verdächtig erschien. Vorsichtshalber sollte die Zentrale zusätzliche Streifen rings um die Gartenanlage zusammenziehen, wenngleich Strobel wenig Hoffnung hatte, dass sich der Einbrecher noch in der Gegend aufhielt. Die beiden Journalisten?

»Unbedingt festhalten!« Strobel war bereits aus dem Bett gesprungen und dabei, mit der freien Hand seine Klamotten aufzusammeln. »Mit denen will ich selbst reden. Ich bin in einer Viertelstunde da.«

Jetzt, vier Stunden später, saß er an seinem Schreibtisch und ging mit Bühler die Fakten durch. Der Einbruch hatte sich gegen Mitternacht ereignet. Der Täter hatte die Tür mit einer Brechstange aufgehebelt, die er bei seiner Flucht in der Laube zurückgelassen hatte. Stiller konnte von Glück sagen. Bei einem Schlag mit dem Werkzeug wäre er nicht so glimpflich davongekommen wie bei dem Stoß mit der Stablampe. Auf dem Eisen gab es keine Fingerabdrücke. Der Einbrecher hatte es offenbar nur mit Handschuhen angefasst und vorher noch abgewischt.

Die Hütte war durchwühlt worden, alle Schränke und Schubladen standen offen. Bühler hatte das Inventar mit der Liste abgeglichen, die er und sein Team nach der Ermordung Strunkes aufgestellt hatten. Nach ersten Erkenntnissen fehlte nichts. Die Suche nach neuen Fingerabdrücken verlief ergebnislos – wie erwartet. Auf dem Boden gab es frische Schuhspuren, aber sie halfen nicht weiter: gewöhnliche Kreppsohlen, Größe vierundvierzig plus minus.

Bei seiner Flucht war der Einbrecher über den Kiesweg gerannt. Anders, als er sich Strunkes Garten genähert hatte: Da war er auf dem Grassaum des Weges geblieben, wohl um Geräusche zu vermeiden. Die Spurenlage war eindeutig, brachte die Ermittlungen aber nicht weiter. Bühler wollte bei Tageslicht noch testen, welches Körpergewicht eine vergleichbare Krümmung des Grases verursachte.

Betreten und verlassen hatte der Einbrecher die Gartenkolonie vermutlich durch den Seiteneingang, der nicht verschlossen gewesen war, als gegen Mitternacht der Fotograf Peter Kleinschnitz auf der Bildfläche erschien. Unklar blieb einstweilen, ob der Einbrecher vor Kleinschnitz gekommen war und das Tor aufgeschlossen hatte, also einen Schlüssel besaß, oder ob die Gärtner am Abend vergessen hatten, es abzuschließen. Gut möglich, dass die Letzten beim Weggehen das Zuschließen ihrem vermeintlichen Gärtnerkollegen Heiner Döberlin alias Paul Stiller überlassen wollten, der sich noch in der Anlage aufhielt – angeblich schlafend, wie er sagte. Strobel überlegte, ob er jemanden dafür abstellen sollte, die Kleingärtner danach zu fragen, oder ob er es dem Obmann Scherer übertragen durfte, der kommissarisch den Vorsitz in der Anlage übernommen hatte.

Stiller und Kleinschnitz hatte er bei der Vernehmung erst Platz nehmen lassen, nachdem die Wache ein paar Plastiktüten heraufgeschickt hatte, um seine guten Büromöbel zu schonen. Die beiden waren völlig verdreckt gewesen und stanken erbärmlich. Immerhin waren ihre zahlreichen Schürf- und Kratzwunden desinfiziert und zugepflastert. Das Personal der Wache hatte den Nachtdienst der benachbarten Rotkreuzstation zu Hilfe gerufen.

Dann hatten sie ihm ihre Sicht der Geschehnisse geschildert. In zwei Punkten war sich Stiller ziemlich sicher gewesen. Punkt eins: Bei dem Einbrecher handelte es sich um eine männliche Person, zirka eins achtzig groß und drahtig. Das Gesicht war nicht zu erkennen gewesen, weil er eine Strumpfmaske trug. Kleinschnitz dagegen mochte nicht ausschließen, dass es auch eine Frau gewesen sein konnte.

Die Bilder, die er geschossen hatte, halfen nicht weiter. Strobel hatte sich die Fotoserie mehrfach am Bildschirm durchgesehen und die Ausschnitte mit dem flüchtenden Einbrecher vergrößert. Sie bestätigten die Beschreibung. Aber ob Mann oder Frau – da wollte auch Strobel sich nicht festlegen.

Stillers Entschiedenheit war damit wenig wert, zumal er sich auch im zweiten Punkt geirrt hatte: Er ließ nicht von dem Gedanken ab, dass der Einbrecher einen Schlüssel für die Verbindungstür zwischen der Kleingartenanlage und dem Gelände der Geflügelzüchter besitzen müsse. Sonst hätte er sie nicht öffnen können, um ihn und Kleinschnitz hineinzulocken. Strobel äußerte sich nicht dazu, hatte diese Theorie aber schon längst verworfen. Nach Auskunft des Zuchtvereinsvorsitzenden stand die Tür in den letzten Wochen immer wieder mal offen – sie war ja von außen nicht zu erreichen und nur für die Mitglieder der beiden Vereine gedacht.

Der Zuchtvereinsvorsitzende war es, der die Polizei verständigt hatte. Er war kurz nach Mitternacht mit seinem Schäferhund im Schönbusch unterwegs gewesen – wie alle paar Nächte üblich. In den vergangenen Monaten hatte es wiederholt Einbrüche in die Gehege gegeben, seitdem unterhielten die Züchter eine Art Freiwilligendienst für regelmäßige Kontrollgänge. Der Vorsitzende war gerade in die Nähe der Zuchtanlage gekommen, als er schon das aufgeregte Gegacker der Hühner hörte. Sofort hatte er die Polizei alarmiert und die Streife auf das Gelände gelassen.

Die Beamten hatten nicht schlecht gestaunt, als sie die vermeintlichen Einbrecher sozusagen schon dingfest im Käfig fanden. Die Ankunft der Streife war ein Glücksfall für Stiller und Kleinschnitz gewesen: Das Federvieh hatte ihnen ganz schön zugesetzt.

Trotz ihres bedauernswerten Zustands spürte Strobel eine gewisse Schadenfreude, wenn er an ihren Abgang dachte. Kleinschnitz hatte darauf bestanden, seine neue Freundin anzurufen. Sie sollte ihn und Stiller zum Parkplatz der Kleingartenanlage fahren, wo ihre Autos standen. Kaum eine halbe Stunde später hatte diese »Freundin« auf der Dienststelle einen rauschenden Auftritt.

Strobel würde diese Szene so schnell nicht mehr vergessen. Auf hochhackigen Pumps war sie ins Büro geklappert. Sie hatte leichte O-Beine, in Netznylons gehüllt. Ein kurzes rotes Kleidchen spannte sich über schmale Hüften und einen beachtlichen Oberbau. Sie trug ein gutes Pfund Make-up im Gesicht und eine blonde Mähne auf dem Kopf, an der förmlich ein Schild mit der Aufschrift »Perücke« zu kleben schien. Strobel sah sofort: Sie war eine Transe.

»Wo steckt denn mein kleiner Teufel?«, fragte sie näselnd und klimperte mit ihren Wimpern, die so lang wie unecht waren.

Strobel wies auf Kleinschnitz und Stiller, die ihm gegenübersaßen.

Kleinschnitz war bereits aufgesprungen, machte – freudig lächelnd – einen Schritt auf sie zu und streckte die Arme aus. Sie prallte zurück und rümpfte mit einem erschrockenen »Igitt« die Nase. Rasch öffnete sie ihr Handtäschchen, zog ein parfümiertes Taschentuch heraus und hielt es sich vor den Mund. So musterte sie Kleinschnitz von oben bis unten. »Manno, nee, oder?«, rief sie schließlich und schüttelte ihre Haarpracht. »Diesen Herrn kenne ich nicht«, erklärte sie in Strobels Richtung, drehte sich auf dem Absatz um und schlug die Tür zu. Dem Klappern ihrer Schuhe nach zu schließen, rannte sie über den Flur davon, als sei ein Teufel hinter ihr her. Aber kein kleiner.

Kleinschnitz hatte die Tür angestarrt und um Fassung gerungen. »Dann ruf du eben deine Ruth.«

Stiller hatte ein sichtbar schlechtes Gewissen gehabt und brav gefolgt. Dabei riss er seine Frau offenbar völlig unnötig aus dem Schlaf: In dem Moment, als sie abnahm, fiel ihm ein, dass er selbst mit dem Kangoo unterwegs gewesen war und sie gar kein Auto hatte. So wie es aussah, durfte sich der Gute auf ein häusliches Nachspiel gefasst machen. Seine Frau hatte so laut gesprochen, dass alle im Büro mithören konnten. Die Kernbotschaft lautete, Stiller solle doch seine »neue Frau« anrufen und dahin verschwinden, wo der Pfeffer oder zumindest die Radieschen wachsen.

Schließlich hatte Mike Staab vorgeschlagen, die beiden Elends-häuflein zum Parkplatz zu fahren. Das war zwar nicht üblich, aber Strobel hatte gerne eingewilligt. Staab war mit Stiller locker befreundet, vielleicht würde er auf der Fahrt noch etwas aus den beiden herausholen.

Denn den Beteuerungen Stillers, er sei in der Hängematte einge-schlafen, schenkte Strobel keinen Glauben. Er war davon überzeugt, dass der Hobbyschnüffler bewusst in seinem Garten geblieben war. Möglicherweise hatte er den Einbruch sogar erwartet. Ein unerträg-licher Gedanke, dass ihm dieser Schreiberling einen Schritt voraus sein könnte.

»Hat eigentlich die Überprüfung der Gärtner etwas ergeben?«, hielt Strobel Bühler auf, der sich von der Fensterbank löste, um sich, wie angekündigt, noch mal aufs Ohr zu hauen.

»Bisher nichts«, erwiderte Bühler. »Wir haben aber erst einen Bruchteil durch. Es sind insgesamt hundertsiebenunddreißig, Strun-ke und Stiller schon abgezogen.«

»Wir haben doch dieses Notizheft, das Strunke immer bei sich hat-te«, sagte Strobel nachdenklich. »Du weißt schon, seine Aufzeichnun-gen über die Regelverstöße der Kleingärtner. Wir sollten uns viel-leicht erst einmal die Namen vornehmen, die darin auftauchen.«

»Sag ich ja«, gab Bühler trocken zurück. »Hundertsiebenunddrei-ßig.«

11

Stiller ließ den Kangoo auf den Legatplatz rollen. Es kam ihm vor, als sei er eine Ewigkeit weg gewesen. Er stützte sich eine Weile am Lenkrad ab und betrachtete die niedrigen Häuser, die sich in der Morgendämmerung leblos und dunkel um den kleinen Platz duckten, ohne sie richtig wahrzunehmen. Sein ganzer Körper schmerzte. Die Schürfwunden juckten, der Ellbogen war geschwollen, der Magen drückte, die Fußsohlen brannten. Schließlich gab er sich einen Ruck und stieg aus. Mit der einen Hand raffte er die alte Kolter zusammen, die er im Geräteschuppen gefunden und als Schutz über den Fahrersitz gelegt hatte. Mit der anderen griff er nach dem Blumenstrauß auf der Beifahrerseite. Pfingstrosen aus dem Garten. Er hatte sie schnell noch gepflückt in der Hoffnung, Ruth damit versöhnlich zu stimmen.

An der Haustür warf er die Kolter in die Mülltonne. Die mottenzerfressene Decke hatte dazu gedient, einen uralten Rasenmäher abzudecken, und schon ätzend gerochen, bevor er sich daraufgesetzt hatte. Jetzt war sie vollends hinüber. Wenn sie der Gartenpächter vermissen sollte, würde er ihm eine neue kaufen. Er wühlte den Schlüssel aus der Tasche, schloss die Haustür auf und lauschte. Alles schlief. Es war sechs Uhr. In einer halben Stunde würden Ruth und Charlotte aufstehen.

Vorsichtig bemüht, nirgends anzustoßen, um keine Schmutzspuren zu hinterlassen, schlich er in die Küche. Er suchte Ruths selbst getöpferte Lieblingsvase, ließ sie voll Wasser laufen und stellte die Pfingstrosen auf den Esstisch. Im Keller zog er die verklebten Kleider aus und stopfte sie in die Waschmaschine.

Wenig später stand er unter der Dusche, legte den Kopf zurück und reckte das Gesicht mit geschlossenen Augen der Brause entgegen. Er genoss das heiße Wasser auf Haaren und Haut, spürte, wie es an ihm hinablief und wartete, bis das Bad in dichten Dampf gehüllt war. Dann seifte er sich gründlich ein und drehte den Strahl voll auf, um sich abzuduschen.

Er begann zu summen. Am liebsten hätte er die Prozedur noch einmal wiederholt, doch Charlotte wummerte an die Tür.

»Bist du das, Papa?«, rief sie. »Mach mal hin, du bringst alles durcheinander.«

»Eine Minute.« Er stieg aus der Dusche, rubbelte sich ab und schlang sich das Handtuch um die Hüften.

Charlotte grinste, als er die Tür aufzog. »Na, hast du deinen Waschbrettbauch gegen eine Waschtrommel eingetauscht?« Nach einem Blick ins Bad fügte sie hinzu: »Uh, das ist ja wie in der Sauna. Du wolltest wohl deinen Rettungsring wegschmelzen.«

»Guten Morgen«, sagte Stiller spitz. Im Schlafzimmer rumorte es. Ruth stand auf. Er ließ Charlotte stehen, eilte in die Küche und setzte rasch Kaffee auf.

Leise kam Ruth in die Küche. »Welch seltene Ehre«, sagte sie ironisch. »Herr Dobermann, wenn ich mich nicht irre.«

»Wenn schon, dann Döberlin.« Stiller drehte sich zu ihr um. Sie fuhr sich mit der Hand durch ihr rotes Haar und funkelte ihn an. Und sie trug das kurze Nachthemd, das er so an ihr liebte. »Schatz«, rief er und ging auf sie zu. »Du siehst total sexy aus.« Er wollte sie in den Arm nehmen, aber sie wich ihm aus.

»Wenn du nachts nach Hause kommen würdest, hättest du mehr davon«, sagte sie, dann zeigte sie auf die Blumen. »Sind die von dir?«

»Pfingstrosen. Eigene Ernte. Ich hab gedacht, du freust dich vielleicht darüber.« Stiller stellte die Kaffeetassen auf den Tisch.

»Für mich? Du bringst mir doch sonst nie Blumen mit. Hast du am Ende ein schlechtes Gewissen?«

»Wie kommst du denn darauf?«

Ruth zwinkerte. Du bist frisch geduscht, du kochst Kaffee, du schenkst mir Blumen …«

Stiller nahm ihr Gesicht in die Hände und sah ihr feierlich in die Augen. »Ich habe kein schlechtes Gewissen, Ruth. Bitte glaub mir, ich bin eingeschlafen …«

»So, wie du aussiehst, war es eine ziemlich wilde Nacht.« Sie schob ihn ein Stück zurück und betrachtete ihn von oben bis unten.

»Ich kann dir das alles erklären.«

»Dann versuch's mal.«

Stiller ließ sich auf einen Stuhl sinken und zog Ruth auf seinen Schoß. Sie sträubte sich ein wenig, doch je mehr er ihr von den Ereignissen der Nacht schilderte, desto geringer wurde ihr Widerstand.

Stattdessen wuchs ihr Mitgefühl. Sie strich ihm zärtlich über die Wange, als er ihr von dem Stoß mit der Stablampe erzählte und den Bluterguss zeigte.

»Paul«, sagte sie ernst, als er fertig war. »Hör auf damit. Es geht nicht nur um dich. Denk doch auch mal an uns. Wir haben uns echte Sorgen gemacht.«

»Wer macht sich Sorgen?« Charlotte schlurfte in die Küche und setzte sich an den Tisch. »Oh«, staunte sie. »Blumen. Hast du ein schlechtes Gewissen, Papa?«

Stiller räusperte sich. »Nein. Wieso sollte ich?«

»Weil du die ganze Nacht nicht nach Hause gekommen bist zum Beispiel.« Charlotte angelte sich eine Tasse und die Kaffeekanne. »Lass dich bloß nicht so leicht von ihm einwickeln, Mama. Ich kenn die Kerle.«

Ruth stand auf und zupfte ihr Nachhemd zurecht. »Schau ihn dir an«, sagte sie, während sie Brot aufschnitt. »Ich glaub, in Zukunft schläft er lieber wieder hier.«

Jan schleppte sich mit dem Elan eines Marathonläufers nach dem Zieleinlauf in die Küche. Er ließ einen Laut hören, der nach »Mon« klang, und schnupperte. »Hier riecht's komisch.«

»Ja, also, ich …«, setzte Stiller an.

»Das sind die Blumen!« Jan starrte auf die Vase. Dann sah er sich um. »Hat hier vielleicht jemand ein schlechtes Gewissen?«

»Langsam reicht's«, brauste Stiller auf. »Nenn mir einen vernünftigen Grund für ein schlechtes Gewissen.«

Jan gähnte. »Jemand von euch hat in der Waschküche ein Huhn geschlachtet oder so was Ähnliches.«

Ruth und Charlotte sahen Stiller an.

Er ging nicht darauf ein. »Also, nachdem ihr nun ja alle wach seid, leg ich mich mal schlafen.« Er gab Ruth einen Kuss. »Bist du nachher weg?«

Sie nickte. »Besprechung mit der Künstlergruppe.«

Er drückte seine Kinder.

Jan hielt ihn kurz fest und schnupperte. »Du warst das im Keller!«

Stiller zog sanft die Küchentür hinter sich zu.

***

Das Handy weckte ihn. Schlaftrunken sah er auf den Wecker: zehn Uhr. Er tastete über das Nachtkästchen. Endlich fand er das Handy.
»Wer stört?«, nuschelte er.

Es war Frauke. »Sag mal, hab ich dich am Ende geweckt?«, begrüßte sie ihn.

»Guten Morgen!« Es fiel ihm auf, dass ihn Frauen an diesem Tag grundsätzlich nicht grüßten.

»Du musst sofort herkommen.« Sie klang aufgewühlt.

»Wohin?«

»In den Garten.«

»Was gibt's denn so Dringendes?«

»Schau's dir selbst an.« Ihre Stimme bebte.

Er seufzte. »Ich bin in zwanzig Minuten da.«

Sie lief ihm entgegen, als er am Gartentor auftauchte. »Endlich. Komm mit!«

Ihr Spinnenarm schoss vor, packte ihn an der Schulter und schob ihn über den Gartenweg zur Laube. Im Näherkommen sah er, dass etwas auf der Terrasse lag. Ein grauer Haufen. Fliegen schwirrten um ihn herum.

Stiller drehte sich um. »Hat jemand …«

Frauke schüttelte den Kopf. »Schlimmer.«

Erst als er vor dem Haufen stand, erkannte er, was es war: ein Maulwurf.

»Er ist tot.« Frauke schauerte.

»Das sehe ich auch.« Stiller verscheuchte die grünen Schmeißfliegen mit wedelnden Händen und beugte sich über den Tierkadaver. »Jemand hat ihn erschlagen.« Er deutete auf den blutverschmierten Kopf des Maulwurfs.

Frauke würgte.

»Aber nicht hier«, murmelte Stiller nachdenklich. »Sonst gäb's Blutspuren auf den Platten.«

»Jemand hat ihn uns vor die Tür gelegt«, sagte Frauke mit erstickter Stimme. »Du weißt, was das bedeutet?«

»Mir ist schon klar, dass der sich nicht selbst hierhergeschleppt hat. Dieser Garten ist ein Paradies für Maulwürfe, kein Friedhof.«

»Das hier ist kein Witz, Paul Stiller. Das ist eine Warnung. Sie gilt uns.« Fraukes Stimme klang erstickt.

»Jetzt übertreib mal nicht …«

Sie unterbrach ihn schroff. »Verstehst du nicht? Das ist doch eindeutig. Jemand hat rausgekriegt, was wir hier machen. Du bist der Maulwurf. Oder ich.«

»Denk nicht, dass ich jetzt nachschaue, ob das ein Männchen oder ein Weibchen ist.«

»Kannst du nicht mal eine Minute ernst sein?« Sie schrie fast, von ihrem sonst so sanften Ton war nichts mehr übrig.

Hinter ihnen erklang ein Hüsteln. »Na, haben wir eine kleine Meinungsverschiedenheit?« Stiller und Frauke fuhren herum. Es war Mooser.

»Nicht direkt.« Frauke rang um Fassung. »Es geht um … das da.«

Sie trat zur Seite und gab die Sicht auf den Maulwurf frei.

»Glückwunsch!« Mooser wog anerkennend den Kopf. »Ihr habt einen erwischt.«

»Der ist leider nicht von hier.« Frauke bohrte ihren Blick in Moosers Auge.

Der blieb ungerührt. »Ein Maulwurf mit Migrationshintergrund, oder was?« Er krächzte sein Anlasser-Lachen. »Wo soll er denn herkommen? Aus dem Osten, wie die Russen?«

»Vielleicht haben Sie ihn hergelegt …« Frauke hatte sich offenbar entschieden, die kumpelhafte Duzerei in der Kleingartenanlage nicht mitzumachen.

»Mädchen, schau dir meinen Garten an.« Er machte eine ausladende Handbewegung. »Ich habe keine Maulwürfe.«

»Jedenfalls hat er sich hier nicht selbst den Kopf eingerannt«, beharrte Frauke.

Stiller entschloss sich, einzugreifen, bevor Mooser seine eigenen Schlüsse zog. »Was führt dich denn zu uns?«

»Neuigkeiten.« Mooser stülpte vielsagend die Lippen vor und legte eine Kunstpause ein. »Oder habt ihr das schon gehört von heute Nacht?«

Stiller fühlte, wie ihm heiß wurde.

»Heute Nacht? Nein. Was denn?« Fraukes Neugier war geweckt, sie wandte sich von dem Maulwurf ab.

»Jemand ist in Strunkes Laube eingebrochen. Obwohl sie versiegelt war.«

»In Strunkes Laube?« Frauke fixierte Stiller.

Der hob fast unmerklich die Schultern und fragte: »Weiß man, wer's war?«

»Noch nicht. Oder die Polizei lässt es nicht raus.« Mooser senkte die Stimme. »Die soll nämlich zwei Burschen festgenommen haben. Aber das war bei den Geflügelzüchtern. Da gab es auch einen Einbruch. Die sollen gewütet haben wie die Vandalen.«

»Wieso bei den Geflügelzüchtern? Was haben die jetzt mit Strunke zu tun?« Fraukes Blick pendelte verwirrt von Stiller zu Mooser.

»Ich bin Mooser, nicht Moses.« Er lachte heiser. »Woher soll ich wissen, ob die beiden Einbrüche was miteinander zu tun haben? Oder mit Strunke. Vielleicht hat jemand gedacht, na ja, die Laube steht eh leer. Und hinterher wollte er sich noch ein Hühnchen rupfen.«

»Sie«, entgegnete Frauke.

»Wie bitte?«

»*Sie* wollten. Sie haben gesagt, es waren zwei.«

Stiller nickte anerkennend. Frauke war auf Zack. »Was kann denn jemand in Strunkes Hütte gesucht haben?«

Mooser rückte ganz nah an Stiller heran, um noch leiser sprechen zu können. Ihre Nasen berührten sich fast. Er hatte grauenhaften Mundgeruch. »Wenn du mich fragst: die Lebensversicherung.«

Stiller wich einen Schritt zurück. »Du meinst, Strunke hatte seine Lebensversicherung in der Laube? Aber was könnte ein anderer damit anfangen?«

Mooser rückte nach. »Ich meine auch keine richtige Lebensversicherung, nicht so eine mit Police. Ich denke eher, er hatte etwas gegen jemanden in der Hand.«

»Ich versteh nicht ganz …« Stiller legte Mooser eine Hand auf die Schulter und drehte ihn leicht zu Frauke.

»Als ich ihn das letzte Mal gesehen habe, vergangene Woche, da hatte er so 'ne Aktenmappe dabei. Wie immer hat er sich erst eine Weile über die Zustände in der Kolonie ausgelassen. Dann hat er was ganz Komisches gesagt: Er würde jetzt endgültig für Ordnung sorgen, und wenn die sich alle auf den Kopf stellen. Er hat auf die Aktenmappe geklopft und erklärt, da wäre seine Lebensversicherung drin. Ihm könne keiner was.«

»Ihm könne keiner was … Mehr hat er nicht gesagt?«

»Er hat sich umgeguckt und weg war er.«

Stiller unterdrückte den Impuls, den Stenoblock aus seiner Tasche zu ziehen. Doch der Gedanke daran brachte ihn auf eine Idee. »Du hast mir von diesem Notizheft erzählt, in dem er die Verstöße der Pächter aufgeschrieben hat. Wahrscheinlich hat er das gemeint.«

»Glaub ich nicht.« Mooser schürzte erneut die Lippen. Er war ein Meister der Kunstpause. »Die Sünderkartei hatte er immer in der Hosentasche stecken. Hinten. Da hätte er sich auf den Arsch geklopft und nicht auf die Aktenmappe. Das war was anderes, das kannst du mir glauben.«

»Die Polizei hat die Laube doch gleich nach dem Mord gefilzt. Hat die denn etwas gefunden?«

»Meinst du, das erzählen die mir? Da muss die schon jemand anderes fragen.« Wieder quetschte er sich dicht an Stiller. Diesmal hielt er stand. »Wer zum Beispiel?«

»Jemand mit Beziehungen vielleicht, was weiß ich.« Pause. »Ein Journalist zum Beispiel.«

Stiller schoss das Blut so rasch in den Kopf, dass er befürchtete, Mooser könnte es rauschen hören. Dennoch blieb er reglos stehen.

Frauke räusperte sich. »Darf ich auch mal was sagen?«

Die beiden wandten sich ihr zu.

»Was machen wir jetzt mit dem da?« Sie deutete auf den Maulwurf.

»Den nehme ich mit.« Mooser bückte sich und packte das Tier am Genick, was Frauke aufstöhnen ließ. »Ich bin ein Spezialist für Maulwürfe.«

Mit einem »Servus« ließ er sie so plötzlich stehen, wie er gekommen war. Als er das Gartentor erreichte, hörten sie ihn heiser lachen.

»Meinst du, er hat rausgekriegt, was wir hier machen?«

Stiller zuckte die Achseln. »Du bist die Psychologin.«

Sie nickte. »Du hast recht. Komm mit.« Mit überraschendem Elan stürmte sie in die Laube, wandte sich der einen Flipchart zu und schlug die Seite »Wir brauchen ...« nach hinten. »Gib mir einen Edding!«

Stiller folgte gehorsam.

In Windeseile schrieb sie Namen und Begriffe auf das neue Blatt, kreiste sie ein, zog Linien und unterstrich hier und da ein Wort.

»Was machst du da?« Stiller schloss die Tür, lehnte sich mit verschränkten Armen dagegen und sah ihr zu.

»Das nennt man Mindmapping«, erläuterte sie, ohne ihr Tun zu unterbrechen. »Also: Strunke wird erschlagen. Zwei Tage später bricht jemand in seine Laube ein. Vielleicht gibt es einen Zusammenhang, vielleicht auch nicht. Wenn es einen gibt, sucht jemand was.«

»Bravo«, warf Stiller ironisch ein.

»Zum Beispiel die Lebensversicherung, was auch immer das ist«, fuhr sie fort und unterstrich das Wort »Lebensversicherung«. »Gleichzeitig legt uns jemand einen toten Maulwurf vor die Tür. Eine Warnung. Wahrscheinlich weiß er, dass wir hier verdeckt recherchieren, und will, dass wir damit aufhören. Wenn es der Mörder ist …«

»… dann sind wir ihm vielleicht schon auf der Spur«, vollendete Stiller den Satz. »Nicht schlecht, Frauke!« Er löste sich von der Tür und stellte sich neben sie.

»Das hab ich zwar gar nicht gemeint, aber gut: Mit wem hast du schon Kontakt gehabt?« Sie sah ihn abwartend an.

»Mal sehen. Der Reihe nach waren das Dorn, Mooser und Blum. Gestern Abend dann noch Scherer und die Froeses.« Er fasste kurz die Begegnungen mit dem Obmann im Vereinsheim und mit dem Teefreak von nebenan zusammen.

Sie schrieb die Namen auf den Papierbogen und zog von jedem einen Pfeil zum Wort »Maulwurf«.

»Ach ja, und die beiden Möchtegern-Mafiosi.«

Sie notierte »MM«. »Viele sind das ja nicht gerade.«

Stiller schnaufte. »Frauke, ich habe den Garten noch keine zwei Tage!«

»Eben.« Sie hob belehrend die Hand mit dem Stift. »Da kommt nämlich meine Theorie ins Spiel: Der Mörder hat uns durchschaut und möchte, dass wir mit der Recherche aufhören, *bevor* wir ihm auf die Spur kommen. Und damit sind die anderen auch wieder im Rennen.« Erneut kritzelte sie Namen aufs Papier. »Kohl mit dem Pavillon. Mangold mit den Kindern.«

»Wagner«, ergänzte Stiller und deutete auf die Kärtchen, die er am Vorabend geschrieben hatte. »Der ist schon mal auf Strunke losgegangen. Hab ich von Froese.«

Frauke tippte der Reihe nach auf die Namen. »Macht zusammen sieben hier aus der Kolonie plus die beiden Anzugtypen.«

Stiller erinnerte sich an den Hinweis, den Ruth ihm gegeben hatte. »Wir sollten Smirnow und Graser noch dazunehmen«, schlug er vor. »Das sind zwei, die Strunke hier rausgeworfen hat.«

Frauke schrieb sie auf. »Wer von denen könnte wissen, was wir hier wirklich vorhaben?« Nachdenklich betrachtete sie den Papierbogen. »Mooser!« Sie kreuzte den Namen an. »Bei dem bin ich mir ziemlich sicher.«

»Scherer kam mir auch irgendwie misstrauisch vor«, überlegte Stiller. »Außerdem Froese. Der hat meine botanischen Kenntnisse auf die Probe gestellt.«

»Oje.« Frauke lächelte, während sie die Kreuzchen aufs Papier setzte, trat dann einen Schritt zurück. »Genau genommen dürfen wir gar niemanden ausnehmen. Wenn jemand dein Bild in der Zeitung gesehen oder dich auf einem Termin getroffen hat, weiß er zumindest, dass du nicht Döberlin heißt. Das war blöd mit dem falschen Namen.«

»Ach«, erwiderte Stiller. »Ich dachte, das war kreativ.«

»Schade, dass du meine morgendlichen Work-outs nicht mehr besuchst.« Frauke legte den Stift weg. »Stattdessen liegst du bis zehn im Bett.«

Stiller räusperte sich. »Ganz so ist das nicht.«

Sie musterte ihn mit ihrem tiefen Blick. »Du verschweigst mir etwas, stimmt's? Möchtest du es mir nicht doch lieber sagen?«

Er mochte eigentlich nicht. Dennoch berichtete er ihr so kurz wie möglich, was er in der Nacht erlebt hatte.

Frauke blies die Luft aus. »Mannomann! Ihr zwei seid echt dämlich. Wenn sich das rumspricht, weiß in der Kolonie bald der Letzte, wer du wirklich bist.«

Stiller breitete die Hände aus. »Es war ein Zufall.«

Sie dachte nach. »Jedenfalls dürfen wir keine Zeit verlieren. Ich fange sofort an und übertrage deine Pächterliste auf den Lageplan.«

Stiller hielt das für überflüssig, äußerte sich aber nicht dazu, sondern wandte sich zur Tür.

»Was hast du vor?«, fragte Frauke.

»Ich fahre in die Redaktion. Mal hören, was es Neues gibt in Sachen Strunke und Einbruch.«

»Du kannst doch hier schreiben. Interpol hat dich extra verkabelt.«

»Sie heißt Kerstin«, korrigierte Stiller. »Und ich habe zufällig einen Posten, der hin und wieder meine Anwesenheit in der Redaktion verlangt.«

»Und die Gärtner?«

»Um die kümmere ich mich heute Abend«, versprach Stiller. »Vorher ist sowieso kaum jemand in der Kolonie.«

Doch so einsam, wie er geglaubt hatte, war es nicht. Rufe schallten durch die Gärten, Motoren heulten auf und erstarben wieder. In der Nähe quietschte ein Pumpbrunnen.

Schräg gegenüber stand die brünette Gärtnerin auf ihrer Terrasse und schob mit handschuhbewehrten Händen Zweige in einen knatternden Häcksler. Ihre gelbe Schutzbrille hatte sie, statt sie aufzusetzen, hoch in ihr Haar geschoben, das ihr wieder offen über die Schultern fiel. Wie immer trug sie höchst verführerische Arbeitskleidung, diesmal eine kurze schlammfarbene Latzhose, seitlich bis zu den Hüften aufgeknöpft, darunter ein weißes Tanktop. Ihre langen braunen Beine steckten in festen Wanderstiefeln. Als spürte sie seinen Blick, sah sie kurz zu ihm hin und lächelte.

Stiller fühlte sich ertappt. Er winkte und lief schnell in die andere Richtung davon. Er musste sowieso zum Seiteneingang. Am Morgen hatte er den Kangoo genommen, weil er Frauke nicht zu lange warten lassen wollte, und ihn auf dem kleinen Parkplatz in Nilkheim abgestellt.

Als er den Wagen erreichte, blieb er wie angewurzelt stehen. Links neben seinem Kangoo stand der silberfarbene Mercedesbus mit Frankfurter Kennzeichen. Der Vito, mit dem am Vortag die beiden Mafia-Parodisten angerückt waren.

Ohne nachzudenken, kehrte er auf dem Absatz um. Die beiden waren ihm nicht begegnet, also mussten sie bereits in der Kleingartenanlage gewesen sein, als er dort aufgebrochen war. Er rannte über den Bahnübergang, am alten Bahnhof vorbei und in die Laubenkolonie zurück. Dort steuerte er das Vereinsheim an. Es war abgeschlossen. Er drehte sich um die eigene Achse. Niemand war zu sehen bis auf die Gärtnerin mit dem Häcksler.

Plötzlich kam ihm eine Idee. Er lief in seinen Garten und öffnete den Geräteschuppen so leise wie möglich, damit Frauke ihn nicht bemerkte. Er sah sich kurz um, packte den Spaten und sauste wieder davon. Auf dem Parkplatz peilte er die Lage. Die Straßen ringsum waren wie leer gefegt, die Häuser schienen verlassen. Kurz entschlossen holte Stiller aus und schlug mit dem Spaten gegen den Außenspiegel auf der Beifahrerseite des Vito. Das Glas splitterte, Scherben fielen zu Boden.

Stiller sah sich noch einmal um, warf den Spaten auf die Rückbank seines Kangoo und setzte sich hinters Steuer. Ein paar hundert Meter und drei Ecken weiter hielt er am Straßenrand an. Er zog das Handy aus der Tasche und wählte.

Es erschien ihm wie eine Ewigkeit, bis Mike Staab sich meldete.

»Hi, Mike«, sagte er und sammelte sich kurz. »Du musst mir helfen, ich glaub, ich hab was Blödes angestellt.«

»Schon wieder? Lass hören.« Staab klang ziemlich reserviert.

»Ja also, wenn er nicht schon vorher kaputt war, dann hab ich womöglich an einem Auto den Außenspiegel abgefahren.«

»Sag bloß, du bist einfach weggefahren … Paul, das ist Fahrerflucht!«

»Ich hatte keine Ahnung, wem das Auto gehört oder wo ich nach dem Fahrer suchen soll«, entschuldigte sich Stiller. »Aber ich hab mir das Kennzeichen notiert.«

»Du hättest besser deine Handynummer hinterlassen sollen.«

»Ja, das weiß ich auch«, sagte Stiller kleinlaut. »Aber vielleicht komme ich ja noch aus der Sache raus.«

»Und wie stellst du dir das vor?«

»Du müsstest nur den Halter feststellen.«

»Für dich? Paul, das läuft nicht.«

»Ich weiß. Aber so geht es: Ich will gar nicht wissen, wer es ist. Du rufst ihn an und gibst ihm meine Handynummer. Ich bin bereit, für den Schaden aufzukommen.«

Staab zögerte. »Na gut, weil du es bist. Sag mir die Autonummer.«

Stiller gab sie ihm durch.

»Okay«, sagte Staab. »Aber mach das nie wieder. Eigentlich dürfte ich dich nicht so leicht davonkommen lassen.«

»Danke, Mike!« Stillers Erleichterung war echt.

12

Staab legte auf und steckte den Zettel mit der Autonummer ein. Er würde sich am Nachmittag darum kümmern, jetzt musste er sich erst einmal beeilen: Strobel hatte eine Konferenz einberufen, die anderen erwarteten ihn bereits. Er betrat als Letzter den Besprechungsraum, wie er es befürchtet hatte, und murmelte eine Entschuldigung. Niemand erwiderte etwas. Die Luft war zum Schneiden dick.

Strobel wartete, bis er sich gesetzt hatte. Dann zog er eine Zeitung aus dem Papierstapel, den er vor sich liegen hatte, klappte sie auf und warf sie auf den Tisch. »Strunke wollte sein Haus verkaufen! Warum erfahre ich das erst aus der Zeitung?« Äußerlich wirkte er ruhig, aber wer ihn kannte, wusste, was in ihm vorging.

Bühler versuchte, ihn zu beschwichtigen. »Ich hab's dir heute Nacht schon gesagt, Jo: Es dauert noch, bis wir durch Strunkes Unterlagen durch sind. Das ist kistenweise Material.«

»Die Witwe«, sagte Strobel. »Strunkes Frau muss das wissen. Aber sie hat uns nichts gesagt. Warum? Hat jemand Vorschläge?«

Claudia Junk meldete sich zu Wort. »Es gibt da ein paar interessante Aspekte. Erstens das Auto. Strunke hat den Rover erst vor zwei Wochen geliefert bekommen. Funkelnagelneu und sündhaft teuer. Zweitens: Für den Herbst hat er eine Luxusreise gebucht. Südasien und Neuseeland. Acht Wochen am Stück, Anreise, Unterkunft, alles nur vom Feinsten. Nach allem, was wir wissen, hat er so was noch nie gemacht. Drittens lagen in seiner Laube jede Menge Prospekte herum, zum Beispiel für Reisemobile, Bootsführerschein und Tauchkurse mitsamt der nötigen Ausrüstung. Und das Edelmaklerbüro in der Steingasse schickt ihm seit Wochen regelmäßig Angebote von Villen rings um Aschaffenburg.« Stolz sah sie in die Runde.

»Strunke war dabei, sein Vermögen zu verprassen.« Strobel pfiff durch die Zähne. »Kein Wunder, dass uns die Witwe davon nichts sagen wollte. Die Aussicht, dass in drei Jahren nichts mehr übrig ist, liefert ein hübsches Motiv, so schnell wie möglich an das Geld zu kommen, statt zu warten. Denn die Hälfte von null ist null.«

»So einfach geht das nicht«, bremste Staab. »Entscheidend ist der Trennungszeitpunkt. Wenn Strunke nach der Trennung Verfügungen vornimmt, die das Vermögen schmälern, muss er bei der Scheidung genau nachweisen, was er mit dem Geld gemacht hat. Die Ausgaben für Reisen und Kurse sind dann natürlich futsch. Aber zumindest Villen, Autos oder Boote kommen wieder in den Jackpot.«

»Ja, aber nur wenn es dann noch Häuser, Autos oder Boote gibt«, entgegnete Bühler. »Strunke hatte immerhin schon vor, sein Haus zu verkaufen. Ich schätze mal, er wollte nach und nach alles flüssigmachen. Wenn er das Geld geschickt hin- und hergeschoben hätte, dann wär's mit dem Vermögensnachweis vor Gericht verdammt schwer geworden.«

»Und sie?«, erkundigte sich Staab. »Hat sie auch versucht, sich ein Stück vom Kuchen zu sichern?«

»An die Konten und Depots kam sie kaum ran«, sagte Strobel nachdenklich. »Fast alle liefen auf ihn. Es gab nur ein gemeinsames Konto, auf das floss seine Pension.« Er schwieg und kämpfte gegen den Impuls, die Finger knacken zu lassen. Ursula Strunke stand für ihn wieder klar auf Platz eins seiner Verdächtigenliste. Das fragwürdige Alibi. Der Liebhaber in Geldnöten. Der aufgestaute Hass auf Strunke. Die Angst, am Ende der Ehe auch noch leer auszugehen … Er spürte, wie nahe er dem Ziel war, und wusste zugleich, dass es für den Gang zum Haftrichter noch nicht reichte. Er hob den Blick. »Wir müssen wissen, was Ursula Strunke zur Tatzeit gemacht hat. Wir setzen die Ermittlungen in den Aschaffauen fort und verstärken die Befragung der Anwohner rings um den Parkplatz, auf dem Thomas Nadele seinen Wagen stehen hatte.«

»Vielleicht ist ein Aufruf über die Presse hilfreich«, schlug Staab vor. Stiller war ihm einen Gefallen schuldig.

Strobel nickte. »Die Leiche ist freigegeben, morgen früh findet die Beerdigung statt. Lass das an die Medien geben und die Frage dranhängen, wer Ursula Strunke und Thomas Nadele am Tag der Tat beim Joggen oder sonst wo gesehen hat. Baumeister soll das so formulieren, dass es nicht nach einer Vorverurteilung riecht.«

»Und der Einbruch heute Nacht?«, warf Bühler ein. »Wir brauchen mehr Leute.«

»Ich kümmere mich darum.« Strobel stand auf. »Claudia, meine Herren, das war's. An die Arbeit!«

★★★

»Schön, dass Sie auch mal wieder zur Arbeit erscheinen, meine Herren. Sozusagen pünktlich zur Mittagspause.« Rex Bausback hatte das Sekretariat angewiesen, Stiller und Kleinschnitz zu ihm zu schaffen, sobald sie die Redaktion betreten würden. Jetzt saß er ihnen gegenüber, hinter seinem Schreibtisch verschanzt, und gab den rächenden Richter.

»Das täuscht«, erwiderte Stiller. »Wir haben heute Nacht, ähm, Überstunden gemacht.«

»Überstunden nennen Sie das?«, fuhr Bausback auf. »Das ist ja lachplattenrelevant!«

»Das ist was?« Kleinschnitz sah Stiller fragend an.

Der zuckte die Achseln. »Ich fand's nicht lustig.«

Bausback schien verwirrt. »Wollen Sie mich verscheißern? Glauben Sie bloß nicht, wen Sie vor sich haben! Vielmehr: Glauben Sie's. Also ich meine, denken Sie dran! Wenn ich geahnt hätte, in welcher Weise Sie Ihre Pflichten vernachlässigen, hätte ich in die Geschichte mit dem Kleingarten nie und nimmer eingewilligt. Wissen Sie eigentlich, was heute Morgen los war, während Sie sich in der Weltgeschichte herumgetrieben haben?«

Stiller und Kleinschnitz schwiegen. Er würde es ihnen gleich sagen.

»Zum Gespött haben Sie mich gemacht.« Um seine Worte zu unterstreichen, klopfte Bausback mit der flachen Hand auf die Schreibtischplatte. »Mich und die ganze Redaktion. Ich treffe mich nichtsahnend mit meinem Freund Possmann zum Acht-Uhr-Tennis, und er lacht sich fast tot. Er hat Sie im Besonderen und meine Journalisten allgemein als Hühnerdiebe bezeichnet! Als Gänseschrecke. Wörtlich!«

»Also …«, setzte Stiller an.

Blitzartig streckte Bausback die Arme vor, die Handflächen auf Stiller und Kleinschnitz gerichtet. »Sagen Sie bloß nichts, ich weiß alles. Possmann hat es mir erzählt und sich dabei vor Lachen fast in die Hose gepinkelt. Missachtung einer Tatortabsperrung. Unbefugtes Betreten einer Geflügelzuchtanlage. Sachbeschädigung an einem hochwertigen Drahtgehege. Seien Sie froh, dass Sie selbst für den Schaden aufkommen müssen und nicht der Verlag. Und obendrein hätten Sie noch erbärmlich ausgesehen.«

»Das war …«

»Sparen Sie sich die billigen Ausreden. Das war nicht nur, das *ist* unverzeihlich …« Bausback rubbelte mit den Handballen über seine Schläfen und fuhr sich dabei mit den Fingern durch das kurze, krause Haar. »Das ist unverzeihlich, dass ich das alles von Possmann erfahren muss. Dass Sie mich gänzlich unvorbereitet in dieses Treffen haben laufen lassen. Ich sage Ihnen etwas, und das ist erinnerungsrelevant: In Zukunft will ich unverzüglich über alles von Ihnen unterrichtet werden, bevor ich es von Dritten höre. Ist das klar?«

»Es war mitten in der Nacht«, warf Stiller ein.

»Eben.« Wieder das Klopfen. »Es war Zeit genug, um mich zu informieren. Was Sie alles hätten verhindern können! Wissen Sie, was das Schlimmste ist?«

Stiller und Kleinschnitz begnügten sich erneut mit Schweigen.

»Meine Eier!« Bausback wartete vergeblich auf eine Reaktion. »Jeden Mittwoch um sieben holt meine Frau frische Frühstückseier beim Geflügelzuchtverein. Die Eier sind mittwochs absolut energierelevant für uns, verstehen Sie? Um acht spiele ich Tennis mit Possmann. Da brauche ich meine Eier. Und meine Frau muss mittwochs gleich in der ersten Stunde unterrichten. Können Sie sich vorstellen, was es bedeutet, wenn sie vorher keine Eier hat?«

Stiller wollte es sich nicht vorstellen. Er hatte Bausbacks Frau einmal gesehen. Seitdem hatte er endlich ein Bild, das er mit dem Begriff »Walküre« verbinden konnte.

Bausback sah sie lauernd an. »Und? Gab es Eier?«

»Wenn Sie so fragen …«

»Es gab keine!« Bausback fuchtelte wild mit den Armen. Stiller und Kleinschnitz zuckten zusammen. »Ja, erschrecken Sie nur, das geschieht Ihnen recht. Sie haben die armen Hühner in der Nacht so aus dem Häuschen gebracht, dass sie seitdem keine Eier mehr legen können. Niemand weiß, wie lange das anhält. Die Gänse sind samt und sonders ein Fall für den Tierpsychologen. Mindestens zwei Hähne sind impotent, für die Züchter eine Katastrophe. Und ich habe glatt in drei Sätzen gegen Possmann verloren.«

Stiller ließ ein bedauerndes »Oh« hören.

»Oh ja. Da kommt noch einiges auf Sie zu. Denken Sie bloß nicht, dass ich bei den Geflügelzüchtern auch nur ein einziges gutes Wort für Sie einlege. Sie haben nicht nur dem Verein großen Schaden zugefügt, sondern auch mir und dem Image der Zeitung. Die Regressforderungen des Vereins werden Ihnen eine Lehre sein.«

Bausback lehnte sich zurück und sammelte sich. »Wie mir Possmann sagt, haben Sie Bilder vom flüchtenden Einbrecher geschossen?«

Kleinschnitz nickte.

»Exklusiv?«

»Wir haben niemanden von der Konkurrenz gesehen. Es war natürlich dunkel.«

»Die Fotos sind pressefrei?«

»Strobel hat nichts gesagt, was gegen eine Veröffentlichung spricht. Sie haben ihm sowieso nicht weitergeholfen.«

»Worauf warten Sie dann noch?« Bauback beugte sich demonstrativ über den Ausdruck eines Zeitungsartikels, den er vor sich liegen hatte. »Die Arbeit ruft.«

Stiller und Kleinschnitz erhoben sich. An der Tür hielt Bausback sie noch einmal auf. »Ich gebe Ihnen noch eine Woche«, rief er und ließ ein scharfes »Herr Stiller« folgen. »Entweder ist der Spuk dann vorbei, oder ich mache ihm ein Ende.«

Sie rannten fast über den Flur. In Stillers Büro warfen sie die Tür zu und lachten, bis ihnen die Tränen kamen.

»Paul«, prustete Kleinschnitz, »ich muss dir sagen: Ich war heute Nacht stinkesauer auf dich. Aber dass du Bausback um seine Eier gebracht hast – da ist das, was mir passiert ist, eine Petitesse.«

»Mir tun die Schüler seiner Frau leid.« Stiller wischte sich mit dem Ärmel über die Augen. »Er hat ja uns, um sich abzureagieren, aber sie …« Plötzlich wurde er ernst und legte eine Hand auf Kleinschnitz' Schulter. »Wie sieht's denn mit deiner Beziehung aus?«

Kleinschnitz zuckte die Achseln. »Sie geht nicht ans Telefon. Ich hab ihr auf den Anrufbeantworter gesprochen und sie zum Radieschenfest eingeladen. Als Wiedergutmachung.«

Stiller fragte sich, ob das eine gute Idee war. Laut sagte er: »Ich halte dir die Daumen.«

»Und Ruth?«, fragte Kleinschnitz.

»Sie hat mir verziehen.« Stiller schaltete den Computer ein.

»Du hast eine tolle Frau, Paul. Lass sie heute Abend nicht wieder warten!«

Stiller nickte bestätigend. »Hab ich auch nicht vor. Bis fünf bleibe ich hier. Dann fahre ich noch einmal kurz in die Kolonie.« Beiläufig öffnete er den Posteingang, sah die Mail der Polizei und klickte sie an. »Ich muss mit drei Gärtnern reden, Mangold, Kohl und Wagner. Vielleicht erwische ich einen von ihnen. Spätestens um sieben bin ich zu Hause.« Er begann zu lesen.

»Brauchst du mich?«

»Heute nicht, aber morgen.« Stiller wies mit dem Kinn auf den Bildschirm. »Strunkes Leiche ist freigegeben. Die Beerdigung ist morgen um zehn.«

***

Die Stunde nach der Stunde nach Mittag gehörte Claudios Lieblingsbeschäftigung. Er ließ es sich nicht nehmen, die Modelle selbst zu basteln. Es hatte etwas Beruhigendes, wenn er die Häuschen aus Pappe aufklebte, kleine Löcher in die Spanplatte bohrte, in die er die Zahnstocher mit den Baumkronen aus grün bemalten Styroporkugeln steckte, und bunte Spielzeugautos an Straßenrändern oder auf Stellplätzen absetzte. Das mit den Spielzeugautos war seine Spezialität. Das machte sonst niemand, aber er fand, die Leute mussten sehen, wie es mit Autos aussah. Sie gehörten nun einmal zum Alltagsbild. Hinterher, in der Realität, würden sie auch dastehen.

Im Grunde wollten die Entscheidungsträger längst keine Modelle mehr sehen. Das war nur am Anfang so gewesen, als die ersten Amerikaner abzogen. In den Städten lagen plötzlich riesige Areale brach, ganze Quartiere standen leer. Die Kommunalpolitiker wussten nicht, was daraus werden sollte, bis die Investoren kamen und es ihnen an hübschen Modellen zeigten. Heute erledigten sie das am Computer, 3D und 4c, da ließ sich das Auge noch leichter täuschen. Da fehlten nicht nur die Spielzeugautos, da verwandelten sich quaderförmige Betonklötze in prächtige Stadtvillen und winzige Vorgärten in weite Landschaftsparks.

Sämtliche Immobilien der Amis gehörten dem Bund, der die Grundstücke über eine eigens gegründete Anstalt meistbietend auf den Markt warf, wenn sie frei wurden. Konversion nannte sich das. Schwerter zu Pflugscharen. Die Umwandlung von Militärgelände in zivile Nutzflächen. Natürlich stürzten sich die Haie und Geier sofort auf die Housing Areas, die Wohnviertel der Amerikaner. Da war am wenigsten reinzustecken und am meisten rauszuholen.

Umso günstiger waren die Kasernen zu haben. Claudio hatte das sofort erkannt. Mit den Kasernen und seinen Modellen war er innerhalb von zwei Jahrzehnten vom Boden ins achtundzwanzigste Stockwerk aufgestiegen. Das Startkapital hatte er von der Familie auf Sizilien zusammengekratzt, problemlos, denn die Idee war einfach, aber genial: Die Kasernen sahen überall fast gleich aus. Ein einziger Umbauplan, das heißt: das einmalige Architektenhonorar genügte. Bodenbeläge, Wandfliesen, Installationen, Haustechnik – alles ließ sich en gros einkaufen und damit billiger. Trotzdem sparte Claudio nicht an Qualität. Je hochwertiger der Ausbau, desto höher der Quadratmeterpreis, der sich hinterher erzielen ließ. Ganz wichtig war es, außen ein paar Balkone anzuhängen, die Flächen zwischen den einstigen Kasernen in Gärten zu verwandeln und das Gebiet mit schicken Namen zu schmücken: Sonneck, Spessartgarten oder Rosenpark.

Nach den Kasernen hatte er sich auf Brachland spezialisiert. Er hatte rasch gelernt, dass auch hier ein Haustyp genügte, der sich spielend kombinieren ließ: allein stehend, doppelt, als Reihe oder Wohnblock. Für jede Variante hatte er ein Muster entwerfen lassen und wiederum en gros vermarktet.

In den letzten Jahren war der Markt enger geworden. Inzwischen mischten die Städte selbst mit, um auch etwas vom Kuchen abzukriegen. Sie erwarben die Areale wie Zwischenhändler und verscherbelten sie mit ordentlichem Gewinn an die Bauträger weiter. Das Ganze unter dem sozialen Deckmantel: Die Investoren sollten niedrige Baupreise garantieren, um die Viertel für junge Familien attraktiv zu machen. Lächerlich! Claudio musste grinsen, wenn er daran dachte, wie die niedrigen Preise zustande kamen. Man ließ einfach den Keller weg. Das war's. Den Bauträgern ging kein einziger Euro flöten.

Noch ein Projekt, schlimmstenfalls zwei, und er würde sich endgültig zur Ruhe setzen. Der schrumpfende Markt bereitete ihm keine Sorgen. Es gab noch genug Kasernenareale im Rhein-Main-Gebiet, auf die der Bund den Daumen hielt. Wie die Spinne im Netz saß er in seinem Büroturm und belauerte die Entwicklung in Hanau oder Babenhausen, in Nierstein oder Wiesbaden, um im passenden Moment zuzuschlagen. Außerdem war der Bund nicht der Einzige, der sich von Flächen trennen wollte.

Das größere Problem waren die steigenden Bodenpreise: Inzwischen wusste auch der Letzte, was sich an den Konversionsflächen verdienen ließ. Dazu kam der demografische Wandel. Sich einfach günstiges Land unter den Nagel zu reißen, Häuser draufzustellen und zu hoffen, sie teuer loszuschlagen, das ging nicht mehr. Nein, die Projekte mussten vor dem ersten Spatenstich vermarktet sein – was den Investoren nicht nur Sicherheit einbrachte, sondern auch Finanzspritzen, nämlich die Anzahlungen der späteren Eigentümer. Wer die nicht mitnahm, wer nur spekulierte, der blieb im Zweifel auf dem teuren Grund und den Baukosten sitzen und ging Pleite. Claudio hatte auf diese Weise schon Hochbauriesen stürzen sehen, die vorher noch breitbeinig in der Landschaft standen. Gerade in Frankfurt. Aber er war auf der Hut.

Das Telefon klingelte. Claudio presste ein Papphäuschen auf die Spanplatte, schraubte den Verschluss auf die Klebstofftube und griff nach dem Hörer.

»Ihr Sohn«, kündigte ihm die Sekretärin an.

Er übernahm. »Giuliano?«

Wie immer, wenn er diesen verwöhnten Burschen in der Leitung hatte, waren die Nachrichten nicht gut. Giuliano und Gianluca hatten in der Nacht der Laube einen Besuch abstatten wollen, aber nichts erreicht, weil es dort von Bullen nur so wimmelte. Am Vormittag hatten sie endlich den Gewährsmann getroffen, aber der gab vor, dass nichts von dem existiere, wonach sie suchten.

»Er lügt«, sagte Claudio nach kurzem Nachdenken. »Er weiß nur selbst nicht, wo es steckt. Egal, im Auto war es nicht, sonst hätte sich die Kripo schon gemeldet. Und wenn es in der Laube war, ist es jetzt zu spät. Meinetwegen hört euch noch bis zum Wochenende um, aber dann kommt zurück! Wir müssen das Problem auf andere Weise lösen.«

Er verabschiedete sich und legte auf. Nachdenklich betrachtete er das Modell. Das Geschäft war schmutzig geworden, und wer mitmachte, durfte nicht damit rechnen, unbefleckt herauszukommen. Claudio ließ den Bürostuhl rotieren und sah zum Fenster hinaus auf die Hochhäuser. Er saß in diesem riesigen Bankenviertel. Aber sein Geld war längst ins Ausland unterwegs – und wer weiß, vielleicht würde er ihm bald folgen.

Erneut klingelte das Telefon. »Ein Anruf der Polizei«, sagte die Sekretärin beunruhigt. »Aus Aschaffenburg.«

***

»Es sind nicht alle so. Aber manchen hier sind Maulwürfe lieber als Kinder.« Mangold plauderte drauflos, ohne seine Arbeit zu unterbrechen. Er bastelte an einem ferngesteuerten Spielzeugauto herum. »Kleingartenanlagen sind wie Wohnviertel. Wenn sie neu sind, ziehen junge Familien ein. Zwei, drei Jahrzehnte später sind die Kinder groß und in alle Winde verstreut. Dann sitzen nur noch Alte in den Häusern und Gärten. Genau in dieser Phase steckt das Radieschenparadies.«

Es war einfach gewesen, mit Mangold ins Gespräch zu kommen. Stiller hatte sich auf dem Lageplan informiert, wo die Parzelle der Familie lag. Als er den Garten erreicht hatte, war ein bunter Plastikball über den Zaun geflogen und vor seinen Füßen gelandet. An der Gartentür waren zwei braun gebrannte blonde Kinder aufgetaucht. Stiller hatte ein wenig mit ihnen herumgealbert, bis Mangold aufgetaucht war, um sich besorgt zu entschuldigen. Stiller hatte ihm versichert, dass nichts passiert war, und ein paar Komplimente über die Kinder folgen lassen. Der Zusatz »Ich hab selber drei« hatte ihm schließlich die Tür geöffnet.

Mangold hatte ihn zur Veranda geführt, die nach dem Vorbild uriger Almhütten gestaltet war, und seitdem fast ununterbrochen erzählt. Er hieß Ekkehard mit Vornamen, ließ sich aber von allen »Ekki« nennen. Auch von den Kindern. Er hatte fünf. Im Gehen hatte ihn Stiller aufmerksam gemustert. Ekki sah nicht aus wie der typische Gärtner. Statt der häufig üblichen Bermudas trug er eine graue Stoffhose und ein frisch gebügeltes Polohemd. Er hatte einen blonden Lockenkopf und einen kräftigen blonden Schnauzbart.

»Ich weiß, irgendwann geht diese Phase vorbei.« Ekki schraubte konzentriert an dem Elektroflitzer. »Die Alten sterben weg, und es ziehen wieder junge Familien nach. Aber das kann hier noch einige Jahre dauern. Und bis dahin bleiben die Kinder für manche ein Störfaktor.«

Stiller blickte an ihm vorbei in den Garten. Die Kinder, drei Jungs und zwei Mädchen, spielten Fußball auf der Wiese. Mit Stecken hatten sie ein Tor markiert. Das größte Kind, ein Junge, hatte sich hineingestellt, die anderen schossen der Reihe nach darauf.

»Ich hatte natürlich gehofft, einen Garten im Tannenwald zu bekommen. Das ist die jüngste Laubenkolonie der Stadt. Die liegt zwar direkt am Waldfriedhof, aber da herrscht ein Leben! Lauter junge

Familien. Der Friedhof, das ist hier.« Ekki beschrieb mit dem Schraubenzieher einen weiten Kreis.

Der Ball flog gegen den Zaun zum Nachbargarten. Die Kinder erstarrten. »Ich hab das gesehen, ihr Fratzen«, gellte eine Stimme hinter den Büschen. »Noch einmal, und ich hol die Polizei!«

Ekkis Frau richtete sich auf. »Florian«, rief sie entnervt. »Pass doch auf!« Sie jätete Unkraut mit einer kleinen Harke. Stiller hatte sie im Vorbeigehen kurz gegrüßt. Ekki hatte sie ihm als Ingrid vorgestellt.

»Da hörst du's.« Ekki begann wieder zu schrauben. »Noch Saft?«

»Gerne«, sagte Stiller. Ekki schenkte ihm Johannisbeersaft nach. Selbst gepresst und eingekocht, eigene Ernte aus dem vergangenen Sommer, wie er ihm stolz verkündet hatte, als sie sich an den Terrassentisch gesetzt hatten.

»Es sind nicht alle so«, wiederholte Ekki. »Aber Strunke war mit Abstand der Schlimmste. Mit seinen zehn Geboten – da hatten wir von vornherein keine Chance. Nimm nur Gebot Nummer zehn: ›Du sollst Ruhe halten am Morgen, Mittag und am Abend‹. Und dann schau uns an: Ingrid und ich, wir sind beide berufstätig. Unter der Woche können wir erst am Abend hier sein. Und vom Wochenende bleiben uns höchstens die Nachmittage. Vormittags brauchen wir gar nicht zu kommen: Erklär du das mal deinen Kindern, dass sie über Mittag zwei, drei Stunden mucksmäuschenstill im Garten sitzen sollen.«

Die Kinder jubelten, offenbar war ein Tor gefallen. Wie um Ekkis Worte zu bestätigen, schrie jemand: »Ruhe!«

»Florian!«, rief Ingrid. Sie legte eine Hand auf den Rücken und drückte das Kreuz durch. Dann ergriff sie den Plastikeimer, in dem sie das Unkraut gesammelt hatte, und ging zur Terrasse. Kaum drehte sie den Kindern den Rücken zu, versetzte der größte die Stecken und machte das Tor so schmal, dass er kaum noch hineinpasste. Offenbar hatte er keine Lust, noch einen Treffer zu kassieren.

»Ich sage gerade, dass Strunke uns am liebsten loswerden wollte«, empfing Ekki seine Frau.

Sie stellte den Eimer ab. »Ein bösartiger Mensch. Der hat vom Charakter her gar nicht zu den Gärtnern gepasst.«

»Wir haben beim Stadtverband schon einen Antrag auf einen anderen Garten gestellt. Am liebsten im Tannenwald. Strunke wollte aber nicht warten, bis da was frei wird. Er hat uns im Herbst eine Abmahnung geschickt.«

Stiller hatte sie im Vereinsheim gesehen. Trotzdem fragte er: »Strunke wollte euch kündigen?« Er beobachtete, wie im Hintergrund der größte Junge das Tor verließ und den kleinsten hineinstellte. Ihm schwante nichts Gutes.

Mangold nickte. »Aber das kann ich dir sagen: Ich bin auch wer. Ich weiß, wie man sich wehrt. Erst recht, wenn es um meine Familie geht.«

Stiller fragte sich, wie weit Ekki für seine Familie gehen würde.

»Strunke ist ja nun nicht mehr«, sagte er.

»Ich weine ihm keine Träne nach.« Ekki hatte den Motor des Spielzeugautos freigelegt und stocherte mit dem Schraubenzieher darin herum. »Wer das gemacht hat, verdient die Bürgermedaille. Aber du wirst schon sehen, morgen stehen sie an seinem Grab, der OB Fürst bestimmt höchstpersönlich, das lässt der sich nicht nehmen, und loben Strunke über den grünen Klee. Na ja, ehrlich gesagt: Wir kommen auch.«

Stiller stutzte. Ekki wusste bereits von Strunkes Beerdigung. Dabei hatte die Polizei die Medien erst am Mittag informiert. »Ich wusste noch gar nicht, dass Strunke morgen beigesetzt wird«, schwindelte er. »Bist du sicher?«

»Du musst die Aushänge lesen«, empfahl Ekki. »Das gehört zwar nicht zu den zehn Geboten, aber wenn du irgendwelche Termine versäumst, dreht dir der Vorstand einen Strick draus.«

Stiller sah zu, wie sich der Größte den Ball zurechtlegte.

»Aber das hört jetzt bestimmt auf. Ich glaub, Scherer will Vorsitzender werden. Das ist ein ganz anderer Charakter, der kommt mit jedem klar. Außerdem hat er selbst Kinder. Und Enkel. Womöglich müssen wir gar nicht mehr in eine andere Anlage umziehen.«

Der Größte holte aus und trat den Ball aus Leibeskräften in Richtung Tor. Der Kleinste schaffte es nicht mehr auszuweichen, der Ball prallte ihm mit voller Wucht gegen die Brust. Er plumpste auf den Hintern. Stiller krampfte sich zusammen. Er erinnerte sich an den Stoß, den er mit der Stablampe bekommen hatte.

Ein paar Schrecksekunden vergingen, dann begann das Kind, wie eine Sirene zu heulen. Außen herum brach die Hölle los. Nachbarn tauchten an den Zäunen auf. Einige schrien »Ruhe!« oder »Sapperlot!«, andere »Geht das schon wieder los«, oder »Hört das denn nie auf?« Ingrid sprang auf und rief mehrmals mit scharfer Stimme: »Florian! Florian!« Ekki ließ das Spielzeugauto fallen, ein paar Plastikteile spritzten durch die Gegend. Er stürmte auf die Wiese, gab dem Größten eine schallende Ohrfeige, hob den Kleinsten auf und versuchte vergeblich, ihn zu beruhigen. Zusätzlich plärrte der Größte: »Ich hab doch gar nichts gemacht!« Wenig später weinten alle fünf. Am Weg erschienen Schaulustige und zischten »Ksch, ksch«, wie Froese, als er die Elster vertreiben wollte.

Stiller hatte das Gefühl zu stören. Außerdem war es Zeit für den Heimweg. Zögernd stand er auf. »Danke für den Saft«, sagte er zu Ingrid.

Sie nickte ihm flüchtig zu und rief: »Florian, du kommst sofort in die Laube!«

Auf dem Weg zur Gartentür winkte Stiller Ekki einen Gruß zu. Der hob ebenfalls die Hand. »Lass dich bald wieder blicken. Und bring ruhig deine Kinder mit!«

13

Trotz seiner beachtlichen Größe fristete der Dämmer Friedhof ein eher verstecktes Dasein inmitten des Wohnviertels. Es schien, als sei er daselbst zur Ruhe gebettet worden. Stiller betrat ihn an der Ecke der Friedenskapelle, die an die Toten der Bombennächte von 1944/45 erinnerte, doch das Gebäude war verschlossen. Er sah sich um und entdeckte weit entfernt an der gegenüberliegenden Seite ein neues Dach, unter dem er die Aussegnungshalle vermutete. Der Weg war nicht leicht zu finden, durch allerlei Mauern und Hecken glich der Friedhof einem Labyrinth.

Als er die Halle endlich erreichte, hatte sich dort schon eine erstaunlich große Trauergemeinde versammelt. Stiller erinnerte sich an Scherers Worte und fragte sich, ob Strunke nicht doch ein besserer Mensch gewesen war, als es die meisten von ihm behaupteten. Andererseits gab es in den Aschaffenburger Stadtteilen dörflichen Ursprungs noch immer einen engen Zusammenhalt. Ein Großteil der Trauergäste schien denn auch aus Strunkes Nachbarn und den Ureinwohnern von Damm zu bestehen. Sie hatten sich links der Halle im Halbkreis versammelt, der Schneider-Alfons war mitten unter ihnen. Er winkte Stiller aufgeregt zu.

Rechts der Halle waren die Kleingärtner aufgezogen, an ihrer Spitze der Stadtverbandsvorsitzende Dorn, außerdem Gerti Blum, die Froeses, Scherer, Mooser und die gesamte Familie Mangold. Alle anderen kannte er nur vom Sehen. Ebenfalls rechts, aber dichter am Sarg, sodass sie für alle sichtbar waren, hatten sich Oberbürgermeister Nikolaus Fürst, drei Vertreter der Stadtverwaltung und die Dämmer Stadträte aufgebaut.

In der Mitte, vor dem Sarg, stand Ursula Strunke.

Stiller ging an ihr vorbei und sprenkelte mit einem Tannenzweig Weihwasser auf den Sarg. Der Blumenschmuck war überbordend, neben Kränzen lagen auf und vor dem Sarg Dutzende Sträuße aus frischen Schnittblumen, die aus dem Radieschenparadies stammten. Stiller verneigte sich, drehte sich um und senkte den Kopf vor Ursula Strunke. Sie hatte gerötete Augen. Nach allem, was er über den Stand ihrer Ehe wusste, schrieb Stiller das weniger der Trauer als vielmehr den Weihrauchschwaden zu, die ein Ministrant an der Seite des Sargs mit kräftigen Schwüngen aus einem Metallgefäß aufsteigen ließ.

In diesem Nebel erschien Kleinschnitz. Er zwängte sich an dem Ministranten vorbei und zog sich in den Hintergrund der Halle zurück. Von dort aus schoss er über den Sarg hinweg Fotos von der Trauergemeinde. Stiller gesellte sich zu den Kleingärtnern.

Die Seitentür öffnete sich, der Organist trat in die Halle. Hager, fast dürr, und schwarz gekleidet sah er aus wie der Sensenmann in mittelalterlichen Totentanz-Darstellungen. Er setzte sich ans Harmonium. Der Pfarrer folgte ihm, stellte sich an das Mikrofon vor dem Sarg und gab ihm ein Zeichen. Der Organist intonierte »Oh Haupt voll Blut und Wunden«, was Stiller angesichts der Art, wie Strunke ums Leben gekommen war, makaber vorkam. Nur die Dämmer Seite sang mit. Als die letzten Töne verklungen waren, begann der Pfarrer mit der Aussegnung.

Von der Zeremonie bekam Stiller wenig mit. Gerti Blum stieß ihn mit dem Ellbogen an. »Schön, dass du ihm auch die letzte Ehre erweist«, tuschelte sie und drückte seine Hand. »Das ist der richtige Geist!«

Reihum streckten sich ihm nun Hände entgegen, musste er Grüße austauschen. Mooser erkundigte sich flüsternd nach dem Verbleib seiner Frau, Scherer erinnerte leise an den Personalausweis. Froese zeigte sich ein wenig verärgert, weil Stiller am Vorabend die Verabredung zum sagenhaften Gyokuro hatte platzen lassen – trotz fester Zusage. Dadurch fiel Gerti Blum ein, dass er sie und ihren Brennnesseltee auch schon versetzt hatte. Er musste beiden versprechen, die versäumten Treffen so schnell wie möglich nachzuholen.

»Siehst du, die Familie hat dich schon aufgenommen«, raunte Mooser.

Stiller wünschte sich, er hätte sich auf die Dämmer Seite gestellt. Doch als er hinübersah, winkte Alfons erneut, und er bekam Zweifel. Passend dazu ließ der Organist das »Wohin soll ich mich wenden« erklingen.

Der Pfarrer trat zurück, Nikolaus Fürst nahm seinen Platz ein.

»Aschaffenburg«, rief Fürst feierlich ins Mikrofon und schwenkte den Blick über das Halbrund der Trauergemeinde. »Aschaffenburg hat eintausendachtundsiebzig Kleingärten in elf Anlagen. Die Bedeutung des Schrebergartens für das Allgemeinwohl muss ich hier und heute nicht eigens betonen. Viele, die sich am Grabe von Josef Strunke versammelt haben, wissen um den hohen Stellenwert, den das Kleingartenwesen in der ökologischen Bildung der Jugend und in der wohnortnahen Erzeugung gesunder Nahrungsmittel hat. Sie wissen um seinen Beitrag zur nachhaltigen Entwicklung unserer Stadtgesellschaft im Sinne der lokalen Agenda 21, der sich Aschaffenburg, ich sage bewusst: Aschaffenburg schon früh verschrieben hat.«

»Unser OB, er kann so schön reden«, wisperte Gerti Blum. Stiller legte einen Finger an die Lippen. Um sein Inkognito nicht zu gefährden, verzichtete er aufs Mitschreiben. Er musste sich alles merken, wenngleich ihm das leichtfiel, da er Fürsts Ansprachen kannte. Als Nächstes würde er sich dem Vereinswesen zuwenden und die herausragende Stellung Aschaffenburgs in Deutschland würdigen.

»Das Radieschenparadies ist die drittgrößte Laubenkolonie der Stadt und, das darf ich mit Fug und Recht behaupten, eine der am vorbildlichsten geführten. Das ist das Verdienst aller, die sich im dortigen Kleingartenverein engagieren. Diese Vereine sind der Garant für eine lebenswerte Stadt, wie es Aschaffenburg ist. Aschaffenburg muss den Vergleich mit den Großstädten dieser Nation nicht scheuen. In Frankfurt, in Köln, in Berlin, wohin wir auch blicken – wir sehen Entfremdung und soziale Brennpunkte. Nicht so in Aschaffenburg. Hier gibt es sie noch, eine enge Verbindung zur Natur, eine hohe Beschäftigungsquote, eine niedrige Kriminalitätsrate und den Gemeinsinn der Bürger. All das sind Verdienste auch unserer Kleingartenvereine.«

Fürst hielt inne. Soeben erschien das Lokalfernsehen und baute eilig eine Kamera auf.

»Wer schreibt eigentlich für die Zeitung?«, ließ sich erneut Gerti Blum hören. »Ich sehe nur einen Fotografen.«

Stiller hielt den Blick starr auf Fürst gerichtet.

»Wir alle sind tief erschüttert über die brutale Tat, die Josef Strunke aus dem Leben gerissen hat. Umso mehr mahnt uns das vorbildliche Wirken unseres Verstorbenen, den Anfängen eines gesellschaftlichen Zerfalls, wie wir ihn aus anderen Städten kennen, zu wehren. Sein Enthusiasmus, seine Beharrlichkeit, ja, auch die Strenge, die er hin und wieder beweisen musste, sie sollen uns jetzt und immerdar ein Beispiel geben. Sein unermüdlicher Einsatz für das Kleingartenwesen im Allgemeinen und das Radieschenparadies im Besonderen, er soll auch und gerade angesichts seines jähen und gewaltsamen Todes nicht vergebens gewesen sein. Das bürgerschaftliche Engagement ist das Salz in der Suppe, auf die sich unsere Stadtgesellschaft stützt.« Stiller wusste nicht, ob er diesen Satz später zitieren würde. Wenn ja, wollte er das Wort Suppe gegen Erde austauschen. »Menschen wie Josef Strunke verdanken wir es, dass Aschaffenburg eine lebenswerte Stadt ist. Aschaffenburg ist mehr als das, Aschaffenburg ist eine tolle Stadt.« Fürst nahm das Mikrofon aus dem Stativ und wandte sich dem Sarg zu. »Wenn ich nun also am offenen Grabe unseres Verstorbenen spreche, so bin ich von der Hoffnung, ja von der Gewissheit getragen, dass sich viele finden werden, die ihm nachfolgen. Dass Josef Strunke und sein Geist zum Humus werden, auf dem ökologische und kulturelle Vielfalt gedeihen zum Wohle von Stadt, Gesellschaft und Kleingartenwesen. Josef Strunke, er hat für Aschaffenburg gelebt, so möge er nun ruhen in Frieden.« Fürst verneigte sich vor dem Sarg, drehte sich um und wiederholte die Verbeugung vor der Witwe.

Die Menge schwieg ergriffen. Scherer trat nach vorn und übernahm das Mikrofon. Er steckte es nicht auf das Stativ zurück, sondern stellte sich mit dem Gesicht zum Sarg auf, wobei er, bewusst oder unbewusst, Ursula Strunke den Rücken zuwandte.

»Lieber Josef«, sagte er. Rührung schwang in seiner Stimme mit. »Viele Jahrzehnte haben wir eng zusammengearbeitet, bei der Deutschen Bahn ebenso wie im Vorstand des Kleingartenvereins Radieschenparadies. Doch uns hat mehr verbunden als der Beruf und die Berufung. Was uns verbunden hat, war ...«, er schluckte, »... wahre Freundschaft.« Er rang um Fassung.

»Hört, hört«, flüsterte Gerti Blum.

Stiller warf ihr einen kurzen Blick zu.

»Wenn du mich fragst: Die beiden hatten dauernd Krach«, erläuterte sie.

Scherer hatte sich wieder gesammelt. »Deshalb weiß ich auch, wie viel es dir bedeutet, dass dich so viele Menschen auf deinem letzten Weg begleiten. Ein Wegbegleiter, das bist du für uns immer gewesen, fürsorglich, offen und, wenn es sein musste, auch kritisch. Du hast uns begleitet auf dem Weg zu jenem Ziel, das deine Vision war: Jede Familie sollte über einen eigenen Garten verfügen können. Auch

Familien einfachen Standes und geringen Einkommens sollten davon nicht ausgeschlossen sein. Ihnen ein Refugium zu schaffen, darin hast du deine Aufgabe gesehen. Ein Refugium, in dem sich die Menschen verstehen und gegenseitig beistehen. Diese innere Harmonie war dir ebenso ein Anliegen wie die äußere, die Harmonie mit den gärtnerischen Vorschriften. So hast du stets auch auf den Einklang von Gartenarbeit und Freizeitnutzung geachtet, von Bio und Wellness sozusagen, Begriffe, von denen heute alle reden und die dir früher als allen wichtig waren.«

Stiller nutzte Scherers Ausflug in die Rechte und Pflichten des Kleingärtners, um leise nachzufragen: »Worum ging's denn?«

Gerti Blum zuckte die Achseln. »Brauchte Strunke einen Grund?«, fragte sie zurück.

»Sicher haben es dir nicht alle gedankt«, sagte Scherer. »Gerade Menschen, denen du besonders vertraut, die du geliebt hast, haben sich von dir abgewandt.«

Stiller sah, wie Ursula Strunkes Schultern bebten. »Nicht gerade mitfühlend von Scherer«, flüsterte er.

Gerti Blum nickte. »Strunke würde sich jedenfalls im Grabe umdrehen, wenn er wüsste, dass Scherer den Vorsitz übernehmen will.«

Mooser sah sie vorwurfsvoll an. Sie schwiegen und konzentrierten sich wieder auf Scherers Rede.

»... keiner von uns gewesen sein, der dich so brutal aus unserem Kreis gerissen hat. Das Radieschenparadies hat dich verloren, doch dir steht der Garten Eden offen. Endlich hast du das Paradies gefunden, aus dem dich auch der Tod nicht mehr vertreiben kann, dein Fleckchen Erde, das von anderen bestellt wird, während du in Frieden ruhst. Das wünsche ich dir im Namen deiner Freunde, deiner Vereinsbrüder und Wegbegleiter.«

Scherer trat einen Schritt nach vorn, ergriff den Tannenzweig in der Weihwasserschale und sprenkelte ein Kreuzzeichen über den Sarg. Dann steckte er das Mikrofon ins Stativ und reihte sich bei den Gärtnern ein, ohne die Witwe eines Blickes zu würdigen.

»Wieso sollte er nicht den Vorsitz übernehmen?«, fragte Stiller, während er Scherer im Auge behielt.

»Meinetwegen kann er das gerne.« Gerti Blum hauchte nur noch, auch sie wollte nicht von Scherer gehört werden. »Ich glaube, niemand hat etwas dagegen. Aber Strunke hätte es bestimmt nicht gewollt.«

»Ist ja logisch«, sagte Stiller mehr zu sich selbst. »Strunke hatte den Posten schließlich inne. Den wollte er sich wahrscheinlich nur ungern streitig machen lassen.«

»Das meine ich nicht«, entgegnete Gerti Blum. »Ich meine, dass er Scherer loswerden wollte.«

Der Organist gab auf dem Harmonium einen Akkord vor.

»Sicher?«

Sie wiegte leicht den Kopf. »Sicher weiß ich das nicht. Aber bei der letzten Vorstandssitzung, da hab ich so was aufgeschnappt …«

»Pst!«, zischte Froese.

Unterstützt vom Harmonium sang die Gemeinde das Feierabend-Lied. Stillers Kollege Harald Ammerschläger vom Ressort Kirche hatte im letzten November, dem Totenmonat, eine Reportage über die beliebtesten Lieder bei Beerdigungen geschrieben. »'s is Feierobend« rangierte demnach auf Platz eins. So vielstimmig klang es tatsächlich ergreifend, gestand Stiller sich ein. Die Menge empfand es ebenso. Bei der Textzeile »… zieht übers stille Grab ganz sacht ein heimlich Klagen hin« kramten reihum Trauergäste Taschentücher heraus, wischten sich über die Augen und schnäuzten sich.

Das Lied verklang. Vier Bestatter schlüpften aus dem Seiteneingang die Halle, räumten geschwind die Blumen vom Sarg und schoben ihn über den Vorplatz davon. Der Pfarrer, der Ministrant und Ursula Strunke folgten ihm. Nach und nach schlossen sich die übrigen Trauergäste dem Zug an.

OB Fürst steuerte mit langen Schritten auf Stiller zu, der erschrocken zur Seite trat und sich ein wenig von den Gärtnern entfernte.

»Herr Stiller«, rief Fürst. »Schön, dass Sie …«

Unvermittelt tauchte Kleinschnitz auf und ging dazwischen. »Darf ich mal?« Er legte die Kamera auf den Oberbürgermeister an. Stiller nickte ihm dankbar zu.

Fürst posierte kurz, kam aber wieder auf Stiller zurück. »Sicher wollen Sie mein Redemanuskript.« Er griff in die Innentasche seines schwarzen Sakkos.

Stiller lehnte ab und warf einen besorgten Blick auf die Kleingärtnergruppe.

Fürst wirkte enttäuscht. »Ich lasse Ihnen die Rede per Mail schicken«, kündigte er an.

Dorn gesellte sich zu ihnen. Fürst begrüßte ihn überschwänglich. Stiller nutzte die Gelegenheit, um sich zurückzuziehen. Als er sich wenig später umsah, hatte er das Gefühl, dass Dorn und Fürst in seine Richtung blickten.

»Ja, der Paul – oder bist du der Peter?«

Stiller zuckte zusammen. Der Schneider-Alfons hatte sich an seine Fersen geheftet. Gleich hinter ihm stand Mooser und machte große Augen.

»Kein Problem«, erwiderte Stiller und rang sich ein Lachen ab, das ihm angesichts des Trauerzugs höchst unpassend erschien. »Ich hab auch kein Gedächtnis für Namen, Anton.« Er ließ ihn stehen und eilte Gerti Blum hinterher.

»Ich bin der Alfons«, rief ihm Alfons nach.

Ein paar Weggabelungen weiter hatte er Gerti Blum eingeholt. Er nahm sie ein wenig beiseite. »Du hast mich neugierig gemacht mit dieser Vorstandssitzung. Was hast du da denn aufgeschnappt?«

Gerti Blum versuchte, den Anschluss an den Trauerzug nicht zu verlieren. »Ich glaube, das ist hier wirklich nicht der richtige Ort. Außerdem sind die Vorstandssitzungen vertraulich. Ich weiß gar nicht, ob ich davon etwas preisgeben darf.«

»Ach komm«, bettelte Stiller. »Du kannst es mir ruhig sagen. Was du mir erzählst, ist wie ins offene Grab gesprochen.«

Sie betrachtete ihn irritiert, gab aber nach. »Also gut.« Sie hakte sich bei ihm ein, gemeinsam folgten sie wieder dem Sarg. »Es war ja eigentlich auch schon nach der Sitzung. Wie gesagt, Strunke und Scherer hatten einen Streit.«

Stiller holte Luft, doch sie ließ ihn nicht zu Wort kommen.

»Frag mich nicht, warum, ich weiß es nicht. Um so etwas hab ich mich nie gekümmert. Ich wollte auch nicht lauschen, aber ich musste an ihnen vorbei, und ich hab gute Ohren. Vergiss nicht, ich bin Lehrerin. Da hab ich gehört, wie Strunke zu Scherer gesagt hat: ›Entweder das hört auf, oder du kriegst die Kündigung.‹«

»Die Kündigung?« Stiller dachte nach. »Hatte Scherer denn schon eine Abmahnung?«

»Muss er ja wohl. Jedenfalls hab ich daraus geschlossen, dass Strunke den Scherer loswerden wollte. Unter uns, das hat mich ziemlich gewundert, denn der Scherer ist wirklich ein anständiger Kerl. Meiner Meinung nach hat der sich noch nie was zuschulden kommen lassen. Aber du weißt ja inzwischen, wie Strunke war. Es kann der Bravste nicht in Frieden leben ...«

Der Sarg hatte das Grab erreicht. Gerti Blum drängte nach vorne. Stiller blieb stehen und ließ die Trauergäste an sich vorüberziehen. Dann schlich er langsam rückwärts und nahm die nächste Abzweigung in Richtung Friedenskapelle. Im Schutz der Hecken und Mauern beschleunigte er seinen Schritt.

Kleinschnitz erwartete ihn an seinem Fahrrad. »Soll ich dir sagen, was ich denke?«, rief er Stiller entgegen. »Ich denke, du musst völlig meschugge sein, bei dieser Beerdigung aufzukreuzen. Du kannst von Glück sagen, dass ich dich rausgehauen hab. Wenn der Fürst noch zehn Sekunden mehr Zeit gehabt hätte, wüsste jetzt jedes Radieschen, wer du wirklich bist.«

»Was hätte ich denn machen sollen?«, fragte Stiller, obwohl er wusste, dass Kleinschnitz recht hatte.

»Du hättest die CITT schicken können.«

»Und wer schreibt den Bericht?«

Kleinschnitz seufzte. »Paul, du bist ein hoffnungsloser Fall. Sag mir in Zukunft wenigstens, was du vorhast, damit sich zumindest einer von uns beiden eine Strategie überlegen kann.«

»Ich werd's mir merken.«

»Also«, Kleinschnitz sah ihn herausfordernd an, »was hast du vor?«

Stiller schloss sein Fahrrad auf, während er antwortete. »Als Erstes fahre ich in die Redaktion und schreibe den Bericht über die Beerdigung – wenn ich ein paar brauchbare Bilder von dir bekomme. Als Zweites fahre ich ins Radieschenparadies und rede mit ein paar Gärtnern, wenn Frauke mich nicht mit irgendwelchen Mordtheorien davon abhält.«

Kleinschnitz schüttelte entnervt den Kopf. »Ich möchte dich einmal einen Satz ohne ›wenn‹ sagen hören. Aber ich kann das auch: Was hältst du davon, wenn wir vorher noch im Maxim was essen?«

★★★

»Vergiss die anderen. Der war's!« Frauke malte wilde Kringel um den Namen Mangold. »Da kommt aus psychologischer Sicht so viel zusammen, dass es gar keinen Zweifel mehr gibt.«

»Dann versuch mal, mich zu überzeugen. Ich hab nämlich Zweifel.« Stiller saß auf der Eckbank und studierte den Lageplan der Kolonie. Er hatte vor, später noch bei Kohl und Wagner vorbeizuspazieren. Am Abend vorher hatte er die beiden nicht angetroffen, vor allem das Gespräch mit Kohl brannte ihm auf den Nägeln.

»Wie ich von Anfang an vermutet habe: Es geht um Schutzinstinkt. Du findest dieses Thema in zwei Variationen.« Frauke war wieder in ihren sanften Ton verfallen. Sie blätterte die Flipchart um und untermalte ihren Vortrag mit einer Reihe von Namen, Begriffen und Pfeilen. »Zum einen hat Mangold den Garten für die Familie gepachtet. Seine Kinder sollten es schön haben, oder? Strunke hat ihm nicht nur das Leben schwer gemacht, sondern auch noch mit Rausschmiss gedroht. Auf den Vater muss das gewirkt haben wie die Bedrohung seiner Sippe. Das ist ein total starkes Motiv. Der Instinkt, die Sippe zu beschützen, der steckt in den Genen, der war in der Frühgeschichte der Menschheit sozusagen das oberste Prinzip. Kannst du mir so weit folgen?«

Stiller blinzelte zur Bestätigung.

»In diesem Fall aber kommt eine zweite Variante hinzu. Mangold ist als Familienoberhaupt nicht nur der Beschützer seiner Sippe. Er ist auch der territoriale Wächter, der Haus und Hof verteidigt. Strunke wollte ihn aus seinem Revier vertreiben. Sicher kannst du einwenden, dass er sich selbst um einen anderen Garten beworben hat. Aber das war tiefenpsychologisch nur so etwas wie ein Plan B, eine Strategie, um nicht völlig ohne Revier dazustehen, wenn es zum Schlimmsten kommt. Das Schlimmste, das ist für ihn der Verlust des vorhandenen Gartens. Folgerichtig behält er ihn jetzt auch, nachdem Strunke tot ist. Na, was sagst du?«

»Der Mann hat fünf Kinder ...«

»Eben. Umso stärker war er motiviert. Der Schutzinstinkt steckt in uns allen. In der Regel beschränkt er sich darauf, die Kinder zu ermahnen, beim Radeln einen Fahrradhelm aufzusetzen. Oder dem Lehrer die Hölle heißzumachen, wenn die Schulnoten der Kinder ungerecht erscheinen. Solche Kleinigkeiten. Aber wenn es sich um eine komplexe Bedrohung handelt, wenn kein Ausweg mehr erkennbar ist, dann kann der Instinkt Verhaltensweisen hervorbringen, die sich nicht mehr bewusst kontrollieren lassen.«

»Frauke, du hättest ihn sehen sollen. Er hat ganz friedlich Spielzeug repariert.«

Ihr Ton wurde noch einen Tick sanfter. »Da gebe ich dir recht: ganz friedlich. Solange er sich kontrollieren kann. Bis dann plötzlich die Gewalt aus ihm herausbricht. Du hast mir selbst erzählt, dass er seinem Ältesten eine geklebt hat – und das bereits bei einem äußerst geringen Anlass. Eines seiner Kinder weint, ein paar Nachbarn rufen nach Ruhe. Jetzt stell dir mal vor, wie sich dieser Mann in einer komplexen Bedrohungssituation verhält!«

»Mangold war nicht der Einzige, dem Strunke mit der Kündigung gedroht hatte. Laut Gerti Blum galt das auch für Scherer.«

»Richtig.« Frauke blätterte zurück und kringelte den Namen Scherer ein. »Der könnte es auch gewesen sein. Allerdings hat er keine Sippe zu verteidigen. Sein Schutzinstinkt beschränkt sich auf die Rolle des Territorialwächters. Wir müssen dringend herausfinden, was zwischen Scherer und Strunke vorgefallen ist.«

»Das kannst du ja übernehmen, wenn du ihm deinen Personalausweis bringst«, schlug Stiller vor.

»Das traust du mir zu?« Sie strahlte ihn an, wurde aber gleich wieder ernst. »Nein, so geht das nicht. Ich kann ihm den Ausweis nicht bringen. Wenn er meinen vollen Namen liest, fliegt deine Heiner-Döberlin-Nummer sofort auf. Das mit dem Perso, das müssen wir aussitzen.«

Stiller stimmte zu. »In zwei Tagen, beim Radieschenfest, da gibt es sicher eine Gelegenheit, ihm auf den Zahn zu fühlen.«

»Apropos ›auf den Zahn fühlen‹.« Frauke legte den Stift weg. »Was ist eigentlich mit diesem Kohl? Da geht es auch um die Kündigung. Für mich bleibt der die Nummer eins. Und du wolltest ihn dir schon längst vorknöpfen.«

»Ich weiß. Es hat nicht geklappt. Ich versuch's gleich noch mal.«

»Was hält dich dann auf?«, fragte Frauke spitz. »Es ist kurz nach fünf, die beste Zeit, hier jemanden anzutreffen. Ich muss sowieso los.«

Sie trennten sich an der Gartentür. Frauke musste nach links, sie hatte ihren Peugeot auf dem Parkplatz am Haupteingang abgestellt.

Stiller tat so, als schaue er ihr eine Weile nach. In Wahrheit suchten seine Augen den Garten schräg gegenüber ab. Keine Spur von der schönen Gärtnerin. Ein wenig enttäuscht trollte er sich nach rechts davon.

14

Ernst Wagner, Gebrauchtwagenhändler, Ende dreißig, Typ Schwarzenegger:

»Ich, ja, ich gehe nie auf Beerdigungen. Das ist etwas für Betschwestern. Und wenn ich auf eine Beerdigung ganz bestimmt nicht gegangen wäre, dann auf die von Strunke. Der, echt, der war nicht mein Fall. Schon wie der sich von seiner Alten auf der Nase hat herumtanzen lassen, also das fand ich zum Kotzen. Der kommt nach Hause, findet seine Frau mit 'nem fremden Typ im Bett und sagt, Entschuldigung, ich bin gleich draußen, und zieht in seinen Garten. Mit mir hätte die das nicht machen können. Klare Linie, sag ich da. Ich, ja, ich komme nach Hause, frisch vom Arzt, mit Kopfverband. So einen Kopfverband, den hätte selbst ein Blinder nicht übersehen können. Meine Alte, ey, sitzt vor dem Fernseher und lackiert ihre Zehennägel. Nach einer Stunde, ja, frage ich sie, ob ihr an mir etwas auffällt. Sie: Oh, du hast einen Verband. Ich, ja: Alte, pack deinen Koffer, in einer Stunde bist du draußen. Das ist die Ansprache, die die Weiber brauchen.

Welche Spätaussiedler? Ach, du meinst die Russen. Ich hab selbst ein paar von denen im Betrieb, ich sag immer, niemand kann eine Rostlaube so gut frisieren wie die. Jedenfalls, ja: Ich hab nichts gegen Russen, bis auf den einen, der den Garten neben mir gepachtet hatte. Der Anton. Wenn einer überhaupt nicht im Garten arbeiten will, sondern von früh bis spät nur Wodka trinkt und die Musik aufdreht bis zum Gehtnichtmehr, also dann: nein! Nicht mit mir, so weit sind wir noch nicht. Not yet, Kameraden. Aber das war nicht alles, ey. Schau dir den Fleck an, ja, den braunen Fleck gleich hinter dem Zaun. Da hat der immer hingepinkelt. Da wächst nix mehr.

Wie? Klar hab ich mich beschwert. Aber da siehst du genau, was ich meine. Ständig ist der Strunke auf seinen Paragrafen rumgeritten, aber wenn der Anton an meinen Zaun pinkelt, ja, da zieht der den Schwanz ein. Ich hab ziemlich deutlich werden müssen, bis der Strunke endlich durchgegriffen hat.

Nein, Streit würde ich das nicht nennen. Ich, ja, wenn ich Streit mit Strunke gehabt hätte, da wäre für den Mörder nichts mehr übrig geblieben. Gut, ich hab ihn vielleicht ein bisschen geschubst. Klare Linie, sag ich da.

Auf den einen rumhacken, wenn sie einmal einen Fehler machen, und die anderen schonen, obwohl sie ständig gegen die Regeln verstoßen, das geht nicht. Nicht mit mir, ey! Die anderen? Klar gab es noch andere, die der Strunke geschont hat. Zum Beispiel die Heidi. Weil er nämlich scharf auf sie war. Wie ein Rettich. Ey, du kennst die Heidi nicht? Ja nee, is klar, du willst mich verarschen. Sie hat ihren Garten am Hauptweg, so eine Brünette, die aussieht wie ein Model. Klingelt's? Na also! Die konnte machen, was sie wollte, die hat den Strunke um den kleinen Finger gewickelt. Bei schönem Wetter den ganzen Tag oben ohne im Garten liegen, ey, ich sag dir, aber abends in der Ruhezeit dann Rasen mähen. Klar, dass alle scharf auf die sind, aber sie lässt alle abblitzen. Nur dem Strunke hat sie schöne Augen gemacht, die hat schon gewusst, warum. Der Strunke hat sich wahrscheinlich was drauf eingebildet. Von Weibern hatte der eben keine Ahnung. Mit mir hätte die das nicht machen können. Ich, ja, ich …«

Stiller lag in der Hängematte, zufrieden mit sich selbst. Er hatte nicht nur mit Kohl und Wagner gesprochen, sondern auch mit einem der Spätaussiedler und mit einem weiteren Gärtner, den er gar nicht auf der Liste gehabt, aber am Vormittag auf dem Friedhof gesehen hatte. Er war bei allen auf dieselbe Weise vorgegangen, hatte behauptet, einen Rat zu brauchen oder sich etwas leihen zu wollen. So schnell wie möglich hatte er dann das Gespräch auf Strunke gelenkt. Jetzt war er dabei, die Ergebnisse seiner Gespräche auf seinen Stenoblock zu übertragen. Besonders viel hatte ihm am Gespräch mit Kohl gelegen. Am Ende war es das kürzeste gewesen.

Bert Kohl, Frührentner (Ex-Eisenbahner). Färbt sich die Haare schwarz, aber lässt den Schnauzbart grau. Stark untersetzt, phlegmatisch. Duzt nicht.

»Sie wern doch nit denke, dass ich dem Mensch ach nur aa Träne nachwein! So en Bürokrat, ich hab's nie glaube könne, dass der aus demselbe Stall kommt wie ich. Die zehn Gebote des Kleingärtners, lachhaft. Du sollst nicht haben eine zu große Laube: Des is des vierte Gebot. Dabei hab ich nie e zu große Laube hamm wolle. Nur den Pavillon da, schaun Sie ihn sich ruhig an, is er nit schön? Gell? Jeder saacht, dass der schön is. Aber der Strunke hat alle gege mich uffgehetzt. Was ich durchgemacht hab, des glaube Sie nit. Dabei hab ich mich doch nur gewehrt. Kaum war der Strunke tot, schon war

die Polizei bei mir, für die bin ich natürlich de Staatsfeind Nummer eins.
Aber ich hab e Alibi, ich war bei meiner Schwester in Mainz un bin erst am
Mondaach mit dem Zug zurückgefahrn. Da hat die Polizei jetzt was zum
Nachprüfe. Naa, zu der Sache mit meim Pavillon saach ich gar nix mehr.
Da solle sich die Anwälte streite. De Strunke is tot, un de Scherer – ich
werd's ja sehn …«

Stiller nahm sich vor, Strobel nach Kohls Alibi zu fragen. Rings um
ihn herrschte der übliche Feierabendbetrieb. Rasenmähermotoren
konkurrierten mit dem Vogelgezwitscher, Grüße und andere Zuru-
fe flogen zwischen den Gärten hin und her, in der Ferne meinte er,
die Mangold-Kinder lachen zu hören. Alles wirkte so friedlich, dass
er sich ernsthaft fragte, weshalb er ausgerechnet hier einen Mörder
vermutete. Er fühlte sich fehl am Platz, nicht nur weil er sich unter
falschem Namen in der Laubenkolonie eingenistet hatte.

Tat er all diesen Menschen nicht Unrecht? Seinem Nachbarn
Mooser, immer auf dem Sprung, ihm Arbeit abzunehmen. Den Froeses, die über niemanden ein schlechtes Wort verloren. Den Mangolds, die nur ihren fünf Orgelpfeifen eine schöne Kindheit bieten
wollten. Gerti Blum, die im Garten die Nähe zur Natur und zu ihrem Schöpfer suchte. Scherer, auf dem jetzt die Hoffnungen ruhten,
wieder Frieden in der Kolonie zu schaffen. Kohl mit seiner trotzigen
Schwärmerei für einen gusseisernen Pavillon. Wagner, der sich wohl
selbst nicht bewusst war, wie stark aus seinen Worten die Sehnsucht
nach Bestätigung und Wertschätzung sprach. Die Spätaussiedler und
Ausländer, die sich hier eine neue Heimat schaffen wollten. Sie hatten ihn freundlich unter sich aufgenommen, weil sie glaubten, dass
er wie sie Erholung, Gemeinschaft oder körperlichen Ausgleich suchte. Dabei suchte er nur nach den Rissen in der friedlichen Fassade.

Es war eines der Gespräche an diesem Abend gewesen, das seine
Selbstzweifel und sein schlechtes Gewissen geweckt hatte.

Christoph Holzapfel, Mitte vierzig, Manager:

»Der Garten hat mein Leben gerettet. Ich hab rund um die Uhr geschuftet,
in meinem Kopf war nur noch Feuerwerk. Wie bei der Aschaffenburger
Schlossbeleuchtung. Vor zehn Jahren bin ich am Schreibtisch zusammenge-
brochen. Herzinfarkt. Der Notarzt hat mich auf die Idee mit dem Garten ge-

bracht. Ob du es glaubst oder nicht: Die frische Luft und die Gartenarbeit,
sie haben Wunder gewirkt. Ich bin ein völlig neuer Mensch – und im Beruf
eher noch erfolgreicher als vorher.
Ist das nicht wunderbar, wie jetzt schon alles blüht und duftet. Das Wei-
ße da ist Liguster, Jasmin und Holunder. Dazwischen hab ich die Pfingst-
rosen, die bringen Farbe rein. Dann blaue Glockenblumen, rote Weigelien,
zartrosa Lupinien, gelber Hibiskus. Die erste Lilie ist schon auf, die orange-
farbene dort, die anderen blühen bald auch.
Ich weiß, das mit Herrn Strunke, da kommen jetzt wieder alle Vorurtei-
le hoch. Für die meisten Menschen sind wir Kleingärtner kleinkariert und
streitsüchtig. Aber eigentlich sind wir die wahren Naturfreunde, und unsere
Gärten die grüne Lunge der Stadt. Und nichts tut der Seele so gut wie die
Gemeinschaft. Wir feiern gemeinsam, wir helfen uns. Hoffentlich kriegt die
Polizei den Mörder bald, damit wieder Ruhe einkehrt.
Ich will gar nicht so tun, als ob es keine Probleme gäbe. Mit den zehn
Geboten hat sich Herr Strunke keinen Gefallen getan. Obwohl, was ist falsch
daran? Du sollst sauber halten deinen Garten und pflegen – du siehst ja selbst
als Betreuer, was passiert, wenn man es nicht tut. Leider hat heute fast je-
der eine Rechtsschutzversicherung, da landet ein kleiner Streit schnell vor
Gericht. Mir wäre es den Aufwand und die Nerven nicht wert, seit zehn
Jahren nicht mehr. Ich will hier Kraft schöpfen und nicht verschwenden. Ich
weiß nicht, ob der Garten mein Leben gerettet hat. Aber verändert hat er es
auf jeden Fall.«

Es schien Stiller, als fände er umso weniger Risse, je mehr er danach
suchte. Er beneidete Frauke für ihren Psychologenblick, der unter
die Oberfläche drang. Spielend konnte sie in kleinen Äußerungen
und nebensächlichen Handlungen Motive für den Mord an Strunke
entdecken. Nahezu jeden Gärtner hatte sie auf ihre Verdächtigenliste gesetzt. Stiller fragte sich, was sie von Michail Kusmin halten würde.

Michail Kusmin, Anfang dreißig, Fliesenleger:

»Dem Nachbar Wagner sind wir ein Dorn im Auge. Ständig hat er neue Be-
schwerden. Ihn stört es wohl schon, dass es überhaupt andere Menschen auf der
Welt gibt. Ich und die anderen haben hier einen Garten gepachtet, weil wir
Stress abbauen wollten. Stattdessen macht dieser Mann immer mehr Stress.

174

Wenn wir uns treffen und nur mal lachen, sagt er, wir machen Lärm. Wenn wir den Grill anzünden, beschwert er sich über den Rauch. Selbst wenn wir nur was trinken, ist das falsch, dann ruft er über den Zaun, wir sollten schaffen. Gebot Nummer sechs! Was? Ach so, das heißt »Du sollst pflanzen Strauch und Baum«. Und wie wir im März einen Baum gepflanzt haben, mussten wir ihn wieder rausreißen, weil er zu hoch war oder zu nah am Zaun oder weiß ich nicht was.

Das stimmt nicht, dass wir uns dauernd abschotten. Mit den anderen Nachbarn da drüben, das geht gut. Wenn wir den Grill anzünden, dann kommen die manchmal sogar dazu. Und ich habe ihnen schon die Beete umgegraben, sie sind alt und können das nicht mehr so.

Aber der Nachbar Wagner versucht dauernd, die Leute gegen uns auf-zustacheln. Auch bei dem Herrn Strunke hat er das versucht, und es ist ihm sogar gelungen. Ich spreche von Anton, genau. Das hat Anton voll getrof-fen, wie der Herr Strunke ihm seinen Garten weggenommen hat, wo er doch voll friedlich war.

Ach, hat er das erzählt? Das ist doch nicht böse gemeint, wenn einer von uns in den Garten pinkelt. Kommt auch nicht oft vor. Aber ein altes Sprich-wort von da, wo meine Eltern geboren sind, sagt: In deinem Garten darfst du pinkeln. Das ist nicht so wörtlich gemeint, das soll wohl heißen, dass man mit seinen Sachen machen kann, was man will.

Das stimmt, der Anton hat dem Herrn Strunke am Ende gedroht. Aber nur weil er mitbekommen hatte, dass ihm der Herr Strunke erst den Garten wegnehmen wollte, nachdem ihm der Nachbar Wagner gedroht hat. Nein, ich hab das nicht gesehen, aber gehört hab ich es. Erzählt bekommen. Aber dass Anton gedroht hat, haben natürlich alle gehört. Der hat schon eine Vor-ladung zur Polizei, die wollen ihn verhören. Aber der hat nichts gemacht, ehrlich. Der hat dem Herrn Strunke nichts getan.«

Stiller ließ den Block sinken und blickte in den Himmel. Flieger malten auf den blassblauen Hintergrund geometrische Muster aus Kondensstreifen, die in der Abendsonne leuchteten, bis sie an den Rändern zu durchscheinenden Schleiern ausfransten. Ein Mücken-schwarm tanzte über der Hängematte. Der leichte Wind wehte aus einem der Gärten Gitarrenklänge und Grillgerüche zu ihm herü-ber.

Schritte ließen ihn aufschrecken. Stiller hob den Kopf und zuck-te zusammen. Mooser stürzte über den Gartenweg auf ihn zu. Die dicken Brillengläser sprühten Funken, der Mund war wild verzerrt. Über dem Kopf schwang Mooser mit beiden Händen einen Spaten. Mit wenigen Sätzen hatte er die Hängematte erreicht. Er atmete schwer.

Stiller sah, wie er mit dem Spaten ausholte. »Hans!«, rief er und streckte abwehrend die Hände aus, obwohl ihm klar war, dass er damit nichts ausrichten konnte.

Doch Mooser sprang an der Hängematte vorbei. Der Spaten klatschte auf die Erde. Es knackte leise, als breche ein Zweiglein.

Stiller riss den Kopf herum.

Mooser bückte sich, packte etwas und hielt es triumphierend in die Höhe. »So mache ich das mit Maulwürfen«, rief er stolz, holte einen Plastikbeutel aus der Hosentasche und ließ den Maulwurf hineinfallen. Dann rammte er das Blatt des Spatens in die Erde, zog es wieder heraus und beäugte es kritisch. Er nickte zufrieden.

»Ich hab schon gedacht, du gehst auf mich los.« Stiller zitterte am ganzen Körper.

»Verdient hättest du es ja.« Mooser krächzte sein Anlasser-Lachen heraus. »Liegst faul in der Hängematte, und hinter dir buddelt ungestört und fröhlich der Maulwurf.«

Stiller gewann seine Fassung zurück und kletterte aus der Hängematte. »Man wird sich doch wohl mal ausruhen dürfen.«

»Du scheinst dich immer nur auszuruhen, ich hab dich noch kein Stück arbeiten sehen.« Mooser klang missbilligend. »So wirst du die Maulwürfe jedenfalls nicht los. Was hast du denn überhaupt geschrieben?« Er zeigte mit dem Spaten auf Stillers Stenoblock.

»Ach das …«

»Lyrische Ergüsse über das idyllische Gartenleben, oder was? Du scheinst mir überhaupt mehr die Art Genussgärtner zu sein. Tu auch mal was. Mäh den Rasen, der kann's gebrauchen.«

»Es ist gleich sieben«, wandte Stiller ein.

»Dann morgen, denk dran. Am Samstag ist Radieschenfest, da kommen jede Menge Gäste. Wäre schön, wenn deine Wiese dann nicht aussieht wie ein Unkrautacker. Die Nachbarn reden schon.« Mooser warf einen kurzen Blick in Froeses Garten. Dann wedelte er mit dem Plastikbeutel. »Wahrscheinlich hast du noch immer keine Abfalltonne. Kümmer dich drum. Und einen Kompostplatz brauchst du auch. Gebot Nummer acht.«

Stiller versprach es. Etwas milder gestimmt, trollte sich Mooser mitsamt Spaten und Maulwurf.

Einen Moment lang blieb Stiller unschlüssig neben der Hängematte stehen, dann stapfte er in die Laube, warf den Stenoblock auf den Tisch und nahm den Schlüssel für den Geräteschuppen.

Im Schuppen herrschte Chaos. Rechen, Besen, Harken mit langen und kurzen Stielen, eine Schaufel, eine Kabeltrommel, Drahtrollen, Holzpflöcke, alles kunterbunt durcheinander. Ein schiefer Stapel aus Obstkisten stürzte um, als Stiller den Rasenmäher aus dem Schuppen zerrte.

Er zog ihn hinter sich her auf die Terrasse. Die Räder drehten sich kaum, dicke Batzen aus fauligem Gras klebten an den Achsen. Obwohl der Rasenmäher bis vor Kurzem noch unter der alten Kolter gesteckt hatte, war er verdreckt und wirkte wenig vertrauenswürdig. Stiller kehrte zum Schuppen zurück, wählte im düsteren Durcheinander eine kleine Pflanzschaufel aus, nahm die Kabeltrommel mit und verschloss die Tür.

Lustlos kratzte er mit der Schaufel die Grasbüschel von den Achsen und der Auswurfklappe des Rasenmähers. Dann schob er das Gerät probeweise hin und her. Besser. Er holte einen Spüllappen aus der Laube und wischte den Holm ab. Schließlich räumte er die Schaufel, den Lappen und die Kabeltrommel in die Laube.

Als er wieder herauskam, war es merklich dunkler geworden. Prüfend betrachtete er den Himmel. Von Westen zogen schwarze Wolken auf, es sah nach Regen aus. Stiller überlegte, ob er den Rasenmäher ebenfalls in die Laube schieben sollte, verwarf den Gedanken jedoch wieder. Zu eng. Stattdessen parkte er ihn auf der Terrasse unter dem Dachvorsprung der Gartenhütte. Das würde genügen.

In der Ferne grollte Donner. Eilig schloss Stiller die Laube ab. Er war ein begeisterter Radler – aber er hatte nicht den geringsten Spaß daran, in Regen zu kommen.

15

Es regnet nicht mehr. Aber es gurgelt noch in den Rinnen der Gartenlauben, es gluckst, wenn das Wasser in die Tonnen tropft, es drippelt unter den Bäumen und Sträuchern, wenn die Windböen in die Zweige fahren.

Sie ist durchnässt. Ein Käfer, der in ihrem Strohleib Zuflucht gesucht hat, krabbelt durch einen Riss in der Stoffhaut ins Freie. All das stört sie nicht. Unverwandt blickt ihr blasses Gesicht in den Nachbargarten, als sei sie dazu bestimmt, ihn zu hüten.

Die Nacht ist dunkler als die vorigen, der Mond verhüllt. Fast finster ist es bis auf das Wetterleuchten im Osten, über den Bergrücken des Spessarts, das anzeigt, wohin das Gewitter gezogen ist. Geräuschlos zuckt und blinkt das Licht ein ums andere Mal, breitet sich unter dem Gewölbe der Wolken aus und lässt die nassen Gärten aufschimmern.

Bei jedem Schimmern hält der Schatten im Nachbargarten kurz inne, um sich vorsichtig umzublicken. Es ist derselbe Schatten, der schon einmal ihr Blickfeld gekreuzt hat, ohne dass sie sich je daran erinnern könnte. Dieselbe Gestalt, gesichtslos unter der Kapuze der schwarzen Jacke. Es ist der Tod.

Diesmal sucht er nichts auf der Wiese. Er beugt sich über die Maschine, die der Gärtner von nebenan abends auf der Terrasse hat stehen lassen. Er tut, wovor ein gelber Aufkleber mit schwarzer Inschrift auf dem Motorgehäuse dringend warnt: Er ist dabei, die elektrische Ausrüstung zu verändern.

Die Vogelscheuche kann den Warnhinweis nicht lesen, sie kann überhaupt nicht lesen. Sie kennt keine Rasenmäher. Sie versteht nichts von Elektrik. Es ist ihr nicht bewusst, dass Stromschläge tödlich sein können, zumindest aber zu schweren Verletzungen führen.

Anders der Schatten im Nachbargarten. Er kennt die Technik und beherrscht sie. Er weiß, sobald das Kabel angeschlossen wird, fließen zweihundertdreißig Volt Wechselstrom von der Steckdose in das Netzteil am Holm des Rasenmähers. Von dort leitet sie der Gärtner an den Motor weiter, indem er den roten Arretierungsknopf am Netzteil drückt und gleichzeitig mit der anderen Hand den Schaltbügel an den Holm zieht. Danach kann er den roten Knopf loslassen. Der Motor läuft, solange der Schaltbügel gezogen ist. Löst der Gärtner den Griff, erstirbt der Motor in weniger als drei Sekunden.

Das Netzteil ist so konstruiert, dass der Strom an den Schaltbügel und den Holm, die der Gärtner beim Mähen mit den Händen umfasst, nicht herankommt. Zusätzlich sind die Gestänge mit Kunststoffschläuchen überzogen. Zur lebensbedrohlichen Falle wird der Rasenmäher erst, wenn drei Voraussetzungen erfüllt sind: Die Überzugschläuche müssen beschädigt sein, damit die Hände das Metall darunter berühren. Dafür hat der Schatten bereits gesorgt. An einem stromführenden Kabel im Innern des Netzteils muss ein Stück Isolierung entfernt sein. Auch das ist erledigt. Schließlich bedarf es einer Überbrückung zwischen dem bloßen Kabel und dem Metall des Gestänges. Davon darf nichts zu sehen sein, am besten geeignet ist die Stelle unmittelbar unter dem Netzteil. Diese knifflige Arbeit beschäftigt ihn gerade. Anschließend will er noch die Sicherungen manipulieren, um zu verhindern, dass sich der Motor zu rasch abschaltet.

Das Alter des Rasenmähers kommt ihm gelegen. Die Finsternis hindert ihn nicht, er hat oft genug an Rasenmähern und anderen elektrischen Geräten gebastelt. Im Gegenteil, das Wetterleuchten, das den Himmel immer wieder erhellt, stört ihn. Er ist sich nicht sicher, ob die Polizei Streifen abgestellt hat, um Strunkes Gartenhaus zu observieren.

So ist er froh, als er endlich das Gehäuse aufs Netzteil schrauben kann. Er schaut sich um, tastet, ob noch etwas herumliegt. Nein. Er wirft einen Blick in die Dunkelheit ringsum. Wieder ein Wetterleuchten. Er zuckt zusammen, meint, im Nachbargarten ein blasses Gesicht erkannt zu haben, das zu ihm herüberstarrt. Reglos bleibt er stehen, bis der Himmel erneut aufglimmt. Dann entspannt er sich: Es ist die Vogelscheuche. Er lacht leise über sich selbst, als er davonschleicht und über die Gartentür flankt.

Nach wenigen Metern ist er verschwunden, verschluckt von der Finsternis.

***

Mike Staab grub die Hände in die Taschen seines Uniform-Anoraks. Ihn fröstelte, und er fragte sich, was er zu dieser nachtschlafenden Zeit hier suchte. Er hatte nicht mitgezählt, wie oft er in den vergangenen Tagen auf dem kleinen Parkplatz am Café Pfister zu Füßen der Dämmer Michaelskirche gestanden war und den Blick über die Hausfassaden ringsum hatte schweifen lassen. Es gab keinen Klingelknopf, den er nicht schon gedrückt, keinen Anwohner, mit dem er noch nicht gesprochen hatte.

Der Platz lag verschlafen vor ihm, in wenigen Fenstern nur blinzelte Licht. Trotz der Nässe wirkte der Asphalt in der Morgendämmerung stumpf und dunkel. Der Himmel war bereits wieder wolkenlos. Es würde ein klarer Tag werden; das Gewitter hatte die Luft gereinigt, aber auch merklich abgekühlt.

Staab schritt über die weite Kreuzung und spähte in die Straße hinein, die zum Maxim und zu Strunkes Haus führte. Autos parkten am Rand der schmalen Fahrbahn, von Menschen war nichts zu sehen. Er kehrte wieder um und beschloss, noch einen Abstecher zur Aschaff zu unternehmen.

Ein Lieferwagen bog flott von der Schillerstraße ab, rumpelte auf den Parkplatz und hielt vor dem Eingang des Café Pfister. Der Motor erstarb. Ratschend zog der Fahrer die Handbremse fest, bevor er ausstieg, den Mercedes-Sprinter umrundete und die Seitentür aufschob. Ächzend hob er einen Stapel Plastikkörbe voller Backwaren aus dem Laderaum und stellte ihn neben dem Eingang ab. Er schloss die Cafétür auf, verkeilte sie und trug den Stapel hinein. Wenig später erschien er mit leeren Körben, die vom Vortag stammen mussten. Er schob sie in den Sprinter und verschwand mit einem weiteren Stapel voller Gebäck im Verkaufsraum des Cafés. Mit leeren Händen kehrte er zurück, löste den Keil unter der Tür und schloss ab. Seine Hand steckte den Schlüssel in die Tasche seines weißen Kittels und kam mit einem Päckchen Zigaretten wieder heraus.

Entspannt lehnte er sich gegen den Sprinter, während er tief den Rauch inhalierte. Erst jetzt bemerkte er Staab und grüßte ihn mit einem Nicken.

Staab trat näher. Der Lieferservice der Bäckerei – dass er daran nicht früher gedacht hatte! Allerdings war es gut möglich, dass sich Strobel darum gekümmert und einen anderen Beamten darauf angesetzt hatte.

»Guten Morgen«, sagte er und fragte vorsichtig nach: »Hatten Sie kürzlich schon Kontakt mit Kollegen von mir?«

Der Fahrer blies den Rauch aus. »Nein. Wieso sollte ich? Hab ich etwas falsch gemacht?«

Staab schüttelte den Kopf und kramte die Fotos von Ursula Strunke und Thomas Nadele aus der Brusttasche des Anoraks. »Kennen Sie die beiden?«

Der Fahrer warf einen Blick auf die Bilder. »Die kenn ich«, sagte er. »Aber nicht mit Namen, nur vom Sehen. Die wohnen in dieser Ecke, glaub ich.«

»Sie haben sie hier gesehen?« Staab zeigte mit dem Kinn auf den Parkplatz.

»Ein paarmal. Meistens ihn«, der Fahrer tippte auf Nadeles Porträt, »aber auch schon zusammen.«

Staab setzte nach. »Sie haben offenbar ein gutes Gedächtnis für Gesichter ...«

»Ich kann mir natürlich nicht alle merken, denen ich begegne, aber schauen Sie sich um: Viel ist hier frühmorgens nicht los, da fallen einem die Leute auf.«

»Können Sie sich erinnern, wann die beiden das letzte Mal hier waren?«

»Klar.« Er nickte. »Am Montag.«

Volltreffer. Staab spürte, wie sein Blutdruck stieg. »Sind Sie sicher?«

»Ganz sicher. Ich hatte Urlaub die Woche vorher. Es war mein erster Arbeitstag. Seitdem bin ich ihnen nicht mehr begegnet.«

»Wissen Sie noch, um welche Uhrzeit das war?«

Der Fahrer schnickte die Zigarette in den Gully. »Das kann ich Ihnen genau sagen: Ich bin immer um fünf hier. Danach können Sie die Uhr stellen. Ausladen, Zigarette und weiter. Um Viertel nach fünf bin ich da vorne beim süßen Löwer. Genauso pünktlich. Nebenbei: Ich müsste los.«

»Ich befürchte, heute könnte es ein bisschen später werden«, entgegnete Staab. »Ich muss wissen, was die beiden am Montag hier gemacht haben.«

»Was sie immer machen. Sie waren am Auto.« Suchend sah sich der Fahrer auf dem Parkplatz um. »Der da, der VW, das ist ihrer. Ich glaube, die sind weggefahren.«

»Was heißt, ›Sie glauben‹? Haben Sie gesehen, dass sie weggefahren sind?«

Der Fahrer schüttelte den Kopf und zog die Schiebetür des Sprinters zu. »Das nicht. Die Zigarettenpause war um, und ich musste weiter, außerdem hat es mich nicht interessiert. Aber es sah danach aus. Sie waren am Kofferraum und haben etwas eingeladen oder so. Mehr hab ich nicht gesehen.«

»Gut.« Staab steckte die Fotos weg und klappte sein Notizblöckchen auf. »Dann sagen Sie mir bitte, wer Sie sind und wie wir Sie tagsüber erreichen können.«

★★★

»Ja, wir waren am Auto.« Ursula Strunke wirkte älter als beim ersten Verhör. Die Ereignisse der vergangenen Tage waren nicht spurlos an ihr vorübergegangen. Obendrein hatte sie nur wenig Zeit gehabt, sich auf den Termin vorzubereiten.

Strobel fühlte, wie sich seine innere Unruhe legte. Da war sie, die Bestätigung, die ihm noch gefehlt hatte. »Wohin sind Sie denn gefahren?«, fragte er ruhig.

Sie sah ihn müde an. »Wir sind nicht gefahren. Wir waren joggen.«

»Wozu dann der Wagen?«

»Thomas hatte seine Joggingschuhe im Kofferraum. Dort hatte er sie tags zuvor vergessen. Sonntags läuft er immer im Spessart, da fährt er mit dem Wagen hin und zurück. Wir sind am Montag schnell am Auto vorbei, und er hat die Schuhe gewechselt. Das kommt immer wieder mal vor.«

»Warum haben Sie das nicht gleich erwähnt?«

»Als Ihre Kollegin das erste Mal mit mir gesprochen hat, hab ich nicht gleich daran gedacht. Wir waren an der Aschaff, das war wichtig, und das habe ich ihr erzählt. Später sind mir die Schuhe zwar wieder eingefallen, aber ich hielt es für unbedeutend. Es ändert ja nichts daran, dass wir joggen waren.«

»Ich habe Sie beim letzten Gespräch ausdrücklich gefragt, ob Sie direkt von Ihrer Wohnung zur Aschaff gelaufen sind.«

»Ich weiß.« Sie seufzte. »Ich wollte Sie nicht anlügen. Ich dachte, es wäre blöd, wenn ich plötzlich etwas anderes sage. Das würde mich vielleicht verdächtig machen oder Sie würden mir nicht glauben.«

»Meinen Sie, dass ich Ihnen jetzt eher glaube? Wenn Sie die Wahrheit erst sagen, nachdem wir sie ermittelt haben und Sie nicht mehr anders können?« Strobel betrachtete sie eine Weile schweigend. Sie hatte den Blick wieder auf den Tisch gesenkt, fixierte das Aufnahmegerät. Dann fuhr er fort. »Können Sie sich vorstellen, warum uns Ihr Lebensgefährte Thomas Nadele dieses Detail ebenfalls verschwiegen hat?«

»Ja, das kann ich.« Ihre Stimme klang brüchig, sie räusperte sich. »Er hatte es zuerst auch einfach nur vergessen – wie gesagt, das mit den Schuhen, das war nicht das erste Mal. Wir haben nachher darüber gesprochen und fanden es beide besser, wenn wir bei unserer Aussage bleiben.«

Strobel blätterte in seinem Aktenordner. »Bei Ihrer Scheidungsanwältin und beim letzten Mal auch mir gegenüber haben Sie angegeben, Ihr Mann habe Sie wiederholt geschlagen. Wir haben aber keinerlei Aussage eines Zeugen oder gar eine ärztliche Bestätigung dafür gefunden.«

Sie schwieg.

»Möchten Sie sich vielleicht auch in diesem Punkt korrigieren?«

»Ja.« Sie schlang ihre Finger ineinander, als wolle sie beten. Wieder räusperte sie sich. »Ja, es stimmt, er hat mich nicht körperlich misshandelt. Aber glauben Sie mir, er hat mich mit Worten viel schlimmer verletzt. Haben Sie noch nie von so etwas gehört?«

»Schon.« Strobel betrachtete noch immer ihre Hände. Unwillkürlich ließ er seine Finger knacken. »Für mich stellt sich aber die Frage, weshalb Sie auch in diesem Fall falsche Angaben gemacht haben.«

»Da ging es ja um die Scheidung. Ich dachte, wenn ich sage, dass er mich schlägt, geht es vielleicht schneller. Ich wollte nicht drei Jahre warten. Ich wollte diese Ehe endlich hinter mir lassen.«

»Warum nicht warten?«

»Ach, tun Sie doch nicht so!« Ihr Ton verschärfte sich. »Sie kennen doch den Grund, er sitzt gerade in einem Ihrer anderen Zimmer. Ich habe einen neuen Partner gefunden. Einen Mann, der mich wahrnimmt und nicht nur irgendwelche Radieschen im Kopf hat. Einen Mann, der mich liebt und den ich liebe. Ich will ein neues Leben mit Thomas beginnen, aber das alte hängt an mir dran wie ein Mühlstein.«

»Josef Strunke war dabei, sein Vermögen flüssigzumachen. Wussten Sie davon?«

»Ich hatte keinen Einblick in seine Geschäfte.«

»Er wollte das Haus verkaufen, in dem Sie wohnen. Das wussten Sie aber schon?«

Sie schwieg.

»Heißt das ›Ja‹?«

»Ja«, sagte sie mürrisch.

»Ihr Mann gab das Geld aus, an das Sie vor der Scheidung nicht herankamen. Oder vor seinem Tod. Haben Sie auch deshalb nicht warten wollen?«

Abrupt hob sie den Kopf und lehnte sich zurück, wobei sie sich fast vom Tisch abstieß. »Ich will meine Anwältin sprechen.«

»Das ist vielleicht besser«, nickte Strobel. Er sah in die Kamera in der Ecke, die ihm gegenüberlag, und sagte: »Pause.«

Claudia Junk traf gleichzeitig mit ihm in der Kaffeeküche ein.

»Und?«, fragte Strobel.

»Thomas Nadele bestätigt die Geschichte mit dem Wagen und den Schuhen. Ihre Aussagen sind fast identisch.«

»Sie macht ja auch kein Hehl daraus, dass sie darüber gesprochen haben«, sagte Strobel nachdenklich.

Claudia sah ihn fragend an.

»Mach schon mal einen Termin beim Haftrichter.«

***

»Die war's! Vergiss alle anderen!« Frauke war beim Mindmapping. Neue Namen, Kringel und Pfeile schmückten das oberste Blatt des Flipcharts. Es glich einem modernen Kunstwerk, für das Liebhaber des Expressionismus horrende Summen bezahlen würden.

Frauke hatte Stillers Aufzeichnungen durchgelesen und sich augenblicklich auf Gärtnerin Heidi eingeschossen. Laut Pächterliste hieß sie Blatt mit Nachnamen. Der Beruf war mit Model angegeben, aber darauf hätte Stiller ohnehin seine Journalistenehre verwettet, ohne es schwarz auf weiß lesen zu müssen.

»Die Schlange im Radieschenparadies.« Fraukes Stimme schwankte zwischen der üblichen Sanftheit und den schmetternden Trompeten des Triumphmarschs aus »Aida«. »Sie macht Strunke schöne Augen, weil sie ihn um den Finger wickeln will. Er versteht das falsch und bildet sich was ein. Er wird zudringlich, geht ihr an die Wäsche. Sie wehrt sich – und peng! Eindeutig eine Notwehrsituation.« Stiller saß auf der Eckbank und massierte sich mit Daumen und Mittelfinger die Stirn. »Morgens um fünf wird Strunke auf seiner Terrasse zudringlich. Warum kommt Heidi um diese Uhrzeit dorthin, wenn sie nichts von ihm wissen will? Und woher hat sie den Gartenzwerg?«

»Du hast recht.« Wieder flog der Stift über das Papier. »Er hat sie mit irgendetwas in der Hand. Bestellt sie hin. Seine Absichten sind eindeutig. Sie kommt daher nicht unvorbereitet, schnappt sich vorher den Gartenzwerg ...« Frauke hielt inne. »Dann war es allerdings Vorsatz. Die Arme!«

»Womit hatte Strunke sie in der Hand?«

»Das musst du rausfinden.« Frauke deutete mit dem Edding auf Stiller. »Sprich mit ihr. Wobei ...« Sie zögerte. »Vielleicht ist es keine gute Idee, dich ungeschützt auf diese Frau anzusetzen. Die knipst bei Männern das Hirn aus, wenn sie es denn überhaupt noch benutzen. Ich sollte dich begleiten. Als deine Frau.«

»Erstens«, hob Stiller an, »bist du nicht meine Frau ...«

»Gotte bewahre«, warf sie ein.

»... und zweitens lebe ich in einer gefestigten Beziehung und lasse mir nicht von irgendwelchen Frauen das Hirn ausknipsen.«

»Ich rede auch nur von dieser.«

»Drittens glaube ich einfach nicht, dass Heidi etwas mit dem Mord an Strunke zu tun hat.«

Fraukes Blick wurde durchdringend, ihre Stimme gefährlich sanft. »Sieh mal einer an: Du glaubst es einfach nicht. Wie passt das denn zu deinem Berufsethos? Aber das war mir gleich klar. Die schöne Gärtnerin musste neulich nur mit den Wimpern klimpern, und schon sah es in deinem Hormonhaushalt aus wie in einem Bouillabaisse-Kochtopf.«

Stiller spürte plötzlich eine rasende Sehnsucht nach seinem Redaktionsbüro. »Was ist mit Wagner?«, wechselte er das Thema.

»Wagner, hm.« Frauke klopfte sich nachdenklich mit dem Stift ans Kinn. »Schwerer Minderwertigkeitskomplex, den er mit Äußerlichkeiten, Sprücheklopfen und Körperkult zu übertünchen versucht.

Aber letztlich hat Strunke seinen Wunsch erfüllt und dem russischen Nachbarn gekündigt. Bleibt allenfalls die Möglichkeit, dass er Strunke als Nebenbuhler ausschalten wollte.«

»Als Nebenbuhler? Bei welcher Frau?« Stiller ahnte die Antwort bereits.

»Heidi.« Frauke unterstrich den Namen, der bereits mehrfach eingekringelt war. »Wagner ist natürlich auch scharf auf sie, hast du das etwa nicht bemerkt?«

»Durchaus. Und wenn schon: Wagner würde wegen Frauen niemals einen solchen Aufstand machen. Er wirft sie in sechzig Minuten raus.«

»Ach, das imponiert dir wohl?« Frauke wirkte eingeschnappt. »Schwebt dir da eine bestimmte Frau vor, deine Kreativ-Trainerin vielleicht?«

So weit hatte Stiller noch gar nicht gedacht. »Kohl können wir jedenfalls streichen. Er hat ein Alibi.«

»Hätte ich auch, wenn ich jemanden umbringen wollte.«

»Aber die Kripo ist bereits an ihm dran. Und an Smirnow auch.« Im Geiste ging Stiller durch, wer ihm auf seiner persönlichen Verdächtigenliste noch blieb. Mooser, Scherer und Froese – die drei, denen er unterstellte, dass sie an seinem Inkognito mindestens zweifelten. Mangold, der in die Enge getriebene Familienvater? Einer der anderen Migranten aus Rache für Smirnow oder als Reaktion auf die vielen Beschwerden?

Laut sagte er: »Und dann gibt es noch über hundert Pächter, mit denen ich noch gar keinen Kontakt hatte. Wir müssen morgen beim Radieschenfest Augen und Ohren offen halten.«

»So wird's gemacht!« Frauke legte den Stift weg und sah auf die Uhr. »Zeit für die Gartenarbeit. Ich werde den Rasen mähen.«

»Das kommt gar nicht in Frage.« Eilig quetschte sich Stiller hinter dem Tisch hervor. »Das übernehme ich.«

»Gut.« Sie wirkte erleichtert. »Ich muss sowieso los. Dass mir bloß alles hübsch aussieht heute Abend!«

16

Stiller hatte den Rasenmäher von Anfang an nicht leiden können. Schon als er ihn aus dem Geräteschuppen geräumt hatte, war ihm das rostige, schmuddelige Ungetüm unheimlich gewesen. Jetzt, auf der Terrasse und im hellen Licht des Maimorgens, sah es nicht besser aus. Überall blätterte Lack, verblichen Aufschriften, klebte modriges Gras. Der Rasenmäher glich einem alten Straßenköter, ausgemergelt und räudig. Er duckte sich auf den Waschbetonplatten gegen die Wand der Laube, scheinbar unterwürfig, aber wachsam und fähig, Stiller im geeigneten Augenblick anzuspringen.

»Wie sieht es aus mit uns beiden?« Stiller sprach in beruhigendem Ton auf ihn ein. »Bereit für eine Spritztour?«

Er schob den Rasenmäher über die Terrasse an den Rand des Rasens. Misstrauisch beäugte er den Schaltkasten, der an der rechten Seite des Griffs angebracht war. Mitten darauf saß ein blassroter Knopf, ein paar weiße Kratzer würden früher wohl einmal das Wort »Start« bedeutet haben.

»Dann wollen wir dir mal Saft geben.« Stiller schloss die Kabeltrommel an die Außensteckdose der Laube an, rollte nach Augenmaß so viel Kabel ab, dass es einmal quer über die Rasenfläche reichte, und schob die Anschlussbuchse auf den Stecker im Schaltkasten des Rasenmähers.

»So«, sagte er, »jetzt zeig mir, was du drauf hast.« Er wischte die Hände an der Jeans ab. Vorsichtshalber hielt er einen halben Meter Abstand, streckte den Arm aus und drückte mit dem Daumen auf den roten Knopf. Nichts. Er drückte noch einmal, fester. Der Motor blieb stumm. Er presste den Knopf nach unten und hielt ihn ein paar Sekunden fest. Keine Reaktion.

»Mistkerl«, knurrte Stiller.

Er trat zurück und musterte den Rasenmäher so aufmerksam, als handele es sich um ein exotisches Ausstellungsstück auf der Automobilmesse in Frankfurt. Da bemerkte er den Bügel unter dem Griff. »Ich Depp«, schimpfte er mit sich selbst. Liebe Güte, es war zwar Jahre her, dass er einen elektrischen Rasenmäher bedient hatte, weil er zu Hause auf einen Benziner umgestiegen war. Doch daran hätte er sich erinnern sollen. Er musste den Anlasser drücken und gleichzeitig den Bügel nach oben ziehen.

»Das nennt sich Totmannschaltung«, klärte er den Rasenmäher auf. »Du läufst, so lange ich den Hebel oben halte. Wenn ich loslasse, bist du tot.« Oder ich, dachte er. So war das wahrscheinlich gemeint. »Okay«, sagte er und wischte sich noch einmal die Hände ab. Er schwitzte plötzlich.

Stiller legte die linke Hand auf den Griff und krümmte die Finger um den Bügel darunter. Dann drückte er mit dem rechten Daumen den roten Knopf und zog den Bügel hoch. Wieder nichts. Er hielt den Bügel oben und hämmerte auf den Knopf. Erfolglos. Er versuchte es umgekehrt, quetschte den Knopf nach unten und ließ den Bügel auf- und abschnellen. Der Motor wollte nicht anspringen.

»Du bist total krank, weißt du das?« Stiller schluckte den Fluch hinunter, der ihm auf den Lippen lag. Er klopfte mit den Fingerknöcheln auf den Schaltkasten, rüttelte am Stecker. Nichts klapperte, alles schien zu sitzen. Er unternahm einen neuen Versuch; doch wie er es schon erwartet hatte, tat sich nichts.

»Dir werd ich helfen!« Er gab der Motorhaube einen Fußtritt. Es klang hohl. Er hob den Rasenmäher leicht an und sah nach – der Motor war da. Er trat noch einmal gegen die Haube, ohne etwas damit zu bewirken, wie der nächste Startversuch zeigte.

Stiller folgte dem Kabel auf die Terrasse, es war unbeschädigt. Er schüttelte die Kabeltrommel, zog den Stecker aus der Dose und rammte ihn mit Schmackes wieder hinein.

Da ging ihm ein Licht auf. Es war die Außensteckdose. Bei ihm zu Hause funktionierte sie nur, wenn sie innen eingeschaltet war. Er stapfte in die Laube und fand den Kippschalter direkt neben der Tür. Er legte ihn um, das rote Kontrolllämpchen leuchtete auf. Stiller atmete durch und nahm sich vor, niemandem von dieser peinlichen Aktion zu erzählen.

Er kehrte zum Rasenmäher zurück und betrachtete ihn grimmig. Dann hob er den Daumen wie ein römischer Kaiser am Ende der Gladiatorenkämpfe im Circus Maximus.

Reifen quietschten, es krachte scheppernd. Ein Unfall auf der Großostheimer Straße. Stiller hielt inne.

Sollte er nachsehen? Die Polizei verständigen oder die Redaktion?

Nein, es waren sicher genug Leute auf der Großostheimer unterwegs. Er hatte hier etwas zu erledigen. Etwas Persönliches. »Wenn's jetzt nicht funkt, dann knallt's«, drohte er. Langsam drehte er den Daumen nach unten und legte ihn auf den Knopf.

***

Bernd Süß liebte seinen Beruf. Er war stolz auf seine Arbeit und auf sich. Er hatte noch nie einen Fehler gemacht, die Menschen in der Stadt konnten sich auf ihn verlassen. Sicher, ein Fehler musste keine dramatischen Folgen haben, nichts, was sich nicht wieder ins Lot bringen ließe, zumal das Unternehmen gut versichert war. Aber er wusste, was alles von ihm abhing. Deshalb ging er lieber vom *worst case* aus, vom schlimmsten Fall, vom Super-GAU. Jedes Mal, wenn er den ovalen Raum in der Werkstraße 2 betrat, schärfte er es sich ein: Es geht um Leben und Tod.

Im Raum war es still. Nur die Klimaanlage in der Decke und die Lüftung der Serverschränke, die feuersicher nebenan in einer Kammer untergebracht waren, rauschten einschläfernd. Dennoch war Bernd Süß hellwach. Früher hatte er mehr Abwechslung gehabt, als die Werksleitung noch Schulklassen wie am Fließband durch diesen Raum geschleust hatte. Der war damals aber auch noch doppelt so groß gewesen, das Herz des Hauses, das Flaggschiff des Unternehmens. Und er, Bernd Süß, war der Kapitän gewesen, der Mann, der den Pulsschlag des Herzens kontrollierte. Im Zuge des technischen Fortschritts und der Digitalisierung war alles eine Nummer kleiner und zweckmäßiger geworden. Heute spielte sich alles im Computer ab. Besucher waren selten geworden, seit es nicht mehr viel zu sehen gab. Zudem durften nur noch Befugte den Raum betreten. Sie mussten sich mit Chipkarten ausweisen oder von ihm eingelassen werden.

Prüfend ließ er den Blick über das Leitpult gleiten, seinen Arbeitsplatz. Mehr als sieben Meter lang war es und oval geschwungen wie die Wand, die ihm gegenüberlag. Alles war doppelt vorhanden, redundant, um Ersatz zu haben, wenn das eine System ausfiel. So liefen jetzt nur drei der sechs flachen Vierundzwanzig-Zoll-Monitore. Leuchtende Linien zogen sich über den schwarzen Bildschirmhintergrund, Punkte waren daran aufgefädelt wie Perlen an einer Kette.

Jeden Punkt konnte er mit dem Cursor ansteuern. Ein Klick genügte, um das Bild zu vergrößern und die Zahlenkolonnen daneben zu lesen, ein Doppelklick, um ein Fenster mit einer Fülle von Detailinformationen zu öffnen. Über die Computertastatur ließ sich dann alles regeln, was nötig war.

An der Wand gegenüber hingen noch die Relikte aus früherer Zeit. Ein schematischer Stadtplan war in die Täfelung eingelassen, übersät mit kleinen LED-Lämpchen. Keines davon blinkte im Augenblick – alles war, wie es sein sollte. Links davon waren auf Schiebetafeln Pläne der Stadt und der Leitungssysteme aufgeklebt; auch das nur noch für den Fall, dass gleichzeitig die beiden Computersysteme und neben der normalen Energieversorgung die Notstromaggregate versagen sollten. Aber das war noch nie vorgekommen. Und noch nie hatte er eines der beiden vorsintflutlichen Funkgeräte gebraucht, die in der Mitte des Pults beisammenstanden, damit er bei einem Ausfall der festen und mobilen Telefonnetze Kontakt mit der Außenwelt halten konnte.

Beinahe täglich musste er dagegen zum grauen Notfalltelefon greifen. Beim Abheben verband es ihn automatisch mit dem technischen Service, der rund um die Uhr besetzt war und viel häufiger ausrücken musste, als es die Öffentlichkeit ahnte. Hin und wieder nutzte er auch das grüne Notfalltelefon, dessen Standleitung zum Vorlieferanten führte. Aber nur einmal in zehn Jahren hatte er den roten Apparat benutzt – die Direktverbindung zur Brand- und Katastrophenschutz-Zentrale in der Feuerwache.

Bernd Süß überlegte, ob er die weite Glastür hinter sich öffnen und die Kollegin im Vorraum bitten sollte, ihm einen Kaffee zu bringen. Aber dazu hätte er dem Leitpult den Rücken zuwenden müssen, und eine innere Stimme sagte ihm, das gerade jetzt nicht zu tun. Er hatte diese Vorahnungen oft, irgendetwas in ihm spürte im Voraus, wann die Zeit wieder reif für eine Störung war. Sein siebter Sinn, wie es die Kollegen ironisch und die Vorgesetzten anerkennend nannten.

Unruhig, fast beklommen sah er auf den rechten Monitor. Im selben Augenblick leuchtete dort einer der Punkte rot auf, ein Pfeifton aus dem Computerlautsprecher signalisierte die Störung. Bernd Süß griff nach der Maus, gleichzeitig hob er kurz den Blick zur Wand. Die digitale Datenübertragung war wie immer schneller gewesen als die analoge, das LED-Lämpchen begann eben erst zu blinken.

Er klickte zweimal auf den Punkt, der jetzt rote Kreise aussandte wie Wellen im Wasser, die ein Steinwurf ausgelöst hatte. Das Fenster öffnete sich. Er runzelte die Stirn und nickte. Eine Verteilerstation war ausgefallen, einer der häufigsten Störfälle. Genau deshalb waren alle Netze ringförmig angelegt. Fiel in einem Gebiet die Versorgung aus, konnte sie aus der anderen Richtung übernommen werden. Er folgte der Linie mit dem Cursor zu einem anderen Punkt und öffnete mit einem Doppelklick ein neues Fenster. Darin steuerte er das Schaltersymbol an. Noch ein Doppelklick, noch ein Fenster. Er suchte sich die gewünschte Verbindung aus, klickte sie an und bestätigte mit der Returntaste.

Noch während er die Fenster schloss, griff er mit der linken Hand zum grauen Notfalltelefon. »Netzleitstelle, Süß«, sagte er. »Verteiler drei-acht-sieben-zwo. Totalausfall. Schaut ihr nach? Das ist Großostheimer Straße an der Hafenbahnbrücke. Wahrscheinlich wieder von einem Laster gerammt, der vor der Brücke wenden wollte, weil er nicht durchpasste. Das ist jetzt schon das dritte Mal. Ihr müsst entweder die Navis verbieten oder euren Kasten woanders hinsetzen.«

Er legte auf und lehnte sich zurück. Jetzt durfte er sich einen Kaffee genehmigen. Alles gut, alles im Griff. Er war stolz auf sich. Wie lange hatte er gebraucht? Ein Blick auf das Online-Protokoll verriet es ihm: sieben Sekunden. Persönlicher Rekord, obwohl das hier kaum nötig erschien. Station drei-acht-sieben-zwo versorgte ein kleines, kaum bewohntes Gebiet. Eines stand fest: Bei dieser Störung war es ganz sicher nicht um Leben und Tod gegangen.

***

Der Rasenmäher blieb stumm.

»Du kannst mich mal!«, fauchte Stiller und versetzte der feindlichen Maschine einen erneuten Tritt.

Er unternahm einen letzten Versuch, drückte den Knopf, zog den Bügel. Doch es war nichts zu hören außer seinem eigenen Wutschrei und lautem Hupen auf der Großostheimer Straße.

Wütend riss Stiller das Kabel aus dem Schaltkasten und schleuderte es ins Gras. Am liebsten hätte er dasselbe mit dem Rasenmäher gemacht, aber das Ungetüm war zu schwer. Er bugsierte es mit heftigen Stößen auf die Terrasse zurück. »Da kannst du schmoren, bis du schwarz wirst!«, rief er.

Ein Geräusch lenkte ihn ab. Es kam aus der Laube und war daher nur gedämpft zu hören. Dennoch: Es klang wie das Bellen eines Schäferhundes.

Sein Handy! Er hatte diesen Klingelton nur für einen Anrufer vergeben: Chefredakteur Rex Bausback. Der fehlte ihm gerade noch. Stiller stürmte in die Laube und klaubte das Mobiltelefon vom Tisch.

»Ich höre?«, meldete er sich.

»Stiller?«, schnarrte es aus dem Handy.

Wen sonst hatte Bausback angerufen? »Immer bei der Arbeit«, antwortete Stiller.

»Schön wär's!« Bausback klang allerdings nicht verärgert. Stiller hatte den Eindruck, dass etwas anderes in seiner Stimme mitschwang. Triumph? »Tut mir leid, dass Sie es von mir erfahren müssen«, fuhr Bausback fort. »Aber Sie können einpacken.«

»Ich kann im Augenblick nicht ganz folgen ...« Stiller war beunruhigt.

»Ihr Gastspiel als Maulwurf hat sich erledigt«, erläuterte Bauback. »Hauptkommissar Strobel hat Ursula Strunke und ihren Lebensgefährten kassiert. Die beiden werden heute noch dem Haftrichter vorgeführt. Kam vor wenigen Minuten per Mail – an alle Medien. Die Sache ist also konkurrenzrelevant.«

»Oh.« Mehr brachte Stiller nicht heraus. Diese Nachricht hatte er weder erwartet noch wollte er sie sofort glauben.

»Diese ganze Der-Mörder-ist-immer-der-Gärtner-Theorie war von Anfang an Blödsinn.« Bausback legte eine kurze Pause ein, bevor er das übliche scharfe »Herr Stiller« folgen ließ. »Ich hätte das nie zulassen dürfen. Egal, noch können Sie den Schaden begrenzen. Kommen Sie so schnell wie möglich in die Redaktion und kümmern Sie sich um die Geschichte.«

»Geht klar«, antwortete Stiller kleinlaut.

»Kümmern Sie sich überhaupt wieder um Ihre Arbeit. Heute ist Freitag, und Sie haben zu tun, da wird's wahrscheinlich nicht mehr klappen. Aber am Montag kündigen Sie den Pachtvertrag, verstanden?«

»Verstanden.« Stiller ließ den Blick über den Garten schweifen und fühlte sich mit einem Mal zutiefst niedergeschlagen.

Bausback war offenbar entzückt darüber, dass er sich nicht wehrte. Sein Ton wurde herzlich. »Jeder kann sich mal irren, Stiller. Sie sind einer meiner fähigsten Leute. Ich wünsche mir und Ihnen nichts mehr, als dass Sie wieder der Alte werden.«

»Werd ich.« Stiller ließ das Handy sinken, nachdem Bausback aufgelegt hatte. Dieser Tag war wie ein Griff ins Klo. Erst der Rasenmäher, der nicht funktionieren wollte, jetzt Bausbacks Information über die neue Wendung im Mordfall Strunke. Vorher schon die Zweifel, die Frauke mit ihrer ständig wachsenden Verdächtigenliste in ihm geweckt hatte. Er war fünf Tage in der Kleingartenkolonie, doch er hatte kein einziges brauchbares Mordmotiv entdecken können.

Oder? Irgendetwas war da noch. Wie Sodbrennen. Es war da, aber es kam nicht heraus.

Er schüttelte den Kopf. Strobel hatte Ursula Strunke und Thomas Nadele festnehmen lassen. Das war ein Fakt, und darum musste er sich jetzt kümmern, Bausback hatte recht.

Stiller steckte das Handy in die Tasche, verließ die Laube und schloss ab. Auf dem Hauptweg warf er einen Blick in den Garten schräg gegenüber. Heidi Blatt lag bäuchlings auf einer Liege und sonnte sich. So wie es aussah, trug sie nichts weiter als ein aprikosenfarbenes Bikini-Höschen.

Kurz entschlossen überquerte er den Weg. Am Zaun angekommen, machte er mit einem Räuspern und einem etwas zaghaften »Hallo« auf sich aufmerksam.

Sie hob den Kopf, wandte ihm ihr Gesicht zu und lächelte in ihrer unwiderstehlichen Art.

»Darf ich kurz stören?«, rief Stiller.

Sie tastete nach den Bändeln ihres Oberteils, fand sie und knotete sie auf dem Rücken zusammen. Dann drehte sie sich um, stützte sich auf einen Ellbogen und winkte Stiller zu sich.

Als er die Liege erreicht hatte, zog sie die Beine an. »Willst du dich setzen?« Sie deutete auf das Fußende der Liege.

»Sehr nett.« Stiller ärgerte sich über seinen heiseren Ton. »Aber ich muss leider gleich weiter.«

»Schade.« Sie angelte sich eine große Sonnenbrille vom Boden und setzte sie auf. »Ich hab kaum noch Gesellschaft in letzter Zeit. Seit ein paar Tagen reden die Leute wenig mit mir. Dafür aber viel über mich. Bestimmt hast du es schon gehört.«

Stiller hob nur die Schultern, um nicht schwindeln zu müssen.

»Was reden sie denn?«

»Ach komm«, sagte sie. »Du hast es doch längst mitgekriegt, das seh ich dir an. Aber bitte: Der Seppi wär hinter mir her gewesen, und ich hätte was mit seinem Tod zu tun.« Wieder ein strahlendes Lächeln. »Das ist natürlich Unsinn.«

»Natürlich.« Stiller glaubte sofort, dass es diese Frau nicht nötig hatte, etwas mit dem Gartengrantler Strunke anzufangen. Dennoch wunderte er sich, dass sie die Koseform für Josef benutzt hatte. »Du nennst ihn Seppi?«

»Ich hab ihn Seppi genannt, ja.« Sie ließ sich auf die Liege zurücksinken, Stiller spiegelte sich in den Gläsern ihrer Sonnenbrille. »Ich hab ihn damit aufgezogen. Er fand das nämlich gar nicht toll, es klang so nach Opi.« Ihr linkes Bein war immer noch angewinkelt, sie legte den rechten Unterschenkel aufs Knie. »Jetzt sag mal, was willst du eigentlich von mir?« Sie begann, das Knie zu schaukeln, ihre Hüften schwangen leicht mit.

»Ah.« Stiller atmete tief aus. »Mein, äh, Rasenmäher«, er räusperte sich, »tut's nicht mehr. Ich hab dich neulich mit einem gesehen. Rasenmäher, meine ich. Ich dachte mir, ich könnte mir den vielleicht ausleihen.«

»Du, das würd ich ja wahnsinnig gerne machen. Aber du kommst zu spät. Ich hab mal fürs Gartencenter an der Würzburger Straße gemodelt. Seitdem leihen die mir kostenlos alle Geräte, die ich brauche. Ich bin da etwas anspruchsvoll.« Sie lächelte. »Hinterher gebe ich sie dann wieder zurück.«

»Tja, blöd«, sagte Stiller. »Hat super ausgesehen, also der Rasenmäher, wie du da gemäht hast, äh, mit ihm.«

»Danke!« Sie schob die Brille auf die Stirn. Ihre Augen strahlten mit ihren Zähnen um die Wette. »Der Hansi kann dir vielleicht helfen.«

Stiller hob fragend die Brauen.

»Der Mooser. Ich nenn ihn Hansi, aber der mag das. Der hat auch ein Spitzengerät, bloß ein bisschen älter halt schon.« Sie stellte den rechten Fuß wieder auf die Liege und schaukelte mit den Knien weiter.

»Gut, ja, dann … Tschüss, oder?«

»Wirklich schade, dass du losmusst!«

Bedröppelt zog Stiller von dannen. Am Zaun sah er noch einmal zurück. Sie winkte ihm, dann drehte sie sich auf den Bauch und löste den Knoten des Bikini-Oberteils.

Am Tor der Kleingartenanlage stieß Stiller mit Kleinschnitz zusammen. »Was führt dich denn hierher?«, wunderte er sich.

»Hallo erst mal«, gab Kleinschnitz zurück. »Und um die Wahrheit zu sagen: Ich komme nur aus Verlegenheit. Auf der Großostheimer Straße vorm Viadukt steht ein Sattelzug quer. Wollte wohl wenden, hat einen Verteilerkasten in Grund und Boden gerammt und steckt fest. Ich hab Bilder geschossen, und jetzt komme ich nicht mehr zurück. Alles dicht. Dauert mindestens noch eine Stunde, bis ihn der Kran geborgen hat. Sei froh, dass du mit dem Rad unterwegs bist.«

»Dieser Satz aus deinem Mund, du alter Benzinfetischist. Dass ich das noch erleben darf!«

Kleinschnitz kniff die Augen zusammen. »War vielleicht doch keine so gute Idee, bei dir vorbeizuschauen. Du siehst ja finster aus. Was ist los, plagt dich eine Radieschenallergie?«

Stiller erzählte ihm von seinem Kampf mit dem Rasenmäher und von Bausbacks Anruf. Seine wenig ruhmreiche Konversation mit Heidi Blatt ließ er weg.

»Oh«, sagte Kleinschnitz mitfühlend. »Verstehe. Aber willst du deswegen gleich aufgeben?«

»Was heißt aufgeben? Strobel hat zwei Tatverdächtige verhaftet, das kann ich nicht ignorieren. Schon gar nicht, wenn ich selbst nicht die geringste Spur habe.«

»Ich rede nicht von Strobel. Ich rede vom Rasenmäher.« Kleinschnitz legte Stiller eine Hand auf die Schulter. »Bruder, ich kann hier eine Stunde lang nicht weg. Ich werd mir die alte Mühle mal ansehen. Sie wird mich ja nicht gleich umbringen.«

Sie lachten.

»Er steht auf der Terrasse, das Kabel fliegt da auch noch rum.« Stiller drückte Kleinschnitz den Schlüssel zur Laube in die Hand. »Hier, den wirst du brauchen. Du musst die Außensteckdose innen einschalten.«

»Gut«, sagte Kleinschnitz. »Ich geb dir den Schlüssel nachher zurück. Wenn mich nicht der Schlag trifft oder so was.«

Wieder lachten sie. Stiller schwang sich auf den Sattel und radelte in Richtung Bahnübergang davon. Seine Laune hatte sich merklich gehoben. Kleinschnitz war ein Freund.

***

Anderthalb Stunden später hatte er sämtliche Neuigkeiten im Fall Strunke zusammengetragen. Er gestand es sich nur ungern ein, aber die Kripo war auf der sicheren Seite. Ursula Strunke hatte eine Reihe von Motiven, sie hatte kein Alibi, und sie hatte falsche Angaben gemacht. Dasselbe galt für ihren Lebensgefährten Thomas Nadele. Sie bestritten allerdings hartnäckig, etwas mit dem Mord zu tun zu haben. So blieb unklar, wer den tödlichen Schlag geführt hatte.

Hauptkommissar Strobel hatte die entsprechenden Fragen nicht kommentiert und auf die laufenden Ermittlungen verwiesen. Die Verhöre der beiden Verdächtigen würden im Beisein ihrer Anwälte fortgesetzt.

Stiller rückte sich die Tastatur zurecht, um mit dem Schreiben loszulegen. Doch sein Handy hielt ihn davon ab. Es war keiner der speziellen Klingeltöne. Bevor er annahm, warf er einen Blick aufs Display: unbekannter Anrufer.

»Ich höre?« Er wusste nicht, ob er sich mit Stiller oder Döberlin melden sollte.

Der Anrufer zögerte eine Sekunde. »Spreche ich mit Stiller?«, fragte er.

»Stiller, ja.« Er angelte sich einen Stift.

»Vapore hier.«

Automatisch notierte Stiller den Namen.

»Mein Vater hat mir eine Nachricht der Polizei zukommen lassen. Sie hätten unseren Mercedes beschädigt, ist das richtig?«

Stiller setzte sich kerzengerade auf. Die Episode mit den beiden Möchtegern-Mafiosi hatte er völlig verdrängt. Der Fall Strunke war erledigt – und er hatte jetzt zu allem Überfluss noch den kaputten Spiegel an der Backe. »Das ist richtig.«

»Die Reparatur kostet einhundertfünfzig Euro.«

»Hundertfünfzig?«, wiederholte Stiller ungläubig.

Vapore lachte. »Es war ein Konvexspiegel, elektrisch verstellbar und beheizbar. Plus Arbeitszeit. Sie kriegen die Rechnung, dann sehen Sie, dass alles korrekt ist.«

»Okay.« Stiller gab ihm seine Anschrift. »Und falls ich Fragen habe: Sie sind …?«

»Giuliano Vapore.«

»Und Ihr Vater?«

Vapore zögerte erneut.

»Wenden Sie sich besser an mich«, schlug er vor. »Mein Vater ist mit dem Mercedes ein wenig heikel.«

Stiller legte auf und betrachtete den Zettel mit dem Namen. Vapore – irgendetwas sagte ihm das. Er grub in seinem Gedächtnis, fand aber nichts. Schließlich nahm er Handy und Zettel, stand auf und lief über den Flur. Am Ende lag die Online-Redaktion, Kerstin Polkes Reich.

Schon auf halbem Weg hörte er sie wettern und wüten. Es war früher Nachmittag. Er wusste, dass sich ihre Laune mit Fortschreiten des Arbeitstags zunehmend verdüsterte. Im Kampf mit der aus ihrer Sicht unzureichenden Technik und mit den Fehlern der Printkollegen lud sie sich auf wie ein Kondensator, um dann Blitze abzufeuern auf jeden, der ihr zu nahe kam.

Stiller biss sich auf die Unterlippe. Umkehren? Nein, er hatte wenig Zeit, und sie war routinierter. Vorsichtig öffnete er die Tür und streckte den Kopf in ihr Zimmer.

»Es zieht«, plärrte Kerstin. »Rein oder raus!«

Stiller schlüpfte hinein.

»Raus wär mir lieber gewesen«, raunzte sie ihn an.

»Schönen Tag auch«, sagte Stiller versöhnlich.

»Schönen Tag, schönen Tag«, fauchte sie, ohne sich umzudrehen.

»Wenn mich jemand erschießt, dann wird's für mich vielleicht noch ein schöner Tag.«

»Kerstin …«

»Aber nicht mal das bringt hier jemand auf die Reihe.«

»… ich …«

Abrupt drehte sie sich mit dem Bürostuhl zu ihm um. »Sag endlich, was du willst.«

»… brauche deine Hilfe.« Stiller streckte ihr den Zettel hin.

»Du. Meine. Hilfe. Wann kommt hier eigentlich mal jemand und fragt mich, ob ich Hilfe brauche? Bin ich euer Depp, oder was? Steht bei mir vielleicht ›Schaf‹ auf der Stirn?« Sie riss ihm den Zettel aus der Hand. »Was?«

»Ich brauche Infos über diesen Vapore. Vielleicht findest du etwas im Internet.«

Sie schleuderte den Zettel auf den Schreibtisch. »Das ist jetzt nicht dein Ernst, oder? Kannst du keinen Namen googeln?«

»Ich bin im Druck. Es gibt eine neue Wendung im Fall Strunke – und du willst den Bericht ja wohl auch so schnell wie möglich online haben.«

»Ich hab die Meldung der Kripo längst drin«, maulte sie. »Wenn du gelegentlich mal reingucken würdest, wüsstest du das.«

»Tut mir leid«, sagte Stiller.

»Das behaupten sie alle.« Kerstin drehte sich weg, stützte die Hände rechts und links ihrer Tastatur auf und starrte auf den Bildschirm. »Mit den Gärtnern hast du wohl falschgelegen.« Ihr Ton wurde versöhnlicher. »Wahrscheinlich lästern jetzt alle über dich.«

»Es hat sich noch nicht herumgesprochen.«

»Glaubst du?« Sie angelte sich den Zettel. »Was willst du überhaupt von diesem Vapore?«

»Er ist ein paarmal in der Kleingartenanlage aufgekreuzt.«

»Du kannst es noch immer nicht lassen, was?« Sie blinzelte ihn an. »Also gut, ich mach's. Aber du musst dich hinten anstellen. Ich hab eine Scheißliste, und die wird immer länger.«

Stillers Handy spielte die ersten Takte von »New York, New York«, die er für Kleinschnitz vergeben hatte. »Hi«, meldete er sich.

»Wo steckst du?«, blaffte Kleinschnitz. »Ich muss mit dir reden. Sofort.«

»Bei, äh, Kerstin.« Er schluckte den Spitznamen »Interpol« rechtzeitig hinunter. Sie hasste ihn. »Was …«

»Bei dir im Büro. In einer Minute. Keine Sekunde später.«

Stiller ließ das Handy sinken und wandte sich zur Tür.

»Was hab ich eigentlich für einen Klingelton bei dir?«, erkundigte sich Kerstin. »Das würde mich echt interessieren.«

»Ich muss leider los, Kleinschnitz wartet.« An der Tür drehte Stiller sich noch einmal um. »Danke für die Hilfe, Kerstin.«

Kleinschnitz lehnte an der Fensterbank, Stiller nahm nur seine Silhouette wahr, als er ins Büro trat. Er setzte sich hinter seinen Schreibtisch, um ihn besser sehen zu können. »Was gibt es denn so Eiliges?«

»Wolltest du mich umbringen, oder was?«, bellte Kleinschnitz. »Dein Rasenmäher ist eine Todesfalle. Hast du das gemacht? Für mich?«

»Wie? Was gemacht? Der Rasenmäher läuft doch gar nicht.«

»Sei froh, dass er nicht lief, warum auch immer. Denn grundsätzlich funktioniert er. Aber jemand hat ihn präpariert. Wenn er angesprungen wäre, hättest du den Schlag nicht mehr gehört. Auf so was lässt du mich los!«

»Wovon redest du?«

»Die Schutzschläuche am Holm sind aufgeschlitzt. Da ist Metall drunter!«

»Das Ding ist alt. Das wird normale Abnutzung sein.«

»So sollte das aussehen. Ich hätt's auch fast geglaubt. Bis ich das hier gefunden habe.« Kleinschnitz hielt ein kleines Metallblättchen in die Höhe.

»Was soll das sein?«

»Damit hat jemand eine Verbindung zwischen dem Stromkabel im Netzteil und den Metallstangen hergestellt.«

»Und das kann kein Zufall sein?«

»Hörst du mir eigentlich zu?«

Stiller schwieg. Er dachte nach. Schließlich sah er zu Kleinschnitz auf. »Du meinst, dass jemand einen Stromschlag kriegen sollte, wenn er den Rasenmäher einschaltet?«

»Nicht jemand«, schnaubte Kleinschnitz. »Wenn du das Ding nicht präpariert hast, dann hat es ein anderer getan – für dich.«

»Du spinnst.«

»Gut.« Kleinschnitz löste sich von der Fensterbank und stiefelte zur Tür. »Ich hätte alles so lassen und dir nichts verraten sollen. Wäre ein hübsches Bild geworden: Stiller, gegrillt im Garten.«

»Jetzt warte mal«, rief Stiller. »Wer sollte denn versuchen, mich umzubringen?«

Kleinschnitz wandte ihm den Kopf zu, legte den linken Zeigefinger unter sein linkes Auge und zog das Lid nach unten. »Ich würde ganz banal sagen: Jemand, der wollte, dass du keine blöden Fragen mehr stellst. Aber ich bin ja nur der Knipser; du bist hier der Kopfarbeiter.«

»Du meinst, jemand wollte mich an der Recherche im Fall Strunke hindern …«

»Ganz passabel formuliert.«

»Jemand, der weiß, was ich in der Kleingartenkolonie wirklich mache ...«

»Das muss nicht sein. Er kann dich auch für einen neugierigen Gärtner halten.«

Stiller atmete tief ein und aus. Sein Gesicht begann zu strahlen. »Weißt du, was das heißt?«

Kleinschnitz nickte. »Dass du so schnell wie möglich aus der Kolonie verschwinden solltest.«

»Im Gegenteil«, erwiderte Stiller. »Das heißt, dass ich nach wie vor auf der richtigen Spur bin. Strobel muss sich irren. Welches Interesse sollten Ursula Strunke oder ihr Lebensgefährte gehabt haben, mich aus dem Verkehr zu ziehen? Hinter ihnen war ich doch gerade nicht her.«

Stillers Handy spielte »Neue Männer braucht das Land«. Verblüfft sah er aufs Display. Interpol. Warum rief sie ihn auf dem Handy an?

Im selben Moment platzte Kerstin ins Büro. Die Tür flog weit auf, Kleinschnitz konnte sich gerade noch in Sicherheit bringen. »Hey«, rief er. »Hast du's jetzt auch auf mich abgesehen?«

Sie musterte ihn abschätzig von oben bis unten. »Hältst du mich für bescheuert?« Dann grinste sie Stiller an. »Ich konnte dich doch nicht warten lassen.« Sie warf einen Stapel Computerausdrucke auf den Schreibtisch, obenauf ein Bild, das einen kleinen kompakten Mann vor einem Frankfurter Hochhaus zeigte.

»Über diesen Giuliano Vapore gibt es nicht viel«, erklärte Kerstin. »Aber über seinen Vater Claudio. Hat in Frankfurt als Fliesenleger oder so angefangen und ist heute Chef eines gigantischen Bauimperiums. Vapore Hoch und Tief. Seine Spezialität sind ehemalige Ami-Kasernen. Du solltest den Namen kennen, er war auch schon in Aschaffenburg aktiv.«

Schlagartig fiel es Stiller ein. Vapore hatte ehemalige Mannschaftsgebäude an der Würzburger Straße in hochwertige Wohnhäuser umgebaut. Die Anleger waren völlig aus dem Häuschen – und die örtliche Bauträger-Konkurrenz ebenfalls, weil Vapore die üblichen Quadratmeterpreise gnadenlos unterboten hatte. Sein Modell hatte bundesweit Schule gemacht. Zuletzt war er ins Neubaugeschäft gewechselt und hatte im Rosenpark, wo die Stadt gerade ein riesiges Kasernenareal in ein völlig neues Siedlungsgebiet verwandeln ließ, ein paar Blöcke hochgezogen.

»Ich werde echt alt«, sagte Stiller kleinlaut. Niemand widersprach ihm.

»Was sollte ein Bauunternehmer in der Kleingartenkolonie wollen?«, fragte Kleinschnitz stattdessen.

Kerstin sah ihn groß an. »Na, bauen.«

Stiller schüttelte den Kopf. »Das ergibt keinen Sinn. Das Gelände ist als Grünfläche ausgewiesen. Außerdem ist es vom Siedlungsgebiet abgeschnitten, es liegt jenseits der Hafenbahn und direkt am Schönbusch. Egal, wie einflussreich Vapore ist – dort baut niemand mehr.« Er stutzte. Irgend etwas war da gewesen. Einer der Kleingärtner hatte es ihm erzählt. Aber er wusste weder wer noch was.

»Das ist euer Bier«, sagte Kerstin. »Ihr kennt meine Meinung, und ihr habt alles, was ich finden konnte. Ich gehe wieder an meine Arbeit.« Sie warf einen schnellen Blick auf Stiller. »Übrigens hab ich es gehört.«

Stiller lief rot an.

»Neue Männer braucht das Land.« Sie feixte. »Wenn ich mir euch zwo so betrachte, kann ich da nur zustimmen.«

Kleinschnitz hielt ihr galant die Tür auf. »Ich verschwinde ebenfalls. Hab schon zu viel Zeit mit dem Stau und dem Rasenmäher verloren.«

Stiller blieb allein zurück und massierte sich die Schläfen. »Mit wem hab ich gesprochen?«, murmelte er.

17

»Ich komm nicht drauf. Ich bin wie vernagelt.« Stiller saß auf der Eckbank in der Laube, Ruth an seiner Seite. Sie und die Kinder hatten ihn begleitet, um später mit aufs Radieschenfest zu gehen. Er würde Ruth als seine Schwägerin vorstellen, falls jemand fragen sollte. Die Kinder waren kein Problem: Er hatte sich in der Anlage schließlich als Familienvater ausgegeben. Frauke stand an dem Flipchart. Gemeinsam waren sie noch einmal alle Gärtner durchgegangen, mit denen Stiller gesprochen hatte. Er wusste, dass ihm einer von ihnen eine Information gegeben hatte, die ihm damals nebensächlich, jetzt aber wichtig erschien.

Er ärgerte sich über sich selbst, weil er erst nach Strunkes Beerdigung angefangen hatte, die Gespräche zu protokollieren. Bis dahin hatte er nur Stichwörter auf Fraukes Pappkarten notiert und an die Pinnwand geheftet. Aber es war darunter keines, bei dem es »Klick« machte.

»Mach dir nichts draus«, sagte Frauke sanft. Sie war in ihrem Element. »Das ist uns allen schon mal passiert. Du musst dich entspannen, loslassen. Denk an etwas anderes. Schließ die Augen. Nenn mir eine Situation, in der du dich wohlfühlst ...«

»Pass bloß auf, was du sagst«, warnte ihn Ruth.

Frauke schnappte ein. »Ich versuche nur eine Form des autogenen Trainings. Eine leichte Abwandlung der Schultz-Methode. Du glaubst gar nicht, was sich dadurch aus dem Unbewussten herausholen lässt.«

»Ich glaub's auch nicht«, sagte Stiller. »Aber ich glaube, es war etwas, was Mooser gesagt hat.«

»Siehst du, es wirkt schon.«

Ruth lächelte. »Meinst du, es bringt dir etwas, wenn du mit diesem Mooser noch einmal sprichst?«

Stiller hob die Schultern. »Ich kann es ja versuchen. Er ist gerade am Vereinsheim und hilft beim Aufbau fürs Radieschenfest.«

»Na, das passt doch prima. Du bietest kurzerhand deine Mithilfe an. Frauke und ich kümmern uns so lange um den Garten. Unter uns: Der sieht grausig aus.«

Ruth hatte den Stiller'schen Rasenmäher in den Kangoo geschoben und in die Laubenkolonie mitgenommen, Frauke war auf dem Wochenmarkt gewesen und mit einem flachen Karton voller Setzlinge für die Beete gekommen. Gemeinsam wollten sie die Parzelle ein wenig aufpäppeln.

Stiller ließ »seine« Frauen in der Laube zurück und zog los. Am Kirschbaum blieb er kurz stehen: Charlotte und Jan lagen sich in der Hängematte gegenüber. »Ihr könntet Ruth helfen«, schlug er vor.

Charlotte verdrehte die Augen. »Oh Papa, siehst du nicht, dass wir chillen?«

»Wie ihr wollt. Bleibt ihr nachher zum Radieschenfest?«

»Gibt's da nur Würste und Steak oder auch was Vegetarisches?«, fragte Charlotte zurück.

»Soweit ich weiß, gibt es vegetarische Radieschen in allen Variationen.«

»Cool. Dann bleib ich.«

Jan hob den Kopf. »Radieschen sind Wurzeln, Charlotte. Erklär das mal deinem Freund.«

Stiller stutzte. Hatte er »Freund« gehört? Jetzt bloß nicht zu neugierig nachbohren. »Wieso, was ist denn mit ihm?«

»Er ist Frutarier«, antwortete Jan an Charlottes Stelle. »Er isst nur Obst, das man pflücken kann, ohne dass die Pflanze stirbt.«

»Genau genommen ist er sogar ein verschärfter Frutarier«, ergänzte Charlotte. »Er isst nur Früchte, die von alleine vom Baum gefallen sind.«

»Es wäre schade, wenn er deswegen nicht käme.« Stiller hätte den Freund seiner Sechzehnjährigen gerne kennengelernt. »Du kannst ihm ja sagen, dass die Radieschen hier von alleine aus dem Boden springen«, witzelte er und wandte sich zum Gehen.

»Ha, ha, Papa. Du bist ja sooo lustig«, rief ihm Charlotte hinterher.

Am Vereinsheim stieß Stiller auf Mooser und Scherer. Sie balancierten auf Klappleitern und waren dabei, eine Plastikplane aufzuspannen, um die überdachte Pergola hinter dem Haus zu verlängern.

»Hallo«, begrüßte ihn Mooser. »Na, hast du wieder Damenbesuch? Wer ist es denn diesmal?«

»Meine Schwägerin – die Schöpferin meiner Gartenfiguren.« Stiller räusperte sich. »Ihr seid nur zu zweit, wo sind denn all die anderen?«

»Du kennst doch den Spruch: Viele Ärsche, viele Winde.« Mooser lachte rostig. »Ich brauch mal den Blumendraht, Kalle.«

Scherer zog die grüne Spule aus der Gesäßtasche und warf sie Mooser zu, der sie geschickt auffing. Mit einem Seitenschneider zwickte er ein Stück Draht ab und warf die Spule zurück. Die beiden waren ein eingespieltes Team.

Stiller klatschte in die Hände. »Was soll ich tun?«

»Wir kommen gut allein zurecht«, rief Scherer von der Leiter.

»Lass ihn doch«, entgegnete Mooser und deutete auf die zusammengeklappten Biertischgarnituren, die sich unter der Pergola stapelten. »Du kannst schon mal anfangen, die aufzustellen. Ich bin hier gleich fertig, dann mach ich mit.«

Stiller ging ans Werk. Scherer warf ihm von Zeit zu Zeit misstrauische Blicke zu und gab Anweisungen. »Stell die Bank nicht so nah an die Stufe« oder »An der Wand vom Vereinsheim musst du Platz lassen. Da kommt eine Reihe von Tischen hin. Fürs Salatbuffet«.

Nach und nach tröpfelten weitere Helfer ein. Einige Gärtner, darunter Froeses, bauten Grills auf. Mangold schleppte in einem Leiterwagen einen Laptop, ein Mischpult und zwei riesige Lautsprecher herbei und begann, alles zu verkabeln. Wagner kümmerte sich um die Zapfanlage. Mooser war noch immer mit der Plane beschäftigt. Stiller gab die Hoffnung auf, ungestört mit ihm sprechen zu können. Stattdessen packte ein Spätaussiedler mit an, um die letzten Tische und Bänke aufzustellen. Er hieß Sascha.

Gerti Blum führte einen Zug von Frauen an, die Schüsseln, Platten und Bretter auf den Tischen am Vereinsheim absetzten: Radieschensalate mit unterschiedlichen Dressings, Radieschenbrote, Radieschenquark, Radieschen mit Strunk, als »Fingerfood« deklariert, kunstvoll geschnitzte Radieschen, die Käfer und Igel, Tulpen und Rosen darstellten. In die Lücken rückte allerlei Zeitloses wie grüner Salat, Tomaten-Mozzarella-Basilikum, Kräuterbutter und der Beilagen-Höhepunkt, der Kartoffelsalat.

Stiller lauschte auf die Gespräche ringsum. Ingrid Mangold war voll des Lobs für Gerti Blum. »Ein Traum, dein Kartoffelsalat! Bei Regina gab es neulich einen Kartoffelsalat aus dem Eimer. Wie Gummi. Die Kinder haben den Ball reingeschossen, ich glaub, da waren alle froh. Aber dein Kartoffelsalat – ein Traum!« Sie verscheuchte die Kinder, die begonnen hatten, den Ball hin und her zu werfen.

Gerti Blum gab das Lob zurück. »Ach komm, mein Kartoffelsalat ist doch nichts gegen dein Käsedressing. Da könnt ich mich jedes Mal reinlegen.«

Der Rest ging in Musik unter. Mangold nahm die Anlage in Betrieb, hatte jedoch die Lautstärke noch nicht im Griff. »Ich hab dich tausendmal belogen«, dröhnte es aus den Lautsprechern. Rasch drehte er leise und wieder lauter. Bei der Zeile »... hoch mit dir geflogen«, flog die Sicherung aus dem Mischpult. Drei weitere Elektrofachmänner fanden sich ein und machten sich mit ihm auf die Fehlersuche.

Das Fest begann, die Tische bevölkerten sich. Wagner kam mit dem Zapfen nicht mehr nach. Ausgerechnet Kusmin eilte ihm zu Hilfe.

»Ey, ich zapfen, du spülen«, radebrechte Wagner.

»Ja, ja«, antwortete Kusmin und bediente den zweiten Zapfhahn, als habe er nicht verstanden.

Ruth und Frauke erschienen und stellten eine Schüssel am Vereinsheim ab. »Nudelsalat«, sagte Ruth, während sie sich zu Stiller auf die Bank schob. »Charlotte ist mit Jan übrigens nach Hause geradelt. Ihr Freund wollte nicht kommen. Hab ich die Eröffnungsrede verpasst?«

»Die ist ausgefallen. Es gibt technische Probleme.« Stiller sah sich um.

An den Feuerstellen standen Männer in John-Wayne-Pose, statt eines Schießprügels schwenkten sie lange Zangen. Plötzlich gab es an einem der Grills einen Aufstand.

»Bleib mir weg mit den Bifteki«, rief ein Zangenmeister mit Schweißperlen auf der Stirn. »Die kleben immer am Rost fest. Wenn du die ein paarmal gewendet hast, bleibt nur noch der Käse in der Mitte übrig.« Die Frau mit den Bifteki schlug vor, eine Alufolie unterzulegen. »Alufolie!«, rief er entsetzt. »Da kannst du doch gleich die Pfanne nehmen.«

Ruth schüttelte den Kopf. »Merkwürdig, dass Männer, die in der Küche keinen Finger rühren, ihre Frauen nur an den Rost lassen, wenn er geputzt werden muss.«

»Das ist psychologisch bereits erforscht«, dozierte Frauke. »Grillen ist für Männer ein Urbedürfnis. Wenn sie Würstchen wenden, sehen sie sich in der Rolle des Höhlenmenschen, der seine Sippe mit

Fleisch versorgt. Außerdem: Wer am Grill steht, hat die Macht – nicht nur über die Wurst.«

Hinter ihnen rief jemand: »Schatz, hol mal den Lappen! – Nicht den nassen, den trockenen. Was will ich mit dem nassen?«

»Da hörst du es.« Frauke lächelte weise.

»Apropos die Sippe versorgen«, warf Stiller ein. »Habt ihr etwas zum Grillen mitgebracht?«

Ruth und Frauke sahen ihn groß an. »Davon hast du nichts gesagt.«

»Keine Angst, ihr müsst nicht verhungern.« Kleinschnitz tauchte hinter ihnen auf und wuchtete eine Tupperdose mit eingelegten Steaks auf den Tisch. Er wies auf seine Freundin: »Darf ich bekannt machen? Das ist Lilo.«

Stiller stellte Ruth und Frauke vor, ohne auf die Beziehung einzugehen, in der sie zu ihm standen. Lilo begrüßte die beiden Frauen und Stiller mit Wangenküssen. »Ich hab ja schon so viel von euch gehört«, sagte sie mit ihrer nasalen Stimme, während sie in die Bank rückte.

»Was möchtest du trinken?«, fragte Kleinschnitz.

»Gibt's 'nen Prosecco?«, näselte Lilo.

»Ich schau mal nach.«

»Ich komme mit.« Stiller stieg über die Bank. »Was trinkt ihr?«

Ruth und Frauke bestellten Bier.

Stiller und Kleinschnitz lösten Bons an der Kasse und trennten sich dann. Kleinschnitz steuerte die Sektbar an, Stiller den Bierstand.

»Hölle Hölle Hölle«, schepperten die Lautsprecher. Das Technikteam drehte leiser. Diesmal schien alles zu klappen.

Am Bierstand hatte sich eine Traube gebildet. »Du schneller zapfen oder spülen«, sagte Wagner zu Kusmin.

»Ja, ja«, antwortete Kusmin und schob fleißig Bierkrüge über die Theke, während Wagner einen tiefen Zug aus seinem eigenen Krug nahm.

»Ich muss prüfen, ob alles okay ist«, verkündete Wagner. Sein Gesicht war rot angelaufen, seine Bewegungen wirkten unkontrolliert. »Ey, um ein Haar hätte es hier Faust-Bier gegeben. Aber nicht mit mir. Noch nicht. *Not yet,* Kameraden. Mit mir nur Schwind.«

Mangolds Stereoanlage spielte »Waterloo«.

Jemand zupfte Stiller am Ärmel. Er drehte sich um, aber erst als er den Blick senkte, bemerkte er Gerti Blum.

Sie lachte fröhlich. »Na, gefällt dir das Fest?« Plötzlich wurde sie ernst und starrte in Richtung Salatbuffet. »Also das ist ja … Der hat vielleicht Nerven, hier aufzukreuzen!«

Stiller folgte ihrem Blick und sah einen Fremden, der sich suchend umblickte. »Wer ist das?«, fragte er.

»Er heißt Graser, und er hat hier Hausverbot. Ein roher Mensch.«

Stiller erinnerte sich an den Aktenordner mit den Abmahnungen und Kündigungen im Vereinsheim. Er hatte den Namen gelesen, Graser war der Mann mit dem Vogel. »Was hat er denn ausgefressen?«

Gertis Gesicht verdüsterte sich. »Ausgefressen kann man das nicht nennen. Das ist viel zu freundlich. Er hat eine Amsel erlegt, mit dem Luftgewehr, und das tote Tier dann in seinem Kirschbaum aufgehängt. So etwas dulden wir hier nicht. Strunke hatte ihm dann auch fristlos gekündigt.«

»Interessant«, sagte Stiller und beugte sich zu Gerti hinunter. Er hätte sonst schreien müssen, um die letzten Klänge des Abba-Hits zu übertönen. »War er da nicht ziemlich wütend auf Strunke?«

Sie riss die Augen auf. »Du meinst, er hat etwas mit dem Mord zu tun? Nein!« Sie schüttelte energisch den Kopf. »Strunke war nicht allein für die Kündigung verantwortlich. Wir im Vorstand waren alle dafür und der da ganz besonders.«

Sie zeigte auf Scherer, der mit raschen Schritten auf Graser zulief.

»Bei Tierquälerei bleibt uns auch gar keine Wahl«, fuhr Gerti fort.

Stiller dachte an Moosers blutige Maulwurfattacke, sagte aber nichts. Scherer hatte Graser erreicht und deutete zum Ausgang. Graser machte keine Anstalten zu gehen, sondern reckte angriffslustig das Kinn.

»Und dieser Mensch arbeitet auch noch für die Stadt. Er hat eine Vorbildfunktion.«

Stiller hörte Gerti kaum noch zu, sondern konzentrierte sich auf den Auftritt von Scherer und Graser. Kusmin schob ihm drei Bierkrüge zu. Stiller nahm sie geistesabwesend, ließ Gerti grußlos stehen und schlenderte zum Salatbuffet.

»Du hast mich tausendmal verführt«, dröhnte es aus den Lautsprechern, die Mangold an der Wand des Vereinsheims aufgehängt hatte. Stiller schob die Unterlippe vor. Wenn er hören wollte, worüber sich Scherer und Graser stritten, musste er näher ran. Er stellte sich wie zufällig unmittelbar hinter sie, drehte ihnen den Rücken zu und tat so, als interessiere er sich brennend für die Salatschüsseln auf den Tischen. Die beiden waren so sehr mit sich selbst beschäftigt, dass sie ihn nicht zu bemerken schienen.

»Ich sag dir noch mal: Du hast Nerven, hier aufzukreuzen!«, bellte Scherer.

»Du hast mir keine Wahl gelassen«, gab Graser erregt zurück. »Du gehst mir aus dem Weg, lässt dich verleugnen.«

»Du hast hier Hausverbot.« Scherers Stimme hatte einen drohenden Ton angenommen. »Zwing mich nicht, dich rauswerfen zu lassen. Außerdem gibt es nichts zu besprechen. Es lässt sich nichts mehr ändern.«

»Du hast mir was vorgespielt.« Grasers Stimme überschlug sich. »Du hast gar keine Genossen mehr, du denkst nur an dich selbst.«

»Schluss jetzt, es reicht. Du bist ja irre.«

Die beiden schwiegen. Jemand tippte Stiller auf die Schulter. Er drehte sich um.

Es war Scherer. »Herr Döberlin, würden Sie mir einen Gefallen tun? Suchen Sie doch bitte den Ekki und sagen Sie ihm, dass er die Musik ein bisschen leiser drehen soll.«

Stiller nickte. Die Botschaft war klar. Trotzdem blieb er stehen und blickte sich suchend um.

»Du gehst jetzt«, raunzte Scherer Graser an.

Graser gab nach. »Also gut, aber wir sprechen uns noch, damit das klar ist!« Er schlängelte sich durch die Tischreihen davon. Niemand sprach ihn an.

Stiller setzte sich ebenfalls in Bewegung und trug die Bierkrüge zum Tisch. Die anderen erwarteten ihn schon sehnsüchtig.

»Haben sie das Bier erst brauen müssen?«, fragte Ruth.

»Deine Frauen verdursten«, rügte ihn Kleinschnitz. »Und wir auch, wir wollten mit euch anstoßen.« Er hob sein Sektglas zu Lilo.

Mechanisch prostete Stiller in die Runde. Der Streit zwischen Scherer und Graser beschäftigte ihn noch. Er versuchte, sich einzuprägen, was er gehört hatte.

Sascha kam mit einem Tablett vorbei, stellte Schnapsgläschen vor ihnen ab und verkündete: »Den kriegt ihr nur bei mir. Ein Radieschenschnaps, Eigenanbau. Ich nenn ihn ›Scharfe Liebe‹.«

Kleinschnitz roch an seinem Gläschen und schüttelte sich. »Liebe macht blind«, rief er. »Der Schnaps hoffentlich nicht.«

Lilo lachte und warf dabei ihren Kopf so weit zurück, dass Stiller befürchtete, ihre Perücke könnte verrutschen.

Sascha trank ein Glas mit ihnen und wandte sich dem nächsten Tisch zu.

Kleinschnitz klopfte sich mit der Hand auf die Brust und röchelte. »Das Zeug ist der reinste Biosprit. Keine Ahnung, ob der Mann eine Erlaubnis zum Schnapsbrennen hat. Aber wenn er eine Baugenehmigung für eine Raffinerie bekäme, hätte er ausgesorgt.«

Lilo erwiderte etwas, aber es ging im Lärm des nächsten Partyhits unter: »Verlieben, verloren, vergessen, verzeih'n«. Stiller wusste, dass es sich um einen der erfolgreichsten Schlager handelte, hatte jedoch nie herausgefunden, was allein die verschrobene Titelzeile zu bedeuten hatte. Ähnlich erging es ihm mit den Textfetzen, die jetzt aus den Lautsprechern quollen: »Du gingst von mir in einer Stunde« – war sie *vor* einer Stunde gegangen oder hatte sie eine Stunde zum Gehen gebraucht? »Und half mir auch nicht du« – diese Zeile klang, als sei sie von einer Übersetzungsmaschine gedichtet worden. »Aber ohne dich leben, jetzt ist es zu spät« – offensichtlich war sie doch dageblieben.

Ruth und Frauke fachsimpelten über Wetter und Wachstum. »Der Mai war anfangs so kühl, alles hinkt um Wochen hinterher.« – »Und da reden alle von der Erderwärmung. Bei uns sorgt der Klimawandel anscheinend nur für Kälte und Regen.«

Froese hatte sich zu ihnen gesellt. »Für meinen asiatischen Garten ist dieses Klima jedenfalls Gift«, warf er ein. »Wer weiß, ob es hier in ein paar Jahren überhaupt noch Kleingärten gibt.«

»Wo liegt das Paradies?«, klang es passend dazu aus den Lautsprechern. Stiller entspannte sich allmählich und beteiligte sich an der Unterhaltung.

Kleinschnitz verschwand und kehrte mit einer neuen Lage Bier und Prosecco zurück. Stiller folgte später seinem Beispiel, die drei Runden danach übernahmen Frauke, Ruth und Lilo, wobei die Frauen inzwischen zu Apfelsaftschorle übergegangen waren. Sascha schaute noch ein paarmal vorbei, sammelte die leeren Schnapsgläschen ein und ließ volle stehen. Stiller und Kleinschnitz tranken für Ruth und Frauke mit.

Die Abenddämmerung stieg auf, und mit dem Tag verblassten Stillers Konzentration und Erinnerungsvermögen. Der Alkohol, das Stimmengewirr, die laute Musik, sie benebelten ihn. Das Duo Scherer und Mooser räumte ein paar Biertischgarnituren beiseite, die sich schon geleert hatten. Das war das Letzte, was er noch bewusst wahrnahm.

***

»War er wieder peinlich?« Charlotte musterte Stiller vorwurfsvoll.

»Es ging eigentlich.« Ruth stellte die Kaffeekanne auf den Esstisch, zog sich einen Stuhl heran und setzte sich. »Er hat sogar beim Tanzen noch eine ganz gute Figur gemacht.«

»Ich hab getanzt?« Stiller stützte die Ellbogen auf und legte sein Gesicht in die Hände. Zwischen den Fingern hindurch sah er zu, wie sich im Wasserglas vor ihm sprudelnd zwei Aspirintabletten auflösten.

Ruth klopfte ihm aufmunternd auf den Rücken. »Und wie! Aber unter uns: Du hättest ruhig auch mal Frauke auffordern können. Die Leute haben schon geredet. Sie ist dort schließlich deine Frau, ich bin nur deine Schwägerin.«

»Schlimm genug, dass ich überhaupt getanzt habe.« Die Kopfschmerzen ließen Stiller aufstöhnen.

Ruth reichte den Brötchenkorb herum. Sie war bereits beim Bäcker gewesen, obwohl das sonntags Stillers Aufgabe war. »Also, ich fand's nicht schlimm. Die Gartenluft scheint dir richtig gut zu bekommen. Ich weiß gar nicht, wann du das letzte Mal mit mir getanzt hast.«

»Ich schon.« Stiller räusperte sich, seine Stimme klang rau wie ein Reibeisen. »Beim Tulpenball, das ist keine vier Monate her.«

»Er kann noch rechnen«, flüsterte Jan.

Stiller trank das Glas auf einen Zug leer und verzog das Gesicht. »Boah! Dagegen schmeckt ja der Radieschenschnaps von gestern wie Zuckerwasser.«

»Deine Augen sind ganz rot, Papa.« Jan wirkte besorgt. »Du wirst doch nicht blind?«

Stiller schüttelte den Kopf. »Ich glaube, jetzt nicht mehr. Trotzdem«, er warf Ruth einen entschuldigenden Blick zu, »den Schnaps hätte ich besser stehen lassen sollen. Kleinschnitz hatte recht, das Zeug ...«

Er erstarrte. Kleinschnitz. Was hatte er gesagt? Biosprit – nein, das war es nicht. Raffinerie – auch nicht. Baugenehmigung, das war es!

Ruth rüttelte ihn. »Paul, was ist los?«

»Moment.« Stiller rührte sich nicht. Schlagartig verflogen seine Kopfschmerzen. »Kohl«, rief er.

»Papa?« Charlotte beugte sich über den Tisch und wedelte mit einer Hand vor seinem Gesicht herum.

Stiller nahm sie kaum wahr. »Mooser hat es mir erzählt: Kohl hat sich auf einen alten Bebauungsplan berufen. Daran wollte ich mich die ganze Zeit erinnern.«

»Papa, du bist unheimlich!«, rief Charlotte.

Stiller sah ihr in die Augen. »Was will ein Bauunternehmer in einer Kleingartenanlage?«

Charlotte runzelte die Stirn. »Bauen?«

»Kluges Kind!« Stiller sprang auf, holte sich das Telefonbuch und begann zu blättern.

»Wen willst du anrufen?«, fragte Ruth.

»Den früheren Leiter des Stadtbauamts. Kempf.« Er ließ den Zeigefinger über eine Spalte gleiten und schließlich innehalten. Mit der anderen Hand nahm er sein Handy.

Ruth hielt ihn zurück. »Du wirst den armen Mann doch nicht am Sonntagvormittag stören wollen, so verkatert, wie du bist?«

»Sonntag, stimmt.« Mit einem Knall schlug Stiller das Telefonbuch zu. Ruth und die Kinder zuckten zusammen. »Der letzte im Monat, oder? Wie spät ist es?«, fragte er in die Runde.

»Gleich elf«, antwortete Jan.

»Gut.« Stiller spülte mit einem großen Schluck Kaffee den Tablettengeschmack hinunter. »Dann weiß ich, wo ich ihn finde. E-A-F.«

»Was soll das jetzt wieder heißen – Erste Allgemeine Ferunsicherung?«, fragte Charlotte.

»E-A-F, Ex-Amtsleiter-Frühschoppen.« Stiller trank noch einen Schluck und stand auf. »In einer Stunde bin ich zurück. Kümmert ihr euch schon mal um das Fleisch für die Sippe.«

Als er die Küche verließ, hingen die Blicke der Sippe an seinem Rücken wie Fragezeichen.

18

Die Schöntalweinstuben galten stadtweit als beliebtes Domizil für
Stammtische aller Art und Generation: Elterngruppen der beiden
Gymnasien in der Nachbarschaft, Frauencliquen, die hier den Ein-
kaufsbummel ausklingen ließen, und etliche Feierabendgesellschaf-
ten, die nach der Arbeit auf einen Absacker hereinschneiten. Doch
vor allem Schoppenrunden mit betagtem Teilnehmerkreis hatten sich
das Ecklokal am Park Schöntal im Zentrum der Stadt zum zweiten
Wohnzimmer erkoren.

Stiller hatte oft gerätselt, woran das lag, und meinte die Gründe
zu kennen: Die Schöntalweinstuben hatten zwei Altenheime im Rücken und waren von dort aus auch für weniger rüstige Rentner leicht
erreichbar. Zudem zog der Gründerzeitstil des Hauses eher Besucher an, die das Altbackene liebten, weil sie selbst schon in dieser Liga
spielten. Die Gaststube bot das passende Ambiente, gut gepflegt, aber
doch ein wenig gestrig.

Wohl auch deshalb trafen sich die ehemaligen Referenten, Amts-
und Sachgebietsleiter der Stadtverwaltung zu ihrem monatlichen
Frühschoppen in den Schöntalweinstuben. Dabei hätten sie ihr
Stammlokal durchaus im Schatten ihrer früheren Arbeitsplätze finden können: Aschaffenburg hatte im Verhältnis zur Einwohnerzahl
die höchste Gaststättendichte in Bayern, und die meisten Kneipen
ballten sich in der Altstadt rings um das Rathaus aus den fünfziger
Jahren.

Ein paar Stufen führten vom Eingang zur Gaststube hinauf. Drinnen war es dämmrig, und wie das Licht schienen auch die Geräusche gedämpft. Obwohl nahezu alle Tische besetzt waren, hörte Stiller nur dumpfes Murmeln, in das sich das leise Klingen von Gläsern
mischte, die hier und da zusammengestoßen wurden. Lediglich im
Nebenzimmer brandete lautes Lachen auf. Das war die Runde, die
er suchte. Die Blicke des Wirts folgten ihm, während er durch die
Gaststube schritt und das Nebenzimmer betrat.

Ein herzliches Hallo schallte ihm entgegen. »Welch hoher Besuch!«, »Sieh an, die Presse!«, »Ich sag's doch, Hajo, wir sind noch
wichtig!«

Acht Ehemalige, ausschließlich Männer, saßen um den rustikalen Tisch. Hajo war der Ranghöchste, einst Rechtsreferent der Stadt, der zweite Mann nach dem Oberbürgermeister. »Gott zum Gruß, Herr Stiller«, rief er und rollte jedes »r« wie ein Bayer. »Hierher, trinken Sie einen Krug mit uns!«

Stiller klopfte zur Begrüßung mit den Fingerknöcheln auf die Tischplatte und quetschte sich auf die Eckbank.

»Na, er sieht auch schon ein Stück älter aus.« Der frühere Kämmereichef hatte die Angewohnheit, Fremde nicht zu siezen, sondern in der dritten Person anzusprechen. »Wie viel fehlt ihm denn noch bis zum Ruhestand?«

»Knapp zwei Jahrzehnte. Und danke fürs Kompliment.« Stiller lachte mit. Er wusste, dass der Frühschoppen vor einer Stunde begonnen hatte und jedes Glas die Stimmung steigen ließ.

»Machen Sie sich keine Sorgen«, tröstete ihn der ehemalige Sportamtsleiter. »Grau werden Sie von alleine. Aber den Ruhestand, den müssen Sie sich erst schwer erarbeiten.«

Hajo lehnte sich zur Seite und winkte durch die Türöffnung zur Theke. »Wirtschaft, noch ein Glas für die Presse. Vom Ortega. Geht auf mich.«

»Nicht doch«, wehrte Stiller ab.

»Ist schon in Ordnung.« Hajo schnalzte genüsslich mit der Zunge und ließ ein »Der Ortega ist grandios, ein großer Jahrgang« über die Lippen rollen.

»Was führt Sie denn zu uns?«, fragte der frühere Bauamtsleiter Kempf.

»Eigentlich hatte ich gehofft, genau Sie hier zu treffen«, sagte Stiller wahrheitsgemäß, während der Wirt das Weinglas vor ihm absetzte.

»Jetzt lass ihn doch erst mal trinken, Reinhold«, schaltete sich der Sportamtsleiter ein. »Prost.«

Sie stießen an und tranken. Alle hoben ihr Glas noch einmal, bevor sie es abstellten.

»Und«, fragte Hajo, »zufrieden mit meiner Wahl?«

Stiller nickte. Hinter seinen Schläfen begann es wieder zu pochen.

»So, jetzt aber«, sagte der frühere Ordnungsamtsleiter. »Wir platzen vor Neugier.«

Stiller räusperte sich. »Ich brauche wieder einmal Ihr Gedächtnis.«

»Oje!«, kam es aus der Ecke, die der ehemalige Kulturreferent besetzt hielt.

»Ich meine weniger das Kurzzeitgedächtnis.« Stiller kniff ein Auge zu. »Ich glaube, es handelt sich um eine sehr alte Geschichte.«

»Ja dann!«

Stiller entschied sich, mit der Tür ins Haus zu fallen. »Es geht um die Kleingartenanlage Radieschenparadies. Ist es möglich, dass es für das Gelände einen alten Bebauungsplan gibt?«

»Radieschenparadies«, wiederholte der einstige Sportamtsleiter. »Das ist die Anlage, in der es den Toten gegeben hat. Herr Stiller ist scheint's wieder mal auf Mörderjagd.«

Der Liegenschaftsamtsleiter lehnte sich zurück. »Ein Bebauungsplan da hinten am Schönbusch? Reinhold, weißt du was davon?«, wandte er sich an Kempf.

»Irgendwas klingelt bei mir.« Kempf grübelte. »Aber das ist verdammt lange her, bestimmt ein Vierteljahrhundert.«

»Richtig.« Hajo schnippte mit den Fingern. »Da gab es einen Bebauungsplan. Der hatte meines Wissens sogar Rechtskraft.«

»Das heißt …?«

»Es gab grundsätzlich Baurecht. Aber ich kann mir nicht vorstellen, dass der Plan heute noch existiert.«

»Was war denn damit?«

»Das gesamte Areal gehört der Bahn«, erläuterte Kempf. »Es war damals schon als Kleingartenanlage ausgewiesen, in der Fachsprache heißt das ›gewidmet‹. Um Bauland daraus zu machen, hätte die Bahn das Gelände also erst entwidmen müssen. Soweit ich mich erinnere, war sie dazu aber nicht bereit. Sie wollte die Kleingartenanlage für Eisenbahner erhalten. Dadurch ist der Bebauungsplan nie rechtswirksam geworden.«

Stiller zog Stenoblock und Füller aus der Tasche. »Der Plan hatte Rechtskraft, er war aber nicht rechtswirksam? Was heißt das denn?«

Kempf winkte ab. »Och, das haben Sie häufig. Die Stadt stellt einen Bebauungsplan auf, zieht das komplette Verfahren durch. Doch kaum gibt es Baurecht, ist auf einmal die Erschließung zu teuer, oder die Grundstückseigentümer spielen nicht mit, wie in Ihrem Beispiel die Bahn. Was macht die Stadt? Sie legt den Plan erst mal in die

Schublade, dann in den Schrank und schließlich in den Keller. Sie glauben gar nicht, wie viele Bebauungsplanleichen da unten begraben sind.«

»Aber die Rechtskraft bleibt erhalten?« Stiller notierte fleißig mit. Hajo klatschte in die Hände. »Bravo, Herr Stiller, Sie lernen schnell. Das Baurecht bleibt. Es sei denn, der Stadtrat hebt den Plan wieder auf.«

»Könnte ich mich also heute auf den damaligen Bebauungsplan berufen, wenn ich in der Kleingartenanlage bauen wollte?«

»Ein trockenes Thema«, warf der frühere Sportamtsleiter ein. »Prost.«

Sie tranken erneut, dann griff Hajo den Faden auf: »Heute? Am Nilkheimer Bahnhof – das ist leider undenkbar.«

Stiller sah ihn fragend an.

»Erstens, der Bebauungsplan müsste überhaupt noch existieren. Zweitens, die Bahn müsste das Areal entwidmen, also die Kleingartennutzung förmlich aufgeben. Drittens, wenn sie das täte, würde der Stadtrat den Bebauungsplan sofort aufheben.«

»Und warum?«

Hajo gab dem Wirt Zeichen für eine neue Runde Wein. »Die Stadt würde heute da hinten kein Baugebiet mehr zulassen. Der Standort ist nicht ins Stadtgebiet integriert, das Areal wird durch die Hafenbahn von der Nilkheimer Siedlung getrennt. Außerdem liegt es viel zu nahe am Park Schönbusch, das bringt nur Ärger mit der bayerischen Schlösserverwaltung. Und zu allem Überfluss nistet dort auch noch der Steinkauz.«

»Oh ja, der Steinkauz!« Kempf nickte. »Der verhindert heute jedes zweite Baugebiet.«

»Vergiss nicht die Zauneidechse«, rief der ehemalige Liegenschaftsamtsleiter.

»Und den Ameisenbläuling«, fügte der frühere Sportamtsleiter hinzu. »Ich hab mir Bauerwartungsland im Kühruhgraben gekauft. Plötzlich flatterte da der Ameisenbläuling herum. Aus war's. Jetzt besitze ich eine der teuersten Wiesen Aschaffenburgs.«

»Das ist so ein Beispiel«, sagte Hajo. »Der Kühruhgraben, das war ein rechtskräftiger Bebauungsplan. Aber der Stadtrat hat ihn aufgehoben, bevor er rechtswirksam wurde. Heute ist dort alles Naturschutzgebiet.«

»Sie erinnern sich nicht, ob der Stadtrat den Bebauungsplan für die Kleingartenanlage am Nilkheimer Bahnhof ebenfalls aufgehoben hat?«, hakte Stiller nach.

Der Ex-Liegenschaftsamtsleiter schüttelte den Kopf. »Nicht solange ich noch im Amt war. Aber das spielt auch keine Rolle. Wenn ein Plan erst einmal so alt ist, genügt ein einfacher Stadtratsbeschluss und er landet im Papierkorb.«

»Könnte ich die Verwaltung und den Stadtrat irgendwie umgehen?« Stiller fixierte Kempf, der aber nur die Stirn runzelte.

Hajo antwortete an seiner Stelle. »Völlig ausgeschlossen. Die Verwaltung wird über jede Veränderung informiert. Das geht schon los, wenn die Bahn das Areal entwidmet. Außerdem würden die Gartenpächter davon erfahren, und Sie können sich vorstellen, was für einen Aufstand die machen würden. Spätestens dann wird alles öffentlich.«

Stiller ließ nicht locker. »Und wenn die Bahn das Gelände stattdessen verkauft. Sagen wir mal: an einen Investor?«

Der gewesene Liegenschaftsamtsleiter beugte sich vor. »Das kriegen wir automatisch vom Notar mitgeteilt. Mit ›wir‹ meine ich die Kollegen von heute. Die Stadt hat nämlich ein Vorkaufsrecht.«

Der frühere Ordnungsamtsleiter hob den Finger wie ein Schüler. »Außerdem ist der Bebauungsplan sozusagen nur die Rechtsgrundlage. Wenn Sie ein Haus hinstellen wollen, brauchen Sie erst eine Baugenehmigung. Und dazu müssen Sie wiederum auf die Verwaltung zukommen. Kurz: Am Rathaus vorbei, das funktioniert nicht.« Er schubste Kempf mit dem Ellbogen. »Was ist los mit dir, Reinhold. Hab ich was Falsches gesagt?«

Kempf schien aus seinen Gedanken zurückzukehren. »Nein, alles in Ordnung. Ihr habt recht.«

»Gut«, sagte Stiller und schob die Kappe auf den Füller. »Wen frag ich, wenn ich wissen will, ob der Bebauungsplan noch existiert?«

Hajo kratzte sich hinterm Ohr. »Schwer zu sagen, der Fürst hat ja alles umstrukturiert, seit wir nicht mehr sind. Fragen Sie am besten den Stadtentwicklungsreferenten, den Keller. Der kann ja einen seiner Hiwis in den Keller schicken.«

»In den Keller schickt der Keller keinen mehr«, widersprach der Sportamtsleiter. »Die haben heute Computer, falls du davon schon mal gehört hast. Prost.«

216

Stiller leerte das Glas und griff nach seiner Tasche. »Dann werd ich wohl mal wieder …«

»Ja, so geht das aber nicht.« Hajo hielt ihn am Arm zurück. »Sie wollen sich doch nicht einfach aus dem Staub machen? Ich finde, wir haben uns ein kleines Informationshonorar verdient, oder?« Er beugte sich zur Seite und winkte. »Wirtschaft! Noch eine Runde Ortega. Geht auf die Presse.«

***

Kempf brach um eins vom Frühschoppen auf und durchquerte leicht schwankend das Schöntal. Sein Apartment lag auf der anderen Seite des Parks, in der Wohnanlage der Diakonie direkt an der Stadtmauer. Von dort aus hatte er nicht nur einen Blick ins Grüne, sondern überallhin kurze Wege. Das und sein Alter hatten ihn bewogen, das Auto zu verkaufen. Mit dem Vorteil, dass er beim Schoppen tiefer ins Glas schauen durfte als die meisten anderen, die sich von ihrem Führerschein noch nicht trennen wollten.

Zu Hause streifte er die Schuhe ab, ohne sie aufzubinden, und hängte den Übergangsmantel an die Garderobe. Im Wohnzimmer war es still bis auf das Ticken der Pendeluhr. Seine Frau war vor drei Jahren gestorben, und er hatte sich noch immer nicht an die Stille gewöhnt. Er schaltete die Stereoanlage ein und suchte den bayerischen Nachrichtensender. Er wollte keine Musik, er wollte Stimmen um sich haben.

Er legte sich aufs Sofa und versuchte, sich auf die Nachrichten zu konzentrieren. Es gelang ihm nicht. Stillers Fragen hallten in seinen Ohren. Nach einer Weile fiel er in einen oberflächlichen, unruhigen Schlaf. Als er wieder erwachte, schmerzte sein Kopf. Er schlurfte in die Küche, nahm eine Flasche Wasser aus dem Kühlschrank, setzte sie an und trank. Zurück im Wohnzimmer warf er einen Blick auf die Uhr. Gleich vier. Er legte sich wieder hin und stopfte sich ein zweites Kissen unter den schweren Schädel.

War es möglich, die Verwaltung und den Stadtrat zu umgehen? Das war die zentrale Frage. Nein! Oder doch? Aber selbst wenn: Was konnte das mit dem Mord am Vorsitzenden der Kleingartenanlage zu tun haben? Kempf suchte angestrengt nach Antworten und döste erneut ein.

Plötzlich fuhr er hoch. Er musste lange geschlafen haben, es war dunkler geworden im Wohnzimmer. Diesmal musste er nicht zur Uhr sehen, der Radiosprecher verriet ihm die Zeit: neunzehn Uhr fünfundvierzig, drei viertel acht. Er setzte sich auf und sah durch das Fenster ins Schöntal. Die Dämmerung senkte sich bereits in den Park. Wieder hatte er einen Nachmittag vertrödelt. Und auch dieser Abend würde vorbeigehen wie all die anderen.

Er erhob sich schwerfällig, suchte in der Flurkommode, auf der das Telefon stand, das Notizheft mit den Rufnummern seiner Bekannten. Er zog die Lesebrille aus der Brusttasche seines Hemdes, setzte sie auf und blätterte. Schließlich fand er die Nummer und wählte.

»Kempf«, sagte er, als am anderen Ende abgehoben wurde. »Dein alter Mentor.« Er hörte sich die Begrüßungsfloskel an. »Hör mal«, fuhr er dann fort. »Heute Mittag war ein Journalist beim Ehemaligenschoppen und hat Fragen über einen alten Bebauungsplan gestellt. Nilkheimer Bahnhof. Weißt du, ob es den überhaupt noch gibt? ... Hab ich mir gedacht, ich kann mich auch nicht daran erinnern. Wie? Stiller, ja. ... Ich weiß nicht genau, worauf er hinauswollte. Aber wenn da irgendetwas Krummes läuft, muss jemand bei euch im Amt Bescheid wissen, alles andere ergibt keinen Sinn. Du hast nichts mitgekriegt? Gut, dann werde ich gleich morgen früh den Keller einschalten ... Das ist ein schwerer Verdacht, das weiß ich selbst ... Dich habe ich doch gar nicht gemeint, ich wollte nur mal mit dir drüber reden, bevor ich morgen alle rebellisch mache ... Sicher können wir uns treffen ... Einverstanden, um halb neun in den Schöntalweinstuben. Ich wollte sowieso noch etwas essen.« Er legte auf.

Kurz vor acht, er hatte noch über eine halbe Stunde Zeit. Er zog die Schuhe im Sitzen an und ächzte, als er dazu den Oberkörper vorbeugte. Nachdem er in den Übergangsmantel geschlüpft war, hielt er kurz inne. Würde er einen Schal brauchen? Nein, die kalten Abende waren vorüber. Er tastete die Taschen nach dem Geldbeutel und dem Schlüsselbund ab, dann schloss er die Tür und fuhr mit dem Aufzug nach unten.

Der Rossmarkt lag verlassen vor ihm, die Fußgängerzone war an den Sonntagabenden wie tot. Er bog in die kleine Seitengasse ab, die zum Park führte. Auch das Schöntal hatte sich geleert. Es war mit den Jahren zum reinen Durchgangspark geworden, und auch das nur noch bei Tag. Immer häufiger war von nächtlichen Überfällen zu lesen. Doch ihm war noch nie etwas passiert. Weder wollte ihm jemand an die Wäsche, noch sah er so aus, als trüge er eine dicke Geldbörse mit sich herum.

Trotzdem beschleunigte er den Schritt und war froh, als er den Ausgang auf der anderen Seite erreichte und die Stille des Parks hinter sich ließ. Der hektische Verkehr, der Lärm der Autos im Kreisel vor den Schöntalweinstuben – sie waren ihm willkommen. Sein Lebensabend war entschieden zu still.

In der Gaststube wählte er einen freien Tisch und setzte sich so, dass er den Eingang im Auge hatte. Er bestellte eine Winzerplatte und ein Viertel Ortega. Als er halb aufgegessen hatte, ließ er sich ein weiteres Glas kommen. Ungeduldig sah er auf die Uhr. Zehn vor neun, zwanzig Minuten über der Zeit. Er hatte sich daran gewöhnt, dass er warten musste. Als er noch in Amt und Würden gewesen war, hatte es das nicht gegeben. Wenn er als Leiter des Stadtbauamts einen Mitarbeiter zum Treffen bestellt hatte, duldete er keine Unpünktlichkeit. Vielleicht machten sich die Kollegen von einst gerade deshalb einen Spaß daraus, sich zu verspäten, seit er im Ruhestand war.

Um Viertel nach neun legte er das Besteck aufs Holzbrett und schob es zurück. Er trank das Glas aus, überlegte, ob er sich ein drittes bringen lassen sollte, und entschied sich dagegen. Er hatte sich ans Warten gewöhnt, aber er war noch nicht so alt und bedeutungslos, dass man ihn versetzen durfte. Er ärgerte sich, dass er nicht auf den Rat seines Sohnes gehört hatte, sich ein Handy anzuschaffen.

»Hat jemand für mich angerufen?«, fragte er, während er die Rechnung beglich. Der Wirt bedachte ihn mit einem abschätzigen Blick. Er wusste, warum; er hatte diese Frage zuvor schon zweimal gestellt.

Draußen hatte sich die Luft merklich abgekühlt. Der Verkehr war dünn geworden, nur noch vereinzelt schnitten Autoscheinwerfer Lichtkegel in die Dunkelheit. Vom Schöntal wehte ein würziger Wind herüber. Kempf atmete tief ein und überquerte die Kreuzung auf dem Zebrastreifen neben dem Kreisel. Dann verschluckte ihn der Park.

Es wunderte ihn nicht, dass dieser Ort bei Nacht verrufen war. Wenige Lampen beleuchteten die Wege. Hecken und Sträucher schufen dunkle Ecken und unübersichtliche Winkel. In den Nischen zwischen den Büschen standen Bänke. Auf einer saß ein Pärchen und knutschte. Er schrak zusammen, als die Frau leise stöhnte. Die beiden bemerkten ihn nicht, während er im Vorübergehen flüchtig hinsah. Die Hand des Mannes war unter den Rock der Frau geglitten. Kempf fühlte sich erregt; es gab so vieles, was er vermisste. Schnell schritt er weiter.

Schwarz lag der erste See vor ihm. Enten schraken schnatternd auf, ihre Flügel peitschten das Wasser, während sie sich in die Luft schwangen. Ein anderes Geräusch mischte sich in das Rauschen, lauschend hielt er inne. Jemand folgte ihm, Schritte knirschten auf dem Kiesweg. Er drehte sich um.

Aus der Dunkelheit schälte sich ein Mann, die Hände in den Hosentaschen vergraben, den Oberkörper vorgebeugt. Kempf blieb stehen, war plötzlich unfähig, sich zu rühren. Der Mann kam rasch näher. Als er ihn erreicht hatte, deutete er ein kurzes Nicken an. Ohne anzuhalten, stapfte er davon.

Kempf entkrampfte sich, schalt sich für seine Angst. An der dunklen Kreuzung zwischen den beiden Seen hielt er erneut an. Wieder knirschte Kies, anders diesmal. Unvermittelt raste ein Fahrrad auf ihn zu, ohne Licht. Der Fahrer bremste scharf, der Hinterreifen brach aus und sprengte den Split auf.

»Hey, alter Depp!«, schrie der Fahrer. »Was stehste'n im Weech?« Fluchend trat er wieder an.

Kempf ging langsam weiter, bald hatte er den zweiten See vor sich. Fahler Nebel stieg über dem Wasser auf, verwischte die Konturen der Insel. Die Mauern der Klosterruine schienen zu schweben, schroff brachen sie oben ab, schwarz vor dem Nachthimmel, den die Lichter der Stadt rötlich färbten. Auf der Insel schrie ein Pfau, es klang wie das Miauen einer Katze. Es raschelte im Gebüsch, das den Weg vom Stadtgraben trennte; vermutlich ein Eichhörnchen. Kempf blieb stehen und suchte mit den Augen das Gebüsch ab. Er war jetzt ruhiger, der Ausgang lag keine hundert Meter weit entfernt.

Abermals ließ ihn ein Knirschen zusammenfahren. Vorsichtshalber trat er etwas zur Seite und sah über die Schulter zurück. Er erkannte einen Mann und wunderte sich für einen Augenblick, dass er schon so nah war. In der Stille trugen die Geräusche weit, er hätte ihn viel früher hören müssen. Es beunruhigte ihn noch mehr, dass der Fremde nicht an ihm vorbeiging, sondern ebenfalls stehen blieb.

»Herr Kempf?«, fragte er.

Kempf kannte ihn nicht, auch die Stimme sagte ihm nichts. Er wollte sich umwenden und wortlos weitergehen, doch dann siegte die Neugier. »Ja«, sagte er. »Wer ...?«

Der Mann trat nahe an ihn heran.

Kempf löste den Blick vom Gesicht des Fremden und ließ ihn hinabwandern. Als er die Hände sah, weiteten sich seine Augen. »Was wollen Sie?«, rief er. Dann schnellte er herum, versuchte wegzulaufen. Sein rechter Fuß glitt auf dem Kies aus. Er fing sich und begann zu rennen. Der Knöchel schmerzte, doch er achtete nicht darauf. Er achtete nur noch auf den dunklen Bogen, auf den er zulief, das Tor in der Stadtmauer.

Dann wurde sein Lauf abrupt gestoppt, etwas riss ihn zurück, Schmerz explodierte in seinem Hals. Er wusste, er würde den Ausgang in die Stadt und das Leben dahinter nicht mehr erreichen.

19

»Name?«
»Karin Weißkopf.«
»Adresse?«
»Bachstraße 12, Großostheim.«
»Einverstanden, dass ich das Gespräch aufzeichne?«
»Wenn's der Wahrheitsfindung dient ...« Sie lächelte.
Strobel schnitt eine Grimasse, die ein Lächeln andeuten sollte. Er hatte es längst aufgegeben, mitzuzählen, wie oft er diesen Spruch schon gehört hatte. Wenn's nicht der Wahrheitsfindung diente, müsste diese Frau – er warf einen Blick auf sein Notizblöckchen – Weißkopf gar nicht hier sitzen. Die Aufzeichnung des Gesprächs diente lediglich dazu, einen Protokollanten einzusparen. Es war früher Morgen, kurz nach sechs. Um diese Uhrzeit war die Polizeidienststelle nur mit einem Minimum an Personal besetzt, und die Wache hatte gerade Schichtwechsel.

»Ihre Aussage ist von einiger Bedeutung«, erklärte er hölzern. Sein Ton blieb ernst und knapp, fast aggressiv. Das lag nur zu einem kleinen Teil daran, dass ihn der Anruf der Streife um fünf aus dem Schlaf gerissen hatte. Schwerer wog schon Sabines enttäuschtes Gesicht, als er aus dem Bett und in die Kleider gesprungen war. Wieder war ein gemeinsames Frühstück futsch und wahrscheinlich nicht nur das. Doch was ihn am meisten ärgerte: Wegen dieser Frau gingen ihm seine zwei Hauptverdächtigen flöten.

Er schob die Bilder von Ursula Strunke und Thomas Nadele über den Schreibtisch und drehte sie zu ihr um. »Sie sagen, Sie kennen die beiden?«

»Das sagte ich. Ja.« Erneut betrachtete sie die Porträts, die ihr der Beamte am Morgen schon gezeigt hatte. Eine Strähne ihres nackenlangen Haares fiel ihr vor die Augen, sie streifte sie mit der Hand zur Seite. »Die habe ich gesehen.«

»Beim Joggen?«
»Ja.«
»Heute vor einer Woche?«
»Am Montag. Ja.«

Strobel musterte sie schweigend. Sie war bereitwillig mitgekommen, wie ihm der Beamte berichtet hatte, und hatte noch die Sachen an, die sie getragen hatte, als ihr die Streife in den Aschaffauen begegnet war: bequeme Laufschuhe, eine dunkelblaue Leggins und ein enges Sportshirt, ebenfalls dunkelblau. Eine leichte Windjacke hatte sie um die Hüften geschlungen gehabt, jetzt hing sie über der Stuhllehne.

»Sie joggen regelmäßig an der Aschaff?«

»Jeden Montag.«

»Wieso gerade an der Aschaff? Großostheim ist zehn Kilometer weg, und es gibt dort jede Menge beliebte Laufstrecken.«

»Es gefällt mir, wie die Stadt das Ufer angelegt hat. Ich wollte die Ecke zuerst nur ausprobieren, aber dann wurde eine Gewohnheit daraus, und über die Darmstädter Straße bin ich ruck, zuck dort. In Großostheim jogge ich mittwochs, in den Weinbergen. Und freitags am Main, auch wieder in Aschaffenburg.«

»Sie haben die beiden schon öfter montags gesehen?«

»Ein paarmal.«

»Auch vor einer Woche – wissen Sie das bestimmt? Die beiden behaupten, niemandem begegnet zu sein.« Das war nicht völlig korrekt, Strobel wusste das. Ursula Strunke und Thomas Nadele hatten lediglich angegeben, sie hätten nicht darauf geachtet. Aber er musste in diesem Punkt sichergehen.

»Sie sind die ganze Zeit vor mir gelaufen, wahrscheinlich haben sie mich nicht bemerkt.«

»Demnach haben Sie die beiden nur von hinten gesehen. Sie könnten sich also auch getäuscht haben.«

Sie schüttelte energisch den Kopf. Die Haarsträhne fiel ihr wieder vors Gesicht. »Sie haben sich unterhalten, dadurch konnte ich sie mehrmals von der Seite sehen.«

»Im Profil?«

»Ja. Übrigens habe ich sie auch von vorne gesehen. Als ich die Dorfstraße zur Aschaff runtergelaufen bin, kamen sie mir von der anderen Seite entgegen. Die Mittelstraße runter.«

»Moment«, unterbrach Strobel. »Die beiden kamen von der Kirche her?« Das deckte sich mit der nachträglichen Aussage der beiden, wonach sie vor dem Laufen noch am Auto gewesen waren.

»Aus Richtung Kirche«, bestätigte sie. »Ich war noch auf der Brücke, als sie zum Ufer abgebogen sind. Und diesen Vorsprung haben sie dann die ganze Zeit gehalten.«

Strobel ließ noch nicht locker. »Können Sie sich erinnern, was die beiden anhatten?«

Sie schloss die Augen, um sich die Szene in Erinnerung zu rufen. »An viel kann ich mich nicht erinnern. Er trug ein T-Shirt mit der Freiheitsstatue drauf, das ist mir aufgefallen. Ich glaube, es stammt von einem New-York-Marathon. Sie hatte so 'ne komische Blisterjacke mit grünen Leuchtstreifen auf dem Rücken an. Die gingen oben auseinander wie ein Ypsilon.«

Das stimmte mit den Kleidern überein, die Ursula Stunke und Thomas Nadele nach eigenen Angaben an jenem Montag getragen hatten. Strobel ließ die Finger knacken. »Sind Sie sicher, was die Uhrzeit betrifft?«

»Ich laufe jeden Montag ziemlich genau um fünf los. Wie heute.«

»Und wie lange?«

»Letzte Woche war es knapp eine Stunde. Am einen Ufer hin, am anderen zurück.«

»Und die beiden waren die ganze Zeit vor ihnen?«

»Ja.«

Es klopfte. Noch bevor Strobel »Herein« rufen konnte, streckte Bühler den Kopf ins Büro. »Kannst du mal?«, fragte er und rollte die Augen in Richtung Flur.

»Entschuldigen Sie mich bitte einen Augenblick.« Strobel schaltete das Aufnahmegerät aus, folgte Bühler in den Flur und zog die Tür hinter sich zu. »Was gibt's denn?«

»Wir haben einen Toten. Erdrosselt. Im Schöntal.«

»Scheiße«, zischte Strobel.

»Liegt wahrscheinlich schon seit gestern Abend dort. Der oder die Täter haben ihn in den Stadtgraben gerollt. Zwei von der Stadtreinigung haben ihn gefunden, als sie vorhin die Abfalleimer leeren wollten. Meine Leute sind schon unterwegs. Kommst du mit?«

Strobel massierte sich den Nacken. »Rose soll sich darum kümmern. Du siehst doch«, er deutete auf die Bürotür, »ich stecke mitten in der Kleingärtnersache.«

»Rose ist mit der Geschichte im Spessart beschäftigt«, entgegnete Bühler. »Außerdem wird Possmann diesen Fall ganz hoch hängen, wenn er hört, wer der Tote ist.«

»Warum, wer ist es denn?«

»Der frühere Stadtbauamtsleiter. Kempf.«

Strobel pfiff durch die Zähne. »Gut, ich komme mit. Ich bin mit der Zeugin gleich fertig. Gib mir noch drei Minuten.« Er drehte sich zur Tür, während in seinem Magen die Unruhe zu grummeln begann. Mit einem Schlag hatte er zwei Verdächtige weniger und eine Leiche mehr.

***

Als Stiller die Nachricht hörte, wich ihm das Blut aus den Fingern. Er war nicht mehr in der Lage, den Telefonhörer loszulassen, wie blind starrte er die Wand gegenüber seinem Schreibtisch an.

Er war gerade auf dem Weg in die Morgenkonferenz gewesen, gespannt, welche Kreativitätsübungen die CITT herausgesucht hatte. Seit einer Woche war er nun schon nicht mehr in ihren Work-outs gewesen. An der Tür hatte ihn das Telefon zurückgerufen. Kaum hatte er abgenommen, wusste er, dass es damit auch heute nichts werden würde.

Der ehemalige Stadtbauamtsleiter – erdrosselt. Wenige Stunden nachdem Stiller ihn beim Frühschoppen zur Kleingartenanlage befragt hatte. Stiller war davon überzeugt, dass es da einen Zusammenhang geben musste. Das konnte kein Zufall sein. Er fühlte sich schuldig. Auf alle Fälle musste er Strobel davon berichten.

Stiller drückte die Trenntaste und wählte Kleinschnitz an. Er fasste kurz zusammen, was ihm die Pressestelle der Polizei mitgeteilt hatte. Kleinschnitz schlug vor, ihn in fünf Minuten abzuholen.

Stiller hatte vorgehabt, die Eigentumsverhältnisse der Kleingartenanlage zu recherchieren. Er beschloss, diese Arbeit an Kerstin Polke abzudrücken, und schrieb ihr eine Mail. Im Gegenzug für ihre Hilfe versprach er ihr, sie schnellstmöglich mit Informationen über den neuen Mord zu versorgen. Wahrscheinlich würde die Mail ihre Laune nicht gerade heben: Ihre Hilfe war eine freiwillige und zusätzliche Aufgabe. Sein Angebot war berufliche Pflicht und eine Selbstverständlichkeit.

Als sie im Buick saßen, berichtete Stiller von seinem Besuch beim Ex-Amtsleiter-Frühschoppen und von seinem Verdacht, dass der Mord an Kempf etwas damit zu tun haben könnte.

Kleinschnitz presste die Luft aus sich heraus wie ein Wal, der lange unter Wasser gewesen war. »Ich fass es nicht!«, legte er los. »Ich hab dich gewarnt. Vor genau einer Woche hab ich dich gewarnt. Du hast mir versprochen, dass du diesmal keine Extratouren machst. Und jetzt? Jetzt steckst du bis zum Hals in dieser Sache drin.«

»Peter …«

»Still, du hörst jetzt zu. Ich will gar nicht von diesem nächtlichen Ausflug reden, der mir eine Tetanusimpfung eingebracht und mich fast meine Beziehung gekostet hat. Ich rede auch nicht von deinem präparierten Rasenmäher – meinetwegen hättest du gut und gerne damit in die Luft gehen können. Und ich rede nicht von den dauernden Frotzeleien der Kollegen über Gartenzwerge und Radieschen.«

»Lass mich doch auch mal …«

»Nein, ich lass dich nicht auch mal. Ich rede von Mord, hörst du? Davon, dass ein Mann vielleicht noch leben könnte, wenn du dich nicht eingemischt hättest, du Hobby-Pirol.«

»Poirot«, verbesserte Stiller.

»Wie auch immer. Und hör auf, mich dauernd zu verbessern. Du bist nicht meine Frau.«

»Darf ich jetzt vielleicht sagen, was ich denke?«

»Meinetwegen, viel kann's ja nicht sein. Außerdem sind wir sowieso gleich da.«

»Ich hab den Ex-Amtsleitern ganz normale Fragen gestellt. Was kann ich denn dafür, wenn einer von ihnen daraus irgendwelche Schlüsse gezogen hat. Du kannst mich doch nicht behandeln, als ob ich jemanden umgebracht hätte. Außerdem ist das alles nur eine Theorie.«

»Da hast du recht«, knurrte Kleinschnitz, während er den Buick in die Tiefgarage hinter der Sandkirche am Schöntaleingang lenkte. »Und weil sie von dir stammt, hab ich die berechtigte Hoffnung, dass sie falsch ist.«

Das Gelände rund um den Fundort der Leiche war weiträumig abgesperrt. Entlang der rot-weißen Bänder hatten sich Trauben von Schaulustigen versammelt. Beharrlich ignorierten sie Mike Staabs Aufforderungen, doch bitte weiterzugehen. Es gebe nichts zu sehen. Das stimmte nur zum Teil. Die Leiche war zwar längst abtransportiert, doch ein gutes Dutzend Polizeibeamter in weißen Ganzkörperkondomen suchte noch Wege, Wiesen und Büsche nach Spuren ab.

Staab winkte einem Kollegen, der Kleinschnitz auf die Brücke zur Klosterruine führte. Von dort aus konnte er Bilder schießen, ohne den abgesperrten Bereich zu betreten. Wenig später dirigierte der Beamte auch das Kamerateam des Lokalfernsehens dorthin.

»Zwei Morde in einer Woche, das gibt bundesweite Schlagzeilen«, sagte Staab. »Wir sperren gerade die Parkplätze an dieser Seite des Parks, falls Ü-Wagen kommen.«

Stiller zog ihn zur Seite. »Habt ihr schon was?«

»Du weißt, dass ich dir keine Auskünfte geben darf. Nach Mittag plant Strobel eine Pressekonferenz. Für alle.«

»Ach komm«, bettelte Stiller. »Gib mir einen kleinen Heimvorteil. Die Fernsehkarawane zieht morgen weiter. Ich bleibe.«

Staab sah sich um. »Du weißt, um wen es sich handelt?«

Stiller nickte.

»Der Fundort ist nicht der Tatort.«

»Das weiß ich auch schon. Ich bin ja nicht blind.«

»Der oder die Täter haben Kempf dort hinten erwischt.« Staab deutete an der Klosterruine vorbei zur Stadtmauer. »Er war keine fünfzig Meter mehr vom Tor weg. Durch diesen Seitenausgang wollte er vermutlich raus. Der Täter hat ihn dann siebzig Meter nach da geschleppt.« Staabs ausgestreckter Arm folgte der Mauer und beschrieb einen Winkel von neunzig Grad nach rechts. »Dort wurde er ins Gebüsch gestoßen. Er ist noch ein Stück den Hang zum Stadtgraben runtergerutscht und an einem Baumstamm liegen geblieben.«

»Tatwaffe?«

»Warum willst du nicht bis Nachmittag warten?«, seufzte Staab.

»Ob ich es jetzt erfahre oder später …«

»Eine Drahtschlinge. Der Täter hat ihn von hinten angegriffen. Kempf hatte keine Chance.«

»Habt ihr die Schlinge?«

Staab verneinte. »So dämlich sind die Mörder nicht mal in Aschaffenburg.«

»Danke.« Stiller packte Stift und Stenoblock weg. »Ich müsste übrigens dringend mit Strobel sprechen.« Er wies mit dem Kinn auf den Kommissar, der sich im weißen Dress nur durch seine Größe und die breiten Schultern von den anderen Spurensuchern unterschied.

»Da wirst du dich gedulden müssen«, erwiderte Staab. »Du siehst ja, er hat im Augenblick Wichtigeres zu tun.«

»Ich weiß nicht, was wichtiger ist.«

»Worum geht's denn?« Staab klatschte in die Hände, als wolle er einen Schwarm Vögel verscheuchen. Das Klatschen galt einer Gruppe Schaulustiger, die so sehr gegen das Absperrband drängten, dass es zu reißen drohte.

»Ich habe mich gestern Mittag mit Kempf getroffen.«

Staab fuhr zurück. »Und das sagst du mir erst jetzt?«

Stiller hob entschuldigend die Hände. »Ich habe ihm Fragen gestellt, bei denen es um die Kleingartenanlage Radieschenparadies ging.«

»Was willst du damit sagen?« Staab kniff die Augen zusammen.

»Wär doch möglich, dass es einen Zusammenhang zwischen den beiden Morden gibt.«

»Hm.« Staab klang wenig überzeugt. »Trotzdem musst du warten, bis Strobel und die Spusi fertig sind. Es sieht nach Regen aus, hinterher finden die nichts mehr.« Er schaute zum Himmel, wo von Westen her eine graue Wolkenbank aufzog. »Was hast eigentlich du gestern Abend gemacht?«

»Fragst du mich nach einem Alibi?« Stiller sah Staab ungläubig an.

»Na, wer kommt denn hier anspaziert, hört mich erst aus und erzählt mir dann beiläufig, dass er sich gestern noch mit dem Mann getroffen hat, der heute tot im Stadtgraben liegt?«

»Ich bin gestern Abend mit Kopfschmerzen auf der Couch gelegen und hab mir den ›Tatort‹ angesehen.«

»Zeugen?«

»Drei: Ruth und die Kinder.« Stiller grinste. »Außerdem Charlottes neuer Freund. Der ist aber nur schüchtern durchs Wohnzimmer geflitzt, keine Ahnung, ob er mich gesehen hat.«

»Bist du nach dem ›Tatort‹ noch einmal aus dem Haus?«

Stiller schüttelte den Kopf. »Talkrunde.«

»Und danach?«

»Mein lieber Mike, jetzt wirst du mir aber zu privat.«

»Ach, ich dachte, du hattest Kopfschmerzen.«

★★★

Einen solchen Medienauftrieb hatte Strobel noch nicht erlebt, seit er die Leitung des Kommissariats 1 übernommen hatte. Fernseh- und Radiosender aus Bayern und Hessen waren angerückt, und zur örtlichen Presse gesellte sich ein Dutzend Korrespondenten von Nachrichtenagenturen oder überregionalen Blättern. Die Dienststellenleitung hatte das Pressegespräch in letzter Minute in den Schulungsraum im Keller verlegt. Der Saal war nicht nur der größte, sondern auch mit jeglichem technischen Schnickschnack ausgestattet.

Possmann hatte entschieden, dass er sich als Leitender Oberstaatsanwalt selbst dem Blitzlichtgewitter stellen müsse. Strobel war es recht, er liebte weder öffentliche Auftritte noch die spontanen O-Töne, hinter denen die Funkmedien her waren. Ein Mikro vor seiner Nase genügte, und die Worte fielen so hölzern aus seinem Mund wie Bauklötze.

Possmann dagegen schlug sich an der Mikrofonfront gut, das musste Strobel gestehen. Wie ein Profi hatte er eine Hand in die Hosentasche gesteckt und die andere locker aufs Rednerpult gelegt. Sein gebräuntes Gesicht war gepudert, damit er im heißen Licht der Scheinwerfer nicht glänzte, das weiße Haar hatte er schwungvoll zurückgebürstet. Die Zahnreihe seines breiten Unterkiefers funkelte wie gebleicht, der Krawattenknoten saß perfekt. Er war optimal vorbereitet, hatte einen seiner eigenen Mitarbeiter mitgebracht, der den Beamer bediente und den Vortrag sowie seine Antworten auf die Fragen der Journaille mit den passenden Bildern unterlegte.

Als Letztes präsentierte er die Kriminalstatistik, Possmanns Lieblingsfolie: Die Untermainregion hatte eine der niedrigsten Kriminalitätsraten in Bayern und die höchste Aufklärungsquote. Beides galt ebenso für den Vergleich mit dem hessischen Teil des Rhein-Main-Ballungsgebiets. Und jetzt − zwei Mordfälle innerhalb einer Woche, beide noch ungelöst: Das gab Flecken auf Possmanns weißer Weste, Strobel wusste das. Die obligatorische Bitte an die Presse, die Ermittlungsbehörden zu unterstützen, war selten so ehrlich gemeint.

Viel hatte Possmann nicht anzubieten. Die Kripo hatte Kempfs letzten Weg rekonstruiert, er hatte die Schöntalweinstuben am Vorabend etwa um halb zehn verlassen, den üblichen Weg durch den Park gewählt, aber den Ausgang nicht erreicht. Auf seinen Mörder war er am See unweit der Klosterruine gestoßen. Vermutete Tatzeit: gegen zweiundzwanzig Uhr.

Ja, es gab Spuren, nach denen sich jemand längere Zeit hinter einer Hecke in der Nähe des Tatorts aufgehalten hatte. Das müsse aber nicht heißen, dass jemand Kempf aufgelauert habe, es könne sich auch um einen Wohnsitzlosen oder um ein Liebespaar gehandelt haben. Das gebe es im Schöntal häufig. Ja, das Opfer war ausgeraubt worden, zumindest fehlte die Geldbörse, mit der Kempf zuvor bezahlt hatte.

Auf einem Punkt ritt vor allem der Korrespondent der Bild-Zeitung herum. Er wollte aufgeschnappt haben, dass der Aschaffenburger Schöntalpark bei Nacht diverse »Sicherheitslücken« aufweise. Possmann dementierte wortreich, verwies auf die gemeinsamen Anstrengungen von Polizei und Stadt, um die Probleme mit Alkohol, Drogen und Jugendgangs zu beseitigen. Letztlich wollte er jedoch nicht ausschließen, dass es sich beim Mord an Kempf um eine Zufallstat gehandelt haben könnte, die aus diesen Kreisen heraus verübt worden war.

Ja, der Täter hatte eine Drahtschlinge benutzt, nach den Erkenntnissen der Gerichtsmedizin war der Draht etwa einen Millimeter stark. Ja, von der Tatwaffe fehle jede Spur. Nein, Zeugen hatten sich noch nicht gemeldet. Ja, selbst wenn es sich hier möglicherweise um Raubmord handeln sollte, werde überprüft, ob es einen Zusammenhang mit dem Mord in der Kleingartenanlage gebe.

Bereitwillig gab Possmann auch zum Fall Strunke Auskunft. Die gute Arbeit von Kripo und Staatsanwaltschaft zeige sich darin, dass es bereits eine Festnahme gegeben habe. Die Spur habe sich allerdings als »nicht zielführend« erwiesen. Strobel bewunderte, wie geschickt Possmann diesen Fehlschlag auf die Erfolgsseite buchte.

Schließlich bot er den Medienvertretern von außerhalb an, sich mit ihren Kontaktdaten in eine Liste einzutragen. Sie würden dann über neue Entwicklungen »zeitnah« informiert. Alle nutzten das Angebot, obwohl sich mehrere Teams in Aschaffenburger Hotels eingemietet hatten, um noch ein oder zwei Tage vor Ort am Ball zu bleiben. Strobel wusste ebenso gut wie Possmann: Länger würde das Interesse der Medien auch nicht anhalten, mit oder ohne Täter. Die nächste Sau wartete darauf, durchs Dorf getrieben zu werden.

Nach der Pressekonferenz ging Possmann mit in Strobels Büro. Sie riefen Bühler zu sich.

»Gibt es schon etwas Neues, was die Theorie dieses Herrn Stiller betrifft?«

»Wir haben überprüft, ob und mit wem Kempf nach dem Frühschoppen telefoniert hat.« Bühler lehnte an seinem Lieblingsplatz am Fenster und verschränkte die Arme. »Es gab nur einen Anruf von seinem Apparat aus. Gegen acht, also eine halbe Stunde, bevor Kempf erneut in den Schöntalweinstuben erschien.«

»Wen hat er angerufen?« Strobel klappte sein Notizblöckchen auf.

»Einen seiner früheren Mitarbeiter. Graser. Er arbeitet heute im Liegenschaftsamt.«

»Worum ging es bei dem Telefonat?«

»Claudia hat mit Graser gesprochen. Er gibt an, Kempf hätte ihn häufig angerufen. Er war wohl mal sein Ausbilder in der Stadtverwaltung. Angeblich wollte er sich nur kurz melden, um einfach mal wieder eine menschliche Stimme zu hören. Die Kleingartenanlage sei kein Thema gewesen.«

»Haben sie sich verabredet?«

»Nein, laut Graser.«

»Hat er ein Alibi?

»Er sagt, er sei den ganzen Abend zu Hause gewesen. Hätte erst den ›Tatort‹ und dann die Talkrunde im Fernsehen angeschaut. Seine Frau bestätigt das. Claudia hat die Talkrunde ebenfalls gesehen und ein paar spezielle Fragen dazu gestellt. Graser wusste genau Bescheid.«

»Gut«, schaltete sich Possmann ein. »Sieht mir nicht danach aus, als ob es da eine Verbindung gäbe.«

»Dann geh ich mal.« Bühler löste sich von der Fensterbank. »Ich hab einen Sack voll Arbeit.«

»Moment«, sagte Strobel. »Hat Graser telefoniert, nachdem er den Anruf von Kempf bekommen hatte?«

Bühler zog die Mundwinkel hoch, er hatte die Frage offensichtlich erwartet. »Claudia hat das überprüft. Nein, kein Anruf, weder vom Festnetz noch vom Handy aus.«

»Lass ihn trotzdem vorladen«, sagte Strobel. »Irgendwas klemmt da. Kempf ruft einen früheren Mitarbeiter an, um eine menschliche Stimme zu hören. Und eine halbe Stunde später kehrt er zum zweiten Mal am selben Tag in einem der belebtesten Lokale ein.«

»Da saß er aber ganz für sich allein. Er hatte mit niemandem Kontakt.« Bühler zögerte. »Wobei er offensichtlich auf jemanden gewartet hat, zumindest auf einen Anruf, der aber nicht kam.«

»Ich sag ja, da klemmt was.« Strobel nahm sich insgeheim vor, seinem Junggesellendasein endgültig abzuschwören und Sabine einen Heiratsantrag zu machen, solange es noch nicht zu spät war. Auf keinen Fall wollte er so einsam enden wie dieser Kempf.

***

Fertig. Stiller klickte den Text vom Bildschirm, lehnte sich zurück und sah aus dem Fenster. Staabs Wetterprognose war richtig gewesen, es regnete inzwischen in Strömen. Geistesabwesend griff er nach der Kaffeetasse, bemerkte, dass sie leer war, und stellte sie wieder zurück.

Er fühlte sich unwohl. Er hatte sich in seinem Bericht über den Mord an Kempf streng an die Fakten gehalten, die er am Tatort recherchiert oder in der Pressekonferenz erfahren hatte. Dabei spürte er, dass er den Lesern mehr zu berichten hatte. Er war sicher, dass es einen Zusammenhang geben musste zwischen seinem Besuch beim Frühschoppen und Kempfs Tod, zwischen den Morden in der Kleingartenanlage und im Schöntal.

Strobel hatte ihm versichert, allen Hinweisen nachzugehen, hatte aber auch seine Zweifel geäußert. Bis hin zur völlig unterschiedlichen Ausführung der beiden Taten fehle jeder Beleg dafür, dass sie etwas miteinander zu tun haben könnten.

Stiller riss sich aus seinen Gedanken. In wenigen Augenblicken würde Kerstin bei ihm hereinschneien, sie wartete nur darauf, dass er seinen Bericht abschloss. Es konnte nicht schaden, wenn er vorher Kaffee holte.

Er stieß mit ihr an seiner Bürotür zusammen, als er mit der Kanne und frischen Tassen aus der Küche zurückkam.

»Ach«, fauchte sie. »Wie reizend, dass ich nicht auch noch Kaffee kochen muss. Du scheinst mich neuerdings für deine Sekretärin zu halten.«

Er begrüßte sie mit einem fröhlichen »Hi«.

So leicht ließ sie sich nicht gnädig stimmen. »Ich hab extra deine Gartenlaube verkabelt, damit du selbst im Internet recherchieren kannst. Und? Hinterher muss ich es doch wieder machen.«

»Ich hatte mit dem Mord zu tun«, sagte Stiller. »Und du bist einfach fitter, wenn's ums Internet geht.«

»Das«, sie fuchtelte mit dem Zeigefinger vor seiner Nase herum, »das ist ein echter Machospruch. Immer wenn ihr Männer euch vor etwas drücken wollt, sagt ihr, wir Frauen könnten das besser. Waschen, bügeln, putzen, googeln.«

Stiller räumte den Schreibtisch frei, indem er alles, was darauflag, in eine Ecke schob. Er zog Kerstin einen zweiten Stuhl heran und schenkte Kaffee ein.

»Trink erst mal.« Er reichte ihr eine Tasse.

Sie nahm die Tasse an und betrachtete ihn schon etwas friedlicher, während er sich mit Daumen und Mittelfinger die Schläfen massierte. »Immerhin, was die Bahn betrifft, hattest du einen ganz guten Riecher.«

Sofort ließ er die Hand sinken und hob den Blick. »Was hast du rausgekriegt?«

»Also: Die Deutsche Bahn bietet über das Internet jede Menge Grundstücke zum Verkauf an. Quer durch Deutschland und durch alle Preislagen.«

»Ist das Radieschenparadies dabei?«

»Nein.« Sie wartete seine Reaktion ab. Als sie seine Enttäuschung sah, boxte sie ihm gegen die Schulter. »Das Areal ist schon verkauft.«

»Was heißt das?«

»Das, was ich sage. Du findest noch das Exposé, aber es hat den Vermerk ›verkauft‹. Bevor ich es vergesse: Ich hab dir zu alldem Links auf die entsprechenden Internetseiten geschickt. Natürlich hab ich auch Ausdrucke.« Sie beugte sich zu ihrer Tasche und ließ einen Stapel Papier erscheinen, den sie auf den Schreibtisch packte. Stiller griff danach, aber sie legte ihre Hand darauf.

»Käufer ist eine Eisenbahnergenossenschaft mit Sitz in Aschaffenburg. Und da wird die Sache nebulös. Du findest über diese EG kaum was im Netz. Es sieht so aus, als wenn sie schon seit Jahren nicht mehr aktiv ist und gerade abgewickelt wird. Namen tauchen unter neuerem Datum überhaupt nicht mehr auf, nur eine Adresse. Das Ganze hat was von einer Briefkastenfirma.«

»Und unter älterem Datum?«

»Früher schon. Aber das ist über zehn Jahre her, und seitdem: Funkstille. Nach den Genossenschaftsstatuten hätte es längst schon diverse Vorstandswahlen oder Versammlungen geben müssen. Alles Fehlanzeige.«

Stiller grübelte. »Merkwürdig. Weshalb kauft eine Eisenbahnergenossenschaft, die praktisch nicht mehr existiert, das Gelände der Kleingartenanlage?«

»Vielleicht, um die Anlage zu erhalten. Nach dem, was du mir erzählt hast, war es ursprünglich mal eine reine Laubenkolonie für Eisenbahner. Interessant ist aber auch die Frage, woher das Geld kommt. Viele Genossen scheint es jedenfalls nicht mehr zu geben.«

Kerstins Worte ließen in Stillers Kopf etwas klingeln. Aber er kam nicht darauf, was es war. Er verfolgte einen anderen Gedanken. »Vielleicht ging es gar nicht darum, die Anlage zu erhalten, sondern genau ums Gegenteil. Hast du irgendetwas gefunden, ob die EG das Gelände ihrerseits verkaufen will? Zum Beispiel an einen Bauinvestor.«

»Denkst du an Vapore?« Sie schüttelte den Kopf. »Nein, nichts. Keinerlei Aktivität in diese Richtung, ob Vapore oder andere. Das wäre übrigens auch eine echte Rosstäuschung. Die Bahn hat das Areal als ›Sondergebiet Kleingärten‹ verkauft und ausdrücklich festgehalten, dass es kein Baurecht gibt.«

Wieder massierte Stiller seine Schläfen. Nichts wollte passen. »Das ist nicht ganz korrekt«, klärte er Kerstin auf. »Nach meinen Informationen gibt es durchaus Baurecht. Es hat sich nur nie umsetzen lassen – und wird es wohl auch nicht mehr.«

Kerstin sah auf die Uhr. »Du, ich muss zurück. Ich denke, du kommst jetzt allein klar.«

Stiller verzog den Mund. »Um ehrlich zu sein: Ich sehe im Augenblick nur lose Fäden und hab keine Ahnung, wie sie zusammenpassen.«

»Nicht anders kenn ich dich.« Kerstin nahm ihre Tasche und verschwand eilig.

Stiller schaffte es gerade noch, ihr ein »Danke übrigens« nachzurufen, dann schnappte er sich den Papierstapel, den sie ihm hinterlassen hatte, und blätterte gedankenverloren darin herum.

Die Bahn hatte das Kleingartengelände verkauft. Hätte die Stadt in diesem Fall nicht eine Nachricht des Notars bekommen müssen? Oder galt das nicht, wenn eine Eisenbahnergenossenschaft als Käufer auftrat und das Areal sozusagen in der Familie blieb? Vielleicht gab es die Benachrichtigung sogar. Er hatte sich ja nur mit den Ex-Amtsleitern unterhalten, die von den aktuellen Vorgängen nichts wissen konnten. Wenn er darüber etwas erfahren wollte, musste er im Rathaus anrufen.

Stiller wandte sich dem Bildschirm zu und öffnete die Homepage der Stadt. Auf der Seite des Stadtbauamts entdeckte er keine Sparte, die zu passen schien. Er scrollte zum Liegenschaftsamt. Da er sich auch hier auf die verschiedenen Aufgabengebiete konzentrierte, hätte er den Namen fast übersehen: Graser. Graser war zuständig für das Sachgebiet »Bodenverkehr«.

Stiller verfluchte sich. Er hätte längst nachsehen müssen, welchen Job der gekündigte Kleingärtner in der Stadtverwaltung hatte. Er hob den Telefonhörer ab und tippte Grasers Nummer. Niemand meldete sich. Logisch, es war bereits nach fünf. Stiller warf den Hörer aufs Telefon, dachte kurz nach und hob dann wieder ab.

Diesmal hatte er mehr Glück, Mike Staab meldete sich nach dem zweiten Signal. Stiller grüßte kurz und fragte dann bündig: »Ist in euren Ermittlungen der Name Graser schon mal aufgetaucht?«

Staab zögerte. »Paul, das ist streng vertraulich«, sagte er dann.

»Also ja.« Stillers Puls beschleunigte sich. »Und?«

»Nichts. Vergiss ihn. Er hat ein Alibi – für beide Morde. Und ich hab nichts gesagt.«

»Ich habe nie mit dir gesprochen.« Stiller legte auf. Graser war draußen.

Dafür war ihm eingefallen, woran ihn Kerstin erinnert hatte. Er rief die Online-Telefonauskunft auf und tippte einen Namen ins Suchfeld. Eine kurze Trefferliste erschien. Stiller fledderte den Papierstapel auseinander, bis er das Blatt mit der Adresse der Eisenbahnergenossenschaft gefunden hatte, und verglich die Anschrift mit der Namensliste auf dem Bildschirm.

Bingo!

Er warf einen Blick aus dem Fenster. Es regnete noch immer Bindfäden. Bei diesem Wetter würde die Kleingartenanlage völlig verwaist sein. Stiller nestelte sein Handy aus der Tasche und gab die Nummer ein.

Als am anderen Ende abgehoben wurde, atmete er tief durch. »Döberlin«, meldete er sich, obwohl er sicher war, dass sein Gesprächspartner genau wusste, wer er wirklich war. »Ich hab ein paar Fragen zur Eisenbahnergenossenschaft. Und zu den Besitzverhältnissen der Kleingartenanlage. ... Gut, treffen wir uns. ... Einverstanden, morgen früh um acht am Vereinsheim.« Er drückte die Trenntaste.

»Hab ich was versäumt?«

Erschrocken fuhr Stiller herum. Frauke war in sein Büro gekommen, ohne dass er es bemerkt hatte. »Nichts. Das war, ähm, privat.« Er steckte das Handy weg und fuhr den Computer herunter.

»Das klang nach einer Verabredung.« Frauke drohte ihm scherzhaft mit dem Zeigefinger. »Ich hoffe, Ruth und ich müssen uns keine Gedanken machen.«

»Keine Sorge, zwei Frauen genügen mir vollauf.« Stiller starrte missmutig in den Regen. Er war mit dem Fahrrad unterwegs. »Aber da du schon einmal hier bist: Hast du Lust auf einen kurzweiligen Ausflug in angenehmer Begleitung?«

»Das nicht«, sagte sie sanft. »Aber ich fahre dich gerne nach Hause.«

20

Es ist ein friedlicher Morgen. Die Luft vibriert vom Zwitschern und Trillern, vom Pfeifen und Flöten der Vögel. Tauben gurren, ein Kuckuck ruft am Mainufer, ein Specht tackert im Park den Takt dazu. Das Jubilieren erstickt das Rauschen des Verkehrs auf der nahen Straße.

Die Böden sind noch nass und schwer vom Regen des vergangenen Tages und der Nacht. Das Laub glänzt in der Sonne, die eben hinter der Stadt über die Hügel des Spessarts steigt. Ihre Strahlen sind warm, lassen Wiesen und Wege dampfen, ziehen die Feuchtigkeit aus der Erde, lecken den Tau von den Blättern der Sträucher und Bäume.

Der Kopf der Vogelscheuche ist demütig geneigt, ihre mandelförmigen Augen, ihr geschwungener Mund sind geschlossen, als genieße sie es, wie die Sonne ihren triefenden Leib trocknet und wärmt. Auf ihrer Schulter sitzt die Elster, wendet ruckartig den Kopf hin und her. Wie eine Nonne in schwarzer Tracht, die das Spiel von Kindern bewacht, beäugt sie mit scharfem Blick das Leben in den Gärten.

Amseln und Stare hüpfen über den Rasen, picken Würmer auf, die der Regen aus den Erdlöchern gelockt hat. Meisen und Finken baden in Pfützen, fächeln sich mit den Flügeln Wasser ins Gefieder, plustern sich auf. Kaninchen balgen auf dem Rasen, ein anderes hoppelt über die Beete, schnuppert an den Krumen.

Die Hafenbahn rumpelt über die Nilkheimer Mainbrücke. Als sie die Wohnhäuser erreicht, stößt sie einen heulenden Pfiff aus. Die Elster reckt den Kopf. Ein Schwarm Spatzen flattert auf, stiebt auseinander wie Kieselsteine, die eine große Hand in die Luft wirft. Das Kaninchen in den Beeten schlägt einen Haken und verschwindet in den Büschen.

Das Rattern der Güterwaggons verklingt hinter der Siedlung. Die Gefahr ist gebannt, doch die Elster duckt sich auf der Schulter der Vogelscheuche. Ihr Kopf ruckt nicht mehr, argwöhnisch starrt sie in den Nachbargarten. Dort bewegt sich ein Mensch, ein Wesen, das den morgendlichen Frieden stört, ein Feind, der den Tod bringt.

Es ist der Tod. Er hat schon zweimal das imaginäre Blickfeld der Vogelscheuche gekreuzt, doch sie weiß nichts davon. Wieder hat er die Kapuze tief ins Gesicht gezogen. Er hantiert eine Weile an der abgewandten Seite der Laube, dann steht er an der Tür und hängt etwas auf. Als er sich umdreht und den Gartenweg betritt, stößt die Elster einen keckernden Warnruf aus. Die Vögel ringsum verstummen für einen Moment. Der Mensch hält inne, blickt herüber. Als er weitergeht, stößt sich die Elster von der Vogelscheuche ab, breitet ihre Schwingen aus und gleitet zum Kirschbaum im Nachbargarten, von dort auf einen Zaunpfahl, dann auf eine Pergola im übernächsten Garten. Wie ein lautloser schwarzer Schatten folgt sie dem Störenfried, der sich im Licht des Morgens entfernt.

***

Stiller empfand den Morgen als ungewöhnlich warm, fast sommerlich schwül. Sein Fahrrad stand am Verlagsgebäude, er war mit dem Wagen ins Radieschenparadies gefahren, und es war noch nicht einmal halb acht, als er dort ankam. Dennoch schwitzte er, das Hemd klebte ihm an den Schulterblättern. Die Gärten wirkten verwaist wie an dem Morgen, an dem er zum ersten Mal allein hier gewesen war. Diesmal fehlte auch Gerti Blums alter Golf auf dem Parkplatz, was ihn nicht wunderte: Nach dem Regen musste sie an diesem Dienstag sicher nicht gießen.

Das Gartentörchen quietschte leise. Auf den Beeten inspizierten ein paar Vögel, was Ruth und Frauke am Samstag gepflanzt hatten. Stiller scheuchte sie im Vorübergehen auf, und sie brachten sich auf dem Kirschbaum in Sicherheit.

An der Laubentür hing ein Zettel, Fraukes Schrift: »Hängematte befestigen! F.«. Er blickte über die Schulter. Die Hängematte lag auf dem Boden, der allmählich trocknete. Das Zugseil im Kirschbaum hielt noch, aber das andere Ende an der Laube hatte sich gelöst. Er spähte um die Ecke des Häuschens. Der Haken saß unterhalb der Traufe; wenn er sich auf die Zehenspitzen stellte, würde er hinaufreichen.

Stiller fragte sich, wann ihm Frauke die Nachricht hinterlassen hatte. War sie gestern noch einmal hier gewesen, nachdem sie ihn zu Hause abgesetzt hatte? Unwahrscheinlich, es hatte in Strömen geregnet. Aber noch unwahrscheinlicher erschien es ihm, dass sie schon vor ihm am frühen Morgen hier gewesen sein könnte.

Er schloss auf, warf seine Tasche auf die Eckbank und schnappte sich eines der Küchenhandtücher, die an der Spüle lagen, um sich den Schweiß abzuwischen. Als er den Wasserhahn sah, kam ihm eine Idee. Er streifte die Armbanduhr ab, zog sich das Hemd über den Kopf und hängte es zum Trocknen vor der Laube in die Sonne. Dann ging er zum Pumpbrunnen, zog und schob ein paarmal am Schwengel. Als das Wasser lief, beugte er sich hinab und hielt den Kopf unter den Strahl. Das Wasser war eiskalt. Er stöhnte, erst erschrocken, dann genussvoll. Er pumpte weiter, drehte den Kopf und prustete, schob die Schultern vor, damit sie auch etwas abbekamen. Erst als seine Stirn schmerzte, hörte er auf. Er warf den Kopf zurück, schüttelte ihn, versprühte Garben feiner Wassertropfen, die in der Sonne funkelten.

Mit dem Küchenhandtuch rubbelte er sich die Haare trocken. Vom Nachbargarten aus sah ihm die Vogelscheuche zu.

»Schau mir bloß nichts weg«, rief Stiller und zwickte sich in den Speck, der sich zu seinem Ärger um seine Hüfte gelegt hatte. Rasch schlüpfte er in sein Hemd und band sich die Uhr wieder um. Er hatte noch gut zwanzig Minuten Zeit. Das kalte Wasser hatte ihn nicht nur erfrischt, sondern auch seinen Tatendrang geweckt.

Er tat, als spucke er sich in die Hände, und nahm das lose Ende des Zugseils auf. Der Karabinerhaken war unbeschädigt. Warum mochte sich das Seil gelöst haben? Er warf einen prüfenden Blick auf den Boden unter dem Haken, in den er den Karabiner einhängen sollte. Da lag eine Art Holzdeckel. Dunkel erinnerte er sich daran, was ihm Mooser erzählt hatte: Darunter verbarg sich ein alter Brunnenschacht. Gar nicht schlecht: Das raue Holz versprach ihm einen besseren Halt als das feuchte Gras.

Vorsichtig stellte Stiller einen Fuß auf den Deckel. Dann erhöhte er beherzt den Druck.

★★★

Er saß auf der Bank vor seiner Laube, eine Hand auf dem Spaten, der quer über seinen Oberschenkeln lag. Es war noch Zeit, aber er wollte vorbereitet sein. Geduldig wartete er auf den Maulwurf. Er wusste, er würde kommen, er wusste, diesmal musste er ihn erledigen. Der Maulwurf durfte ihn nicht um die Ernte dessen bringen, wofür er sich abgerackert hatte. Es durfte nicht am Ende alles umsonst sein, wofür er in den letzten Monaten gekämpft, ja sogar Leben ausgelöscht hatte. Ein toter Maulwurf mehr – das machte für ihn keinen Unterschied. Es ging um ihn selbst. Einmal hatte er das dicke Ende einer Wurst in den Händen gehalten. Wahrscheinlich war es ihm schon wieder entglitten. Es ging nur noch darum, selbst mit heiler Haut davonzukommen.

Er hörte das Krachen, das Splittern von Holz, den entsetzten Schrei. Die Hand schloss sich fester um den Spaten. Er sprang auf, fast ungläubig; er hatte nicht damit gerechnet, dass er mit der Falle Erfolg haben würde. Er lief den Hauptweg entlang, hielt sich auf der Grasnarbe, um Geräusche zu vermeiden. Er erreichte den Garten und flankte über das Türchen. Mit wenigen Sätzen war er am Schacht neben der Laube. Seine Brust hob und senkte sich, das Blut pochte in den Adern seiner Schläfen, während er sich über den Schacht beugte und hineinsah.

Er war leer.

»Guten Morgen, Herr Scherer.« Stiller trat um die Ecke der Laube. Er stand in Scherers Rücken und hätte ihm nur einen leichten Stoß geben müssen, um ihn im Schacht verschwinden zu lassen. Er brachte es nicht fertig.

Scherer fuhr herum. In seinem Mienenspiel mischten sich Erstaunen, Wut – und Entschlossenheit. »Stiller!«, rief er. Er hob den Spaten an, hielt ihn vor sich wie einen Spieß, die scharfe Kante auf Stiller gerichtet.

»Sie wissen also, wer ich bin?« Stiller war ebenfalls nicht unbewaffnet. Nachdem er den Holzdeckel mit einem kräftigen Fußtritt zerbrochen und einen Schmerzensschrei imitiert hatte, war er zum Schuppen gesprungen und hatte das erstbeste Werkzeug herausgerissen, das ihm in die Hände gefallen war: eine langstielige Harke. Der Spaten wäre ihm lieber gewesen, doch der lag auf dem Rücksitz des Kangoo.

»Seit unserer ersten Begegnung im Vereinsheim weiß ich das. Ihre Visage grüßt einen doch alle paar Tage aus der Zeitung. Fast jeder hier weiß Bescheid. Für wie blöd halten Sie uns Kleingärtner eigentlich?«

Statt einer Antwort deutete Stiller mit der Harke auf den Schacht.

»Sie haben doch nicht wirklich geglaubt, dass ich da reinfallen würde? Mit alten Brunnen habe ich Erfahrung.«

»Einen Versuch war's mir wert. Es wäre besser gewesen, wenn es nach einem Unfall ausgesehen hätte. Aber es geht auch so.« Scherer stieß mit dem Spaten nach Stiller, der zwei Schritte zurückwich. Scherer folgte ihm.

»Einen Unfall – das hätte Ihnen keiner abgenommen. Die Kripo ist Ihnen längst auf der Spur. Geben Sie auf.«

»Klappe!«, schrie Scherer. Er sah sich um und dämpfte die Stimme: »Ich gebe nicht auf. Jetzt nicht mehr. Und die Kripo hat keine Ahnung, worum es hier geht.« Er reckte drohend den Spaten.

Stiller fühlte, wie sein Hemd wieder an den Schulterblättern festklebte. »Wenn ich darauf gekommen bin, wird es ein Fachmann wie Strobel erst recht tun. Ich sage Ihnen, was passiert ist: Die Bahn hat dieses Areal hier zum Verkauf angeboten – als Grünland. Sie haben es im Namen einer Eisenbahnergenossenschaft erworben, die nur noch aus Ihnen selbst besteht. Sie wollen es an einen Investor in Frankfurt verhökern, Vapore, und zwar als Bauland. Wie viel wollten Sie dabei rausschlagen?«

»Mehr, als Sie sich vorstellen können. Das hier sind fast viereinhalb Hektar, dreiundvierzigtausend Quadratmeter. Für jeden einzelnen hab ich hundertfünfzig Euro bezahlt und kriege dreihundertfünfzig dafür. Überschlagen Sie's mal. Und glauben Sie mir: Das ist in dieser Lage auch für den Investor noch ein Bombengeschäft.«

Überraschend stürmte Scherer auf Stiller los. Der sprang zurück und schlug den Spaten mit der Harke zur Seite. Scherer stach noch einmal zu, wieder parierte Stiller den Schlag. Schwer atmend blieben sie stehen.

Stiller ließ seinen drahtigen Gegner nicht aus den Augen. »Kohl hat Sie auf den alten Bebauungsplan gebracht, stimmt's?«

Scherer bleckte die Zähne. »Keine Ahnung, wo der das herhatte, der alte Fuchs mit seinem dämlichen Pavillon. Kein Mensch hat sich mehr an diese Geschichte erinnert, nicht einmal Graser, obwohl er vom Fach war.«

»Trotzdem wird nichts aus dem Geschäft.« Stiller versuchte, Zeit zu gewinnen. »Die Stadt hebt den Bebauungsplan sofort auf, wenn sie davon erfährt. Dann ist das ganze Gelände hier keinen Pfifferling mehr wert als vorher.«

»Sie wissen eben doch nicht alles, Sie Schlaumeier.« Während er sprach, rückte Scherer wieder gegen Stiller vor. »Aufheben kann die Stadt den Plan nur, solange noch niemand bauen will. Aber sobald das erste Baugesuch auf dem Tisch liegt, hat der Bauherr einen Rechtsanspruch. So ist das. Bebauungspläne sind wie Gesetze. Die kann man nicht einfach abschaffen, wenn sich einer darauf beruft.«

Bei den letzten Worten hob Scherer den Spaten über den Kopf, ließ ihn kreisen und wollte ihn auf Stiller niedersausen lassen. Doch Stiller war schneller. Er stieß Scherer mit der Harke gegen die Brust. Scherer, mit erhobenem Spaten, taumelte zurück.

»Verstehe.« Stiller spürte die Schweißperlen auf seiner Stirn. »Deshalb musste Graser im Rathaus die Mitteilungen der Bahn und des Notars über das Grundstücksgeschäft verschwinden lassen. Niemand sollte von dem alten Plan erfahren, bevor der Investor seine Projektunterlagen einreicht.«

»Das war Grasers eigene Idee. Ich wusste ja gar nichts von dem ganzen rechtlichen Kram. Graser war außer sich, nachdem Strunke ihm die Kündigung verpasst hatte. Wegen einer toten Amsel! Er war besessen von der Idee, sich zu rächen und den Kleingärtnern alles wegzunehmen, was sie sich aufgebaut hatten. Er wollte nicht mal Geld dafür, nur ein Baugrundstück. Ein satter Lohn für wenig Arbeit. Graser hat nichts ›verschwinden lassen‹, wie Sie das nennen. Er hat alle Mitteilungen ordentlich abgeheftet – nur nicht weitergereicht. Das war's. Und die Drecksarbeit, die hab ich machen müssen.«

Wieder holte Scherer mit dem Spaten aus, und diesmal war er auf Stillers Gegenstoß vorbereitet. Geschickt wich er der Harke aus. Stiller traf ins Leere, während ihm der Spaten das Hemd aufriss und am Oberarm eine Schramme zurückließ.

Ungläubig betrachtete Stiller die Wunde, aus der es sofort zu bluten begann. Scherer wollte diese Unachtsamkeit für einen neuen Angriff nutzen, doch Stiller war auf der Hut. Er sprang zurück und wehrte den Spaten mit der Harke ab. Wütend drang er dann selbst vor. Scherer zog sich zurück und parierte die Schläge mit dem Spaten. Die Szene erinnerte an Degen- und Säbelkämpfe aus alten Piratenfilmen – nur dass es sich hier nicht um Fiktion handelte, sondern um blutigen Ernst.

Stillers Harke verfing sich am Spaten. Mit einem energischen Ruck zog Scherer den Spaten mit der Harke zu sich. Die rostigen Metallzinken lösten sich knackend, Scherer schleuderte sie ins Gebüsch. Stiller hielt nur noch den Stiel in der Hand.

»Sieht nicht gut für Sie aus.« Scherer legte eine Verschnaufpause ein.

Die Schweißperlen rannen Stiller heiß über die Stirn. Seine Augen brannten, der Arm pochte. Blut troff aus der Wunde unter dem zerfetzten Hemd. »Warum musste Strunke sterben? Weil er die Stadt vorzeitig über den Deal informieren wollte, um ihn platzen zu lassen?«

Scherer atmete schon wieder ruhiger. »Das war mein Fehler. Ich hatte nicht daran gedacht, dass die Bahn Strunke als Vorsitzenden der Kleingartenanlage über den Verkauf informieren würde. Er hat sofort verlangt, dass ich alles rückabwickle. Ich hab es erst im Guten versucht, hab ihm sogar angeboten, ihn zu beteiligen. Aber Strunke war nicht auf Geld aus, im Gegenteil, wegen der Scheidung wollte er lieber alles verjubeln, damit seine Alte ja keinen Cent bekommt.«

Unvermittelt schlug er zu. Stiller flüchtete rückwärts. »Er – hat – mich – aus-ge-lacht«, rief Scherer. Bei jeder Silbe knallte der Spaten gegen den Stiel der Harke. Dann hielt er inne. »Strunke lebte für seinen Garten. Er hat gesagt, niemals würde die Kolonie Baugebiet werden. Nur über seine Leiche.«

Als Scherer erneut den Spaten schwang, rettete sich Stiller mit einem Satz, den er sich selbst nicht zugetraut hätte, über den hüfthohen Zaun in Froeses Garten. Scherer flankte wie ein Sportler hinterher. Seine Kraft war beängstigend. Stiller versuchte, ihn zurückzustoßen, war aber nicht schnell genug. Immerhin gelang es ihm, Scherer mit dem Stiel der Harke wie mit einer Lanze auf Distanz zu halten.

»Dann habe ich ihm gedroht«, fuhr Scherer fort. »Aber er hat wieder nur gelacht. Er habe alles schriftlich, das sei seine Lebensversicherung. Als er angefangen hat, das rumzuerzählen, hatte ich keine Wahl mehr. Im Grunde hat er bekommen, was er wollte. Nur über seine Leiche.« Er lachte.

Das Lachen klang irre. Es ließ Stiller frösteln – trotz der Bäche aus Schweiß, die ihm über die Stirn, den Nacken und den Rücken flossen. »Die Lebensversicherung – deswegen sind Sie neulich nachts in Strunkes Laube eingebrochen.«

»Quatsch.« Scherer bewegte sich hin und her, um Stillers Lanze auszuweichen, doch sie folgte ihm wie eine Kompassnadel. »Die Tasche hatte ich längst. Um die ging's doch, als ich ihm mit dem Gartenzwerg eines übergezogen habe. Das mit dem Einbruch, das war Graser. Der hatte eine Heidenangst, als plötzlich die Italiener hier aufgetaucht sind und ihm Druck gemacht haben. Die wollten auf Nummer sicher gehen, dass es nichts gab, was sie mit den Morden in Verbindung bringen würde.«

»Ich denke, Vapore hat das Gelände längst gekauft. Damit dürfte die Verbindung doch ziemlich offensichtlich sein.«

Wieder das irre Lachen. »So ein Investor kauft erst, wenn er die Baugenehmigung im Kasten und die ersten Anleger im Sack hat. Bis dahin läuft alles über Optionen. Nein, auf diesem Goldhaufen hier sitze ich noch selbst, und wenn ich Pech habe, wird ein Schuldenberg daraus. Vapore hatte nur seinen Reibach im Kopf, sonst hat er mit nichts was zu tun.«

Während Scherer sprach, sah sich Stiller flüchtig nach einer neuen Waffe um. Scherer nutzte diesen Moment. Er packte mit der linken Hand den Stiel und zerrte heftig daran. Die Attacke misslang, weil er den Spaten nicht loslassen wollte. Stiller dagegen nahm beide Hände zu Hilfe und entriss Scherer den Stiel. Dabei kippte er leicht zurück. Das reichte Scherer, um zur Seite zu springen. Sofort begannen sie wieder zu fechten. Scherers Spaten hatte mehr Wucht, schrittweise zog sich Stiller in Froeses Garten zurück. Nach ein paar Metern splitterte der Stiel, Stiller blieb nur noch ein kurzer Stumpf.

Scherer senkte schnaufend den Spaten.

»Wieso Kempf?«, japste Stiller.

»Den haben Sie auf dem Gewissen. Mit Ihren Fragen beim Frühschoppen haben Sie ihn erst draufgebracht, was da läuft. Er kannte den alten Bebauungsplan und ahnte, dass jemand im Rathaus die Mitteilungen über das Grundstücksgeschäft abgefangen hatte. Das wollte er loswerden. Sein Pech, dass er sich ausgerechnet Graser anvertraut hat. Der hat mich verständigt, und ich habe die Sache bereinigt.« Kaum war er wieder bei Atem, stieß sich Scherer ab und sprang auf Stiller zu, wobei er den Spaten wieder wie einen Spieß vor sich hielt.

Stiller rettete sich mit einem Satz nach hinten. Dabei stieß er an ein Hindernis. Es war die Vogelscheuche. Rasch ging er hinter ihr in Deckung. »Graser wird von der Kripo bereits überprüft. Wenn er Sie vor Kempfs Ermordung angerufen hat, sind Sie selbst bald dran.«

Graser schnitt eine Grimasse. »Graser und ich telefonieren seit Monaten nicht mehr. Wir verständigen uns übers Internet. FTTH – abhörsicher.«

Eine Weile umkreisten sie die Puppe mit der asiatischen Maske wie in einem bizarren Tanz. Scherer verteilte von der Seite Hiebe mit dem Spaten, Stiller wich aus oder parierte sie mit dem Holzstumpf in seiner Hand, immer darauf bedacht, dass die Vogelscheuche zwischen ihnen blieb.

»Dass Graser die Kleingartenanlage vernichten wollte, das kann ich verstehen. Aber Sie – als Eisenbahner und jahrelanger Pächter …«

»Eisenbahner«, höhnte Scherer. »Sie haben keine Ahnung, was bei der Bahn los ist, oder? Die suchen nur noch Typen aus der Kategorie jung und dynamisch, auf mehr kommt's nicht an. Alle Älteren müssen gehen. ›Radikal verjüngen‹ nennt sich das. Strunke hat noch Glück gehabt, der war bei der ersten Welle dabei. Mit einundfünfzig in den Vorruhestand – bei vollen Ansprüchen, alles schön den Steuerzahlern aufs Auge gedrückt. Das hätte ich mir auch nicht zweimal sagen lassen. Aber die Zeiten sind vorbei, und ich war jetzt erst dran.«

Scherer unternahm einen neuen Ausfall. Stiller warf den Stumpf weg, packte die Vogelscheuche, rupfte sie aus dem Boden und hielt sie wie ein Prozessionskreuz vor sich.

»Wissen Sie jetzt, was dieses Geschäft für mich bedeutet? Ich hab die Abfindung reingesteckt, alles flüssig gemacht, was ich besitze, und über die alte Genossenschaft obendrein noch gigantische Schulden gemacht. Wenn Vapore nicht kauft, kann ich die Hand heben. Dabei hab ich die Bahn mit ihren eigenen Waffen geschlagen. Mit den Alten haben sie die ganze Erfahrung in die Wüste geschickt. Von den Yuppies, die heute in den Büros sitzen, hatte keiner die geringste Ahnung, was das Gelände wirklich wert war. Auch dort hat niemand mehr von dem alten Plan gewusst.«

Stiller entschied sich für einen verzweifelten Angriff. Er preschte nach vorne und schwang die Vogelscheuche mit beiden Händen gegen seinen Gegner. Ihre ausgebreiteten Arme schienen um sich zu schlagen. Scherer war überrumpelt und stolperte zurück. Trotzdem schaffte er es, den Spaten anzuheben. Mit zwei Schlägen zerfetzte er den Stoffleib der Puppe, Stroh quoll heraus. Stiller stoppte abrupt. »Und Ihr Garten hier? Die Anlage – bedeutet Ihnen das alles nichts?« Er hustete und wischte sich mit dem Handgelenk den Schweiß von der Stirn, ohne die Bohnenstange loszulassen, an der die lädierte Vogelscheuche hing.

»Schauen Sie sich doch um, hier hat sich alles verändert.« Scherer gewann wieder an Boden, stieß den Spaten gegen die Puppe, hinter der sich Stiller verschanzt hatte. »Immer weniger Eisenbahner. Immer weniger Solidarität und Gemeinschaft. Immer mehr Vorschriften und trotzdem immer mehr Streit mit Leuten, die anders sind, die sich nicht an die Regeln halten oder sich nicht einbringen wollen. Hier ist sich inzwischen auch jeder selbst der Nächste. Nein, der Kleingartenanlage weine ich keine Träne nach!«

Die Kirchturmuhr von Sankt Kilian schlug acht Uhr. »Genug geredet.« Scherer straffte sich. Er holte Schwung, der Spaten pfiff durch die Luft.

Geistesgegenwärtig duckte sich Stiller und streckte die Vogelscheuche vor. Es ratschte, der Spaten fuhr durch den Stoff und trennte der Puppe den Kopf ab. Wie eine Boulekugel schlug er neben Stiller auf dem Boden auf und kullerte über das Beet. Die japanische Maske löste sich. Der Kopf darunter war aus einem ausgestopften Leinenbeutel geformt. Die beiden Zipfel des Beutels, von der Maske befreit, schnellten wie Ohren heraus. Jemand hatte von Hand zwei große schwarze Augen und einen grinsenden Mund auf den Stoff gemalt. Wie ein Totenschädel starrte dieses Gesicht zu Stiller, als der Kopf ausrollte und liegen blieb.

Stiller zitterte. Es hätte sein Kopf sein können. Scherer hielt verdutzt inne, offensichtlich war ihm nicht ganz klar, was genau er getroffen hatte.

Stiller zögerte nicht. Mit wildem Kriegsgeschrei sprang er auf und schleuderte den Rumpf der Vogelscheuche wie ein römisches Feldzeichen auf Scherer. Weiter schreiend hastete er durch Froeses japanisches Gartenimperium zum Zaun.

Doch diesmal misslang ihm der Sprung. Er blieb mit der Schuhspitze am Zaun hängen, versuchte, sich abzurollen, schlug dennoch hart auf dem Boden auf. Aus den Augenwinkeln sah er, wie Scherer ihm folgte. Er hatte keine Zeit mehr aufzustehen, rollte sich stattdessen aus den Johannisbeersträuchern am Zaun in die Wiese. Dabei riss er eine von Ruths Figuren an sich, die er im Garten verteilt hatte.

Er blieb auf dem Rücken liegen und hielt die Figur schützend vor sich. Es war ein Faun. Doch er half ihm wenig. Mit einem Tritt kickte Scherer die Tonfigur weg und presste Stiller stattdessen die scharfe Kante des Spatens gegen die Kehle.

»Schluss mit den Spielchen«, schnaufte er. »Verraten Sie mir nur noch eines: Was hat Sie überhaupt auf mich gebracht?«

Stiller blieb starr liegen. Sein ganzer Körper schmerzte, seine Stimme war heiser. »Nichts Bestimmtes, eher eine Reihe von kleinen Hinweisen.« Er räusperte sich.

»Los, sagen Sie schon.« Scherer erhöhte den Druck.

Stiller stöhnte auf. »Es musste jemand sein, der wusste, dass ich hier recherchiere. Anders ließen sich die Warnung mit dem toten Maulwurf und der präparierte Rasenmäher nicht erklären.«

»Das wussten viele. Weiter!«

»Sie haben behauptet, Sie seien immer gut mit Strunke ausgekommen. In Wahrheit wollte er sie loswerden. Sie haben gelogen, um sich nicht verdächtig zu machen.«

»Das gilt auch für andere.« Auf Scherers Lippen sammelte sich Speichel, doch seine Stirn war trocken.

Stiller erinnerte sich an die Lebkuchenhaut seines Oberkörpers. Dieser Mann schien nie zu schwitzen. Er hustete. »Strunke hat Sie abgemahnt. Aber die Abmahnung fehlt in den Unterlagen. Die konnte nur jemand rausgenommen haben, der Zutritt zum Büro hat. Sie selbst.«

»Das mit der Abmahnung haben Sie von der Bio-Blum. Die konnte mal wieder das Wasser nicht halten.«

Der Speichel sprühte auf Stiller, was ihm fast unangenehmer war als der Spaten am Hals. »Nein, das weiß ich von anderen.« Ob er hier lebend vom Acker kam oder nicht, er wollte auf keinen Fall die brave Gerti hineinziehen. »Kempf wurde mit einem dünnen Draht erdrosselt. Sie hatten sich beim Radieschenfest eine Rolle Blumendraht eingesteckt. Durchmesser Null Komma acht Millimeter, ich hab's gesehen.«

»Den hat hier fast jeder.«

»Schließlich der Streit mit Graser beim Radieschenfest. ›Du hast gar keine Genossen‹.« Stillers Stimme war nur noch ein Krächzen. »Sie haben sogar ihm verschwiegen, dass die Eisenbahnergenossenschaft praktisch tot war und Ihnen nur dazu diente, sich selbst zu bereichern. Klar, er hat sich für seinen Rausschmiss rächen wollen, aber nur an den Kleingärtnern. Er hat gehofft, dass über die Genossenschaft noch ein paar Eisenbahner von dem Geschäft profitieren. Er wollte nie nur der Handlanger für Sie alleine sein – und früher oder später wird er damit rausrücken.«

»Wird er nicht. Er steckt zu tief mit drin.« Scherer wischte sich mit dem Ärmel über den Mund, doch der Druck des Spatens ließ nicht nach.

»Die Kripo wird eins und eins zusammenzählen.«

»Die Kripo wird von der ganzen Sache nichts erfahren. Sie nehmen das alles mit ins Grab«, geiferte Scherer.

Stillers Augen weiteten sich plötzlich. »Geben Sie auf, es ist zu spät«, rief er und versuchte, seiner Stimme einen festen Klang zu geben. »Wir sind nicht mehr allein. Drehen Sie sich doch mal um!«

Scherers Gesicht verzerrte sich ein weiteres Mal, Hohn mischte sich in den Ausdruck von Wut und Entschlossenheit. »Das ist ja nun das dümmste Ablenkungsmanöver überhaupt.« Seine Arme strafften sich, die Hände packten den Griff des Spatens fester.

Mit einem dumpfen Schlag knallte etwas gegen seinen Hinterkopf. Blitzschnell stieß Stiller den Spaten zur Seite und rollte sich weg. Scherer sackte nach vorn, rammte den Spaten in den Boden und stürzte auf die Wiese.

Hinter dem fallenden Scherer erschien eine dünne Gestalt, die Stiller aus seiner Froschperspektive nur als Silhouette vor dem klarblauen Himmel wahrnahm. Löckchen standen ihr vom Kopf ab wie die Korona einer Sonnenfinsternis. Spinnenarme reckten sich triumphierend in die Höhe.

»Frauke«, rief Stiller heiser. »Was ...«

Triumphierend war auch ihr Ton. »Ich wollte doch mal sehen, mit wem du dich um acht Uhr im Vereinsheim verabredest, ohne dass ich es wissen sollte.«

»Dafür kommst du reichlich spät.« Stiller massierte seinen Hals und lauschte auf Scherer, der sich stöhnend am Boden wand.

»Ich musste dich ja erst mal finden und außerdem noch das hier holen.« Sie streckte ihm ihre Waffe hin.

Stiller kniff die Augen zusammen, um besser sehen zu können.

Dann ließ er den Kopf zurückfallen.

Es war ein Gartenzwerg.

Epilog

Das Frühstücksei gehörte zu den Dingen, auf die Claudio nicht mehr verzichten wollte. Es war für ihn zum Inbegriff deutscher Esskultur geworden. Schon um die Frage, wie lange es zu kochen sei, rankten sich Philosophien. Der anschließende Verzehr glich einer Zeremonie, die der japanischen Kunst des Teetrinkens gleichkam: Die kleinen Tellerchen, Becher oder wackeligen Designergestelle, auf die das Ei zu stellen war. Die putzigen Löffelchen aus Silber oder buntem Plastik. Die gezierte Art, mit ihnen gegen die Schale zu klopfen, bis sich kleine Sprünge bildeten. Die Sorgfalt beim Pellen. Die winzigen Salz- und Pfefferstreuer zum Würzen. Der Gaumenkitzel beim Auslöffeln.

Auf Sizilien hatte es all das nicht gegeben. Da war das Ei nicht Schwelgerei, sondern Schlemmerei. Es diente als Zutat für Tiramisu und andere schwere Süßspeisen. Es ließ sich in die Pfanne schlagen, mit viel Fett und allem, was sich an Resten im Kühlschrank fand, zu einem Omelette backen. Heißsporne pflegten vor Liebesnächten rohe Eier mit einer Hand aufzubrechen, den Kopf zurückzuwerfen und sich den Inhalt in den Mund laufen zu lassen. Das versprach Kraft. Ein Ei am Morgen danach, ob weich oder hart, erschien nutzlos.

Claudio erinnerte sich an sein erstes Frühstücksei in Deutschland. Er hatte es kräftig auf den Tisch geschlagen, die Schale abgerissen und es am Stück und ungesalzen in den Mund geschoben. Während er kaute, hatte er sich umgesehen und die betroffenen Blicke der Umsitzenden bemerkt. Jemand hatte gelacht. Er hatte in ihren Mienen gelesen, was sie dachten: »Er weiß das Frühstücksei nicht zu zelebrieren. Da kannst du mal sehen, wie überlegen die hiesige Kultur der sizilianischen ist.«

Vorsichtig klopfte Claudio gegen das Frühstücksei. Antonia, seine Frau, hatte es ihm in einem Becher serviert, der wie ein geköpftes Ei aussah, bevor sie sich ans andere Ende der langen Tafel im Esszimmer setzte. »Hast du die Nachrichten gelesen?«, fragte er sie, während er die Schale abzupfte.

»Ich habe sie gelesen«, antwortete sie. »In Aschaffenburg will die

Bahn ein großes Areal gegenüber dem Hauptbahnhof verkaufen. Bist du interessiert?«

Claudio zog Pfeffer und Salz zu sich heran. Die beiden Streuer stellten Engel und Teufel dar, die einander umarmten. »In dieser Stadt mache ich keine Geschäfte mehr.« Er bestäubte das Ei mit Salz. »Das haben die gar nicht verdient.«

»Oh«, sagte Antonia. »Giuliano hat sich so viel davon versprochen.«

»Basta.« Claudio schnitt mit dem gelben Plastiklöffel dem Ei die Kuppe ab, schob sie in den Mund und kaute genüsslich. »Ich meine diese Nachricht.« Er pochte mit dem Löffel auf die Zeitung, die hinter dem Eierbecher lag.

»Du meinst die beiden Morde?«

»Genau.« Claudio streute Salz und Pfeffer auf das geköpfte Ei, bevor er erneut den Löffel ansetzte. »Zwei Leichen. Mit solchen Leuten kann man doch keine Geschäfte machen!«

»Du hast recht, Claudio. Das ist unzivilisiert.«

»Alles Stümper. Banausen. Eines kannst du mir glauben ...« Er deutete mit dem Löffel auf Antonia, das Ei bröselte auf die Zeitung. »Auf Sizilien wäre das Geschäft glatt gelaufen. Da hätte man die Leichen niemals gefunden.«

Er legte den Löffel weg und schob den Eierbecher lustlos beiseite. »Da kannst du mal sehen, wie überlegen die sizilianische Kultur der hiesigen ist.«

***

Es schien ihm, als wäre er nie weg gewesen. Stiller betrat den Konferenzraum und erlebte ein heftiges Déjà-vu. Die Tische waren zur Seite gerückt, die Stühle bildeten einen Kreis – wie beim letzten kreativen Work-out, an dem er teilgenommen hatte. Seine Kollegen saßen exakt auf denselben Plätzen, als hätten auch sie das Zimmer nie verlassen. Die Runde schwieg, niemand bewegte sich, bis auf Frauke, die ihre Pinnwand in eine bessere Position rückte und die bunten Pappwolken nach Farben sortierte.

Und bis auf Bausback, der ihm den Kopf zuwandte. »Wieder einmal der Letzte«, rief er, »Herr Stiller!«

Stiller murmelte eine Entschuldigung. Er hatte mit der schlechten Laune des Chefredakteurs gerechnet. Es war Mittwoch, Bausbacks

Eiertag, und nach Stillers Informationen hatten sich die Hühner des Geflügelzuchtvereins noch nicht vollständig vom Schock der vorangegangenen Woche erholt.

Doch Bausback wirkte überraschend gut gelaunt. Kaum hatte sich Stiller gesetzt, sprang er auf, trat mit strahlender Miene in die Mitte des Kreises und hob zu einer Ansprache an.

»Meine Herren respektive Damen. Heute ist ein Tag der Freude – und des Abschieds zugleich. Unsere charmante Trainerin Dr. Frauke Heiner-Döberlin wird uns leider letztmals in die Kunst der Kreativität und in die hohe Schule der Intuition einführen können. Ich habe sie gebeten, uns quasi als Abschiedsgeschenk noch einmal mit der Reizwortanalyse zu beglücken, die ich für besonders bewusstseinsrelevant halte.«

Stillers Handy klingelte. Ein unbekannter Anrufer. Er lief rot an und schaltete das Gerät aus.

Bausback warf ihm einen verärgerten Blick zu und fuhr fort: »Ihr Abschied, verehrte Frau Heiner-Döberlin, ist für uns alle ein Verlust. Was Sie für uns getan haben, ist zukunftsrelevant für unsere Zeitung. Ich fühle mich persönlich in höchstem Maße bestätigt. Meine Entscheidung, Sie gegen alle Widerstände der Verlagsleitung zu engagieren, war richtig. Zu Recht darf ich den Erfolg Ihrer Arbeit auch als einen Erfolg meiner strategischen Redaktionsleitung verbuchen.«

Es klopfte.

»Jetzt nicht!«, brüllte Bausback. Er besann sich kurz und nahm den Faden wieder auf. »Wie sehr Sie in den vergangenen drei Wochen die Kreativität unserer Redaktion gefördert haben, wird in einem Punkt besonders deutlich: Dank Ihrer chaotisch-intuitiven Methode und nicht zuletzt durch Ihre aktive Mithilfe ist es der Polizei gelungen, zwei Morde aufzuklären. Es verdient besondere Bewunderung, ja ich finde, es grenzt an ein Wunder, dass Sie von Anfang an, intuitiv eben, auf den richtigen Täter getippt haben.«

Ein Wunder war das für Stiller nicht: Frauke hatte bei der Suche nach dem Täter reihum auf jeden der Gärtner getippt.

Bausback spreizte die Arme zur Decke wie ein Prediger. »Das, verehrte Frau Heiner-Döberlin, geht weit über die alltägliche redaktionelle Leistung hinaus, es ist beispielrelevant.«

Die Tür öffnete sich. Sonja Wagner schaute herein.

»Was gibt es denn?«, fuhr Bausback sie unwirsch an.

»Verzeihung«, sagte sie schuldbewusst, »aber die Herrschaften wollten sich nicht aufhalten lassen.«

Jemand schob sie von hinten in den Konferenzraum. Sie trat zur Seite, hielt die Tür auf und ließ die Ankömmlinge herein: Gerti Blum und Hans Mooser.

Sie sahen sich suchend um. Dann gab Mooser Gerti Blum einen Schubs mit dem Ellbogen und zeigte mit dem Kinn auf Stiller.

Sie räusperte sich. »Lieber Heiner – oder ab jetzt lieber Paul! Du hast einige von uns ja schön zum Narren gehalten.«

»Mich nicht!«, warf Mooser ein und schepperte sein Anlasser-Lachen in den Konferenzraum. Die Kollegen der Politikredaktion erwachten aus dem Alpha-Tiefschlaf.

»Du weißt, wie wenig wir Kleingärtner für Maulwürfe übrig haben. Doch letztlich hast du dich als einer der unsrigen erwiesen, in doppelter Weise. Du hast den eigentlichen Maulwurf zur Strecke gebracht – und darüber hinaus dieses Scheusal von Vogelscheuche.«

»Das war ich nicht allein.« Stiller deutete auf Frauke.

»Ganz recht«, sagte Gerti Blum. »Deshalb würden wir es auch sehr bedauern, euch beide im Radieschenparadies zu verlieren. Bisher hast du die Gärtnerei allerdings weitgehend deiner Frau, oder sollte ich besser sagen: deiner Kollegin Frauke überlassen. Das ist auf Dauer nicht gedeihlich. Um das zu ändern und um deine Freude an aktiver Gartenarbeit zu wecken, haben einige von uns zusammengelegt, um dir das hier zu schenken.« Sie nickte Mooser zu.

Mooser ließ aus einem Briefumschlag ein Foto erscheinen, das er Stiller überreichte.

Stiller betrachtete es und runzelte die Stirn. Das Bild zeigte einen Aufsitzrasenmäher. Dabei hatte er vorgehabt, den Garten zu kündigen und nie wieder einen Rasenmäher zu bedienen. Er hatte keine Ahnung, wie er aus dieser Sache herauskommen sollte.

»Wunderbar«, sagte er endlich. »Das ist rührend von euch. Aber um ehrlich zu sein, habe ich zu Hause einen eigenen Garten, um den ich mich kümmern muss. In jeder Beziehung.«

»Lassen Sie mal sehen.« Bausback riss ihm das Foto aus der Hand. »Ja, Wahnsinn!« Seine Augen leuchteten, als er sich an Mooser wandte: »Das ist doch ein Power-Mower, oder?«

»Wir nennen ihn Macht-Mäher«, nickte Mooser. »Das neueste Modell. Wir haben ihn etwas günstiger gekriegt.«

Stiller dachte an Heidi und ihre Beziehungen zum Gartencenter. »Den wollte ich schon immer mal fahren!« Bausbacks Stimme nahm einen träumerischen Ton an.

»Das ist kein Problem«, meldete sich Stiller. »Wenn Sie möchten …«

»Wie, Sie würden ihn mir mal ausleihen?« So freundlich hatte Bausback schon lange nicht mehr mit Stiller gesprochen. »Es fällt mir natürlich schwer.« Stiller lächelte listig. »Aber genau genommen hat der Verlag den Kleingarten gepachtet. Sie als Chefredakteur sind sozusagen der eigentliche Betreuer. Unter diesen Umständen haben Sie den Vortritt.«

»Da hat er recht«, sagte Bausback zu Mooser und Gerti Blum, die verdutzt dreinblickten. Er breitete die Arme aus, um sie aus dem Konferenzraum zu leiten. »Gehen wir doch rasch in mein Büro, um über die Details zu reden.« An der Tür drehte er sich noch einmal zu Frauke um. »Fangen Sie ruhig schon mal an.« Er legte Mooser eine Hand auf die Schulter. »Sagen Sie mal, verehrter Herr …«

»Ich bin der Hans.«

»… Hans, stimmt das, was ich gehört habe?« Er zog die Tür zu, doch die nächsten Worte waren noch deutlich zu verstehen: »Die Kleingärtner können zum Vorzugspreis bei den Geflügelzüchtern einkaufen?«

Stiller stieß Kleinschnitz an und raunte: »Frühstückseier.«

»Sehr gut«, sagte Frauke sanft und griff nach einer weißen Pappwolke.

Herzlich danke ich

Antonella Vigoretto-Herbig für ihre furchteinflößende Einführung ins Scheidungsrecht und seine Lücken,
Reinhold Schöpf und Angelika Knapp für die gewitzten Tipps zur Bodenspekulation und Bahnreform,
Simone Hasenöhrl für ihre Spürnase in allem, was rund um das Leben und Sterben in Kleingartenanlagen Schlagzeilen gemacht hat,
Michael Baumann für die Pflege des Polizei-Images,
Klaus Lang, dem Eisen-Jakob und Patrick Sauer für die technischen Handreichungen zur Manipulation elektrischer Rasenmäher und kommunaler Stromnetze,
dem Ima-Gartencenter für die anregende Plakatserie und der Benetton-Filiale für die Stilanalyse des Modeloutfits (in einem anderen Laden hätte das Personal fast den Psychiater gerufen),
Stefanie Rahnfeld und dem gesamten Emons-Team für ihre professionelle wie herzliche Unterstützung,
allen guten Freunden für ihre Aufmunterung, Ehrlichkeit und ihre Treue auch dann, wenn ich mich für Abende oder Wochenenden hinterm Bildschirm verkrieche,
meiner lieben Gudrun, für die das auch gilt und die mir aus jeder Krise hilft – auch mit ihren Ideen bis hin zu den Eiern des Chefredakteurs.

Peter Frreudenberger

Peter Freudenberger
STILLER UND DIE TOTE IM BUS
Broschur, 224 Seiten
ISBN 978-3-89705-558-2

*»Ein spannendes und witziges Buch,
das auch über den bayerischen Unter-
main hinaus zahlreiche Leser finden
wird.«* FAZ, Rhein-Main

*»Spannend ist der Krimi, aber vor allem humorvoll und
äußerst witzig.«* Bayern 1

Peter Freudenberger
STILLER UND DIE FINSTERNIS
Broschur, 240 Seiten
ISBN 978-3-89705-687-9

*»Ein spannender und dabei ironisch
gebrochener Krimi, der immer wieder
überraschende Wendungen nimmt und den man am besten
in einem Rutsch durchliest.«* Fränkische Nachrichten

*»Voller Spannung durch das Zentrum des bayerischen Unter-
mains.«* Bayern 2